广西少数民族新锐作家丛书

主　编　韦守德　石才夫

副主编　东　西　严风华

何述强　著

隔岸灯火

GE AN DENGHUO

广西人民出版社

图书在版编目（CIP）数据

隔岸灯火 / 何述强著.—南宁：广西人民出版社，2013.11
（广西少数民族新锐作家丛书/韦守德　石才夫主编）
ISBN 978-7-219-08627-8

Ⅰ.①隔… Ⅱ.①何… Ⅲ.①散文集—中国—当代
Ⅳ.①I267

中国版本图书馆CIP数据核字（2013）第243143号

责任编辑　白竹林　曾蔚茹
整体设计　李彦媛
印前制作　麦林书装

出版发行　广西人民出版社
社　　址　广西南宁市桂春路6号
邮　　编　530028
网　　址　http://www.gxpph.cn
印　　刷　广西万泰印务有限公司
开　　本　787mm×1092mm　1/16
印　　张　20
字　　数　300千字
版　　次　2013年11月　第1版
印　　次　2013年11月　第1次印刷
书　　号　ISBN 978-7-219-08627-8/I·1684
定　　价　32.00元

总 序

中华文学园地，可谓浩瀚如海，蔚为大观；源远流长，血脉相连。其中，少数民族文学，便是中国文学百花园里一朵耀眼的奇葩，是中华文化不可或缺的组成部分。

广西是一个多民族聚居区，有壮、瑶、苗、侗、仫佬、毛南、回、京、彝、水、仡佬11个世居少数民族以及满、蒙古、土家、畲族等散居民族。自古以来，在少数民族这个大家庭里，从不乏文人雅士，传世文章。在广西的文学版图上，少数民族的作家和作品，无论是过去和现在，都占据着重要的位置，闪耀着璀璨的星光。早在唐朝，壮族首领韦敬办为建成大宅自撰《大宅颂》，内有四言诗、五言诗，被誉为中国壮族文人文学的开山之作。代代相传的文化血脉，使广西少数民族文学创作生机勃发，根深叶茂。新中国成立以来，广西各民族作家同心协力，相互促进，涌现了一批优秀作家诗人，陆地、韦其麟等少数民族作家作品给中国文坛留下了美好的记忆。新时期以来，壮族作家王云高的中篇小说《彩云归》获得1979年全国优秀短篇小说奖；2001年，仫佬族作家鬼子获得了第二届鲁迅文学奖。在历届全国少数民族文学创作奖“骏马奖”评奖中，广西作家共有48人次获奖。他们既为本民族、也为广西争得了荣誉。可以说，这些作家和作品，为中国的文学百花园，增添了不少的色彩。

广西地处祖国南疆，山水俊秀，风物灵动；乡风朴素，人民勤劳，是生长作家的摇篮。长期以来，自治区党委、政府以及有关领导高度重视广西文艺事业的发展，对“文学桂军”的崛起与成长寄予厚望。自治区党委宣传部连续多年拨出专门经费，坚持实施作家签约制度，至今已历八届，近百名作家参加了签约；开展文学积累工程，出版《广西当代作家丛书》，共4辑，80位作家的作品得到结集出版。在这样良好的创作环境下，近几年，一批40岁左右的少数民族青年作家势头强劲，频频在国家级名刊亮相，显示了不俗的实力和潜力，受到了全国文坛的关注和尊重。在小说方阵里，梁志玲、陶丽群、周耒、黄土路、杨仕芳、潘小楼等，以年轻而尖锐的目光，审视身边变幻莫测的世界，用独到的叙述方式，解读现实的困惑和心灵的沧桑。在散文园地里，何述强、林虹等，在纷繁复杂的事物中，用心灵的触觉，寻找生活的细微之处，用文字组成一篇篇心灵的独白。在诗歌世界里，黄芳、费城等，青春驿动，激情洋溢，以冷峻的笔调，解构生活的细节，剥落陈腐，放射光亮。毫无疑问，他们用真诚的态度、丰硕的成果，表明他们将成为“文学桂军”可以相信和依赖的重要力量。

这批作者大多生活、工作在基层，尽管生活体验丰富，创作精力旺盛，但由于生活条件、经济条件的限制，在对外交流、推介作品等方面缺乏助力，使得创作成果无法得到很好的展示。这些因素都有可能成为他们创作的瓶颈。

2012年，中国作家协会隆重召开了第五届全国少数民族文学创作会议。会议决定从2013年起，启动“少数民族文学发展工程”5年计划。这表明了党中央对少数民族文学发展的关注，对少数民族作家培养的重视。基于这样的大好形势，考虑到广西从未出版过少数民族作家文集，我们编辑出版了这套《广西少数民族新锐作家丛书》，目的就是大张旗鼓地对他们进行宣传和推介，给他们增添信心，激发创作激情，让他们走得更远、更好，为广西文学事业的繁荣和发展储备新生力量。

入选本辑丛书的10位作者，是由各市文联精心遴选推荐，再由广西作家协会主席团认真评审出来的。入选的作品，均是他们近10年来的创作成果，是心血的凝聚。丛书的出版，体现了如下意义：

一、展示和总结了新一代广西少数民族青年作家最新的创作成果。信息时代，任何成果都需要快捷传递，及时宣传，以获得最佳的效果。出人才，出精品，始终是我们的追求。

二、极大激励青年作家的创作热情。基层的少数民族作家生活和创作条件均十分艰苦，往往要付出超出常人的劳动和代价。丛书的出版，就是他们辛苦劳动的回报。这10位作者，就是榜样。以此为榜样，可以激励后来者。

三、具有文学积累的社会价值和文化价值。作家作品，从不同层面反映了某一地区某一时期的社会生活状态，具有丰富的认识价值和审美价值。通过对他们的作品进行收集和总结，可以为后人留下具有社会价值和文化价值的文学成果。

时代的进步和发展，一定会出现更多的新事物、新变化，需要更多的优秀作家和更多的优秀作品及时地发现和描绘。这就要求我们各民族青年作家，要有刻苦坚韧、探索创新、团结奋进的精神，始终坚持以人民为中心的创作导向，自觉地把握时代的脉络，深入生活，深入群众，反映他们的心声，为他们提供丰富的精神食粮。这样，才能出现真正有大气魄、大作为的作家和作品。

这是时代的期待。

丛书的出版，得到了中国作家协会、自治区党委宣传部和广西文联党组的大力支持和关怀，广西人民出版社的责任编辑付出了艰苦的劳动。在此，谨表示衷心的感谢。

编　者

2013 年 10 月

目录

江流无声

我曾有幸在这所校园里最靠近江水的那一幢几乎是校园里最古老的平房里住了三年。江边危崖上的老屋，静悄悄的岁月。时时让我产生了无穷的怀念。白天和黑夜，都可以听到枯叶从树上脱落的声音。在我的门前，我还发现了红色的蜘蛛，我第一次感到蜘蛛也可以如此的美丽。

我骨子中已挣不脱那老屋的情缘。深夜，我独自伫立在门前那几块水泥板搭成的平台上，看那片幽暗中微微发光的江水静静地流淌。夜晚的江面，像一块刚刚出土的、斑驳陆离的古镜。它已映照不出人的容颜。它只记录着大地中深邃无比的沉沦与沧桑。那些遥远而温馨的故事它也只能暗藏心底，再也无力用光华呈示其中炽热的欢欣！

在那些个靠水而居的夜里，我的笔无声地记录着我的一层层心情。如今，在一本失而复得的小本子上，我读到了那个夜晚。

这江岸熄灭了灯火。剩有我这一束。大大小小的飞蛾在我的纱窗外，靠近灯火的地方爬行着，飞翔着，旋转着。侥幸入室的这一只亦匍匐在灯火下的窗纱上，摊开它骄傲的翅膀，一动不动地静默着，像是在完成什么仪式，或思考什么永远悬而未决的问题。

另一只飞蛾大概被囚禁在窗玻璃和窗纱之间，不时抖动它的翅膀，传出扑扑响的声波。与窗外不知是从哪个时候开始产生的稀稀落落的雨声应和着。它一定是处在一个进退维谷的境地。我的窗帘，画着吹箫女人的窗帘不时在它刮起的旋风中抖动了一下，又一下。它艰苦的挣扎始终唤不起我的一点怜悯。它的不停抖动只能激起我的莫名的厌恶与烦躁。这是一种沉不住气的东西。我同时对自己说这句话。我试图在一声声翅膀疯狂拍击的音响中消除那些厌恶和烦躁，认认真真地匍匐在我的书桌上。力争像那只已经入室的飞蛾一样从容。书桌上是几本堆着的书。一本字典，一个塑料杯子。一把紫砂壶。还有一套《二十五史精华》。我的书桌碧色。圆形。边缘是一圈乌黑的边饰，越到深夜越发亮。哦，还有一串我时常佩戴在身上的钥匙，白天，我尾随它们进入一扇又一扇的门。有些门得重复进入很多次。每次出门又都得锁上。而钥匙对锁头毫不厌烦。它们在我手中旋转，有几把已经开始变形。

我对这种朴素的摆设十分满意。它们像冬天的草垛一样静静地一动不动。根本不像窗外那些狂躁不安的飞蛾。

自从买了电视机以后，我那油漆无情剥落的方形书桌便被这硕大的机器占领。我被它驱逐到这张碧绿的吃饭桌旁，并逐步习惯地把吃饭桌当成书桌。我面对着它度过许多不眠的夜晚。抄古书。写作。读书。有时候也揣摸几下，拍打几下。声音不薄不厚，无色无味。我生活的空间狭窄而富有。不然，这许多虫子为何如此热爱我的窗子。如痴如醉地和我共同享受荧荧的光芒。

那天夜里行文至此，似乎心情已经宁静。我落下了日期。算是打住。但在这小本子里，紧接着有一页，写得满满的，最后也是落下相同的日期。这说明我言犹未尽，不吐不快。或者又有什么东西进入我的内心，左右我的感觉。

于是，我又开始从那些粗糙笨拙的文字中辨认那个夜晚生动的影子：纠缠不清的虫子。我终于走出门口，打开窗玻璃，放飞那一份无望的挣扎。飞蛾们没有停止在我的纱窗外飞翔、爬行、旋转。不时发出嘚嘚的撞击声和扑扑的翅膀抖动声。我在屋檐下发现那一群虫子里有一只天牛。它身上带着白色的斑点。它在墙上爬来爬去，像是十分焦急。我还发觉了一只蝙蝠在屋檐的灯光中划了一道弧线。就迅速消失在黑暗中。而屋内的这一只地位优越的飞蛾，亮着大方的翅膀的飞蛾始终不为同类所惑。纹丝不动。木然有如我窗子上的一种昆虫画饰。完全是一种静止的物象。仿佛一个坐化涅槃的高僧。

那天夜里，我没有交代那些零零星星的雨是什么时候停止的。也可能根本就没有什么雨，是我的听觉产生了迷乱。除了这一页。看来再也没有写下其他文字了。我在校园的这一角回忆那一角的夜晚，空间的距离是短了一些，但时间的距离并不算短。那些个夜晚毕竟离我很远了。而且永不重来。想起那间老屋的寂静，又身不由己地想起那些乱七八糟的昆虫和小动物。那些疯狂的飞蛾，那些潜伏在窗前伺机行动的贪婪的壁虎，那些色彩宛如枯叶、动作粗鲁可笑的蟾蜍，那些在天花板上潮水般卷过的老鼠……

现在，我住在校园的另一处平房。离江水稍微远了一点。已经感受不到江水在夜阑人静时那种微弱的呼吸。我搬进这房子后另外买了一张桌面宽敞的书桌，今夜我凭着它写下了对那个夜晚的回忆。我的那张碧绿色的圆形饭桌就在我身后不到两米远的地方支立着。不同的是，桌面上盖了一个竹编的圆形盖子，通风透气，显得生活味十足。竹编盖不到的桌子边缘，那黑色的纹饰，依旧光亮如初。

细雨和记忆中的黄栀子

今夜，雨点又濡湿了我小小的庭院。屋后那只熟悉的怪鸟又发出了一连串的叫声，每一个音节，都像是要爆破什么东西。这声音并不十分连续，而是分为两三节，显得有点裂。这大概不是语言表达的障碍吧？像一个咳嗽的人先咳一两下试嗓子，跟着就是鞭炮似的一大串，咳完一个回合才罢休。夜空中忽然降临这种生灵疯狂的喧嚣，常常令我毛骨悚然。不知道天井里那几盆叶子早已湿漉漉的树桩，比如罗汉松、小叶榕什么的，作何感受？那些像我一样不眠的人呢，那些在深夜里穿过老树阴影，发间已悄然挂上小雨珠的人，这声音司空见惯，还是猝不及防？这只怪鸟似乎已有很长一段时日不叫了，入冬以来，尤其是在西北风把树叶扰得沙沙作响之后，这只怪鸟就不怎么叫了。我原来以为只有人才会莫名其妙地沉默，现在发现错了，鸟也会这样。这几日天气骤然有些暖和，今夜还落了细细的雨，像是蚕虫咬桑叶的声音，柔软，缠绵，而隐含生机。因这细密的雨点，我竟产生初春的几许情绪。这情绪，倒不是一味的平和，而是暗中裹挟着怪鸟降临的一丝隐微的恐惧和不安定。

桌面上摊开的一张文学报纸印着的一个人物照片，竟惹起我无端的思绪。就像春雨总是无端惹起杨柳的轻烟，惹起远山的迷雾。我的心室变得潮润和脆弱起来，似乎一下子就剥落掉岁月赋予的那层粗糙和混沌。这种细雨天气是最容易萌芽一些细微的情感的。不错，人的一切确实写在脸上，像我桌上这位才华横溢的作家，她有一种我十分熟悉的气质。这种气质富有文化内蕴，高贵而洒脱。内心世界若没有丰厚的积淀，没有寂寞，没有苦痛的煎熬，没有梦和憧憬的升腾，是难以形成的！任何高度，都有它坚实的基础。读一读别人写她的文字，心中又多了一份共鸣的快乐和认证的欢欣，她的话语和故事，也一样触动了我。触动我内心深处很久远的回忆。在回忆弥漫的气息中，我重新审视了自己，呵，很久，很久没有这样审视自己了。我常想，生活没有衰老，是我自己衰老了，生活没有麻木，是我麻木了，只有在这寂寞、潮湿得有点透明的气息里，我才猛然觉得一切并没有衰老，没有麻木，还是那样的富有生命的活力！十多年前，当我还是一个不谙世事的男孩的时候，沮丧和寂寥也不时造访于我，但那时却拥有一种透明如同玻璃的心境，稍稍内视一下，就能看清自己的悲伤，因何物而悲伤。这种悲伤是很单纯的，不像现在，心境如同浊酒，酒味今冬去秋如何尚可自知，却怎么也无法倒映出清纯如云的感觉。浊酒一杯家万里，将军白发征夫泪，浊酒醉人，醉得窝囊，老气横秋，醉得乡土味十足。浊酒中再没有透明的悲伤。

应该说我和这位女作家是同龄人。报上没有公开她的出生年月，只说她出生在“文革”初期，她的父母因为预感到黑暗的来临，给她起了一个向往黎明的名字，期望她的人生开始在清晨的路上，洒满亮丽的朝晖！这是那个年代里，中国一对正直、善良的年轻夫妇的最普通愿望。我出生在南方苗岭山脉下一个名不见经传的小村庄，那阵子“文化大革命”也翻山越岭到达那里，天高皇帝远，但在革命这个分上，与全国其他大地方却是息息相通。全国有的革命手段我们那里就有，而且，毫不逊色。中国文化里，渗透力最强，同时最使人兴奋，激动，乃至疯狂的词汇中，大概就有“革命”一词，人人都以为自己拥有它，可以支配它的时候，世界就乱了。母亲常说，是一个邻村的接生婆把我接到这个世上来的，那个时候正好是一天中的清晨时分。尽管我后来在乡村生活多年，但我一直没有缘分见到过这个可敬的接生婆。想象中，她该是穿一件黑衣服，神色肃穆，手脚麻利，但我想象不出她的容颜。也许接生是个特殊的行当，不到关键的时刻她不会出现，所以，我没能见到她，也是常理中的事了。母亲还说，我出生的那天早上，门外正在武斗，两派对垒达到了登峰造极的地步，枪声和脚步声在远远近近的村庄起伏腾跃。我的三伯娘当时守护在我出生的现场，是她把房门紧紧闩住的，可以想象她那双因为恐惧而颤抖的手是如何抓住了门闩。在她后来的叙述中，我仍然看到她眼睛里几丝闪电一样的惊悸。门，闩住了，但恐惧是闩不住的！母亲就是在这样一个清晨生下了我，也就是说，我就是在这样一个清晨来到这个枪林弹雨的世界。母亲当时内心的恐惧和绝望可想而知。而接生婆，她是当天晚上在邻村为另一个男孩接生后穿过一大片黑夜的田野赶到我们村庄的。她出没在那样的夜晚显然是一种冒险行为。她是不是路上遇到盘查和询问，我不得而知，假设是遇上了，对于那些给放她通行的人，我尽管永远不知道他们是谁，内心一样充满深深的感激。

在我还没有满月的某一天，我的外婆，一个外表柔弱实则内心坚强的女人，为了看望我和我的母亲，冒着生命危险步行了二三十里的山路，经过几道严厉的封锁线，抵达我们的村庄。她永远也忘不了路上几十米就横躺着一具尸体的场景。她那时也绝没有想到，我那 30 年代就参加地下革命工作的外公也在劫难逃，不久之后也像那些尸体一样惨白而冰冷。外公是在一个没有星光的夜里被五花大绑押往镇上的，他没有走到镇上就倒下了，在此之前，他已遭受多次无端的批斗，饮尽屈辱。那个土坡叫黄泥坳，有几棵树，我长大后经过那个地方有人告诉了我："你外公就在这里……"他没有说完一句话，其实也没有必要说完一句话。外公去世前的不同寻常的从容和坦荡给那些接触他的人留下深刻的印象，他不愧是一个久经考验的地下党员。

在外公的冤案平反后的一个清明节，天下着小雨，我站在外公那光秃秃，爬满潮湿青苔的坟前，吃惊地问舅舅："怎么不长草？"舅舅说，可能是地方不好，打算再给他换一个处。舅舅还告诉我，那一年他收殓外公的骨骸，在外公的头盖骨里发现了一颗子弹头，只可惜当时没有保存下来。舅舅确实应该保存那颗子弹头，即便是生锈了，做个纪念也好。

外婆家咿呀叫的木门和村巷中光光的青石板是我记忆中最亲切的童

年景观，那时候，我还没有注意到青砖瓦屋上古旧的图案和文字，更不会知道外公的事情，只隐隐感觉得到外婆和舅舅生活得小心翼翼，除了有时叫唤我回家，就几乎没有跟谁大声说过话。有一次，在昏黄的煤油灯下，舅舅给我看一张发黄的照片，上面有两个人，其中一个就是我的外公，那是外公青年时的照片，在我的记忆中，照片上的外公很英俊，是个不苟言笑的人。我后来得到他手书的家谱，尽管已是残片，但字迹硬朗俊丽，很有风骨，古人说，字如其人，可能是有一定道理的。母亲告诉我，外公的那张照片是当初舅舅塞进墙壁的缝隙间才得以保存的。

回到我出生这件事上，仍然有很多可以叙述的东西。比如说，我出生前的两个月，也就是我在娘胎里呆到七个月的时候，母亲在田地做农活时差点让我成了一个早产的婴儿，后来，生产队的人把我母亲送到乡间那所简陋的医院，经过一番救治，总算把我保住了。看来，我注定是一个不断给母亲增添麻烦，叫母亲放不下心的人，一开始就是，现在也是。要不是那个条件和设备都十分简陋的乡下医院，我恐怕就不会成为我，而成为我的家族中一个瞬间而忧伤的符号，成为一节被族谱省略的隐秘的插曲。这种隐秘的插曲在中国农村恐怕有很多很多。对于活着的人来说，它是一声叹息，一把酸涩的泪水，再不是别的什么东西。我要感谢那家医院，是它给了我最初的生命保障。我出生两个月后，由于受到“文革”的冲击，我父亲的家族打算逃到山里躲避劫难，那时候父亲不在家，母亲抱着我，声言大家要是走了，她也要走，山路险峻，这孩子不要了，丢在这里！也许是母亲的话起到一定的震慑作用，最终，家里的人决定不走了。一家人平静地承受一切可能降临的灾难，幸好，几番折腾，总算是挨了过来。我后来还听说，我出生时双目紧闭，并且眼睑溃烂，祖父好生失望，他对别人说，这孩子样样生得不错，可惜是个瞎子。后来，是村上一位好心的老大娘用一种名叫黄栀子的药汁刷开了我沉睡的双眼。黄栀子，这神奇的椭圆形果实，它具有多方面的药用价值，还可以作为食物的黄色颜料，我不知道它来自哪样的树木，叶子何等形态，但它是与我的生命最初有关联的自然之果！我从心底上感谢这位好心的老大娘，要不是她，我也许今生真的是个瞎子，既看不到人世间的邪恶、丑陋和阴暗，也看不到人间的鲜花、芳草和蓝天。我在乡村生活的时候认识那位带给我光明的老大娘，我的印象中，她非常沉默，个儿很高，又瘦，是那种脸上没有多少表情、目光呆滞无神的人，在田里做农活或走在去圩镇的路上，总是见她不紧不慢，很少和别人搭话。用现在的话语来说，是个很酷的人。但这个外表很酷的人却有着一颗善良热诚的心灵。在我的家人束手无策，祖父向外界宣布我可能是瞎子的时候，她用洁白的羽毛蘸了蘸神奇的黄色药汁，仿佛变魔术一般刷亮了一双明亮的眼睛。

即使是印刷品，也不难发现，报纸上这位气质优雅的女作家拥有一双美丽明亮的眼眸。明亮，是挡不住的！更何况是来自心灵的窗户——眼睛！我和她对视了一会儿，在这个时代，印刷品帮助我们完成了彩色的邂逅和相逢。这种咫尺相见却是无法逾越的距离。饱含了一个读图时代的欢欣和尴尬。我和她年龄相仿，估计也会有一些相似的经历和背景。同是来自一个疯狂年代的边缘，许多记忆或真切或迷惘想必也会感同身受。

人生中总有那么几场细雨，像今夜一样，点点滴滴，濡湿我们的心灵，让往事不由自主地草叶一般滋滋生长，苔藓一样蔓向长阶。这时候，我们会想到一枚极普通的黄栀子，它曾经在一场幽暗的迷雾中明亮了我们的眼睛。

白鸟

在我的家乡，一个人过世了，人们就为他扎一只白鸟。出殡那天，白鸟被抬得很高很高，简直可以凌空振翅。它穿过村庄上空，起伏腾落，颠动摇晃，依依惜别，却又以特有的光芒昭示一群悲伤而沉重的人涉出村庄，向墓地行进。

不久，白鸟又飞临我们苦难的村庄。在村庄的另一个角落，另一条巷子，在另一排爬满瓜藤的篱笆前，另一棵沧桑的柳树下，甚至，在飘满菱角清香的鱼塘边，白鸟风姿绰约地出现了。在经历漫长的童年生涯之后，我终于明白，那一次次在我眼前振翅飞翔的白鸟其实并没有走，没有远离过我们生生息息的村庄。只不过，它从一家庭院飞到另一家庭院。

我从村庄走到小镇，我发现，街巷里半新半旧的门牌同样掠过白鸟的影子。白鸟在小镇的巷子里飞来飞去，无拘无束。它的欢叫就是我们的哭泣，它的色彩，就是人们的白衣素裳。

今年暑假，我居住的城市洪水退却之后，我就回到县城的家里。满以为换了环境，能改变一种心情。七月的洪水，从我门前的大江奔涌而去，声音日夜叩击我锈迹斑驳的窗棂。我总摆脱不了一股莫名的焦躁。居家才数日，某些事情以搅得我心烦意乱，使我想七月的洪水。

楼下人家最小的儿子刚刚中专毕业，摩托车出事赔了命。死的时候怀里还揣着毕业证书。哭泣声冉冉自楼下飘起，从窗棂间游荡而来，令人猝不及防。我感觉，我在哭声上空漂浮着，像一粒尘埃。

我真切地想起七月的洪水，呼啸而来，呼啸而去，滔天的气势让人感到无路可逃，两岸的灯火，像是漂浮在江心。我逃避了七月的潮头，却又卷入了八月的浪尖，一样的恐惧和触目惊心。我开始产生无力感。疲惫地躺着，一任七月八月的自然灾害和无常的命运冷酷地把我折腾。唯有祈愿风雷般的涛声尽快销声匿迹。

我在神思恍惚中又看到了那只晨光里振翅翱翔的白鸟，还携带几缕朝雾的迷茫。

它在村庄上空飞翔，在街巷上空飞翔，也在林立的楼群间飞翔。尖锐而洁白的石米拒绝不了它，地板砖、双灰粉拒绝不了它，钢筋水泥、茶色玻璃、防盗门拒绝不了它。它是骄傲而圣洁的女皇，想要叩开谁家的窗户就叩开谁家的窗户。它上下起伏、左右腾跃，节奏时缓时速，音色时暗时亮。就像我们挽留不了一朵花和一棵草一样，有时候我们挽留不了我们自己。住进高楼大厦的人类仍然有万分无力的一面，非常脆弱的一面。死亡像一个布娃娃被这家抱到那家，这幢楼抱到那幢楼，但它绝对不是一个可爱的布娃娃。泪水时常濡湿我们的清晨和黄昏。保险丝忽然烧掉，就得忍受片刻的黑暗，必要的话，还需点上蜡烛。烛光闪烁的高楼，又让我想起遥远的村庄。村庄和城市的区别其实非常简单明了，村庄是人住在人的旁边，而城市呢？城市除了人住在人的旁边之外，人还住在人的头上。村庄和城市都无法拒绝那只振翅的白鸟。白鸟是一道无坚不摧的亮光。障碍，只能促使这只饱经沧桑的白鸟更加欢快地跳跃。

在暑期即将结束，我返回学校的时候，我听到几缕笑声从楼下的灯光里传出，是打扑克的声音。来往的亲戚朋友多了，自然就玩起扑克。伤悲是有限度的。白鸟如期降临，又如期隐匿。终究也震慑不了活着的人们。八月，白鸟是凄冷的、惨白的，而阳光却是温热的灿烂的。

两种生意同时做

我忘不了那个中药铺。

每次经过它的门口，都会在不知不觉中朝里张望。它卖中药，同时也卖花圈。这并非我的独特发现，许多人都知道。六年前，还在大学课堂的时候，心理学老师就曾提到过，他是深有感触的。岁月流逝，屈指堪惊，总觉得周围的事物变化特快，但中药铺是个例外。它不动声色，肃穆依旧，仍然是一边救死扶伤，一边料理后事。

我记得心理学老师说，要是他的话，他只干一样，要么卖花圈，要么卖中药。他设想买中药的人面对着惨白的花圈，一定会想到更深远的事。

我不买中药，我也不买花圈。我只是中药铺的门外汉，是它面前川流不息的人群中的一员。但我确已想到很深远的事。我想那主人，一定很豁达。他同时经营两项生意，见惯了生，也见惯了死。他用两项生意所得维持生计。从他的布置来看，花圈挂在墙上，用薄膜盖着，显然这不是主要的生意，是“兼营”。卖药之余顺便卖卖花圈，想来也无可厚非。花圈用塑料薄膜盖着，自然是避免蒙尘，保持那种绝对的鲜丽，好让买者满意。迹象表明，它的生意不算兴隆。我路过时绝少发现里边有顾客。一个上了年纪的人，有时是男，有时是女，悄然坐在药柜与花圈之间，神色木然。事实上它是有顾客的，只不过是我没见到，不然如何维持？我闻所未闻的事情多得很。大概捡中药和买花圈也不属于热闹事情的范畴。人们不怎么热衷，做起来都带有一丝无奈和伤感。因此这两件事，注定染着一种冷清的色调。

买药是求生，买花圈是送死。这是两件很严肃，也很痛苦的事情。如果分别让人们去承受，恐怕效果会平静一些。但进入那间灰扑扑的中药铺的人必须同时承受，同时体验两种情感，听凭两种情感在心中翻滚、格斗。求生的人，未尝不想到死，想到人生最后的归宿。但刚刚拿到药，又马上看到墙上惨白的花圈，他们受到的冲击是直接而又残酷的。他们可能会慌乱、会茫然、会领略到人生的无常和莫测。甚至心跳也会加速，想象也会加速，在短短的一瞬间就想到那个胆战心惊的主题。那一片片惨白的光，忽淡忽浓，缥缥缈缈，零零碎碎，会游荡在他们的心中，提醒他们，生怕他们不知道世界上有着一个极其遥远却又十分近切的地方守候他们，守候他们的亲人。当他们终于走出中药铺的时候，有两种可能：一种是感到一阵子轻松，什么都看透了似的，大彻大悟，人生不过如此；一种是心里平添了几份怅惘和阴郁，就连手上的药袋，也变得无端地沉重。当然还会有第三种可能，那就是什么也不去想，不去理会，拿起药就走。那些不得不购买花圈的人，他们的体验又有所不同，晃眼看见高高的药柜，密密匝匝的约箱，他们或者会苦笑一下，药有什么用呢？他们这样想着，甚至自言自语起来，像个神经病。这原先是完全可以避免的。像心理学老师说的那样，只经营一样。但铺主不懂心理学。尽管他的摆设与大多数人的愿望和思想不协调，但他的生意经久不衰。

其实，生死是必然的，这许多人明白。但往往缺乏面对的勇气。从药单到花圈，是不言而喻的结局。把中药和花圈摆在一处同时出售，只不过是将生与死的距离一下子缩短了，将生与死的节奏猛然加快了，直接把结局呈现出来，逼着人们去面对。

它摆出一种残酷的人生战场。人的命运就是这样，由生到死，一步之遥，咫尺之间。这种摆设洗尽铅华，减去许多诠释和辩护，直截了当地向人们呈现真实。但人们承受不了，越直接的东西人们有时越是不敢面对，苦苦等到的东西有时候宁可当面错过。

人们喜欢把一些事做得拖沓、缓慢、冗长。喜欢没完没了地唠叨和感叹。喜欢把道路走得漫长而悠远，漫长悠远得有时候忘了从哪里来，到哪里去。喜欢细细地玩味人生，将甜酸苦辣咀嚼一遍又一遍。当人们抛开一切纷纭的可能，直接面对一种极不情愿的结果，内心不再有回旋的余地。这时候，人们心中的茫然和感伤是极其浓重的。

遥远的果园

家有果园，是很早以前的事了。

我无法想象它的规模，只恍惚觉得它不会太小。我懂事的那阵子，零零星星还剩有一些果树。认真回忆起来，无非是十多蔸梨树、一蔸柿子树和一蔸荔枝树。对我来说，荔枝树当然是最有味道的。直到现在，我仍能忆念起那股温厚的甜蜜，那滋润我童年的琼浆。荔枝树长在大伯家屋边，不很高大，但枝叶繁茂，亭亭如盖。荔枝成熟的季节，树上常能找到我的身影，我把荔枝的壳和核丢到树下，响起的声音有时惊动一些人。他们以为是蝙蝠。蝙蝠确实也常来，它们在树上嚼得卡卡直响，令人又烦恼又羡慕。蝙蝠多数选择夜间来，黄昏时分偶尔也会光临。

后来不知怎的，荔枝树没了。是闷蔸死了，还是砍伐了？我太小，不知道。我现在确实没有印象了。但另外的果树一蔸接一蔸遭受斧斤之灾我是知道的。最后余下的是几蔸梨树，孤零零地站在水沟边，无言地梳理着不甚茂盛的绿发。它们似乎有了某种冥冥中的预约，自那以后也不怎么结果了。站在树下仰望良久，好不容易才发现疏疏落落的几个果实隐藏在枝叶间，风吹过的时候，露出半张苦涩的脸。一座座新起的屋子，几乎盘占了果园最初的全部领地。

经历了几代人的一大片果园就只剩下几根伶仃的枝丫指向苍穹，像是在歇斯底里地呐喊着些什么。或许，它们仍在做着果园的梦。

果园的沦落，往往不是因为无人理睬，最终蔓草苍茫，荒烟萧索。而是砍伐、破坏，有理由和无理由的砍伐，有组织和无组织的破坏。如果真的是人们遗忘它、丢弃它，那倒好，它至少可以存在着。可事实不是这样。因为它是果园，它是体现春华秋实的果园，它能够焕发出迷人的芬芳，为了这一缕芬芳，人们就不能漠视它。越珍贵的东西，越容易引发起爱和恨，这是一个普通的道理。

我为这片果园的毁灭感到痛惜是在长大以后。在果树一蔸蔸遭受砍伐的时候我可能会吃惊，会有一丝迷惑不解，会有一丝怅惘的失落，但绝不会有长大后如此深切的惋惜和痛心。在混沌而天真的岁月里，我们成了小偷。自家果园没有了，我们就到邻村去偷。但在别人家的果树上，无论如何也比不上在自己家果树上来得自在，你必须承担风险，必须无条件地体验所有做小偷的感觉。

今夜，外面下起了大雨。我在这远离家乡的县城里缅怀那个很多年前就已熄灭的园子。雨声润湿了我的思想和情感。那沉沦是不是也与一场夜雨有关。在夜雨中沉沦的东西太多了。龚定庵不是说“老辈填胸夜雨沦”吗？其实，沉沦的何止是老辈，世上所有生动的东西都会在长长的夜雨里减尽它的光华。

本来，我见到的果园就已是零零星星的十几蔸果树，能够在这雨夜里复活在记忆深处的就更显得零零星星了。对它的所有意念和印象总摆脱不了一抹渺茫而遥远的色彩。果园像一个迷离的梦，而这个梦又像一盏灯，一盏我此时拨开窗帘看到的在雨中将熄未熄的灯。

我知道，多年以后我仍然还会做一个果园梦。像今夜一样，让那个在雨中舒展自如，情人一般低语不歇的果园像一朵花盛开在我逐渐苍老的心中……

后记：

这是1994年写的文章。

直到前几天，我才忽然明白了一些事情。

是这样的，我家原籍福建漳州平和县，清末迁来广西罗城。所以，晚生如我，疏懒如我，除了会说漳州话，对漳州是知之甚少的。只零星知道那里的水仙很好，茶道不错。中国人跑到日本学茶道，而日本人跑到漳州学茶道。前几天漳州女诗人安琪在“南楼丹霞文学论坛”上贴诗，我给她留帖，请她讲一点漳州平和的事情。她第二天给我回了个帖子，很短，两句话：“平和是一个满目苍翠的县，每一座山都是果园。”短短的两句话却给我强烈的信息，我在那一瞬间就明白了我祖父、曾祖父、高祖父那深深的果园情结。他们在异乡的土地上近乎疯狂地经营果园，原来是血脉深处对故乡无法离弃的依恋和不由自主的追寻。而我身上，也一样浸润着这种情愫。故乡呵，对她的游子，永远有着神秘的召唤。感谢安琪！我与她还很陌生，但她的两句话却是最好的友情链接。

闾间高士联忠君

吾友联忠君，罗城东门人也。世居闾巷间，祖业贸易，今其母秉承旧志，与贩夫走卒为伍，售布匹于闹市，然规模大不如前尘旧业。君一介书生，自名其书室曰：聋瞽楼。因号聋瞽楼居士。日间为数十蒙童授课，夜里精研周易堪舆之术，积有年，颇多心得。

余少时即与君游，尝入深山刺蓬蔓草丛中寻木通，穷一日，仅见藤上挂一野鸟啄余之残实，零落几无果状，君执之曰：木通也。

又一日，与君遨游山间垌场，日过午，口渴难耐。既无村落求饮，复无清泉可啜。旋见道上生姜一小块，尘灰遍布其上，二人甚喜。君且拍且吹，如获至宝，以小刀轻削其皮，睹姜块脆嫩之天姿，二人乐不可支，竟见雀跃之状。一分为二，衔于口中细细品尝，清香生唇齿间，如甘露慰藉，顿时口舌生津，浑身有劲，终得以从容步出垌场，不惧炎炎之烈日。

复一日，与君及某客一人入山访一古寺，遇雨，归途泥泞不堪。暮色将临，尚行于人迹罕至之深山穷谷中。某客因恐惧夜临仍无法步出山谷，脚步匆忙之状如救火山民，脸色阴郁，竟不复与吾二人接一语，形同路人！不知不觉间，其逃命之身影已去离吾二人百余米矣。而君与我，谈天论地，逸兴遄飞，心思寄于高渺之地，风神直问紫极之巅，几不知脚下有泥泞，空中有细雨，而山谷间，有渐浓渐厚之暮色也！

联忠君闾间老屋甚为狭长，且过道幽暗。入其大门，先得一厅堂，越厅堂，过一房间走道，穿厨房，天井，复得一后堂，后堂亦有房间，再行，开后门，到一菜园，园中有一小瓦房，五谷轮回之所也！园中菜叶四季青青，皆因肥分充足。余自幼游于其间，自是稔熟，非独余稔熟，余与君之友朋及君家左邻右舍之徒亦熟稔耳。

除却夜深闭户安歇，君家大门四时敞开，有海纳百川之势态，街坊妇人老妪常穿门过道，无视重关，直抵后园如厕。皆因君家有积肥之先声，而如厕者又喜其地清雅宁静，可呻可吟。以故门庭鱼贯者甚众。据云，君家积肥之举始于人民公社时期，多积肥便可多计工分。后公社不再，君家积肥依然，有类跑步之惯性，一时不可终止。亦可如是视之：君家秉承公社传统，痴心不改，亦当世难得之古风也！

君家每用膳，不时有妇女老妪摸索提裤而过，面带如释重负之泰然神情，至于以君家天井之自来水冲洗如厕遗兴，已成家常之事。而主客间颔首示意，客套寒暄，和谐自然，使人称服。久之，二三妇人老妪归途中亦略为小憩，遇冬则围炉闲谈，一时间，君家好不热闹。

余外出数年，一日归里，诣君于深巷之中，举头忽见大门紧闭，好生疑惑！叩门，先有一狗奔突之声，吠甚猛，复听里屋“来了”二语，君从容自幽暗中步出开门，斥其吠犬，引余穿行屋中。余怪其白昼闭门，君待余坐定，端来茶水，曰：“兄有所不知，家庭不睦之因由，就在此门耳。”余不解，复问，君曰：“纵观家庭纷争，妯娌是非，兄弟失和，夫妻骂架惊动四邻，导致第一次婚姻破裂，均进门如厕者如簧巧舌之功也！”言及此，君甚为愤激。然此深思熟虑之语，足以发人深省。余心生敬畏。君复叹曰：“呜呼！得其肥，亦得其多事之舌。诸婆子如厕之余，积极参与吾家家政，攀附捧杀，扯是拉非，置吾家安定团结于不顾，装模作样，一派慈善面孔，着实可恨。待其兴尽而归，或再次如厕方才依依不舍而去，身后若响起吾家内讧之声，其窃喜之情不可名状。焉知其肚里又嘀咕何种拙劣心思好在下次如厕携来？吾夙夜忧叹，潜思因果，终于找到事因，便毅然中止吾家向外积肥之传统！自大门紧锁，复养一犬，家门顿宁矣。”

君言毕，余拍案赞叹曰：“善！与时俱进之举，公社遗风，可休矣！！”

老　街

老街只有一条巷子。一条笔直的巷子。

巷的一头是条河，河的名字就是老街的名字。

老街得天独厚是因为码头。

是先有码头，还是先有老街，不知道。往来的船，过渡的人不知不觉地使老街繁华起来，这是事实。老街的繁华像春天来临一样，码头下的一层一层泡沫是春天的花朵。

码头的不远处修了桥后，老街鲜艳的色彩渐渐黯淡了，当然，最先黯淡的是码头。

码头的衰落改写了老街的历史。尽管潮涨潮落，一如往昔。泡沫偶尔还漂浮在水面，但数量明显地减少。

码头冷落了。码头一级一级向水边靠拢的石阶冷落了。起了青苔。石阶路是从老街深处默默地窜出来的，像是一条蛇。月夜的青石板闪动着若有若无的粼光。近河的石阶路紧缠着一排苍老的石壁，某些段落像是穿透了石壁。石壁上是一座尼姑庵。尼姑庵很久以来就冷落了。是香客太少，无法维持？还是承受不住历史的跳荡，人去庵空？到如今，尼姑庵的旧物已是所剩无几。尼姑庵的琉璃瓦只映在老街上了年纪的人的记忆里。尼姑庵繁盛的时候香炉里有许多灰，现在尼姑庵就像那些灰一样，是燃烧之后的产物。

尼姑庵的四周芳草萋萋，古木参天，风吹过的时候，喁喁私语，此起彼落。

世间的繁华，大概都有冷落的时候。从繁华到冷落的过程中，有一些留下痕迹，有一些不留下痕迹，或者说留下的痕迹不明显。从热闹转入寂寞的人生往往多一份沉思，多一份孤独，这一点，从眉宇间很容易流露出来。欢乐可与别人共享，痛苦只能自己独酌。酩酊大醉，别人也只道你醉了，而不知道为什么醉，喝什么酒醉，其实你喝什么酒又关别人什么事呢?

也许有一天，当你历尽漂泊流离，厌倦浩渺风波终于决心上岸的时候，在你期望的码头上，可能会有鲜花、有微笑。但也可能什么也没有。什么也没有你仍得上岸。你上岸的时候，黄昏已经降临，几只蝙蝠或夜鸟在岸上残败的屋宇间飞翔。没有谁迎接你，没有鲜花。只有古老的石阶，石阶上爬满青苔。你蓦然回顾，涛声依旧。你破旧的船在水边荡动着，努力地向你告别，又仿佛摇头叹息。

加入者，有时是热热烈烈地加入，有时是不动声色地加入。有人悄悄地来，悄悄地走，不带走一片云彩。有人热切地来，热切地走。也有人热切地来，却又无声无息地走。还有一些人，他们悄然而来，壮烈而去，惊世骇俗。

老街孤零零地被丢在此岸。像一截烧残的烟头，被随手抛在一个偏僻的角落。老街仍然是老街。这头是水，那头是山。水动，山不动。巷子里仍然有人在走。石阶路无言地延伸着老街逝世的庄严。老街的炊烟弥漫着古老的天空。我每次走进老街，就像是走进一段被人遗忘的故事，走入一支过时的乐曲。我知道，这条老街，我始终得寂寞地走。

竹篮

在友人家看见一个竹篮。一个不很别致的竹篮，底部圆形，竹篾封得很死，一个小眼都透不出来。

它很神秘地挂在头顶上，很神秘，让我参不透它。这种感觉是由来已久的。

小时候，妈妈也喜欢在屋子里的高处挂一个竹篮，竹篮里盛满秘密，小孩子是取不到的。

其实所谓秘密也不过是一些客人带来的水果、糖之类的东西，妈妈却把它们当成宝贝，放在篮子里，挂得高高的，只有大人才能要得到。

平常那些东西是不吃的。总要等到你忘掉了它们的存在，妈妈才拿下来分给我们吃。或者到了节日，大家高高兴兴分到一小块。要是有亲戚病了，妈妈就会把东西送给他们。有时候，留得太久了，久得妈妈都忘记了它们的存在，东西烂掉了，臭了，怪可惜的，这时候，大家都很失望。妈妈老是说："怪了，这东西留不得久。"好像是那些东西错了似的。但妈妈还要留，留在那个竹篮里。竹篮离我们有一段距离。妈妈不知道，有些东西可以留，有些东西不可以留。有些东西留久了就很香，有些东西留久了就很臭。

譬如水果，留久了就不行。而装水果的那个竹篮留久了可能就古色古香，说不定哪一天成为一件古董，能唤起人们某种久远的回忆。

记得有一次，姐姐终于向妈妈抗议，叫她不要老是留起来，马上把东西吃了。那一次东西是吃了，可妈妈心里总不高兴，一副怅然若失的样子。好像是做了一件让自己过意不去的事情。东西怎么能够马上就吃了呢？不，不能。应该留一段时日才吃，留一段时间再去想它。我想，妈妈心里该有如此的对白，只是那一天她没有说出来。

往后妈妈还是留。留在那个不很别致的竹篮里。竹篮只是默默地承受一切悲哀和寂寞。妈妈留东西，是有历史的，好像天生就有那种要求。每次妈妈留东西时都说："你外婆也喜欢留。"

外婆老了，似乎已经不在乎什么，但她还是有一个藏有她的秘密的竹篮。想起的时候，才颤巍巍地踩上竹椅把上面留的东西取下来。有时，她女儿留过的东西她还要留一段时间。她们都想留一些东西，等到适当的时候才取下来，可她们往往错过适当的时候，但她们还会再留。

竹篮对于我们来说，是很神秘的，而且有一定的距离，它在我们的头上，我们无法参透它。

捡一块青砖

刘小念在她的文章《抒写老屋》中想象我带何珈阅经过老屋遗址时，会指着那片空地说：这里原先是我们的家。

没错。我每次带何珈阅路经老屋遗址时都说了这句话。看来刘小念是懂得我这个人的。我怀旧。对过去的一些熟悉的事物总有说不出的怀念和神往。这大概是所有怀旧者的通病。

老屋拆得只剩下基脚的时候，我带何珈阅去捡了一块青砖。何珈阅年纪太小，她是不会知道这一举动所隐含的意义的，更何况或许本来就没有什么意义。我每天都在这类有意义，或者没有意义的事件中穿行。这块青砖也不知道是何时烧制的，色彩幽古，模样十分完好。老屋建于上个世纪的50年代，原是一所师范学校的教室，后来此地建了大学，又成了外语系的教室，我那时在这所学校读中文系，常常闲逛到外语系找我的老同学覃文。想不到时过境迁，我居然住进了她们班教室（刚好是那一格），这是始料不及的。

关于老屋这块青砖，我想，它大概也不是50年代烧制的，它有可能来自另一座拆毁的古建筑。这一带原来是有一些古建筑的，现在几乎全部消失了。像是谁吹了一声口哨，它们统统解散，隐蔽起来了。就只剩下冠英古阁那几列料石垒成的基脚还沧桑地横亘在溪涧上。但那些古建筑的细胞——青砖还流落在后来起的一间间房子里，一堵堵围墙中，自有一种生生不息的意味。比如我捡回的这块青砖，它的来历是不容易猜测的。现在，它静静地存放在楼下的杂物房里，与我那些从城里城外捡来的古砖放在一起。那些古砖，有的打有简单的文字，有的镌有质朴的图案，我现在尚未真正弄懂那些文字和图案寓示着什么，许多东西，得用一生的时光去品味和阅读。即使是一些最简单的东西。作为时间的历史是一去不复返的，是无法捉摸和挽留的。但这些古砖似乎背叛了时间，凝固成一段段有质感的历史。这种质感深处隐隐留有时间的伤痛。以手叩之，坚硬，音色清越。而我们的指骨亦隐隐作痛。

当初打造和烧制这些砖的时候，有人类的参与，有生命的参与，而这些生命状态早就灰飞烟灭了，但砖依然存在。依然存留的砖的身上凝结有那些人的某种品质，或者某种情感。他的欢喜，他的沮丧、绝望和愤怒，他的一切孤独的情绪或许就是通过他泥土一样质朴的手打进一块块砖里，烙进一颗颗文字内部。因此，我对它们总有一种敬畏。它们的力量来自深不可测的内部。

是人类赋予它们美妙绝伦的形状。这形状的得来历经千锤百炼，熔铸了多少咸咸的泪水，才臻于如此浑然天成的境界。

幸好那天捡回这一块青砖，算是对老屋的一个纪念。没过多久，那些砖全被运走了。即便偶尔在一个地方碰到，也难以相认，毕竟，这座校园里这样的砖真的不少。而留存下来的被挖得凹凸不平的老屋地基转眼就长满了臃肿而茂盛的青蒿。这也是我始料不及的。不记得听谁说过，那野菜学名青蒿。青蒿遍布了整座老屋的地基，像一片长满小树的热带丛林，几乎可以让狐鼠隐身了。荒芜如此，能不让我心恻？——不久前，我们还住在这里。郁郁葱葱的样子让人感觉到它们是何等的急不可耐，好像老早就等在那里，等你们一搬走，房子一拆，它们就冒出来，疯狂地淹没了挖掘过的地基，像潮水漫过沙滩。我疑心是造物主在示威。一间老屋，一片蒿草遍布的废地，其间转换之快，触目惊心。

有好几次，我带何珈阅路过老屋旧址，面对那一片蒿草，我变得默默无语。“这里原先是我们的家”，这句话，只能在心里说。当然，这片蒿草是暂时的。不久之后，它又将被一片芳草地或者一栋新楼代替。其间的种种演绎，大多数的路人都会漠然视之。只有捡了一块青砖的人才会时时为之动容。

何珈阅上学记

何珈阅初上幼儿园还真有点戏剧性。

第一天，她看见一群和她一样大的小朋友在一间屋子里围着桌子吃稀饭，顿时感到很新奇，跑过去就坐了下来，不想走了。本来她妈妈是带她来幼儿园看看的，打算第二天才正式去报名，谁知她进入角色如此迅速。这样一来，就只好把她留在幼儿园了。

在此之前，楼上人家的小女孩上幼儿园已令何珈阅羡慕不已。那女孩每次放学回来背着一个小书包。书包是学校的象征，因此，何珈阅对学校（准确说是幼儿园）的向往就自然聚焦在那个书包上。运气好的情况下，她还得到允许背一下那个小女孩的书包，那神态得意极了！后来我们帮她买了一个小书包，一俟那小女孩背书包回来，她就马上奔跑回家也背上自己的书包，下楼跟那小女孩站在一起，这似乎也得到了一种满足。久而久之，她对这种形式上的东西开始不满意了，她向往真正的幼儿园。有好长一段时间，她简直是闹起来了——我要上幼儿园！一直等到她差三个月满三岁的时候，我们才决定把她送进幼儿园。

何珈阅第一天从幼儿园回来，就给人觉得不太对劲，她变得沉默了。目光有些犹豫，不像以往灵动。我知道，幼儿园的光环在她眼中消失了。她感到并不是那么一回事，幼儿园并不好玩。她甚至还闪烁其词地说：明天不上幼儿园了。

到了第二天，是我和她妈妈一起送她上幼儿园的。到了幼儿园，她哭得很伤心，那情景颇为令人心酸。但我们还是把她留下了。当她混迹于一群小朋友中间，被老师安排坐在一张桌子边吃稀饭，她那种木然的样子让我觉得她很可怜，好像是一个弱者屈从于命运的安排，环境和人对她来说都很陌生。以往在别的地方她会主动地去和熟悉或陌生的小朋友玩，但都是在父母或其他亲人的注视下进行的。有一根线牵着她，这根线是她的依靠，她随时可以扯动这根线，走近，或者远离。而现在，她将在没有这根丝线牵系的情况下度过她漫长的白天。她必须单独去适应新的环境，去养成一种亲人目光之外的与人打交道的能力。

到了第三天、第四天，何珈阅有了明显的变化。不像以前那么活跃，对任何事情也不像以前那么专注，给人的感觉是神思恍惚，提不起注意力，心不在焉的。你千万别在她面前提“学校”、“幼儿园”这些字眼，一提就哭，非常有效。这种状态下，我真担心她会生一场病。她正经历人生的第一场考验，就像一个球员打他的第一场球一样。

接着的几天里，她早上一起床就哭闹着不上幼儿园，但结果还是被我们骗去了。我们告诉她，她的被子、毛巾、口杯在幼儿园，得去拿回来，每次都这样把她骗去。这几天，她的状态竟也渐渐地恢复了一些。眼睛找回几分光彩。看来，她已经慢慢调整过来了。但即使是这样，“幼儿园”、“学校”这些敏感的字眼也还不能提。我小心翼翼地问她，中午在学校吃什么？她竟然说，爸爸不问。然后就蹙起眉头，眼泪在眼眶里溜溜地转。“学校”、“幼儿园”对她来说，无异于一场“噩梦”，是她不要的回忆。骗只能一时得逞，不能长久奏效。因为她开始觉悟了，她对她妈妈说，叫爸爸一个人去要回我的东西。我们决定不再骗她，跟她讲清楚：上学是无法逃避的现实，每个小孩子都要上学。我们向她说明白，尽管她不高兴，但上学意识得到了强化。随后的一两天，她病了一场。这似乎是无法逃避的。幸好，感冒发烧，吃药打针就好了。

在她入学半个月以后，清明节到了，我带她回罗城老家住了几天。准备返回单位的时候，我们让她自个儿作出选择：是留在罗城跟奶奶？还是到宜州上幼儿园，跟小朋友在一起？（何珈阅入学以前她奶奶一直在宜州带她。）我们的问题确实让她迟疑和犹豫了好一会儿。最后，听见她用小小的声音说：我去幼儿园。声音小得几乎像蚊子叫，但却是她直面现实的勇敢的声音。我们都为她高兴。这几个字音，我把它看成是一种新生事物的表征，是希望的幼芽。这是发自她内心的语言。要知道，这种自觉对她的成长非常重要。我甚至这样想，她说这话的时候脑子里一定浮动着她的那些小同学，她的幼儿园老师的面孔。她一定隐隐约约地觉得自己已离不开他们。在远离他们的时候，她找到了一个想念的角度，找到了一扇走入人群的门。或者说，她找到了另一条丝线，同样能够把她牵系的丝线。

说来也奇怪。从罗城回来以后，何珈阅上幼儿园再也不哭了。

土城童话

那时候不知道土城的历史，知道的人也没有说起。

对孩子们来说，土城是另一个世界。城墙很高大，上面长满野草和野菜，某些段落上竹子青青，杂树葱茏，这是很荒芜的土城。

骑在牛背的时候，路过土城的机会就更多。但只知道这是毫无声息的城，乌鸦叫过之后飞走，斑鸠啼鸣几声也离开，偶尔城内会升起几缕青青的烟，隐约透出土城的神秘。土城里都有什么呢？我不知道，也没人告诉我。

城墙上有花开的时候，总勾起我的心事。一种孩子的好奇和向往，不时驱使我去探求城内的世界。土城有个很古老的门，阴森森的，像一张大口。大白天走过的时候都有一种惧怕的感觉。日晒雨淋，城门上密密的青砖已烙上几条阴暗的裂痕。门顶上压一层厚厚的土，土上是一棵树。城门随时有崩塌的危险。很久以前就是这样了。

牛在墙根吃草是经常的事。牛永远上不了墙，而我终于爬上墙了，才知道墙内的世界并不神奇，屋舍俨然。阡陌交通，和外边的一样。

土城在童年的世界里不再是谜。

土城里的人们一样地活着。

土城是通过阴森的城门与外界联系。

那个时代已经很远了。不过，某些情节老是刻骨铭心。灵车引着穿丧服的人们像鱼一样游出城门，天空中回荡着凄惨的哭声。夜间会有游弋的鬼火，在墙边煽动着一种灾难的预兆。邻居老奶奶每次讲到它都会颤抖。这些，我还记得。后来有一天近城门的某段城墙突然垮了，很多人便蜂拥而出，他们举着小旗（记不清是红是白了），喊着口号，并与墙外的人们会合起来，向圩里进发。回来时旗子零星地丢在地上，还有一些纸花。这是很久以前的事了。

后来有个老奶奶疯了。天天抱着被子跪倒在墙外的路口，嘴里喃喃地说着离奇古怪的言语，似乎有一句是："毛主席呀，原谅我，是我错了……"我不知道她的身世，也没有问，只听说她的儿子在动乱时代被打死了，也是被墙内的人打死的。

土城寂寞地伫立了许多年了。大叶芭蕉仍无声地站在城墙上向行人招手。竹子很青，草很悠。墙上花开花落无人问津，只是靠近河边的那一段城墙挖了越来越多的孔，孔里寄放着盛白骨的金坛，我弄不清这是什么葬礼，也不知道是什么时候开始流传的。

再后来听说城门被国家规划为"重点文物保护单位"，人们敬而远之，视为圣物。有老者拄杖而立，呆望城门。

几年不回故土，难免思念土城。友人来信说土城别来无恙，我便放心。只是有事，到今天仍弄不清晰，只好藏之于记忆深处，让它隐隐约约罢。

青砖物语

我每天都得面对一堵普通的墙。不高不矮，毫无异彩。墙是红砖砌成。看它或者不看它，都是一片模糊的红光。有一天我猛然发现这墙里有一块青砖。这是认真观察的结果。素来粗心大意的我未免被它触动了一下。这是一块方砖，以手抚之叩之，坚硬无比。它周围的红砖显然已经开始糜烂了。我们是无法要求一堵裸露在风雨中的墙永葆青春的。在我的印象中，铁青的砖一直比红砖坚硬。铁青本身就有一种力度和幽古的意韵。青砖的形状并不十分整齐，它的角也有凹陷，但那是红火炼就时就已经烙上的。圆润如同波浪。伤痕如同柔痕。这青砖保持着当初烧制时的形状，红砖却做不到这一点。它们像一种颓废的意识正在慌乱中丧师失地，它们崩溃的那种神情十分令人沮丧，劣质的制作，是现代人某种不可告人的性情的再现。而古人呢？古人不语。只从古代凌空丢来一方青砖，像丢来一只青鸟，丢进这堵墙里，丢到我的眼前。凝固成一个坚硬无比的符号。

我禁不住要思考一下这块青砖的来历。这大概要涉及这江岸的变迁。大多数的变迁我是不知道的。这一堵墙静悄悄地横亘在江边。在菜地的一隅。在老屋和老屋的间隙间。在夜晚昏黄的路灯下。在虫子啼鸣的范畴里。以前呢？以前这江岸是什么？是公园。年长的人都知道。两座拱桥，架在入江的溪上。人们说是公园的遗物。很久很久以前呢？又是什么？有一座古老的别墅，别墅有一个很美的名字叫金谷。金谷中有卧云阁。此外，这江岸还有观音阁、澄碧庵。都是很好听的名字。这些名字也许在另一条江岸上也会像流星一样闪烁过。这些名字十分经典。

古书上记载金谷别墅破败以后，主人把它舍给佛家。佛家起了一个名字，叫玉皇阁。这些曾经辉煌又一度寂静萧条的殿宇都因为这样或那样的历史原因近乎湮灭无迹。它们得出了一个残酷的结论：只有脚下的江水终古奔流不息。是造化里真正的英雄！那么，这堵墙里，这一块幽幽冥冥的青砖，到底是哪一个朝代的遗物，是宋朝？是明朝？还是清朝？到底它来自哪一座临江的殿宇，是哪一座殿宇最后的呼吸？它被丢弃在无边的荒烟里，究竟是缘于哪一阵风，哪一场雨，哪一次致命的大火，哪一束闪电和哪一声雷鸣？它又是被哪一位民工在砌墙时随手拾起？活生生地塞进红砖的怀抱里，镶进一片忙忙碌碌的红光中。因为拥有自己的质地、色彩和语言，多年来，竟没有迷失自己。锁住自己的岁月，以冰冷的面孔独对仓皇的季节。

这江岸还有古老的坟碑。横置无根的坟碑又似乎暗示了这一块青砖的另一种可能的来历。它或许是墓门的一块砖。曾经是幽冥的使者。在某次臆想的盗墓中散落荒草。

这古老的遗物确实让人浮想联翩。它也曾映照过一张动人的容颜吧！朝如青丝暮成雪。它也曾围拢过前世的幽情吧！围拢过男人和女人的故事。或者，是哪一位高僧面壁过。他的呢喃曾经多么枯索地在这一方青砖上爬行。无论如何也穿透不了那一堵厚厚的墙。声音只能在他心中回荡。或者是哪一只葇荑的手轻轻抚过，细葱般的手指只抚摸青灯黄卷，门和砖石，只抚摸清风明月，不抚摸俗物。也曾守护长久的空寂吧！万籁俱寂的夜晚，远空只有几粒微茫的星子。而近处萤光点点。点点萤光一闪一闪地爆炸激情。无声的爆炸。震动的是自己。在无人收拢、微微颤动的微光中，又是哪一只萤火哪一次爆炸忽然照亮了这一方青砖的容颜？许多像月光一样流逝的日子里，月光只能映照它的一面。月光也只是无意地映照。

今夜没有月色。只有夜阑的灯火映照着我。窗外突然雷雨大作。闪电照彻了我的窗子。我的目光越过夜晚的重重障碍，重新审视那一面墙里的那一块青砖。它不再跻身密密的红砖，而是独个儿飘浮在空中。方方正正。幽蓝幽蓝。像是要随闪电而去。

拉住你的手，
这样的夜晚才不会迷路

2000年11月5日，宜州掘出明代东门城楼遗址。

——题记

许多时候，我们徜徉在古城墙早就倾圮的江岸上，寻访寥落的几块砖头和基石——那些受过重创的历史残片，梦想会找到一个符号，两个文字，好编织一段年代斑驳的苍凉遗事。而这样的收获极小。夜晚，与江水在不同的高度被随意放逐的时候，我们找寻的更多是一种感觉。而往往在这种时候，黑夜中的江水成了谁家姑娘多情的眼眸，无情地撩动我们的思绪。

它在我们看得见和看不见的夜光中流淌，无声无息，绵绵不绝，就仿佛我们身上的血管，我们时常忽视它存在，它对生命却至关重要。一条江，对于一座城市来说，无异于一条血管对于一个人。当然，我指的是活的人，我指的是活的城市。今夜，城东那条街道，一改往日的平庸。到处是翻开的泥土。人们在街的两旁挖了深沟，沟中映着亮亮的水。在新的大街产生的前夜，旧的大街总是要忍受阵痛的折腾。古老而新鲜的泥土气息在空气中荡漾，夹带着几丝潮湿的荒凉。走到了新掘出的那段东门城楼遗址，我们默默地驻足，不敢轻易去触动这历史的伤痕。东门翻出了沧桑的历史，这座城上了年纪的人也翻开了他们的记

忆。他们用言语、手势、眼神、唾沫、发黄的书卷加上不切实际的梦想构建起各自的东门。一时间，沸沸扬扬。让人切身地感觉到，山城沉睡已久的某根神经忽然激活起来了！

在东门尤其幽暗的灯光中，土地翻开的气息不容置疑地席卷而来，像发酵的酒缸被搅动一下，似酒非酒的气味令人迷醉。我们的情感在这样的夜晚也穿透岁月的黄尘，涌现前所未有的鲜活。

你轻轻的一握，一触，一拨，顿时开成我生命的花朵，你掌中冉冉升起的微微潮润的暖雾，流逸成花朵四周诱人的芬芳。

几百年前的你，其实都没有在迷雾和黑雨中走失。鲜亮有如北山的朗月，南山的红豆，绚丽有如西山的丹霞。

残败的东门城基中间，幽亮着一条石板路。像深潭上浮动着一条竹筏。有城门的时候它从不曾这般无奈地袒露自己。其实城门又何曾阻挡得住人间的风雨。寒星与冷月用刻刀的清光轮番雕凿路面的一块块石板——那一张张凝重的面孔，却忽略了那一声声细如游丝的喘息。人生说起来也很简单，无非就是：走来，走去。很多人，从这里进城，又从这里出城。脚步和心灵敲击冰冷的石块，轻重不同，而城内和城外的鸡啼总是同一时辰！

我看见我进城的时候鬓发青青，衣袂飘飞，出城的时候已成皤然老翁。我的头顶上飞翔着一只疲惫的鸟。我听见铅色的云层中有个声音在反复吟唱："昔我往矣，杨柳依依。今我来思，雨雪霏霏。"

我丢掉深山伐来的追随我一生的那条藤杖，等待浊泪淌过我苍老的脸庞。这时，我猛然触摸到你温暖如春的手指。没有丝毫做作的躲闪与藏匿。我走出历史的幻境，投身新城的灯光。

拉住你的手，这样的夜晚才不会迷路。

石龟行走在记忆的洪荒旷野中

在我橙黄色的书柜里，在一排色彩斑斓的书籍列队立正的前边“空地”上，一只黑色的石龟一如既往地昂起它高贵的头颅，一动不动地行走在它记忆里的洪荒旷野中。它那起伏的喉管像是在夸张地蠕动。我一直怀疑这只石龟是在一次运动中，或是在一次长长的吐纳中凝固为石的。它一定有着一个难以破解的行动或步骤尚未完成。我时常凝望着它，直到眼神迷离，石龟沉入记忆之湖泽，而另一只石蛙浮出水面。在我的家族史中，一只背负着一片落叶的石蛙像一个神秘的符号潜藏在某个角落。随时都有可能一跃而起。我无缘见到曾祖父的那只石蛙，我只是在石蛙遗失数十年后在宜州古隆河边拾到一只石龟（头身宛然，见者无不称道），石蛙的故事在我的家族中流传很广，我不断地听说，从小到大。最能引发我兴味的是那一片蛙背上的落叶，它不断激活我的想象：在天荒地老的那一刹那，叶落在蛙的身上，惊心动魄的这一接触产生了雷电，顿时，青幽幽的闪电流布了动物和植物的全身，伴随着一声沉闷而略带焦味的鸣响，一件天造地设的艺术品形成了！在它的上空，升腾着一缕袅袅的青烟。

龟蛙在所有的生灵中地位不高，又特别容易为人类愚弄。但它们生命力很强，不易灭绝。它们仿佛地气所凝，充满着阴沉，潮湿，匍匐中流淌着坚硬的寂寞。

说到石蛙就一定要说到曾祖父的挚友谢思卿。那石蛙正是谢思卿所赠。谢是融水人。民国十三年（1924 年）罗城县长。民国十年（1921

年）前后，罗城地方匪乱猖獗，占山为王，打家劫舍者风起云涌。在这种动荡不安的情势下，罗城县长一职频繁更替，谢思卿也仅仅做了一年。一个知情者告诉我，谢思卿是在一个月黑风高的夜晚离开罗城县城的，没有人觉察。白天，发生了一件伤心的事情，他当时仅有的女儿失足坠马而死，失去爱女的谢思卿在悲痛之余处死了那个随女儿出门的幕僚。这是一个丧失理智的举动。谢思卿随即陷入深深的懊悔之中。他思前想后，眼前分明晃动着幕僚亲属寻仇而来的身影，愤怒的脚步已经逼近，他退却了，决定一走了之。

在失去爱女之前，他在一夜之间失去了妻子和三个儿子，这里又是一段揪心的疼痛：融水一个叫民洞的村庄是谢思卿的故里。那里世代居住着谢姓和覃姓，两姓因采矿发生纠纷，引发猛烈的械斗。这类事在当时的民间是屡见不鲜的。覃姓败后不服，用重金请来“生苗”（旧时汉人对苗族人的称呼），“生苗”战斗力极强，在一个夜晚一举攻克谢庄营垒，纵火烧毁其门楼、房屋，杀死谢氏族人。烟火缭绕在民洞的山间，三日不绝。那是一场惨烈的战斗！惨烈中又带着几分落寞。毕竟大山深处的战斗，像野花开在山谷中一样，自生自灭，没有观众，也无人评说。这一役谢姓死伤惨重，谢思卿的妻子和三个儿子就是在那样一个被熊熊烈火照亮的夜里丧生。当时谢思卿带女儿在外做官，幸免于难。战火中余下的谢姓族人自然不会偃旗息鼓，他们不时回来偷袭，覃姓不得安宁。数年之后，民洞一带田园荒芜，炊烟将尽，鸡鸣寂寥。厌倦仇杀的谢、覃两姓终于议和，约法三章，保证日后永不械斗，相安和睦。这已经是后话了。

失去亲人的伤痛接踵而来，谢思卿彻底陷入了毁灭性的孤独中。他穿越了苍苍莽莽的九万大山，可想而知，在黑暗，潮湿，充盈着瘴气的森林里一声声呼喊着他的不仅有冤魂，还有他妻子儿女的亡灵。他是以怎样灰暗和绝望的心情越过他人生的黑色山峦，恐怕永远没人猜得透。山间明明灭灭的萤火，无法给他光明。他要找到光明，就只有战胜自己。谢思卿最后在贵州的一支旧式部队里混迹。凭着丰富的阅历和坚韧不拔的个性，他很快升为营长。做了军官的谢思卿重新燃起温情的火焰，他娶了一个美貌的少数民族女子为妻，不久，他生命中的最后一个女儿出生了。他为女儿取名宽凤，说她是一只让他宽心的凤凰。宽凤像一株修竹在山谷中静静生长，她给谢思卿的凄凉老境带来莫大的慰藉。老人的所有钟爱尽倾于这线最后的血脉上。

宽凤现居桂林，已近七十岁。我见过她老人家的一帧照片，摄于象鼻山前。一看就知道是曾经的闺秀，保持着一份与生俱来的娴静和优雅。

大概是在临解放或解放初的某个是时候，已经解甲归田，住在一间茅草屋里的谢思卿把女儿许配给我的二伯父为妻，这完全是缘于他与我曾祖父之间的深厚情谊。宽凤在我们家没待多久就回融水去了，这多半是因为我的三伯奶（即她的家婆）过于挑剔，对于一个从小就承受父母宠爱的大小姐看不顺眼，加上二伯父生性懦弱，无力与现实抗争。

见过年轻时候的宽凤的人都说她很美，是山中的凤凰；见过那只石蛙的人都说它很生动，是神奇的灵物。而这一人一物，谢思卿却如此慷慨地馈赠我们家族。他和我的曾祖父是何等的投缘啊！友谊的力量有时候是不可思议的。可我们家族似乎无缘留住这两件真诚的礼物。宽凤受不了委屈，走了。据说二伯父送她回民洞山里，洒泪而别。而曾祖父死于上个世纪的1960年那一场举世闻名的大饥荒之后，石蛙也跃出门槛，消失在茫茫的夜色或迷雾中，从此不知去向。有人说是我们的某某亲戚顺手牵羊拿走了，在他家里曾见到过，可他似乎并不乐意承认。至于谢思卿何时离世，离世时是何等景况，我没有去进一步询问，似乎懂得的人也不多。

谢思卿的故事总是会在我身边流淌的时光中翻来覆去。像微尘，光线暗的时候看不见，一束光射过来，它又在光中活跃无比。又像是下大雨前飞临我身旁带翅膀的蚂蚁，充满着焦灼不安的生机。他的一生，算是浸透了痛苦之液。历尽艰危，饱经沧桑。幸得一脉尚存，足慰九泉。其挚友之曾孙如我，亦时时为其伤痛的旅程而震撼，在怀念曾祖父的同时也无尽地怀念着他。

石蛙背上那叶片承载的时光流转了几十年。在我的书房里。石龟以永恒跋涉的姿势与我无言地对视。窗外的溪涧时常在深夜里传来几声隐隐约约的蛙鸣。古老的石蛙隐匿了，而石龟现出。生命的符号在我们的旷野里生生不息。我们不断地繁荣，又不断地荒凉。不断地热闹，又不断地冷寂。不断地失去，又不断地找回。不断地流泪，又不断地欢笑。而旷野的月光一如既往地清朗。心中有了无限的旷野，我们才想到要去建构精神的大厦，去倾泻动情的言语。无垠的旷野是生命的反光镜，依然有生命力的元素或者生命逝去的痕迹都在上面呈现无遗。

我似乎读懂了石龟在过去的时空里行走的艰辛和执着，它昂着头，凝望着前方，前方永远是无法淌越的彼岸。

夜访铁城

早晨起床就看见床底那双皮鞋。平日里，它们乌黑发亮，而眼下，乌乌的鞋面蒙着一层白白的尘土，我微微一笑，心想，这一定是昨晚的月色。

皮鞋如舟。载我在月光里漫游。陪伴我的，是同样酷爱夜游的一位朋友。这位朋友是个画家，身材瘦小，但腰杆挺直。浓密的大胡子怎么也掩盖不了他那特有的悲天悯人的神情。他双手交互抱在胸前，像古人一样走在月光下。不用说，他的影子更加瘦小，更加单薄。像一片微风就能撼动的草叶。在无人的郊野，这样的影子，我们的影子，是微不足道的。

出城朝东已过北山，下了一个坡，上了一个坡，青鸟山就到了。夜里没有鸟语，偶尔有，也不过是鸟儿梦中所言。青鸟山下累累的坟冢在月色中更显幽深。那一片住占坟场的相思树正在进行隔世的相思，白天看上去尚且阴风暗雨，夜晚自不必说。更何况月色又给它们镀上一层薄薄的、粉碎性的迷茫。沿青鸟山南麓傍江而行，一路可见山高月小之佳境，只可惜，秋水盈盈，分明是水未落而石未出。

我们都说月色真好。叹息这空旷的月夜，这无垠的荒野，只我们两个闲人。这不是八百九十多年前东坡先生的叹息吗？这里霜露未降，木叶未脱，但人影在地，敢说与东坡先生漫游之夜无异。想想作为人，胸中若少了半亩月色，一锄溪涧，少了这起伏连绵的山山岭岭，该是多么的乏味和沮丧。而心中泯灭了大自然的野趣和生机，又何来人间的温情与眷恋?

在月光照射不到的山之隅我们驻足良久。看月光在别处的冈峦跳荡。

不过二三里，木棉村到了。村头竹荫筛月影、影影绰绰。关于木棉村，前人有诗云:“且向木棉村外望，寒鸦已逐牧牛归。”寒鸦早已归巢，牧牛也早已在栅栏里反刍它们艰难而悠闲的岁月。村中传来一阵扑扑声，像是谁在捣衣。我的朋友应声吟起唐诗:“长安一片月，万户捣衣声。”此言既出，我心竟渐渐生出些悲凉来。征人远戍，万户捣衣，万妇心碎，何其凄恻。远古的月光中那一幕幕场景徐徐游荡而来……“可怜无定河边骨，犹是深闺梦里人”。

过了木棉村，即往村边山坳攀援而上。坳那边就是铁城。宋人依山势之险筑城而戍，以抵御蒙古人的入侵。峭壁森列如铁，因而呼之铁城。当年的细柳营至今湮没无迹，依稀可辨的无非是几道荒草为伴的残垣。东西峭壁间两块硕大的摩崖石刻默默相对，一任山鹰拍击，青苔攀附、千百年来无声无息地向后来者诉说铁城营建时的声势和荣耀。沿着今人凿通的捷径，我们默然进入铁城领地。一前一后。前言后语。声音如同古人。站在坳顶，就像站在铁城的肩膀上。青山如壁如围，月光用灵巧的手笔绘出它们旷古凄清的轮廓。曾经在白天偃卧过的松树林在坳底隐约可见，只是微弱的松涛无力浮到我们所置身的高度。最清晰可见的是那一泓仿佛若有光色的池塘。塘边游走着一盏时暗时明的渔火。对山住有一两户人家，相隔一里许。一只狗仍然嗅到异味，知有不速之客夜访铁城。狗吠声在对面山脚黑黝黝的竹林间炸响，然后朝我们直逼而来。竹林里有一盏不易觉察的煤油灯，像是那只狗昏黄的眼睛。月光不再是恬静的了，而是充满动物性的骚动。狗吠声毫无忌惮地穿破寂静的夜空，惊动了千年的铁城。声音在四周的峭壁间回荡，竟携带少许金戈铁马的况味。这畜生，一定通幽冥、懂历史，谙知人情世故，不然，何以爆裂出如此悲怆荒凉的声响?

我深切地感觉到它才是铁城穿越时空的主人。是它主宰着千年的寂寞，是它用嗅觉守护着铁城的宁静，是它用沸腾的野性控制着山中的格局。

狗吠声最终还是渐渐平息了。也许是它终于嗅出我们不会有大的举动，再叫也是枉费心机，于是就不叫了。我们在一块剖开的岩石前站着，被那种耀眼的光泽吸引了。我的手指忍不住伸进那束光里，却抚摸到一种坚硬的东西。这寂寥的冰岩，风骨棱棱，它不仅仅承担月色，传递月讯，它本身似乎也在透出那种可与宇宙对视的光芒。想当初它一副风雨沧桑的面孔，被灰暗的败叶藓迹掩埋，有谁知道它有着如许坦白纯粹的襟怀？

我们沿着来路退出铁城，身后传来几声空旷的狗吠。那苍凉的送客的音响在身后的绝壁间雷霆般颤动、荡漾，带着铁器般的和声。

在归途略为黯淡的月色中，我们无言地走着，仿佛各有心事。铁器在铁城里永远消散了吗？戍守铁城的士卒，是否都平安地回到了他们的故乡？并在途中折断他们的刀戟。回不了故乡的士卒啊，是否枕着闪亮的刀枪长眠在青山之麓，任尘掩颜容，风蚀骨骼？当兵器腐朽成一堆斑驳的锈迹时，他们最后的遗骨闪发出最后一道寒光。没有人知道，也不会有人理会，那寒光，是不是深闺梦里的最后一线希望。那寒光，至今仍流淌在月色里，沉淀在岩石内，涌动在这个季节不再出没的萤火虫的躯体中……

作者注：铁城在广西宜州。南宋末年宜州守将云拱奉朝廷之命修筑，城依山而建，襟江带河。

寂寞的坟碑

在我住的这座老屋边，有一块没有根的坟碑。我说它没有根，是因为它已脱离泥土，像一个无家可归的游魂，被闲置在江岸上。它仍然有用，它被人移到水龙头边，用来垫脚。

这是一块普通得不能再普通的坟碑。简直就是一块石头。碑的底部呈三角形，是原先埋在地下的那一部分，因为是埋在地下，故而没有打磨，粗糙的石纹依然可见。碑的文字大多已漫灭，可辨者仅有数字，如“清故”，如“光绪”，其人姓氏仅余半字，类“冯”，颇费猜测。可以明确下来的是，此人是清朝故去的，这块坟碑是光绪年间所立。字迹的模糊不清多半是因为人们踏踩太多，为形形色色的鞋底所磨损。

大多数踩上去的人恐怕都没有想过。这是一块太普通的坟碑，普通得有时候人们忘记了它的存在，踩上去，只道踩一块石头，而不是坟碑。它没有奇特的雕饰，没有森严的气度，无从给人以威压。人们的漠视和健忘，使它褪尽了复杂的历史，还原成一块普普通通的石头。与江边所有的石头一个样。

然而，它毕竟是坟碑。人们稍微注意一下它，它就活脱脱是一块坟碑。即使打碎了，用来铺路，只要还残留一些字迹，保持一定形状，人们就能肯定，它是一块记录死亡，与死亡为伴的坟碑。它自从做了坟碑，就注定了永远做坟碑的命运！

竖起的坟碑，似乎可以俯视大千世界，芸芸众生。而倒下的坟碑，就只有面对悠悠苍天了。

云彩，不会落在它身上，流萤也不会在上面驻足，滔滔江水与它平行，但不会给它带来一点信息。只有徐徐清风，皓皓明月，无私地铺泻在上面。这是一块多么寂寞的坟碑啊！其实世上的坟碑大多是寂寞的，不寂寞的毕竟是少数，清明的爆竹声，冲不走浓浓的寂寞。集合在一处的林立的坟碑也不见得会热闹起来，相反，它们集合着比个体寂寞更寂寞的气息，那种几乎可以和幽灵进行对话的气息。

人类都是通过物来记载自己的生与死的。而这些物，本身是无辜的，本身并不负载什么。因为人类的参与，才使它们格外沉重。有人写书，有人绘画，有人制造各种器物……无非就是为了记录生的思想和生的情趣，生得默默、死得默默者，后人也大多给他竖一块坟碑，用以记载他。漫灭不可辨认的坟碑，与那些为蛀虫侵蚀，残破不堪的书籍具有相同的命运。

我的叔叔，一个乡下的木匠，他最近告诉我一件事：

他到邻村买了一棵老椿树。卖树的人是种树的人的曾孙。一百多年前，有一个人从遥远的地方迁徙到我家乡的那片土地上，他盖起自己的房子，并在门前种下一棵椿树。他成了这一门的开基祖。开基祖，在我们那一带人的家族观念中，地位最为尊崇，皆因其拓土开基，功不可没。对他的祭祀，尤其隆重。这个种树的人，他根本不会料到，一百年后的今天，他的后人如此寒碜，居然要卖掉他种的唯一一棵树，目的是为了给他竖一块坟碑，奠定他作为一个开基祖的尊严。

要是当初他没有种下这棵椿树呢?

他不是，连一块碑，都没有了吗?

我的叔叔花了四百五十元买下了这棵椿树。加上雇砍伐工二人、搬运工二人和请运输车的费用，我叔叔为这棵树开支了五百五十元。五百五十元，搞掂了这棵木质精良无俦的百年椿树。

叔叔因为参与了整个劳动过程，他的身骨酸疼了一两天，可见这棵椿树之大。但叔叔依然十分欣慰，因为，椿树是上好的家具原材料。这棵老椿树，是他买到的最好的一棵椿树。

树轰然倒地的那一瞬，卖树的人，那个年逾花甲的农村老汉，那个已走入生命的黄昏急切想处理好一件事情的老人，他的心灵是否抖动了一下？他的眼光呢，是否也凝滞了一下？叔叔没有说，当时他很忙，大概没有注意到。村庄的尘土被扬起，很高很高，甚至超过了椿树原来的高度。当然，这也不是我的叔叔所关心的。

买树的人身骨酸疼了一两天。

卖树的人了却了一桩心愿。

种树的人从此长眠的那片土坯前竖起一块像老椿树一样寂寞的坟碑。

百年的守望，从木质换成石质。诠释着一块故土的木石前盟。这是一块普通坟碑的背景。

而流落在江岸上，这块同样普通的坟碑呢，它的背后，隐含着怎样的来历？它一贫如洗，光溜溜的，不仅失去了一切故事，还失去了它守护的那一抔泥土和那一团春草。

有一些坟碑只记录一个人，有一些坟碑记录好几个人，记录上百人的坟碑我也见过。在一个偏僻的山乡，我在当地人的引领下寻访过一块大坟碑，上面记录着一百二十人的死。那个大坟，当地人叫“百二堆”。碑文、碑联仍清晰。碑文大意是，当地圩镇附近多古墓，年代久远而无人祭扫，以致破损严重，某年某月某人做善事，将一百二十副枯骨捡于一处安葬云云。碑是光绪年间所立。碑心刻有四个大字“永慰幽栖”，笔画凝重如同叹息。碑联有两幅，其中一联云：

念荒冢之多残，冷月凄风，饮恨九泉谁血食？

捡枯骨而主瘗，平原茂草，同安一穴赋招魂！

有人据碑联的隐微含义推测，真实的情况并非如碑上所言。而是当地发生了一件“惊风雨、泣鬼神”的大事，百二十人罹难，时过境迁，生者为之营葬，假托捡荒冢枯骨。这样，可免于当时的政治迫害。这种猜测，应当说是有一定道理的。只可惜翻检方志，并无此事蛛丝可寻。

而荒野读碑，摩挲着“冷月凄风”和“平原茂草”时的那股洪荒旷野的苍凉情绪竟长久驻留方寸之间，挥拂不去……

沉寂中的轰鸣

我和舅舅走过那条不知名的、干枯的小河时，舅舅说，这里原先有个水碾。舅舅的语气十分坚定。可我似乎找不到一点儿水碾的痕迹。我见过一些废弃的水碾，至少不用别人说这是水碾，从那些残留的东西，比如一座圆形的平台，一堵沧桑凝重的墙，一道被流水不断冲蚀的卵石垒成的堤坝，甚至一两个被打断的圆形碾盘，我就能下结论，这是一个荒废的碾房。可眼前，哪有水碾的迹象？空落落的河道，河岸上青草开始吐出尖尖的舌根。当我再仔细地察看地形时，终于还是发现了一丝蛛丝马迹。上一洼凹陷的圆形的坑，隐隐透出一丝沉沦灰暗的气息，坑不大，大概就是碾房留下的全部遗迹吧。岁月淘走了一切可以唤起人们想象的东西，恢复了这里的原始寂静：泥土、草、卵石……只留下这个谁都无法把它和碾房联系起来的坑。我疑心舅舅的线索也是来自别人的记忆和传闻。世上许多东西是靠记忆和传闻存在于人们的意识深处的，实物早已荡然无存。实物的存在有可能是一瞬间的事情，而它的存在若是触动了人的意识，那它就会像无形的毒蛇和野狐狸一样纠缠人的一生。

我记得舅舅那时还说，守水碾的人是一个军官。他为什么来守这个荒僻的水碾，从什么地方来，什么时候来，几乎没有人晓得。沉默得几乎不和任何人说话。他除了守水碾，就是打柴火到圩镇去卖，借此维持再简单不过的生计。舅舅知道的大抵如此。我们当然可以这样想象，这个守水碾的人，他孤独得有点像守草料场的京师八十万禁军枪棒教头林冲。林冲在山神庙牛肉送酒度过他的风雪夜。这位守水碾的老人又是如何消受他人生的风雪？是否也有一壶酒，默默地点燃心中蓝色的火苗。只是林教头庙前潜伏着杀机，他的朋友陆虞侯正面对着漫天的火光发出胜利的欢呼。守水碾的人是不是也会遇到像陆虞侯这般无耻的小人寻迹而来，潜伏在水碾四周，扑闪着一双邪恶的眼睛，抚摸着冰冷的枪口，伺机完成主子下达的任务。有可能发生在那些个星光灿烂或雷雨交加的黑夜的故事，毕竟已经离我们十分遥远，我们不得而知。

我和舅舅走过那条枯河已经是多年前的事了，可舅舅那几句简单明了的话语依然留在我的记忆深处，在我毫不设防的时候向我踢踏而来。几句话，毕竟以最艰涩的可能性暗示了一个人的一生。几句话，留给我一个十分遥远的想象空间。我也没有多问舅舅，想必他也不会知道其他更深远的事，若是知道，他一定会告诉我，在这种事情上，舅舅往往对我毫无保留。

舅舅的话语浮出记忆的水面的那一瞬间，我会猛然回到那条无言的枯河，回到那个圆形的洼地。到了后来，舅舅的那几句话完全溶入我的生命中，也就是说，我完全可以凭一念感觉就可以链接舅舅的叙述时，我的想象世界里浮映出那个无比荒凉的场景，那个被流水夹带沙石淘得一干二净的碾房遗址。

上天赋予我一双与其他人相比相对悲凉的眼睛，因此，我的眼前起起落落的物象大多是一些荒凉透骨、被人类遗弃的废墟。这座湮灭的碾房只是其中的一种。这些起起落落的物象分明就像阴影一样纠缠着我，我在阳光下站立的时候，它们尤其明显。但我也从中得到一些莫名的愉悦。

水碾房荒凉的物象最容易使人我联想到它的主人的最后境遇。他守护着古老的碾房，度过了他最后的岁月。这小小的场地是他最后的归宿，是他生命中的最后战场，甚至是他终生固守的那道防线，那个不允许任何人以任何理由肆意践踏的领域。本来就荒僻的碾房在夜晚一定愈加荒僻，村庄遥远的鸡鸣如期向他报时，一盏桐油灯燃起的昏黄是他全部温馨的依托。他或许会听着水声在枕下低低地吟唱，兴致一来，说不准会哼上两句年轻时哼过的小调，想起那个爱过的女人，对女人的想念还有可能使他热血沸腾。当然，这是我们的臆想，兴许他一辈子没碰上一个令他热血沸腾的女人。这种事对许多男人来说是常有的，不足为奇。在那无比深邃和漆黑的夜里，他一定也常有梦，他可以斩钉截铁地锁住他的身体以及他与人往来的欲望，锁住他的历史和所有鲜为人知的故事，但他无法锁住他自己的梦。噩梦，或者好梦。事实上，在碾房倒塌前的许多个梦里，他的碾房就已经倒塌了无数次，并且发出一阵阵激越而疯狂的轰鸣，一次比一次猛烈，一次比一次具有震荡力。

在一个梦中他回到杀声如潮的战场，听见鼓角在空中搏击，听见刀枪鸣叫，战马嘶吼，血光猛然漫过他的双眼，湮灭了他所有的光明通道。这时，他会伴随着一声像是从屋外传来的叫喊忽然惊醒。待到凝神静气之后，他听到屋外呼啸的水声，涨水了，他自言自语地说。然后他用那只风霜凛凛的砍柴的手、拉水闸的手拭去额上的冷汗，再按住日渐干瘪然而依旧硬朗的胸口，抚慰那颤抖着的心灵以及整个身躯。紧接着我们可想而知，他会发出一声长长的叹息，这叹息疲惫得催人泪下，悠长得有如世纪的回声。它穿透了碾房并不厚实的墙壁，穿透了滔滔的水声，也穿透了那样一个黑沉沉的夜晚。这一声长叹包含着让人捉摸不透，并且永远无法彻底洞悉的情感。他的一生中所有悬而未决的问题或许就潜伏在这声深沉的叹息中。

这叹息同样拷问着所有愿意想象它存在于那样的夜晚的人们。

这叹息才是真正滚动的碾盘，它碾出一道道纹路，深深地刻在老人的脸上。

这叹息才是真正的河流，它把老人漂浮在一个无比苦难的层面，像一条奄奄一息的鱼。

就在这样的叹息发生了很多次之后，他直挺挺地倒下了，像一棵倒下的树。

我们完全可以这样设想，在生命的最后时刻里，他拼却最后的气力拉开沉重的水闸，让沉重的石碾启动战车般的轰鸣。这一次没有碾米，而是碾他最后的时刻。他是战士，战士应该死于沙场。他是在飞奔的石碾声中倒下的。在他倒下后，石碾恪守着它永恒的圆圈一路轰鸣不歇，一路杀声震天。

这只是一种设想，另一种设想有可能更加符合事实。也就是说，他是在梦里跌入那个拒绝一切梦幻的绝对黑暗的深渊的。

没有谁听到他最后的呼叫，甚至他自己。

战士倒在自己无声的战场里，惨烈得没有一个观众。

第二天，挑谷子来的人又把谷子挑了回去。从村庄延伸向碾房的小路渐渐荒芜了。不言而喻，碾房失去了这位谜一般的老人之后就失去了一个与一切死寂对抗的孤啸着的灵魂，这条河流失去了它最冷峻、最奇峭的悬崖。

我的所有想象也许没有一点是符合事实的，这种可能不是没有。但有一点绝对是事实：这位逃离战场的隐士的所有悲壮和寂寞的生死都和碾房一样被湮灭在岁月底层。

这种湮火的真实在我们的世界里俯拾皆是。它往往以一种表象的荒凉叩击我们脆弱的堤岸，激发我们深夜的潮水。

看见鬼火的大伯

大伯是个聋子。他给人的印象是一辈子都在放牛。他放的都是老母牛，母牛总是带一条牛崽。这条牛崽卖了又有另一条。另一条卖了又有另一条，最后老母牛也给卖掉了。继承老母牛传统的是一条年轻的小母牛，这条小母牛稍微大了一些，就开始下起牛崽来。一直下到老，又被卖出去。大伯一生中究竟养了几条牛，我不知道，但我知道他卖了一条条牛崽，却从未给自己增添些什么。一件衣服，或者一双鞋子，一顶帽，都没有。

除了冬天穿两件粗布衣裳之外，几乎看不见他还穿过什么衣服，春、夏、秋三季，他都打赤膊。只有一条裤子，很宽松地垂在下身，裤头被一根红薯藤般拙劣的布带胡乱地系在腰间。鞋是少见他穿的。有时很冷，他穿一双很旧的解放鞋，鞋头秃秃的，没有一点光泽，使人怀疑是解放那年买的，已经穿了几十年。袜子是从来没有的。每天赶牛出去，总会听见他吆喝一两声，除此之外，就很沉默。他聋得很厉害，别指望跟他平等交谈，要告诉他什么，得对着他的耳朵反复高喊，直到他点点头，或者微笑，哦哦两声，才算听明白了。至于是不是真的明白，就只有他一个人知道了。所以，除了非告诉他不可的事，就都不告诉他了。

大凡聋子都是十分孤独的。他们看上去总比普通的人深邃了些什么，或者说，隔着些什么。聋子看得见，却往往不知道是怎么回事，视觉的判断毕竟是有限的。大伯的聋不是天生的。新中国成立前夕，我们那一带好些人都去投奔柳北游击队，大伯也去了，那时他还是一个十八九岁的毛头小伙子。他听人说柳北游击队在永乐坳驻扎，于是他沿着弯弯的山路跑到了永乐坳。爬上坳顶，却找不见游击队的踪影，大伯只好悒悒而归。从那次回来，他的耳朵就聋了。听人说，大伯因为找不到队伍，心中很焦急，那种焦急郁压着他，使他喘不过气来，最后绝望了，绝望了就大喊几声，就自己打自己的耳光。耳朵，大伯的耳朵，就这样给打聋了！在那高高的永乐坳上。我估计那时正是黄昏，四周是茫茫的荒草，残阳如血，彩霞满天。我听人这么说的时候，脑子里就油然而生一种想法：人过分绝望了会生病，而且是一种莫名其妙的病。

那些年他总是单独吃，单独住。伯娘他们在屋里吃，他就舀一碗菜坐在门槛吃。有一次，盐罐见底，堂姐煮菜的时候误把一块盐腌的菖蒲蔸舀进菜里，晚上又偏偏舀进大伯的那个小碗里，大伯以为是瘦肉，一口咬下竟是药蔸。那一晚，村庄的上空有一种异样的骚动，他坐在门槛上骂了一整夜。门槛是不是沉下去一些了，我不知道。对于聋子骂人，大家都不予理睬。理睬了，聋子也不会知道。由于他的骂声，我倒是对盐罐里的那种菖蒲蔸感起兴趣来，有一次竟偷偷窜进大伯家灶门，从盐罐里找出一小块来咬，那药蔸乌乌的，不很硬，可以分成一丝一丝的，倒很像是瘦肉，味道却是又苦又涩又咸，像我今年暑假在海边尝到的那种海水。尝到海水的时候，我才猛然想起，那种味道我很小的时候就尝过了。

大伯住在生产队公堂的一间侧房里。公堂很老了。它原是我们家祠堂，后来归队了。门楣有我曾祖父写的“何氏家祠”几个大字，岁月斑驳，但还可以清楚地辨认出来。这间老屋，追溯起来，恐怕有一百多年的历史了。我们的祖先从福建漳州搬来的时候就起了，那时候大清嘉庆皇帝还在位。大伯住的那间房子白天老是锁着。有几次我被好奇心驱使，试图要发现什么，从门缝往里望，黑乎乎的，什么也没有望见。大伯总要等到深夜才打开锁。那个时候我们做小孩的老早就进入梦乡了。大伯夜晚摸进公堂的时候，恐怕和幽灵差不了多少。听人说，有几个晚上，他忽然大喊大叫跑出来。他说他看见一团碗口大的青幽幽的鬼火从床铺底滚到屋角，又沿着屋角徐徐上升。等到人们掌来了油灯，扛来了尿瓢，房子里哪有什么鬼影？只有一堆从墙上滑落的灰沙。我们那里有鬼怕人尿的说法，也不知道有什么出处和依据。小时候打红薯窑，红薯快熟的时候，大点的就哄我们几个小一点的撒尿赶鬼，赶得越远越好，免得鬼偷红薯吃。我们几个小的于是就分头朝四面的土坡撒尿过去。大一点的还一再交代我们，撒尿的时候不能回头，一回头就不灵了。赶鬼回来红薯自然没了。他们还一个劲地埋怨我们不会赶，给鬼钻了漏洞，把红薯偷吃完了。我那时心里好纳闷，恍惚觉得他们就是鬼，但还不敢肯定，因为我那时还相信世间真的有鬼。

正是因为鬼火，大伯才没有成为别家的接养崽。他小时候曾过继给本村的一户人家。有一天晚上，他翻来覆去总是睡不着，把头蒙进被窝里，还是睡不着，只得把头又伸出来，忽然，他感到紧闭的眼睛外有一丝凉凉的光亮，睁开眼睛一看，原来是一团蓝幽幽的鬼火正顺着楼梯一级一级地滚下来。他吓破了胆。连忙一口气跑回家里。从此，讲死讲活也不去那家做继儿了。许多年之后，有人玩笑似的问到这件事，他都严肃地说："那间屋住不得。"大伯这辈子净看见鬼火。鬼火什么样子，我很想亲自看看，可一次也没能看见，永远只是听说而已。

我想写我的大伯，写这个至今仍在农村放牛的老人，已经有好几次了。但一直没有写成。前不久发生的一件事深深地触动了我，它使我再一次拿起这杆笔。不久前，我六叔去世了。办丧事的时候谁都没有告诉大伯。直到出山后的第二天早上，不知是谁才告诉了他。

他一个人到牛坡去了，他知道人死了总要埋在牛坡，而且从新坟和旧坟的比较就可以知道谁先死谁后死。还笼有鲜亮的观音罩，罩上腾跃着纸糊白鸟的准是最新死的。他那天在牛坡上走了一整天，并且哭着。

是不是找到了呢，我不知道，估计也没有谁知道。牛坡那么大，而且新坟也不止一个，恐怕很难吧。不过也难说，大伯不是很熟悉牛坡吗？

后记：

这是1992年的旧作，写成之后一直没有发表。

1992年，我大伯还在。大伯是1998年去世的。他去世的时候，还放着牛。

因为牛绳系在身上，他倒下之后，牛拉着他在坑坑洼洼的坡岸上走了几十米，村里人才发现了他。牛大概是第一次感到吃草的道路是如此的沉重和艰难！

守灵的夜晚，我在大伯家门口不远处的一棵树下躺着，露水很重很重，而村庄的上空，铙钹声声……

谨以此文怀念我的大伯！

与谁共舞

下半夜还下了一阵子雨。唰啦啦地向我这间通体透亮的小屋袭来，敲击着我的屋檐和窗扉。一会儿雨点退却了，只留下零零星星的跫音挂在窗外那些榕树、枇杷树、桑树，还有其他杂树上。像一个喜欢凑热闹的调皮男孩，吵嚷嚷地来，看看无甚捞头，又晃动脚丫静静地去了。

我这门前，确实也和不少男孩结缘。那些经过这里，到隔壁家找伙伴的男孩是不算在其内的。尽管他们欢喜而来以及怅然独还（找不到隔壁的伙伴）的神情颇为吸引过我一阵子。这些男孩是我门前流动的一幅幅风景。他们只是经过。因此，他们算不上和我门前结缘。与我门前结缘的是另一些孩子。我在门前的枇杷树下找到他们的身影，他们袭击枇杷的时候枇杷还没有黄熟。他们十分清楚，枇杷黄熟了就不一定属于他们了。江边的野枇杷，没有主人。孩子们可以尽情地攀摘。对于他们来说，没冒任何风险就可以得到果实，是一种多么惬意的经历。这枇杷树的来历允许我们做各种猜测。一棵树的形成有时候是十分偶然的。说不定原先的某个孩子把枇杷带到江边来吃，丢下一颗种子，就成了今天的这一棵枝繁叶茂的枇杷树。为了养蚕，形形色色的孩子们成群结伙，或者稀稀拉拉，冷不点丁地站上我门前的矮墙，采撷一片片合乎要求的桑叶。有时候把整株桑树扯得摇头晃脑。偶尔也有一些关心孩子的大人出现在我的矮墙上，我有过养蚕的经历，因此我十分同情在我门前把桑树扯得哗哗直响的孩子。小时候，放学不是马上回自己的村庄，而是跑到另一个村庄去采撷桑叶。我从孩子们身上真切地看到了我从前的影子，心血来潮的时候，我甚至冲上矮墙，亲自帮他们摘取。望着他们满载而归的背影渐渐游离屋角，我像是得到了某种安慰。

小野兽在墙外的树脚活动的声响，是这样的夜晚必不可少的项目，碰着水管，扎扎地响。壁虎匍匐在窗子外部，守着整个夜晚的荧荧灯光。它间或出击飞蛾之类的虫子，又暴露了它们无比贪婪和残忍的一面。大一点的虫子扑击我的纱窗，嗒嗒作响。有一些不小心跌落屋檐下，重重地发出沉闷的声音，在屋子里听得十分清晰。想必它们自己也会觉得十分尴尬，就像一位体面的绅士在舞会上摔了一跤。今夜的天花板非常安静，这使我感到十分奇怪。往夜，老鼠在天花板上砰砰迈步、击活了一股可以湮没人的潮水，又像是一阵滚动的雷声在天空穿行。整座屋子为之震动。老鼠看来是一种不可等闲视之的动物。有时候，它们在上边叫喊着、撕咬着，不知是在争斗，还是在开会。开会总该有个先后顺序的发言吧。老鼠们乱糟糟地吵闹着，该不会是集体发言吧。老鼠们的世界是我们未知的世界。我想，就连猫也无法理解它们。猫只是它们的敌人。老鼠和猫的关系只是见了就躲和见了就咬的关系。显然，它们之间没有交谈，缺乏渗透。因此，猫和老鼠的数量在这个世界上一直保持某种默契的平衡。这是一个有趣的现象。可悲的是猫，得靠人类饲养。在某些夜晚，老鼠们在我头顶的天花板上直咬下来。那声音一声比一声迫近，叫人毛骨悚然。那时候直想朝上大吼几声，以捍卫人类的尊严。但对着那些不可理喻的动物。我喊不出来。或许，人或动物之间确实无话可说，说了也等于白说，干脆不说了。再说，整幢屋子熟睡的人们也承受不了我深夜的喊声。老鼠在天花板上啃咬木头，到底也算不上什么事情，不把它当一回事也就算了。我想，鼠类也不至于傻到咬破一个洞，然后从洞口摔进我屋子里来的地步。它知道下边住着圆颅方趾的人，正如我知道天花板上住着尖嘴猴腮的老鼠一样。天花板上的空间是它们的，天花板下的空间是我的，我和老鼠们隔着一层天花板共同生活着，各自在各自的层面上舞蹈着、呼吸着。

蟋蟀的唧唧声连成一片。这是夜晚的另一束生动的景观，有一个诗人说，四周都在秋声里，多少缠绵不寐身。多么生动的比喻。如果是干燥的夜晚，还可以听到窗外落叶的声响。很清脆，也很意味深长。这短促的声音使得夜晚更加寂静。白天，一个人站在伸向江边的平台上，看江水静静流。一种清脆而短促的声音会忽然照彻了清静无为的天空。你好像也被它忽然映照了一下。一片落叶，离开枝头时发出一种声响，触地时又发出一种声响。在这两种声响之间，是一道美丽的弧线，是一连串旋转的舞蹈。这弧线，这舞蹈，这声响，是这一片树叶最后的生命表达。我常常为这种舞蹈和音乐蓦然回首，然后陷入久久的深思。它们在枝头苍翠欲滴的时候，谁也没有关注它们。最美丽、最辉煌的时候绽放在没人注目的繁枝上。它们的声响在风雨中连成一片，叫人无法分辨哪一张叶子是哪一种声响。只有等到干枯、飘零，叶子一片片脱离枝头，在空中发出独自的声响，踊跃独自的舞蹈的时候，人们才会忽然关注到它们的美丽。一片片落叶是如何的凄婉动人。这是一种毁灭的美丽。它有着一道迷人的光芒。我在为之慨叹的同时也深深羡慕它们，它们能够在最后的时刻发出绝响，让至少像我这样的人去关注它们。去为这种响声思考生命的历程。

落叶惊动季节，同时也惊动了我。老屋的白天黑夜给予我许许多多的乐趣，有一些是无法用文字表达的。我甚至不嫌它的简陋和破败，不嫌它多次让我移动床位，以逃避雨夜的追逐。我渐渐爱上它了。以后的岁月我可能要搬离了它，到另一个环境去过生活。但至少是现在，我还不敢想象离开老屋之后我该怎么办，该如何开始另一个环境的生活。

刚搬到这一排临江的老屋居住的时候，人迹稀少。只两个单身汉。屋檐下一层层落叶不用去扫，也不必去惊动，自有一种清静。自然界本身就具备一种消化和调节能力，是人类破坏了它，才被它所累。我那隐居山林的曾祖父曾有诗云：庭前风自扫，篱上月斜明。我住进老屋之后才逐步体悟到这种自由的自然真境。

可笑的癞蛤蟆也是这屋子的客人。或许，它们私下认为我们这些直立行走的人是客人也难说。它们在低洼的地方瞪着眼睛，见有人来，先是慌慌张张地朝一边躲避，后来干脆不躲了，好像和人很相容似的。它们甚至挤进我邻居家的屋子，占领了屋角，我那有趣的邻居把大大小小的它们扫进撮斗，边扫边说，这屋子不是我一个人的，是和你们共有的。然后把它们倒下江边。现在与这种笨拙可笑的动物相安无事的日子似乎很难得了。这一排临江的屋子住满人之后就开始热闹起来。热闹起来之后，有一些经不起热闹的东西就消失了。当然，不包括老鼠。老鼠是一种可恶的东西，你热闹它也热闹。它就像是人类的烦恼一样，无休止地跟随人类，如影随形。

隔岸灯火

深夜走出自己明亮的屋子，往屋檐外一个稍微开阔的地方一站，就可以看见隔岸的灯火。越是夜阑人静，灯火越是萧疏。此岸如此，彼岸亦如此，越是接近黎明，灯火越是寥若晨星。而苍茫的是江水。临江的灯火把影子投在江面上，昏黄闪亮，无风自摇，徒增一种“茫茫江浸月”的古意。

此岸蛩吟如织。彼岸想必不会相去甚远。到处都有“含情不寐身”，正是这些叫声悠扬而透亮的精灵使得我们的夜晚不至于夜气沉沉。

我想，每一盏隔岸的灯火都是一朵花。四季不凋的灯花。它包含的能量比世间任何一种花都大。那么，哪一朵灯花初初开放？哪一朵灯花激烈燃情？而又是哪一朵灯花忽然凋零，消逝在彼岸高高低低的窗口？像流星消逝在浩渺的夜空，像晶亮闪动的情人的眸子忽然低垂在波浪般起伏的胸前，再也无法捕捉。而这一切，都进行得那么的悄无声息，那么的寂寞动人。我吟赏着彼岸的灯火，有谁在彼岸吟赏着此岸的灯火呢。

哪一盏灯下肌似雪？哪一盏灯下颜如玉？哪一盏灯下言语纵横？哪一盏灯下梦想成真？哪一盏灯下熬红了双眼？一个个扑朔迷离的设问敲击着此岸寂静夜晚，就仿佛无声的江水敲击岸边等待的岩石。

我在这桂西北古城的朋友大都住在江之彼岸。住在看得见的灯火后边更深远的地方，更辽远的夜空下。在弯弯的深巷里，在或吵或静的庭院中。夜鸟偶尔会飞越他们的屋顶，只是他们不一定会发觉。

此刻，他们是否已经熄灭了他们的灯火?

镶牙为生的叶医师，骨子里原是一介书生。他具有非凡的记忆力，满腹诗书，深为我辈叹服。如果不是历史的愚弄（他出身不好，17 岁被划成反革命游街），他也许不会恪守用手和各式嘴巴打交道的命运。我不是说镶牙不好，我只是提供了一种假设。事实上我这位朋友非常热爱他的职业，只不过偶尔感觉有些累。这很正常，干哪行都累。

想必今夜的灯火正映照着我们的牙科医师徜徉在文学的领地里，把心爱的赤壁赋重温一遍，像温一壶陈年的老酒，仔细琢磨“霜露既降，木叶尽脱，人影在地”的妙处。而“老去填词，一半是空中传恨”的词句或许正孤啸在他的枕下。

照相为生的关老大，喝起酒来像乡下人一样豪爽。是否还潜伏在他的暗房里冲洗那许多昨日的容颜?面对别人一张张真实或虚假的笑脸，他是否也在笑。年轻时代一支笛子赢得了掐得出水的爱情。如今时过境迁，又操起祖业，为人们摄下瞬间的永恒。

久不见面的严兄是否还在灯下炫耀他那些鸡零狗碎的瓷器，那些前朝的遗物。这个榆州斑竹山人研墨细作春山之际，又常常涂抹一两幅春联在门口，什么“读书真是福，饮酒亦须才”。他说，他的一副对联一年短似一年，而他对门的老头贴出的对联却一年长似一年。

管文物的李先生今夜和我通了电话，说他正在研读中国悬棺葬，有许多感受。他的“宜州文化漫笔”已写到第四篇，正朝着一个纵深处迈进。学而不倦，孜孜以求的夫子情怀隐含着古城的某种深层动力。古城的古气一天天消散，最后一堵墙正被现代的高楼驱逐，几乎就快湮没在嘶喊着的浪潮中。我们拥有霓虹灯迷离的光影，却缺少了一张张肃穆沧桑的历史面容，是喜是悲?李先生不知是否也在灯下慨叹唏嘘。

而今夜共我郊外漫步的梁先生，不减往日谈兴。他告诉我，他正试图建立他的美术思想体系，已经完成了一万多字，还说不清楚。山野的夜风拂动他年轻的思绪，想起天山路，念起柳园人，酷爱远行的他又在安排下一次旅行。由丽江进入西藏可望在明年实现。分别的时候他跨上自行车，像跨上一匹远行的战马驰向大桥深处，驰向彼岸深深浅浅的灯光。

有多少我不知晓的激情隐藏在隔岸看得见和看不见的灯火中，都是那样饱满和富足，那样生动而委婉。在灯火下苍老的可以是我们的颜容。不可以是心灵、思念、回忆和爱情。不可以是寄托和呼唤。不可以是生生不息的等待和梦想。

死亡故乡

不管我走了多远，也不管我经意和不经意，在我身后一直悬浮着一条归途。

一条归向故乡的路途。

一次次坐上例行公事的汽车返回故里，大都是去经历亲人的故去。这自然也包括清明节在内，只不过那是经历一种遥远的故去罢了。我愈来愈体会到“故乡”一词的分量。它似乎与死亡有关，与遥远的死亡有关，与近迫的死亡有关，也与未来的死亡有关。一个“故”字，道出了多少人生的意味，牵出了多少沉重的话题。中国的文字向来就是这样触目惊心。难怪仓颉造字的时候，天地惊而鬼神泣！并且我认为，鬼神不是啜泣，而是号啕大哭，至今，旷野的风中，仍可以听到它们的哭声。“近乡情更怯，不敢问来人。”这是游子归家的心态。他为什么“怯”，又为什么“不敢”？他害怕听到不好的消息。害怕他离开时的那一片青青桑林，回来时已经变成沧海。他害怕失去，害怕刚刚抖落一身风霜，旋即又披上一层厚厚坚冰。并不是说饱经了磨难就可以坦然面对人生，有时候刚好相反，生命的不可捉摸和复杂性就体现在这一点。一百次经历人生的考场，有人仍然害怕考场，就是这个道理。考试已经把心灵考得十分敏感、脆弱。

人长大之后，体验也不断深切，有时候，深切得可以切入骨髓。叫你茫然不知所措。叫你永远无法挣脱。有人说，出来工作的人，把一大堆坟冢留给家乡的兄弟，这不公平。其实，出来的人真能够在那个微雨飘洒的季节潇洒自如吗？谁不是背负着自己的故乡四处漂泊？你看他沉静的眼光里有一种翻越重山的渴望，那一定是想家了。

我的那种成年人的情绪大抵在归途中开始产生的，并且在归途的风雨泥泞中不断饱满丰硕。故乡的召唤，像一声穿透灵魂的叹息，把人活生生地朝她的怀抱中扯，不管你是滚打，是爬行。你会不顾一切地朝一个熟悉的、梦缠魂牵的地方奔驰，直抵内部。就好像我们写文章，直奔主题。

我一次次为故里而奔驰。我不愿回去，也得回去。这使我对人的思考多少带有些宿命。我的生命与那块土地联系得太紧迫。我的血脉打上了那里的烙印。我的生命里一定积淀有那里的某些活跃敏感的信息。那里也一定有一丝羁绊牵系着我，随时扯动我跃动的神经。先是大伯奶谢世，我从县城赶回农村。在此之前，我回乡时曾给老人家买去香蕉。老人神志已然不清，吃了香蕉就骂人，骂身边的人不孝顺，没完没了数落了一大通，旁边的人被骂后便责怪我，我买了东西，错的还是我。现在她去世了，不会骂人了。一切显得多么安静。我在她灵前烧了一炷香，呆立片刻，面对死亡，我一直十分茫然，不知所措。出殡那天，我举着一根细细的竹竿走在队伍的最前列，竹竿上是飘荡的纸幡，还有一些没有打落的青幽幽的竹叶。我那时恰好病目，火热的太阳刺痛了我的眼睛，泪水艰涩地洒在悠长的牛坡路上，洒在我的影子里。

四年前，我最小的叔叔去世了，他有一个很长寿的名字，但他却不长寿。四十出头就匆匆撒手人寰，留下三个孩子。叔叔一辈子是个老实人，脾气又犟，老实人吃亏的真理毫不留情地在他身上应验着。叔叔做事认真，但生活窘迫。他从不叫苦，从不喊累。他总是一往无前地做他的事情，目光执着，步履坚定，腰板挺直。他插田慢条斯理，横竖成行，强调什么光合作用。他做墨工，精雕细凿，很少用现代化的钉子。别人一天可以完成一个箱子，他要做上好几天。上油漆也讲究时间、气温，决不马虎。他常挂在嘴边的话是“慢工出细活”、“十快九马虎”。我们从乡下搬到县城，住进我父亲工作的那家工厂的一间灰扑扑的老屋，也就是搬家那一天，叔叔随车子来过一次县城。我记得那天他说，房子太旧，门窗老色，没有新鲜感，不能久住。他精心做了一张长条沙发送给我们，沙发十分坚实，放在古旧的堂屋中，竟成了最为鲜亮的东西！多年来，这张木头沙发大人们坐，小孩们跳，竟没有些微的损伤。色泽也亮丽如初，没有些微的变化。叔叔精湛的技艺已经赋予沙发一种持久的生命力。时下某些家具店里那些粗制滥造、偷工减料的沙发是没法跟叔叔的沙发相提并论的。现在，沙发随着我们的搬迁而搬迁，是我们最忠实最宝贵的家当之一。在纯净的双灰粉与碧绿的地板砖构成的空间里，一张长条沙发穆然地横放着，暗暗发出沉静的光芒。而我的叔叔永远地去了。岁月淡化了我们的悲哀，但叔叔的形象呼之欲出。在乡村生活的那些年，我脸上满是雀斑，他说我缺碘。如今我们大力宣传碘对人体的重要意义，早在十多年前，我的叔叔，一个乡下的农民，就早已重视这种元素了。叔叔做木匠时常常找不见他的斧头，这是很多木匠的通病。这种情况下，叔叔不急不躁，他蹲下来，慢慢卷上一筒土烟，吞吐那么几口，待心情完全平静的时候，叔叔发现了他顽皮的斧头。叔叔就是这样，沉缓、从容，对生活有主见，谈不上有什么抱负和理想，他只是一如既往地生活着，劳动着，靠自己的双手撑出一片属于他的天空，从不怨天尤人。

叔叔的死是我经历过的最痛心的几件事情之一。他扎竹排到河里捞沙，然后挑到镇上出卖。沙子很廉价，围绕沙子的劳动也是很廉价的。就好比清汪汪的河水。但叔叔却借此度过青黄不接的岁月。最终，是那些沙子害了他，那些手感极好、细小均匀的沙子害了他。世上的偷窃者是罪恶的，他们往往会造成他们料想不及的严重后果。叔叔的竹排被人窃去了（偷窃者连几根捆绑在一起的竹子都不放过）。竹排失去之后，叔叔不声不响地又忙于做新的竹排。他去邻村买刺竹，交了钱后，刺竹需要自己去砍。叔叔先是扛回了一根，喝了一碗稀粥之后，他又出发了。他走出村庄，穿过田野，上了一个低矮的土坡。他爬上竹枝，大概是为了砍掉竹子的尾巴和竹子间纠缠不清的枝条。他独个儿在空中劳动着。后来，有人发现他跌倒在竹蔸脚干枯的水沟里，头部在下面，斧头落在身边，水沟里甚至还有几支从他破旧的衣裳口袋里掉落的劣质香烟。村里人到镇上请来的医生赶到后，叔叔也终究没有能够再站立起来。

我村上的兄弟把身子还暖和着的叔叔抬回家，那是一天中的傍晚时分，叔叔的脚第一次上不着天下不着地，在我故乡的风中轻轻摇晃。

噩耗传到县城，我满怀凄恻地从县城赶回到故里，那是一条多么阴冷灰暗的归途啊！叔叔冰冷地躺在他时常劳作的堂屋里。就是这样没一点商量的余地吗？我一次又一次痛苦地询问着。给叔叔送葬的人很多，邻村也来了不少人。处世无半点欺心的叔叔去世了，我听到人群中传播着一种无声的唏嘘。那是惋惜，是痛惜。

大伯是个聋子，叔叔去世没告诉他。事情过去好几天之后，住在新村的大伯才知晓。也不知道是哪一个告诉他的。他一个人到牛坡去寻找我的叔叔，他边走边哭，还不忘记用满是皱皮的手不时搓亮泪眼，抬起头，辨认哪一抔新泥埋了他的弟弟。那一天的牛坡，人们就这样看见了一个奇怪的老头，他是这样悲痛欲绝。善良的人们，多少会猜测出已经发生了什么事情。谁也不知道他后来能否找到叔叔那个坟墓。牛坡这么空阔，坟墓这么多，况且，一不小心，暮色就降临了。

经历亲人的死亡是一段刻骨铭心的历程。这里边有一种沦陷的伤痛。像河滩上的沙子，水一冲，分崩离析，再也难以聚合。幸亏飞逝的光阴，有让人逐步学会遗忘的功能。累累的坟冢，整合着我们的悲伤，同时也淡化了我们的悲伤。把这一次死亡和以往众多的死亡排列在一起，把它纳入一个宏大的背景和世界中，那么，近切的会变得有些遥远，激烈的会变得有些宁静，重要的会变得有些次要了。就好像一滴滚烫的水跌落一桶冷水中，由于它体积太小，它很快就会消退它的热度。但那桶水无形中壮大了，日积月累，它将越发给你一种冰冷的感觉。死亡是一个无比深邃的世界，它以如许冷漠的表情牵引着你，无论你走到天涯海角，它都不紧不慢地为你安排归途。它在你看见和看不见的地方延伸着，横亘着，亲切而又遥远，它是构成你故乡的重要元素。这元素博大精深，比梦还飘逸，比血还黏稠。没有它，整个故乡会陷落，会黯然失色，会漂泊无根。故乡，是一个人庞大而幽微的系统，它记录有你生命的密码，你得受它萦绊，同时又获得它的滋润。

归途是人生无法逃离的影子。牵系着我们所能承受的幸福和痛苦。前进的路有多远，归途就有多远，前进的路有多艰难，归途就有多艰难。一进一退，是人生的必然的动作。完成这两个动作的时候，有人完成得很优美、很轻松，洒脱，有人完成得很悲壮。也有人完成得跟上述情况都不尽相同。

而归途的那一头，是我们的故乡。

荒野文字

我时常会注意到那些或新或旧的坟碑。在通常情况下，石头上面的文字总能唤起我那种幽古的想象和回忆。我喜欢阅读它们，咀嚼它们，揣摩它们，甚至伸出手去轻抚它们，那样子，就像是把手放在某人宽阔而冰冷的额头上。我知道，每一块坟碑都具有思想者深沉的魔力，我敬畏它们，尊重它们。

清明节，或者其他一些时候，只要有机会置身荒野，我就靠近一块块坟碑。太荒芜的坟墓，我还得拨开荆棘和杂草，找寻它们的真面容。尽管我和他们，远逝的他们素昧平生，但你知道，坟碑的文字是展示给人看的。真正的文字，不必担心没有人看。坟碑像一本书的内容提要，只那么一页纸、数行字，却试图呈示整本书的精神和魂灵。书可以再版，内容提要可以重新修订。而坟碑往往难以再版，它的文字几乎一产生就凝固了，凿子把它们凿入石头的内部，凿得不留情面，惊心动魄，凿得不再有任何商量的余地。

我喜欢轻轻地蹲在坟碑前，或者干脆坐下来，坐的动作也是小心翼翼的。这世上有许多东西是不能惊动的，坟碑就是其中的一样。就好像晨路上碰见一位老成的长者，你不能过于热情，太热情他吃不消，也不能大喊大叫，大喊大叫会破坏他固有的平衡。你只能悄然驻足，轻呼一声，点头微笑。

我拜阅坟碑的姿势像是与一位故知亲友交谈。这种交谈有时候没有语言，只有一种十分默契的对视。我在交谈中得知，他是清故的，他是民国故去的。这个人进过县学，是个庠生。这个人是个贡生。这个人为人淳朴敦厚，貌似乡儒，恂恂然有长者之风。那个人勤俭持家，操劳一世，闾里咸知。在我阅读过的坟碑中，有一些留下深刻的印象，偶尔会忽然记起。有一个人民教师，“文革”时被推入河中，含冤而去，尸骸无寻。整块坟碑满怀悲切。我记得那副碑联，大致是：“课堂犹有教诲语，江河尚留悲涛声。”这是给我留下极深极深印象的一块坟碑。这块面积不大的坟碑伫立在桂西北一座小有名气的山之西麓，是一座衣冠冢。我在一座无名的山上还读过一块民国初年立的碑。那是一个不折不扣的前清贡生，他自幼颖悟，弱冠游泮邑庠，名重儒林，后来做到某县训导，惜天年不永，哲人命薄，离世匆忙。碑文中有句云：人若不能实现其胸臆，虽百岁犹夭。这里面是颇有些人生思考的。

不知怎的，读碑的我总摆脱不了一丝时淡时浓的悲伤。这悲伤倒不像是为那些丧失形体、永远逝去的人们，而是为那些文字，那些沉浸在阴暗、潮湿、凄冷的石头上的文字。它们面容沧桑凝重，它们顾影自怜，悄无声息。它们与泥土最为近切，它们当中的一部分甚至已经潜入泥土，不拨开一些泥土，你是无论如何也不能完整地读懂它们的。杂草掩盖它们，青苔攀附它们。牲畜磨损它们。它们毫无还手之功，连招架之力也日见微弱。

这些可怜的文字当初是在热闹的地方被镌刻的。完成这后就被抛置在荒无人烟的野地里。这恰如人之生死，热闹与冷清相追随。试想，在山野之一隅，四处充溢着蛮荒、愚昧、凄清的气息，还有浓得化不开的寂寞，你在这种境地里忽然发现象征着文明和进步的文字——在一块块坟碑上。文字被丢弃和冷落了，文字的境遇十分不幸。这有点类似囚犯，被关押在一个无比荒蛮的地方，终身不得逃脱。这一情景，难道唤不起你些许怜悯，动不了你的恻隐之心？有时候我听到那些古老、疲惫的文字深情地向我倾诉，倾诉它们的沉沦和寂寞。它们一头顶入冷漠的天空，另一头永远潜入荒凉的泥土。我疑心，文字的本质和内核是寂寞的。并没有热闹的成分。文字负载的东西和传承的东西也是寂寞的。它随时都有被遗弃到荒野之中的危险。文字的处境不是安逸的，而是漂泊流离的。与文字结缘的人，自然也与寂寞，孤独，荒凉结缘。

贴近一块块竖起的坟碑，我还听到一丝丝历史的涛声。当涛声渐次隐去、渐次消失的时候，我的眼前只剩下一层紧硬的石壳。真实的，鲜活的，有生命力的东西隐去了，坟碑无神，木然地僵立，像死去一样。除了凭借风雨，它们是无法挪动自己一步的。这很悲哀。

经历雨夜

这应该还算是一个冬天的夜晚罢，天下着雨。一切都还是冬夜的气息。在这样的冬夜里，我独自从外边回来，三马车穿过潮湿的长街，街灯闪烁着，已经开始荒凉的普照了。深夜的都市总是这样对我，不冷不热，不明不暗，叫我不敢相信人世间的许多事情。我下了车，走进单位的大门口，门虚掩，玻璃室里一个人冷漠地站着，我打了一声招呼，听不到任何回应，我悄然移步向一条熟悉的、长长的甬道。说甬道是不正确的，不过，夜晚的这一条道路的确像一条悠长的甬道，夜晚时常给人出奇的感受和想象，没有夜晚，许多艺术家就会莫名地枯萎。我听到雨声从树枝上坠落下来，这和那些清风纵横的夜晚所体验到的有所不同，我还听到脚步潮湿的声响，鞋子湿了，在这样的冬夜，雨声不绝如缕的冬夜，这样令人感到寂寞，而寂寞里又闪现着一丝温柔的冬夜。

我在屋子里烧起了小电炉，脱下鞋子开始烘烤，这样的夜晚和这样的情景，使我想起了父亲。

外边是连绵不断的雨声，是打在瓦片上和树枝上再垂落，与地面撞击的那种雨声。再远一点儿的地方是江水，雨点打在江面的那种声音如何，我是无法知道的。雨点击打在心中呢？一滴滴。相伴荒江老屋的季节已经替换了好几次，老屋之老，在雨夜里特别明晰，那不是一般的老，而是苍老，老态龙钟的老。屋子漏雨的历史已经十分悠久，捡了又漏，漏了又捡，像一个风烛残年的老人，你给他治好这样的病，那样病又开始犯了。这一次，屋子又一次呈示它的无奈，一漏就是好几天。雨点看来是一种生命力很强的东西，它在屋子里依然弹奏它永恒的乐曲。打在一个铁桶里，音色单调而清脆。这样的冬夜啊，外边是雨，里边也是雨，里边的雨道路更加曲折，它们从瓦片上漏到天花板，又穿过古老的天花板囊集在一层发黄的纸上，原先这屋子的主人在天花板上糊上一层纸，大概是为了美观屋子。能够抵挡一下风雨，是他始料不及的。其实纸又怎能挡得住雨点呢？雨点就是这样成群结队地穿透虚伪的纸、发黄的纸，安然地侵入了我的生活空间。发黄的雨水已经到过好几次了，现在颜色淡了，但还有一些隐隐约约的黄，这是屋顶上带来的颜色，我永远弄不清这种颜色的来历。

在那个灰扑扑的小厂里生活，似乎是一件挺遥远的事情了。我那时正念小学，冬季多雨，我的鞋子保持着那种刻骨铭心的湿度，整个冬天我只有一双鞋子。一天夜晚醒来的时候，父亲也回来了。父亲睡了，但屋子里灯火明亮。我发现我的鞋子被父亲挂在电灯两旁，正热烘烘地冒气。温馨的热气弥漫在贫穷的屋子里，也弥漫在我寂寞忧郁的心间——我还是第一次体会到父亲的爱。父亲对我一贯是很严厉的，忽来的温馨有些不可思议。我无法说得清楚那天晚上的感受。直到现在，也说不清楚。

今夜，我想起了父亲。我的鞋子湿了，我从湿漉漉的长街回来，我在被雨声渲染得无比寂寞的环境中想起父亲。我心中充满着对父亲的挂念。

独自经历这样漫长的雨夜，偶尔有一两句人语从墙壁深处传来，是呓语？不是，是谁和谁在讨论什么。

我窗外的那些石头，那些树，那些落叶，那些残砖断瓦，以及那一堵沧桑凝重的女墙，一定已经湿透了。

我在这样的冬夜为何听到遥远的地方传来一声声叹息，像桃花在山谷中落瓣似的叹息。点点滴滴，无比清晰。我离开了雨中，又有谁进入了雨中。有谁细心地聆听自己潮湿的脚步声，缠绵而悠远。有谁知我今宵闭门，独对潇潇夜雨。

即使躲进屋子，雨脚也会紧跟而来，在身边弹奏着单调而清脆的乐曲，像是很有些生机，又有些悲壮。

街上流行信天游

有一些歌总使我们想起一些人，想起一些布满阳光或是起了青苔的往事。歌在流行，我们的思念和情感也在流行。

我有一个朋友，一个兄长似的朋友。他喜欢浪迹天涯。我有好几年没见他了，不知他现在何方。我认识他是在我未满二十岁的时候。有那么一天，在校园一角的一张水泥凳上，我认识了他。他久久地凝视着我，最后他告诉我说，他喜欢我。就这样，我们相识了。他不是我们学校的人，但是喜欢到我们学校踢足球，和学校的一些老师是朋友。

我们相识的时候，街上正流行一首至今仍动人的歌，叫信天游。“我抬头，向青天，搜寻远去的从前。”信天游的旋律激荡在所有的大街小巷。

这以后我们一起去参加过一次诗会。准确一点说，我没有资格参加，我是跟随他去的。每一次文学聚会，其实都会有像我这类莫名其妙的人混进去。没多少人知道他的来历。那天晚上，诗人们搞联欢晚会，有朗诵诗的，有唱歌的，最后是舞会。他引吭高歌，唱的就是信天游。信天游之后他还用粤语唱了《射雕英雄传》的主题歌。那个时候，有一家电视台正播放《射雕英雄传》。

我们在这座古城的郊野和悠长的巷道漫步，不止一次。我们喜欢逛书店，那家书店那个女孩又美丽又冷漠，但对我的朋友很好。现在我常逛那家书店，那张又美丽又冷漠的面孔不见了，她一定是嫁人了，躲在什么地方偷偷做了母亲。我看着我的朋友跟她闲聊，我在旁边神往得不得了！我一句话也不会说，我那时见了女孩子还心惊胆战。他像是独饮一杯珍珠奶茶，并不想分我一小口。

不少人说他像个孩子，其实是因为他那颗童心。他告诉我，原本有童心的人很多，后来长大了就纷纷把童心丢在弯弯的山道上了。他同样走过弯弯的山道。但他没有丢，他在经历了无数次挫折之后仍然保持一颗鲜活的童心。他给了我信心和力量，使我明白了一个现实：像我这种性格的人还是可以生存下去的，像我这种童心很重的人社会还能相容。他童心粲然地出现，真是我人生中不可多得的一抹曙光。是的，也曾有人好心地对我说过，童心好？童心值多少钱一斤？语调中含一丝轻蔑和规劝。我无言以对，但仍执迷不悟。生活需要欢乐，世上也只有孩子的欢乐最纯真，最不掺和任何杂质。有一些人拥有孩子般的欢乐和微笑，我们为什么要蔑视他。

有一个夜晚，他忽然抱着一只鹿子出现在我们的面前。他像是从森林中回来一样。他没有穿外衣，他的外衣已用来包着那只鹿子的身躯。鹿子受了伤，他说，很可怜。他是因为见它太可怜，才花掉身上所有的钱买下它的。鹿子很可怜地蜷缩在他温暖的衣服里，尽管昂着头睁着眼，但明显地让人感到它的气息十分微弱，它在这个可怕的世界上瑟瑟发抖。这还是一只幼小的鹿子。他轻轻地爱抚着它。他说他要抱回家帮它养好伤，再送进森林。他说动物很懂感情，你救了它，它会回来看你。当时，我们对他的举动感到不可思议，又觉得有些好笑。因为不甚在意这些事，以后也没有问起。现在想起来还真有点意思。我不知道，那只可怜的鹿子能否回到它的故乡，回到森林、草地和河流。它若是活不下去，我的朋友该是多么的痛心。它若是活了下去，等待它的又将是怎样的一种命运？它会不会，或者说能不能回来看望救它的人？也许，它想回也没法回，人的世界太危险，太复杂，人们不会放弃对它的袭击。它只能躲在遥远的森林作一些思念，思念那件温暖的衣服，思念我的朋友窗前那一地洁白的灯光。很可惜，我一直没有问他，一直没有再问那只鹿子的消息。

时间已经过去很多年了。信天游还有人在唱。每次歌声响起，我都会沿着那熟悉的旋律回到以往的岁月。我想起我的朋友，我的兄长，他现在不知漂泊在何方，他为什么一味地选择漂泊？

我跟他初初相识的时候，街上正流行信天游。我喜欢这首歌。

草根的呼吸

多年来，我的朋友郑云一直在罗城从事摩托车修理工作，他高大的身影似乎总是与小小的修理铺联系在一起。期间换了好几间门面，招牌也换了几次，但无论门面和招牌怎样改变，铺子里的光线总不是太好。想想也就明白了，既然是修理铺，那么，拆散的摩托车各种部位，上面满是油污的，废弃或者尚未完全废弃的摩托车旧零件也一定存积不少，这些阅历丰富、面色深邃的家伙，自然会影响到光线在室内的正常舒展和发挥。每次回罗城，只要有一点点时间，郑云的铺子是我必定要去的地方之一。在这个世界上，如果你认定谁是朋友了，你就会去找他，不论他是在官府衙门，还是在陋巷荒村。每次走进郑云的铺子，我的内心都受到强烈的震撼。因为，在阴暗和油污中我常常会遭遇到一些高档的文学书籍：比如《荀子》、《宋十大名家词》、《小说选刊》等。这些书籍，在别的地方见到，我是丝毫也不会感到奇怪的。因为这些书也很常见。但是，在这样的铺子里出现，它们却以非同寻常的力量撞击着我！在这种最不该有文学的地方，在这种有万千个理由击溃文学，甚至毁谤文学、辱骂文学的地方，我找到了文学在生命中的高度，在灵魂中的温暖。几年前，我就写过一篇有关郑云的文章，题目叫《好友郑云》，里边也写到他的修理铺，同时也写到他久远、无望而青涩的爱情。在80年代末那场青涩的爱情故事中，我是一个见证者。也就是在那个时候，我结识了多愁善感的诗人郑云，开始了我们旷日持久的友谊。我在那篇文章里这样描述："可想而知，无活可干的郑云是坐在油污中用油污的双手轻轻撩开一页书静静地读着的。他尤其喜爱柳永——只有红裙懂得痛惜的柳永。他也喜欢辛弃疾，充满英雄豪气的辛弃疾。”我记得有一次我进入他的铺子，他正在埋头展读《宋十大名家词》。那架势真让人如痴如醉。这摩托车修理铺里的阅读，原来也可以进行得如此宁静。我在那篇文章中还这样感叹：“做文人是艰难的。你做文人，在什么地方都得做文人。在明亮的广厦里，在阴暗的店铺中，在任何场合，和谐或者不和谐，你都得做文人。而大多数时候，选择精神的崇高就必须承受生存的悲哀。但地位的卑贱无论如何也阻挡不了追求的高贵。并不是说谁的地位高了，谁的权势大了，谁就拥有一切，谁就一定掌握着精神、价值、真理和道德，谁就一定有良知。”我有时候刻意强调自己处境的民间性和边缘性，但是，相对郑云来说，显得太不真实，太做作了。我一直主持着的文学民刊《南楼丹霞》，时不时也会发表郑云的诗和散文。而在不知不觉中，郑云与这份民刊也结下了很深的情谊。我读过他的一段平实的文字：“我不是南楼人，也不是文人。从肉体到精神，我都是边缘的。而我，或早或晚，总是转弯抹角地接到几乎每一期的《南楼丹霞》……他给我的，是一种兄弟的问候。我知道，他的处境和我一样艰难，但我们都活着。”淡淡的话语，却让我鼻子有点酸。我还读到这样的诗句：“雨就这么不请自来/散乱着/像传说中的音乐/天亮还远/我已习惯于这种守候/雨停了的时候/思绪是一片羽毛/挂在树上/望风而叹/那里有一棵树曾经生长/摇曳着淡淡的花香。”读他的诗，知道他活得还挺诗意的。

最近我们举行一次非官方文学活动也与郑云有关。他现在暂时不修摩托车了，帮朋友管理一个刚开发的叫水上相思林的景点，他在沿溪的树上绑了很多红布标记作为人们穿越森林的向导。我们的文学聚会就是在他的倡议和帮助下才得以在水上相思林举行，郑云就是这样，他在任何时候都希望与文学靠近，或者为文学做点什么。离开水上相思林后，我一直怀念那些风中轻轻摇曳的红标记。我觉得那几乎是森林里最温暖动人的东西。有时候我想，文学可能就是郑云在森林里默默绑下的那一路红标记。在幽暗的森林里，像一面面小旗，多么亮丽和神奇！森林里多的是溪水，我不知道郑云掌纹深处的那些旷日持久的油污是否已经洗涤干净。前些日收到郑云发来的一段话，他说，“相思林下雪了，我在林子边的屋檐下升起了一堆柴火，乌烟瘴气中，就着昨夜前村打来的水酒，读《南楼丹霞》。冬天雨雪里的相思林是寒冷寂寞的，只有我在守着她，而我却不孤单，因为有南楼诸君留在这里的文章。记得有人说过，文学是一盆炭火，我反而觉得南楼更是流水，就像这相思林里的水，生源于这片土地的底层，聚涌而出，顺势游走，野蛮热烈却不失其清澈。碗里的酒干了，这堆火也会熄灭，南楼意韵却挥之不去，它已生长为相思林的枝枝叶叶……”

郑云，一个不为人知的诗人，以他的清澈和真诚，深深打动了我。

我要说的另外一个朋友叫洛东浪人，长年在罗城的街头刻碑为生。其妻因不堪忍受长年与石碑为伍的清冷生涯，已离婚而去。而在这之前，我到过他的铺子里小坐，他还向我隆重介绍他刚贴出的春联。眉宇间颇为志得意满。上联是：门面陋室半间，坐也由我，站也由我；下联是：家中贤妻一个，内务是她，外务是她。这副精彩的春联终究也无法挽留住他的妻子。女人很现实，从来就不相信文学。但是，洛东浪人，始终是文字的坚守者，他从来没有放下过他那把底部锃亮的五寸雕刀，穿越幽幽深巷，走近他的家，仍然可以清晰地听到刀具与石碑的碰撞声，短促而悦耳。他就是以这种方式捍卫了经过他手心的每一个文字的形象和尊严。有时还可以听到他和远近赶来的文友们讨论诗词对联的断续话音。断续，是由劳动状态决定的，他一边刻碑一边说话，自然那话就不会太完整。因为话不完整，却异常简洁和准确。具有一种特殊的节奏。在他门外的檐下，有一块靠墙的小小石碑，这石碑明显是那些大石碑的边角料，估计已经派不上什么用场，洛东浪人用以镌刻他自己作的一首五言绝句，其中有两句很能明确他的志向：“衣虽三寸垢，深处不沾尘。”很长一段时间，洛东浪人的铺子成为罗城文友们朝夕相聚的据点，而这些文友，多半是一些底层的文人，没有多少人会注意到他们。副刊编辑和文联干部也基本对他们不感兴趣。而正是在这样一些草根一般寂寞的人群中，浪人先生获得他人生的友谊和快乐！罗城二十周年大庆的时候，他专门刻了一幅长达数百字的木雕长联，内容关乎罗城的山水、历史和人文。整幅对联对仗工整，用词典丽，气势轩昂。他告诉我，这是他十年的心血结晶，是他来罗城谋生的岁月里最渴望做成的一件事情！从颇见功力的字迹和刀刻之间，我们不难感受到这个孤独的外乡人与罗城结下的深深情缘。

常常是身无分文，踩着一架破烂单车（可能是当年收破烂时收购到的）从乡下赶来县城的农民吴真谋，是洛东浪人铺子里最受欢迎的常客之一。不同的是，吴真谋写新诗，他在《民族文学》、《广西文学》这样一些刊物发表过为数不少的诗歌，但这丝毫改变不了他贫穷的命运。他遭到过非同寻常的打击，几乎在同一天发生了系列变故。那一天，他的老婆离他而去，他家的牛被偷了，他的老母亲外出劳作摔倒了……老婆离去是因为他身患隐疾，牛被偷了是找不回来的，幸运的是全村人点火把帮助他找回可怜的母亲。我听说，我的老师龙殿宝，一家报社的文学编辑，经常以辅导业余作者为乐。他多次到过吴真谋的村庄，从怀里拿出一小包一小包的东西，耐心地作了说明，从远处看，很像是编辑在跟作者商谈稿子修改的事，是一次有针对性的辅导性谈话，但知情者知道并不是那么一回事，而是龙殿宝老师有点偏方，他想要帮助吴真谋治好他顽强的隐疾。像龙殿宝老师这样的编辑，我想，在这个时代，不会太多了。此事我当面问过龙殿宝老师，他没有明确作答，但似乎也没有否认。吴真谋每次到县城，都要和洛江浪人住上一晚，他们有说不完的话儿。伴随他们的是那些即将被送到旷野中的坚硬冷寂的石碑。他们在这样的夜晚，只有用文学的微火温暖对方寂寥的心灵。吴真谋的诗篇《碗》给我印痕甚深："碗就在桌上站立/远离生命的伤口/坚硬的碗里盛满了阳光/盛满了饥饿的岁月/小小的我　裹着小小的风/从远方流浪归来　碗/站立在桌子的中央/孤独地望我/我还能说些什么呢/碗　坚硬的碗/似乎响起一种金属的声音/一种发自内心而且坚硬的声音/它的灵魂　意志的尖啸/闪着咄咄逼人的光芒。"我不知道有没有人专门写过碗，但是我相信，没有人写碗能够像他这样痛切而发自内心！读到这首诗的时候，我几乎是屏住呼吸，闭上眼睛，任由碗边那一缕阳光把我切伤。

也许，我还应当说一下宜州的韦克友，这个以文学青年自居的人从高等学校毕业后由于种种原因没有找到很满意的工作，后来终于在一家蚕种站找到了相对稳定的工作，做保安员。此前，他先后在一所小学、一所初中和一所高中工作过，当然，也是做保安员。他在高中做保安员被炒鱿鱼的理由有点好笑，说是校长嫌他转头的时候不自然。看来这个校长对人的要求的确是高。到他那里找工作得先练习转头。一点也来不得生硬。我们可想而知，韦克友在夜晚牵着一只眼睛发光的狼狗在蚕种站空旷的院子里逡巡的情景。可是，他的写作，从来没有间断过。即使是在和病魔作斗争的日子里，他常常茫茫然地从乡村赶到我当时所在的校园里的南楼丹霞文学社。由于怕他走失，他身后几十米远的地方，跟着他的老父亲。他移动，他的父亲也移动。他停下来，他父亲也停下来。这样做，是为了不让他发现。他发现了会暴怒异常。这五十步和一百步的现代版，却让人怎么也笑不起来。有一次，在文学社附近的台阶下，我发现他那几乎匍匐着的老父亲，正在密切注视文学社办公室里的动静。他父亲也发现了正走上台阶的我，朝我尴尬地笑了笑。父亲对儿子的爱，还有比用匍匐更让人心酸的表达吗？毕业后的韦克友，每次病发，都要回到母校，在文学社的办公室坐一坐，躺一躺，听窗外的蝉鸣鸟唱，呼吸一下室内的油墨清香，然后狂躁的心灵似乎平息了许多，又可以安然地回家了。文学，似乎是他在冥冥漠漠的森林里唯一投奔的去处，是潮湿的人间唯一有灯火的一蓬茅草屋。他写了不少小说，但是大多数小说还沉默在稿子上。有些稿子明显已经发黄。如今在乡村生活的韦克友还在用他的文字营造他的乡土。他不时会给城里的我发一个信息，说他有几篇小说，几篇散文已经完稿。已经通过乡下的邮电所寄给某些刊物的编辑。《人民文学》的邱华栋老师读了他的小说稿后给他打过电话，建议他在题材上有所拓展。华栋老师敏锐地发现了他文字里有一种特别的东西。而韦克友，接到电话后给我发了个短信，问我《人民文学》有没有一个叫邱华栋的老师？最近韦克友在《南楼丹霞》发表了一整版的诗歌，吸引了一些人的目光。据我所知，他不知道诗坛的所有事情，也没有上过网，不知道网络的世界如此精彩。他完全是凭着自己的感觉在写诗。诗歌是他本真的流露，像泥土一样朴实，像草叶一样青黄。在这些萤火虫一般的诗篇中，我不仅读出了他的呐喊和泪水，也读出几分哲思和智慧，更读出了他对文学的真诚和严肃。《像阿城一样写作》一诗中，有这样的句子："棋子可以再举高些/像紧锁的眉头下/两只俯视茫茫宇宙的眼珠/俯视芸芸众生的眼珠/我的敬爱的/敬爱的阿城！/我要像你一样写作！"在这些诗句面前，我找到文学让人敬畏的理由，听到了一个不屈的底层写作者心底猛烈的声音！文学，就是在这样一些地方，让我震惊。而这样的震惊，往往不一定发生在大学的讲堂里，在作家的演说里，在评论家过度的阐释之中。

他们的诗，也许真的上不了时下的大雅之堂，他们也无需登上那样的大雅之堂，最起码，他们买不起一双锃亮的名牌皮鞋！这是事实。他们的写作，充其量是兴之所至时的歌唱，是忧戚时的一点呻吟，记录着他们生命中所有的欢欣和苦痛。我之所以写下他们，写下这些挣扎在生存第一线的极普通的写作者，是因为我觉得文学像雨水一样，它不仅抚摸树的枝干，同样抚摸草的根部，渗入所有植物的体内，让它们焕发出理想中的春华秋实。文学的光亮抵达每一颗心灵时，都是神圣的，平等的，没有分别。

相对于那些巧妙地以文学为筹码掠夺现实利益最大峰值的作家而言，我更愿意亲近这些默默无闻的草根写作者，他们对文学的爱是生命本身的需要，是被囚禁在荒岛中的人朝天空呼喊的信号。文学是让他们感到切实温暖的一团微火。他们不做学问，不评职称，不搞项目，不奢求进入任何一种排行榜。文章发表了，他们高兴，不发表，他们也不气馁。面对文学永远有一份未加雕琢的天真，这天真可能不会给他们带来任何现世的好处。而正是这样的天真，我想，才有可能累积成我们真实的文学土壤。文学的魂可能附着在这些草根般的人物身上或者附着在他们活动的民间现场。因为这里面有着对文学最虔诚的敬意和热爱。

他们的写作，和生活直接关联与现实息息相依。无论哪一方面，都更接近草根。也因为太接近，便常常为人们所忽视。甚至有被践踏的危险。

草根，含在口中，可能有点苦涩，轻轻嚼下去，慢慢的，会泛起一点绵长的甘甜。草根卑微，却是昏昧的泥土中运行的真实！有着最本原的滋味和最天然的色泽。土地的呼吸，它听得最真切。底层的疼痛和热情也最容易通过它涌上被风裹紧的帆一样美丽的小小草叶！

我敬畏草根。

怀远印象

老码头叫三角嘴，颇有点桂林灵渠铧嘴的味道。三角嘴很顽强地浸在清幽幽的河水中，河水很蓝很蓝。蓝得不见底。从环江流过来的中洲小河在此处汇入从贵州经金城江流下来龙江河。在龙江西岸上形成天然的三角嘴地形。怀远古镇就在由三角嘴扩展开来的坚实的河岸上。渡口有渡船，摆渡装载甘蔗的车辆和来往的人群。而大多数的行人，是通过不远处中洲小河上的铁索桥到达对岸。由三角嘴向左岸龙江之滨拾级而上，就可以到达一条沿江的街道，旧时叫兴隆街。还可以向右边沿中洲小河岸抄小路到铁索桥和进入怀远古镇。近三角嘴的小河岸人家掩映在青葱绿树间，有古木数株，作虬龙参天之象，有青石板路，悠然伸展，院落前多石墙藤蔓，非常清雅可人。我们就是走这条路，游了铁索桥之后，再折回头，不知不觉地进入古镇的中和街。

在陆路交通还没有发达的旧时代，怀远镇双河交汇，水上运输便利的特殊地理位置使她获得了空前的商业繁华。这里，可以感受到旧时代商埠文化韵味和历史陈迹。横贯古镇的怀远老街，像一个沧桑的历史老人，带着日渐花白的鬓毛和旧时代的饰物：一根烟斗，一把茶壶，一架老式手推车，一张太师椅，一声咳嗽……还有那些斑斑驳驳的文字，印在老街两边骑楼下的柱子上，像是老人的寿斑和印记。这个怀旧的历史老人就在这样终古不歇的萧萧江风中默默站立，渐渐老去。不知今夕何夕。老街的寂静，似乎是为了让我们此时此景，能够聚精会神地聆听涌动在旧时代的那一阵阵繁华的涛声。

老街可以分成三条街，自东向西，依次为，上和街、中和街、文昌街，其实是贯通着的一条街。上和街与临江的兴隆街衔接。漫步在老街中，随处可见残留在骑楼四方柱子上的各种铺号名字，诸如："永昌祥"、"鸿兴衣帽"、"正昌号"、"绍昌号"、"黄焕记"、"三泰号白土卷烟"、"风炉"、"酒"、"桂林"、"正记生苏杭洋疋头"，有些名字还完整，有些已经残缺，有些还暗藏在后来粉刷的灰沙和水泥墙壁中。字多为墨色，也有少量朱砂红。字体多数写得圆润饱满，遒劲深沉。它们，是遗落在风中的符号，是商业的大鸟飞过这片天空后嘴边跌落的细碎谷壳。

兴隆街一户临江人家的墙上有"合酒房"三个旧墨迹字，应当是从前经营酒水生意的铺号。经过观察，前边还有一字稍露端倪，主家于是很热情地搬来竹梯，爬上去，用竹片括掉蒙在上面的石灰层，终于，渐渐露出了行草体"裕"字，便知道这个铺子的旧号是"裕合酒房"，"酒房"之说，我还是第一次在怀远看到。古镇的历史面容，还蒙在不厚不薄的尘沙里。向主家了解以前的旧主人，说，早已迁往柳州定居，前两年那家人回来过，带着他们的白发老母亲，在门口照了相。"合酒房"三字就是那时候刮出来的。我想，他们的这次行动，一定是那位白发母亲发起的。她要在有生之年回怀远看看。我由此得知，古镇过去的主人，在流光中星散了不少。许多老房子，已经数易其主。他们带着怀远的水色融入别的人群中，多年之后，往身上颤巍巍地摸索，居然发现，那水色，还在。

在时光几乎停滞的老街中，我们细心观察，原来的商业重镇地段，现在已基本无商业可言。只有极少数冷僻的生意行当还可以在老街深处找到它们悠长而坚强的影子，比如：理发，造船，打棉胎，打铁，（可能还有做风炉的，只可惜我们没有发现。怀远的风炉远近驰名）等等，总之，能在老街从事的行当已经十分有限。过去的商埠重地，已基本蝉蜕为幽静的居住区。古镇的人们，巧妙地运用如此古朴蕴藉的岁月容器保养一种闲散淡泊的心态。细细地品味时光的质地。

因此，这里的老人很长寿。我们从街头到街尾，看到有些老人坐在门前晒太阳，轻轻地扭动身子，竹椅便吱吱地响。竹椅的扶手磨得油亮。而更多的老人则三三两两围拢成一桌摸牌九、玩扑克，目光移动和出牌一样慢悠悠。人生的大事他们基本上已经忙完，风风雨雨早已成为旧日的门槛。现在唯一的希望是，老街宁静如昨，老友常到。阳光该来的时候来，月光该照的时候照。询问了一下年纪，好几个都在九十岁以上，听他们说，这镇上，超过一百岁依然身体健朗的老人还有呢。

因为水路可以上达贵州，下通广州。听老街上了年纪的人说，过去，商贾云集的怀远建有很多会馆，比如粤东会馆、江西会馆、福建会馆、贵州会馆、湖南会馆等等，有来自近十八个省的客商在这里做买卖，从事贸易和水路运输，甚至在这里安家落户。小镇俨然成为南方一个重要的货物集散地。呵气成云，热闹非凡。白丝丝的汽灯把街道照得如同白昼。卖小吃的小商贩彻夜叫喊没个停歇。老人还说，解放后，好多会馆撤了，特别是“文化大革命”，撤毁得最多。现在的镇派出所就是当时的粤东会馆，镇粮所就是原来的湖南会馆。

在文昌街旁边的小巷子里，穆然伫立一间高大的有哥特式风格的房子。问附近的老人从前这是什么所在，老人说，原来是大观寺，里边供奉观世音菩萨和十八罗汉。寺早已撤毁。法器无存。原来商业发达的时候这里香火很旺。佛寺一般不会建成哥特式风格，所以，我猜想，原先并不一定是寺庙。寺庙可能是后来的事。老房子现在是怀远小学学前班的教室。不是星期天的话，还可以听到他们在牙牙学语。商业文化带动宗教文化的发展，这也是个例证。

如今，这个镇上的商业仍然很繁华，只不过，已移到镇的另一边。这种可能是无意的行为恰好使老街旧商业时代的文化痕迹得以相对完好地保存。这将为后来的学者研究中国南方商埠文明提供重要物证。光是如此有规模的并保存完好的骑楼，就具有难以估量的商业文物价值。这里与宾阳芦圩古镇有着极为相似的街道结构和布局，芦圩古镇曾经的繁华使我们自然联想到怀远古镇的从前，而两地老街的命运如今又是何其相似！

从古镇的码头上可以隔江眺望高峻的八滩山，山周围诸峰如笔，清峭奇美。八滩山临江险峻的峭壁上依然可见壮族先民留下的悬棺葬。我在宜州市文物管理所曾有幸目睹一具八滩山悬棺，棺是独木凿成，里边还存放有一块年代久远却依旧黄灿灿的壮锦。考古工作者在八滩山以东的一个叫做古波的山寨的崖壁上发现了数百匹朱砂绘就的大小不一、形态各异的战马，据考，均为明代遗物。历史上，北宋王朝“宜州买马”的古驿道穿过怀远山间的丛林。至今，还可以隐约听见那林间崖下踏碎夕阳的马蹄声。此外，考古工作者还在怀远附近村落发现年代在两千年以上的翔鹭纹铜鼓，这是很振奋人心的。这说明，怀远不仅有着悠久而丰富的商埠文化，还有着漫长的历史文化，缤纷的少数民族文化，这是一个可以引起世人高度瞩目的南方古镇。

古镇，老街，幽深的江河，耸峭的山峰，悬棺，画马岩，古驿道，铜鼓，等等，这些古老而神秘的事物在历史和现实的时空里交相辉映，渗透，形成了古镇怀远神秘的文化气息和独具魅力的地方品质。

伤心的舞蹈

一只蜻蜓，不知什么时候飞进我的屋子。它无法从纱窗飞出去，夜间听见它扑扑地飞翔。

我对虫子，素来不怎么关心，这自然包括蜻蜓在内。有一些虫子我甚至十分憎恨，但蜻蜓是不在其中的。小时候我有过捉蜻蜓的经历，体验那种小心翼翼从后面袭击的欢乐。在田野里，晒坪上，各种颜色的蜻蜓在低低的天空翔集是十分精彩的。

飞入我屋子的这只蜻蜓死了，它没有能够重返大自然。我的居处树多草盛，常有虫子什么的飞进屋来。前不久我还放生了一只牛角虫（这大概是俗名，学名我不知道）。这一只蜻蜓我起初没有注意到它，或者说注意不够，只恍惚知道有东西进来了，扑扑地响，恰好那时是夜晚，睡意袭击着我，我恍惚听到有什么东西在扑扑地飞翔。像是在挣扎，又像是在示威。

我是在书桌的边缘发现它的。它大概飞累了，从墙上滑落、跌在书桌上。我不假思索地拿起它，轻若无物，这着实让我吃了一惊，心头为之一沉。这哪里是蜻蜓？分明是一张薄如蝉翼的秋叶。但它确实是蜻蜓。它透明的羽翼、修长的腰身明明白白地告诉我：它是一只蜻蜓，一只死去的蜻蜓，一只死去的蜻蜓的躯壳。原来，它跌落后蚂蚁便围袭了它，蛀空了它的躯体，只留下一副躯壳和无法享用的一对羽翼。

我把这只死去的蜻蜓带出门去，我想，这飞翔的精灵将永远地告别天空了。

轻轻地张开手，让蜻蜓垂落，但蜻蜓并没有马上垂落，它还依恋天空，默默地在空中飞翔了一会，像孩子们折叠的纸飞机。

没有生命，没有灵魂，空空的蜻蜓仍然在飞。这是怎样一种奇观呵！

这，会不会是它告别天空的仪式？会不会是它最后一次伤心的舞蹈？

在浩渺的苍穹下，是不是也有些什么东西，活着的东西，没有了灵魂，没有了感觉，空空荡荡地仍然在走？

山里人

像一块能走动的黑石头，我那姑爹，他死了。他是一个地地道道的山里苗人，藏在山里太久，有些东西，我们是无法理解的。就像他那双眼睛，永远沉潜着模糊的迷茫，低垂、失神，却能给人一种微微的震慑。我很小的时候就认识他，可从来没跟他讲过一句话。家里有事，他准会回来。不声不响，不紧不慢地走路或者干活。没有人惊动他，他也不会惊动任何人。偶尔也和别人谈话，听得出，他声音浑厚，却很沙哑。

他死在很深很深的山里。

那地方，我到过。那年我那有点傻气的表姐出嫁，我随大人去了。翻过很多山岭，沿着一条蜿蜒的小路，从早晨一直走到天黑。那是我第一次到山里去，如今那印象已遥远而模糊恍若梦里。

隐约记得那晚表哥带我到一个水碾房过夜。夜晚的山里，寂静得怕人。整个晚上山涧水鸣汩汩，低泣如诉，恍恍惚惚，我们不知什么时候睡着了，甚至不知道是靠着墙，还是躺在地上。那夜的碾房，温馨的煤油灯一直点亮着。大概是表哥怕我受山鬼的惊吓。

我家搬来县城以后，就很少见到姑爹。只有一次，他抱小孙子来看病。坐了一会儿就走了，他带来山里的黄皮果。没有病痛，山里人是不会出来的，他们愿意一辈子待在山里。

堂弟来县城，带来了山里的消息。堂弟说表哥和表嫂离婚了，表嫂得的是肝炎，医好之后又复发，不能带小孩，于是就离了。儿子归我表哥，才两岁，带不好，死了。后来，表哥又讨了一个老婆，生了两个孩子。轰轰烈烈，而又寂寂寞寞。堂弟还说，姑爹死了。

一年前姑爹脊椎骨开裂，在乡间医院医了一阵子，不好。也没到更远的地方去医。于是回到家里拖了一年多，就死了。

是那间屋要了他的命。早先，屋起好了，听别人说这不好那不好，就推倒重起，如此三次，终于心满意足。然而他却撒开双手，到矮矮的坟墓里去了。

我那姑爹，一辈子没能歇息过，就把骨头还给泥土。

泥土也很寂寞。

海上生明月

大约是在12年前，北海正经历一场狂潮之后的萧条，人们开始在反思，一座城市的热度如何得以有效的延续。顺应潮流而坚守自我信心的价值，这也许才是一座城市迈开稳健步伐的关键。我把底蕴和个性理解为一座城市的核心价值。

我的朋友吴景娅是当年的闯海人之一，她在《北海日报》做文艺副刊编辑，因为发表了我的几篇文章，我们便开始了书信往来。之后我又读到她写的书，透过那些平实而富有情感的文字，觉察到北海那座城市的开放、热烈以及随之而来的阵痛和失落，旧的价值观念受到冲击，新的价值观念正在痛苦中催生。

在一封信里，她劝我到北海走走，去面向大海，呼吸几口咸涩的海风。很可惜，那些年里，我的北海之游始终未能成行。我真正到北海去的时候，我的朋友已经离开北海。银滩的潮水起起落落，自然界的物象想必不会有太大的更改。然而，城市却有点让人感到无奈。那一次似乎是刚刚刮了一场台风，路上倒了好多树，还有一些摔碎的街灯，破旧的出租车摇摇晃晃、叮叮当当地把我带到下榻的海边饭店。那几乎是我生平坐过的最不牢靠的出租车。首次到北海就有点历险的味道。路上还可以见到各式各样的空房子，以顶尖圆形的居多，色彩斑斓，还有一些房子显然没有装修，看样子停工已久。后来机缘巧合，我又来了好几次，渐渐结识了北海的好些朋友。在感受这些朋友真诚而透明的友谊中，我深切地体会到，一座能够建立友谊的城市是深具魅力的。

许多人都把最亮丽的青春岁月献给北海这座城市。与她一道经历喧腾和寂静，体会阵痛和彷徨，吴景娅就是其中一个人。他们有些人后来离开了北海，回到了自己的故乡或者重新踏上别人的故乡。有些人留了下来，甚至会在北海工作到退休，永远扎根在中国南方这片古老的合浦郡属地。那些离开北海的，想必不会就此忘记北海，这座城市有太多的回忆。经历大潮和退潮的城市，很多独特的感受会刻在心底，大风浪后的大寂静，甚至有一股被抛弃被遗忘的苍凉，更容易让人彻悟人生的真谛。所以，那些曾经属于北海的建设者们，他们尽管生活在别处，可是难免会在某个深夜里，略微侧耳，便风生水起，涛声依旧。每到中秋佳节，他们还会动情地吟唱："海上生明月，天涯共此时。"深深怀想留在北海的朋友以及银滩上大片大片的月光。他们甚至会忍受不住思念的痛苦，在某个灿烂明媚的夏日，重新踏上北海这块一旦投入就会魂牵梦绕的土地。通常情况下，归来者总是易于感动别人。他们去看银滩的沙子，觉得比以前更细了，更白了，动情地抓上一把，让它们从指间滑落，感悟时光永恒的流逝，领会佛经里恒河沙数的含义。不知不觉，他们会造访那片密友般的红树林，自别后，人事更改，红树林却一如既往地葱茏幽密。他们会去老街看看那些风雨日月轮番洗刷的骑楼，漫步在骑楼下，再一次找回往日的清凉。他们还会漫步在夜幕下的外沙，甚至乘风出海，前往涠洲岛和斜阳岛。他们会专程去廉州古镇凭吊历史，去翻开一册发黄的有点缺页甚至页码混乱的书卷。在当初来不及驻足凝思的土地上怀想汉帜苍茫、杂缯飘逸。这个时候，他们步入一段不属于今天却与今天血脉相连的时空隧道，抖落厚厚的尘沙，看见伏波将军马援的猎猎旌旗和浩浩楼船，认证前经旧史漫载的当日风流。看见远道而来的大秦国的使节怀揣象牙犀角等奇珍异宝弃舟登岸，往北到达洛阳，拉开了两个古老帝国直接贸易的历史。看见苍梧人牟子携母渡海求学，博览群经，然后归家写成中国第一部佛学著作《理惑论》。站立于庞大的汉墓群之前，归来者们更是幽思绵绵，2000 多年前那些来自北地的达官贵人迁客商旅星散在辽阔的合浦郡地，却像是约好一样，把最后安息的夙愿深埋在廉州的郊野，这是另一种意义的"珠归合浦"。给北部湾留下了数目庞大的汉墓。像守护一个巨大的盟誓一样，这些古墓默默无语，一任花开花落，物换星移。在这海上丝绸之路始发港潮声回荡的地方，在这马蹄声声的古驿道旁，似乎完成了对中原的集体遥望。铜质豆形灯和凤凰灯能否照亮回家的路？墓主们为自己准备了大量的琉璃玛瑙，錾刻精细花纹的青铜器皿，成批成批的铜仓和陶仓，还偷偷收藏了金灿灿的南方稻谷。这似乎暗示着，物华天宝，丰仓裕廪不仅仅是地上的梦想。

北海还有许许多多的动情的去处，需要归来者一一寻访。因为归来，你会对许多事物重新认识。重新获得生命的激情和力量。

如今的北海，再一次听到了前进的号角。北部湾经济区的开放和开发已被置于中国—东盟自由贸易区和泛北部湾经济协作的大背景之中，这是一个"天涯共此时"的时刻，北海再次获得腾飞的历史机遇。经过多年的阵痛，银滩依旧风情不改。火鸟经过火的焚烧会成为不死的神鸟。新生的海上凤凰已经舒展了她坚强的翅膀。早在汉代就获得多种文化辉映、国际交流频繁的"使节之路"重新神话般亮丽起来。尘封的记忆被一道闪电激活。考古学家不断发现被湮没的奇迹，音乐家用激荡的海潮声调准弦上的旋律，作家以深情的笔触开始捉摸大变革时代的步伐以及留在心底的回响。史诗般的土地怎能没有史诗般的业绩？北海的大学在崛起，这是一个城市迈向高层次文明的标志性事件。一种超越物质的精神向度是物质生活得以健康发展的智慧保证。在北京航空航天大学北海学院高耸入云的门廊下，我们听到了北海的另一种涛声。我们甚至从北海职业学院那一份命名为《潮》的小报读出了心灵寻求纯粹和辽阔的脉象。种种迹象表明，北海，开始从灵魂深处铸造她的城市文明。点点滴滴地积累着让城市庄严深邃起来的元素。无论它是外来的，还是固有的。无论它是历史的，还是当下的。在唱响北部湾的浪潮中，她注定会焕发出前所未有的华彩，奏响惊天地泣鬼神的大乐章。

用一根琴弦征服世界

在防城港，我们有幸聆听到广西京族独弦琴世家第七代传人何绍老师给我们演奏曲子。他容貌清癯，气质娴雅，一看就知道得益于艺术的长久熏染。他身着深色衣裳，在颇有些幽暗的舞台上显然有点藏身的味道，他这样做可能是为了突出音乐。那唯一的一根弦开始拨响的时候，悠扬、酣畅却始终有点抑制的声音不绝如缕，一下子打动了所有的人。

使人想到大海深处潜藏着的某种幽幽心事，想到雷电交加的暴雨之下，依然在海面上飞翔的海鸟以及海鸟的叫声。叫声里有一股子不容易被震慑的天然韵律。

他左手摇柱，右手拨弦，两只手灵活得就像山林里一对互相倾诉的鹧鸪，又像是青草丛中一双嬉戏追逐的野兔。这是手在时光中的舞蹈。渐渐地，我又看到，他似乎是在一条流淌着的河流上写字和勾画，信心十足而又漫不经心。真是一双出色的手！这简单的事物能发出如许天籁之音，离不开双手灵巧的创造。手的灵巧来自于心灵的明亮。手的舞蹈，其实就是心灵的舞蹈。心灵幻化成动人的姿势，才会唤醒那些沉睡在宇宙内部，激荡在碧海深处的声音。那些波浪与礁石的情话，那些月光下绵延如沙的心曲，统统被收藏在独弦琴的琴身里。等待唤醒。看看京族人弹奏独弦琴的技巧：揉弦、推、拉、拉揉、推揉、打、撞、摇、颤音、滑音等，这些字中，带提手旁的有六个字，可见，手在演奏独弦琴时的重要意义。简单的手，同样可以变幻得多姿多彩。手具有无穷的创造性。手的无限妙用不断创造神奇！

照相机的闪光灯不时闪亮，像一道道模拟的闪电，照见了那张木质的琴，照见了背景的那几丛小棕树，也照见了老艺人始终静默的脸。这似乎寓示着这琴声足以穿越一切苦难和风雨。他或许真的会老去，但琴声不会老去，几千年来，在一双双动情的手中，琴声破空而来，踏海而来。这玉宇间悠扬的乐声，是不会轻易消失的。你迷醉，放心吧，就一定会有人迷醉。你手舞足蹈，就一定会有人手舞足蹈。那看不见，却听得见的世界如此迷人，在我们的身中，又在我们身外。我突然很感动，想流泪，琴声掠过我的心灵，似乎有话交代，又似乎无话可说。它只是让你的心，松一阵，又紧一阵，在一松一紧之间，让你寂寞难耐，悲欣交集。经过海水千万次冲刷的沙粒会更洁白，那么，经过千万次琴声冲刷的生命呢？会怎么样？

京族人的表达很简单，他们只需要一根琴弦。简单质朴得让人想流泪。

然而，他们丰富的思想和情感，全在这一根琴弦里，一个民族的含蓄和深情，一个民族生生不息荡气回肠的精神全在这一根琴弦里。

用来征服世界的东西其实并不用很多，也不用很大。不用敲锣打鼓，不用高声说话，用一根细细的琴弦就足够了。京族小姑娘唐小媛在维也纳金色大厅里拨弄一根琴弦，就征服了在场所有人的心灵。为什么会这样呢？因为，每一个人，有感情的人，他们的心中都有一根弦。你拨响你那根心弦，就会颤动到别人心中的那根弦。

别人那根弦其实是你这根弦的延续。一根弦，一条心，心心相印一根弦。因为它很简单，很孤独，却完成了一件看起来相当复杂的事情，让人感到不可思议，所以，独弦琴会给人一种神秘感。据说何绍老师在国外演奏独弦琴，结束的时候都有人买走他的琴，因为难以穷透的神秘而永久收藏。

在中国古老的乐器中，独弦琴几乎是最简单的。它需要半边破开的竹子，或者一节木头做琴身，一根麻绳或竹篾做弦就基本够了。竹子先浸泡在海水里一段时间，这样就不容易开裂。如此简单的乐器，居然有着悠久的历史，早在殷代，它就出现了，经由乐师的手，把神祇召唤。这神奇的独弦琴，它几乎是沟通天地神灵的圣物。难怪生活在南方海岛上的京族人把它尊为民族之魂。直到今天，历史也无法给它增添繁文缛节的内容，它依然是，简单而纯粹。只不过，麻绳换成了钢丝，木头做成的摇柱换成了牛角。无法想象，如此简单的事物居然如此古老。古老的事物总是一再省略那些不需要的环节，保持纯粹，才拥有年轻，仿佛古老的爱情。极致的美，往往来路是最简单的。但人类若想要达到简单的境界，也是不容易的。我曾经思考过那些四四方方的青砖，也是极简单的东西，但我认为，即使是如此简单的器物，也是人类历经千锤百炼，熔铸了多少咸咸的泪水，才使它臻于如此精美绝伦的境界。所以，越是简单质朴的事物，越能唤醒我们心中的敬畏。又如我们在钦州看到的坭兴陶，不用敷彩，不用上釉，经过烧制后，自然透射出一种近乎青铜器的光芒。遇到窑变，更是异彩纷呈。书写了陶土和红火最隐秘的遇合，不施粉黛却容光焕发，一种让人内心安宁的质朴和纯粹是何等重要！坭兴陶，这天生丽质的南国佳人，就是因为这样绝无仅有的色泽独步一千三百多年，至今经久不衰。

我们再来注视独弦琴，它简简单单地从历史深处走来，走到我们的面前。它也曾被遗忘过，因为声音不够洪亮，不够高吭，皇帝听不到它的声音，乐师把它丢在仓库里，几近绝迹。但它却神奇地出现在盛产楠竹的北部湾京族三岛，原因是，它的音调与京族人的语调相似。习惯海潮声和椰风海雨的京族人已经把一切声音装进心底，然后在星光缥缈的夜里低低地吟唱出来，如痴如诉，绵绵不绝。他们声音的原质里，原本就暗藏了一柱孤弦的颤响。一弦孤唱万古心。于是，他们与独弦琴就这样相知相恋千年。它与生命的呼吸和节律如此相近，因此，它其实就是生命的一部分。

一就是一切，一切就是一。因为只有一根弦，所以，它必须独自承受一切苦乐酸辛，没有人跟它商量，甚至没有人理解它的坚持。琴声起处，会有多少人参透弦底弦外终古的秘密？

我忽然想到一个问题，独弦琴和坭兴陶都是北部湾古老的事物，它们一个弄出了声音，一个弄出了色彩，都让世界为之沉醉。究其因由，它们都因为展示了各自的独特个性，一个是京族人声调的个性，一个是钦州紫红陶土的个性。

发现个性并找到让其闪耀的载体，经过反复磨炼、探索，用智慧和灵巧使其升华，这也许就是许多事物获得永久生命力的奥秘。

爱情，你怎么啦

深夜，打开凤凰网视频节目“边走边唱”，是戴佩妮介绍她的音乐MV《就是你》。

穿T恤衫和发白的休闲裤，背着旅行包，一个清纯的女孩在一条小街边走边唱，除了尽情、放松、明快地唱着，她还扭动身体，摇动手臂，低头，回首，奔跑，用丰富多彩的肢体语言表达了一个阳光女孩对爱情的渴望，对一见钟情的神往。热烈之中，又可见几分少女特有的紧张和羞涩。她走着，走着，仿佛下一秒钟就会遇到心爱的那个人“123我睁开眼就是你/是什么定律是什么原理/不由自主的发生心向你的吸引力/123我睁开眼就是你……”我注意到她话语中的一些特殊的字眼，比如：“复杂的社会”、“找回”、“重新相信爱情”。

从戴佩妮的歌声和叙述中，我感觉到爱情的危机和不堪一击。“就是你”，这样一种一见钟情的欣喜和认定，已经离我们越来越遥远，成为歌曲中呼唤和咏叹的主题。

我想起多年前听过的一首歌的歌词来：“本来和你约好两点钟，一起去看场电影，谁知又在电话里与你起了争执”。这难道就是我们都市里的爱情吗？太敏感，太脆弱，不再是与我们生命有关联的圣洁的一种情感，似乎已然是挂在我们身边或者墙壁上的一种饰物和标志。

我的一个老师，跟我讨论爱情时，道出了一句意味深长的话，“当世界还年轻的时候，时光也是高贵的。”但是，现在世界像是老了，时光仍旧。大家疯也似的朝向一个地方奔，索取，然后痛饮，然后呕吐，昏睡，容不得心灵拥有片刻的宁静和遐思。当我们谈到爱情，只能报以一阵狂笑的话，笑声里其实已经注满了太多的悲凉。身边疯狂的离婚率，大庭广众之下表演的热吻，被包养的情感，花枝招展而又面容憔悴的陌生女人穿过我们熟悉的大街，这些都让我们怀疑爱情的质地。莫非我们不仅吝啬于把宝贵的文化遗存和恬静美好的自然生态留给我们的子孙后代，甚至连爱情这样一个人类代代相传的盛满清泉的陶罐也要当众砸碎？我的老师还告诉我一个故事，这个故事，是读大学的时候，他的一个女老师告诉他的。

“文化大革命”的时候，在西南一个偏僻的地方，一个“上山下乡”的来自北京的男生爱上了一个同样是“上山下乡”的成都女孩。那时候，爱是不能随便表达的，什么东西都得上纲上线，况且，那个男生的父亲是右派，家里成分不好。男生给女孩写了情书，女孩收到后心里乱得很，不知道如何是好，于是，就把情书交给连队，第二天，男生就被处分了。他从此变得异常的沉默，常常一个人跑到河边坐，半夜才回来。有时扛着画板出去写生，一去就是一整天。那时是雨季。那个地方，暴雨过后，常常会发生泥石流。有一天，大雨刚刚停住，蜗居在屋子里的女孩便听到了敲门声，是那个男生来了，他背着画板，像是要外出的模样，他要求女孩出门一会儿，他有几句话要说。等到女孩鼓起勇气走出门和他面对面站在一起的时候，那个羞涩的，斯斯文文的男生竟然说不出一句话来，最后，他拉过女孩的手，在她的手掌上写画了几个字，女孩脸上露出平静的微笑。男生还是没有说出话来，最后，女孩说：“还有别的事吗？没有我就先走啦。”男生等她走进屋子之后，就转身默默地走了。后来，人们在一条被泥石流灌满的水沟旁发现了一张湿漉漉的画板。人们再也找不到那个北京来的男生。事情发生之后，有人听到那个成都女孩好几夜都躲在蚊帐里低低啜泣。因为她是最后一个见到男生的人，所以，人们一再追问她，究竟他在她的手上写下了怎样的文字，问得太多，她终于忍不住说了出来，是四个字：“同志你好。”这个成都女孩子一辈子都没有结婚。

这个故事，我的老师说，也许比较普通，并没有惊心动魄的细节，但是，它有一种高贵的品质，可以照亮我们的生活。

我想，那个时代的爱情，“同志你好”，也许比其他的任何表达都要生动。在可用词语十分有限的政治情境下，我们从最普通的、最简单不过的词汇里可以倾听到心跳的声音，可以觉察到一个无奈的时代里一根向往阳光的草叶幸福的震颤。“也许心里藏有一个重洋，但流出来的，只是两颗泪珠”。

专注，含蓄，沉默，甚至不知所措，这些，可能更接近爱情明亮的本真。相反，在我们表达爱情的词汇如此丰饶和放肆的今天，我们的内心常常变得贫乏。当我们厌倦了高雅而华丽的辞藻，我们又转而选择另一种粗俗不堪的词语表达我们所谓的爱情，比如“我爱你，就像老鼠爱大米”，以为很“酷”，很时髦。

这种动物式的赤裸宣示，难道是这个时代爱情的特征吗？“就是你”，我喜欢像一道电光一样明快的语词。里面多少有一分深情的认定和惊喜。

流淌在心底的声音

——怀念韦启良先生

我从来没有当面叫过他“先生”，由于一开始就叫他“校长”，因此，就一直叫了下来，没有改口过，也不好意思改口。先生，这个属于内心的声音和名词好像注定我不能当面给他，只能藏在内心深处和无声的文字之中。

这些年，由于工作和地利的诸多因缘，我和先生相处比较多，获得的教益，是难以状述的，但我知道，所有的教益都不仅是当下的，而且是终生的。受教于先生的学子甚多，许多人毕业十数年之后，忆念起先生来，无不流露出钦佩之情和深深的敬意。我想，这是一个师者获得的最高礼遇吧。

先生住世七十年。那承载七十年忧乐的真诚的生命个体经历了过去那么一段时空，与那么一段时空，以及时空中的人事、风雨、世态变迁，休戚与共七十年。也因为如此，先生的七十年，会在时光中留下印痕，而重视这样印痕的人们，不难找到其中的富矿。

除了那些有证有据，句句落实，隐约可见内心激情和光明的文字，足以流传久远之外，先生的人格魅力，我想，这是他留给我们的宝贵财富。

十多年来，我与先生有过不计其数的谈话，一个明显的特点是：他从来不和我谈哪个哪个仕途如何，哪个哪个发了财，即使因为叙事提到，也只是淡淡带过，没有特别强调，脸上更没有那种特别的羡慕和欣赏的神情。他关心的，是哪个校友教学上有什么方法，哪个校友发表了什么文章，研究什么学术课题。学生发表文章，他是最高兴的。他知道，桂西北的作家大多数从《河池日报》副刊起步，所以，他非常重视这个园地。经常向我提起谁又发表文章了。他似乎比任何人都要重视幼芽的生长。对培养文学新人的《河池日报》副刊他同样寄予厚爱。他爱这个园地，爱这个园地上生长的每一株文学幼苗。他的关怀，他的话语，常常就像是幼苗上的春晖和甘甜的露珠。此外，他的话题会延伸到文学史上一段被遗忘的插曲，一个不应当被忽略的文化人，一个历史事件的真实背景，他最近的一个读书心得，等等，有时候，他也会谈点他的人生经历，谈点他的人生感悟，比如，寻访故地，一定得有故人才行。世上还是好人多这样一些寻常事。“文革”期间，先生被下放到乡村劳动，他的任务是给生产队放牛。有一天，一头牛打架的时候不幸打脱了一只角，他非常紧张，但生产队长对他说：“没事，牛打架哪个管得着。”他对这个队长，是非常感激的。因为，换成别人，那可能就是大事，要命的大事。先生这种重精神、非功利的人文情怀我认为在当今时代是特立独行的，是他真性情的体现。这种性格在某些人看来可能是落伍的，但是，他始终坚持。先生对这方水土文学风气的形成影响至深，我想，一种风气的形成，跟一种寂寞的坚持可能大有关系。

先生不善于张扬自我，他做的学问也比较冷僻，总像是退到一旁默默地做，不跟任何人打抢。也不跟任何人比高下。仿佛不声不响地走进图书馆一样，他的文章，也大都在不声不响中写成。像他没有写完的《大学校长列传》，昔日大学先贤们的思想，已经没有多少人愿意去总结和发扬了，先生默默地做着，用文字细细地擦亮那些人隐在历史深处的面庞。特别是那些鲜为人知的细节，先生会用自己的视角把它们发掘出来。先生有点像是古代太庙的那个祭司，把那些无人过问的器物擦亮，让它们一尘不染，好像是他天经地义的责任。好像是那些器物亮了，太庙会更加神圣和庄严起来。

先生善于发现每个人的长处并充分肯定这样的长处。尽管我涉世不深，但我深信，这种善于欣赏别人的品格是一道人世的亮光。我认为，这样一道亮光，可以摧毁人和人之间那道坚硬而冷漠的屏障。

听过先生的课的人都知道，他声音不高，但字字清晰，句句在理。夏天上课，比较炎热，他一把扇子，就娓娓道来。而且，他上课从不强调课堂纪律。如果课堂上有人讲话，声音就一定会压过授课的声音，幸好，大家听他的课，几乎是最安静的。以至于那种细微而有力的声音像溪水一样，可以流淌到每个人的心田里去。2005 年 10 月 18 日夜晚，也就是先生出殡前的那个晚上，我和东西师兄在宜州城内某个地方，仔细构思一副对联，我们得出的上联是："句句落实字字到位从来讲理声音小"，可以说是抓住了先生的风格。先生的授课、作文、为人，似乎可以从这一句话找到信息。反复朗读这句联语的时候，我和东西师兄，以及在场的土路师弟在内心里回想先生那弱小而有力的声音，默默地感受一种震撼。即使是在弥留之际，先生都很重视仪表，躺在病床上，他也会照顾好自己的衣着，这虽然有点固守形式，但谁能肯定这不是一种为人师表的庄严呢？2005 年 9 月 13 日先生从南宁转回宜州住院，病情显然已经恶化，不能言语了，那晚到医院探病的人很多，他都对他们一一点头致意，甚至还微笑着。这样的细节，显示了先生对生死的通达。当天晚上，我们在医院通宵看护他，到了第二天凌晨 4 点左右，斜坐在床头的先生向我伸出了一只手，这是一个握手的暗示，我赶忙伸手过去。两只握着的手在病房黯淡的灯光中晃动了两次，第二次似乎更加深沉有力，且幅度较大。在旁边的黎东明（先生的二女婿）像一个出色的翻译家一样，破译了先生无声的言语，黎东明说："谢谢，非常感谢！"语言和手晃动的节奏惊人地吻合。这是我与先生最后一次握手了。随后的日子，先生已经不能运作他的手足了。

2005 年 10 月 17 日，世界同时发生的大事：文坛老人巴金先生去世。诺贝尔文学奖评委马悦然先生傍晚时分在北京发表演说，称中国作家与诺贝尔文学奖失之交臂的原因主要是翻译问题，中国优秀的小说缺少好的译本。这对我的启示是，好的东西没有遇到好的因缘，是有可能被隐藏起来的，甚至不为人知。但是，不容否认，不为人知的力量同样地潜伏在我们的世界中，默默地影响我们的生活。这一天，日本首相小泉纯一郎带着一副死神般的面孔第五次参拜靖国神社。这个固执的家伙简直是乐此不疲。现代文学时代留下的最后一个文化老人走了，讲授和研究现代文学的我们的老师韦启良先生走了，他们像是约好一样，结个伴，同日驾鹤西去。而我们的世界，依然有着这样或那样不安宁的因素。

来宝

来宝是一只狗，它的名字叫来宝。因为年湮日久，已无人知晓这个名字的来历。众所周知，狗是没有名字的，是人类，基于各种志趣，给它们起了花花绿绿的名字。回头想想，人类何尝又不是如此，本来也是没有名字的。

说到来宝，得先说说我们家乡的一座寺院，它叫安宁寺。“安宁”一词，明显带有佛教的精神指向，寻求内心的安宁，由内而外，由此及彼，推而广之，希求外部环境之祥和宁静。这一诉求的背后，应当是我的家乡不怎么安宁。我的家乡旧称武阳，古谣有云：“武阳岗，三年必反乱一场。”这句古谣透射的丰富内蕴已无需我多作说明。那早就注定是一块布满离乱和疼痛的泥土。安宁寺有个老和尚，擅长驯狗，这在当时和当地很有名，但在他圆寂数十年之后，已鲜有人提及。有一次在路上，有个上了年纪的人提到安宁寺，我便特别留意，他随即提到安宁寺的老和尚的驯狗绝活，这一信息，一下子就打通了我原来越不过的一些思维障碍。我很小的时候就听说安宁寺，原因是因为一只狗。我还没有来到这个世上以前，我们家曾拥有一只狗，它叫来宝，它的身世与安宁寺有关。是安宁寺的和尚送给我曾祖父的。至于为什么寺院的和尚会把来宝送给我曾祖父，曾祖父跟他是怎样的关系？我一直不得而知。只隐约觉得他们的关系应当非比寻常。在乡间成长的很长一段时间，寺院对我来说是很神秘的。跟寺院关系密切的曾祖父也无端蒙上了一层神秘的色彩。造成这种神秘，应当与过去的政治语境有关联。很多事物，是因为被遮蔽了才显得神秘的。甚至会发展到令人生畏。当我听到安宁寺的和尚擅于驯狗这个迟到的信息后，总算摸清了一些路数，也拓展了过去的想法。他既然能够驯狗，自然不止来宝一只，说不定还是批量的驯化。所以，来宝，极有可能是我曾祖父当年从和尚手里买到的一只狗。不过，话说回来，我曾祖父在那个时代交游甚广，他的朋友中不乏江湖奇人，所以，他与和尚有深厚的情谊，和尚赠他一只狗，不是没有可能的。况且，这一直是来自家族的传统说法。我的曾祖父向来沉默寡言，有关他的事情总是颇费疑猜。我现在猜测七八十年前的一场友谊，甚至卑鄙地提到交易，多少有点不道德，但我的确想厘清来宝来到我家的历史因缘。在我原来的想象中，老和尚就只有来宝一只狗，他们相依为命，共同守护禅门的清寂，后来他把心爱的灵犬送给我的曾祖父。我这无疑是夸大了他们之间的友谊。把泛化的一个行为理解为孤注一掷。事实上可能并非如此。他们或许仅仅是主顾关系。事情表相的背后，蕴藏着丰富的可能性。历史也因此会被不同地阐释着。我们的猜测能够抵达的真实层面，总是十分有限。但有一点几乎是可以肯定的，老和尚送走来宝之后，他不会独守疏钟塔影，他还有另外的一只狗。甚至不止一只。因为，他是个出色的驯狗师。经过他的精心驯化，那些狗，打通了一些蒙昧的障碍，获得更多的与人交流的能力或者灵性。可以听懂人的言语，读懂人的表情和手势，可以更广泛地参与人的活动。

来宝就是这样一只灵犬。它到我家后，全家上下一个劲地叫它来宝。俨然家庭里的一个成员。它的名字，响亮，顺口，意义明朗，是对财富的呼唤，是一种美好的愿望的寄托，具有饱满的吉祥气息。这样的气息，对于那个时代的中国农村普通家庭，无疑是需要的。

在我家里，来宝的饭碗是一个陈旧的木瓢。这样的木瓢在我的家乡很普遍，是用比碗口粗的一段木头挖成，留一节可以用手拿的柄。家里老少舀饭的时候，也往离铁锅不远的木瓢舀上一些，来宝便跑过来，埋头苦干，把木瓢里的饭吃个精光。有时候太阳暖洋洋的，我的家乡常有这样的时候，来宝吃完饭后就躺到天井里懒洋洋地享受阳光，由于阳光的催眠效果，它居然睡着了。这个时候，通常是我的小姑就会冲它喊叫："来宝！不洗碗吗？"来宝二话不说，一骨碌爬将起来，抖抖身子，晃晃尾巴，它平常身上痒的时候也会这样做，对它来说，简直是习惯成自然。它用嘴叼起那木瓢的柄，跨过门槛，急急地向村头水沟码头跑去。那样子想起来一定有点滑稽，但村里的人早已司空见惯，并不感到奇怪。来宝来到水沟边，用嘴巴稍微调整了一下木柄，就把木瓢猛浸到水里去，"扑通"一下，又一下，连续几下，木瓢就干净了。然后它又快节奏移动四只脚，把木瓢送回家里。它走过的地方，人们还可以看到一些飘飞的水珠和水珠落地时击起的微微尘土。碗洗好了，来宝又可以回到它的阳光之中，懒懒地伸缩几下，至少，在短期内，不会有人再来干扰它的清梦了。

这里顺便交代一下，余生也晚，没有见过来宝，但是，村口清清的水沟是见过的。回忆之中总是有很多清水。沟边码头的那些青石板也是一尘不染的。村妇在上面捣衣服，清脆的声音四处回荡。与后龙山树林里的鸟鸣间杂交错，此起彼落。这些年回故乡，最明显的就是水沟干枯了。沟底长满了杂草。青石板也被掩埋在厚厚的尘埃里。是不是很多快乐的往事也像这清水素石一般呢？会斑驳？会模糊？会无影无踪？会被湮没在岁月浑浊的目光深处？这些水原来像镜子一样汪亮在村庄的四周，可以照见村庄的容颜。现在镜子打碎了，容颜变成什么样子也不知道了。好像也无须知道。原来这条水沟的水可以灌溉一大片农田，现在家家户户各自掘井抽水灌溉，水沟久已无人修葺，自然就荒芜了。以前地面的水，就足以灌溉，现在得调动地下的水，这到底是一件可悲的事情还是一件可喜的事情？我说了这么多，跟来宝也许真的没有什么关系。但我们可以作这样的设想：要是来宝还健在，它叼着木瓢跑遍村庄，已无处清洗它的饭碗。要是它把木瓢叼到深井边，试图故技重演，那简直是一件危险的事情。它只有把木瓢叼到天井里，期待会下一场雨，让雨水冲洗干净它的饭碗。在下一餐来临之前，如果老天还没有能够下雨，它只有将就着用脏兮兮的木碗进食了。很简单的一个道理，水的失落，会让光洁的青石板变脏，会让狗的木瓢变脏，可能还会让许许多多的东西变脏。

这里扯远了，还是来说说来宝。

来宝还会帮我曾祖父找到他的烟筒斗。曾祖父忘记烟筒斗放在那里是常有的事。他的一声呼唤，精明的来宝很快就会用嘴巴把长长的烟斗叼过来，交到主人手上，让主人过过烟瘾。烟筒斗是用细长的竹竿中间钻眼子做成，因为通常系一个布做的袋子，袋子里面是切成丝的生烟，所以烟筒斗比较准确的名称叫“烟袋”。我见过祖父的烟筒斗。他坐在竹椅上，斜着烟筒斗吞云吐雾的情景偶尔还会出现在我的记忆中。小时候我肚子痛，我还记得，祖父会用一根长长的禾秆草芯从烟筒嘴伸进去，抵达已经熏黄的竹竿的内部，然后徐徐抽出来，本来白色的禾秆芯变黑了，捋下这层黑，便得到一些黑乎乎的浆，涂在肚脐眼上，一下子就可以止痛。这黑浆祖父管叫“烟屎”，是乡居治肚痛腹胀的一剂特效药。有时候，调皮捣蛋的我，把堂弟逗哭后，脑瓜子难免也会被祖父的烟筒斗亲吻几下。我的母亲甚至认为，我小时候严重的口吃，也跟祖父的烟筒斗有关系。由于我被送到外婆家住几年后再回来，已经把祖公话给忘记了，说一口通行的桂柳官话，祖父听了不是滋味，就用烟筒斗加以威逼，我只好吞吞吐吐说起祖公话来。这样，就口吃了。这是母亲的描述，我自己是一点印象都没有了。言语发生障碍，是很复杂的因由。不一定是扬几下烟筒斗的问题。说到来宝为曾祖父衔来烟筒斗的旧事，祖父的烟筒斗自然就激活在我的记忆之中，那些黑黑的烟屎，以及祖父用禾草取烟屎时那种从容不迫，同时多少带有点寂寞隐忍的神情成为我童年里最温馨的细节之一。

曾祖父晚年大多数时间是在广西大苗山里度过的。他在那里教书，同时也为乡民写写讼状。九村十八寨，到处留有他的足迹。因为文化程度比较高，他在那里得到了普遍的尊重。他的学生当了乡长之后还专门请他出任“师爷”。山中寂寥的岁月，来宝是一直陪伴在他身边的。他出没的地方，自然就是来宝出没的地方。他有吃的，来宝就有吃。在大人的描述中，曾祖父在大苗山教书时，很少洗衣服，他在住处的墙壁上钉一排竹钉，穿过的衣服依次挂在竹钉上，等到箱笼里的衣服穿完之后，他就从第一件挂着的衣服开始穿。如此循环往复，几个回合，一年就过去了。曾祖父或者这样认为，山间的清风明月自然而然就会洗涤衣服，根本用不着麻烦清水。这个的细节足以想见曾祖父性格之随和，他与来宝如此默契地相处，并不让人感到奇怪了。很难想象一个性格火暴的人会善待一只动物，会与一只动物相依为命。

那时候进山没有车，连一条像样的路也没有。走的都是崎岖山路，羊肠小道，经过一些茂密的森林，曾祖父会敲响他事先准备好的竹梆，清越的竹梆声响彻云霄，震荡在林子间，山谷里，这样做是为了避免被老虎吃掉。因为，有竹梆声的地方就说明有牛群经过，牛是不讲道理的，老虎也害怕，更何况是牛群，老虎根本不是对手，于是只好退避三舍。老虎哪里知道，穿过丛林的，只是一个人和一只狗。他们势单力薄，仅仅是依靠一只笃笃鸣叫的竹梆壮胆。

因为路途遥远，加上风险大，不光是老虎，那年头土匪也猖獗，曾祖父有时春节也滞留大苗山，没有回家过年。那时大苗山哪有什么邮差，根本无法寄信。他便写了家书，折叠好，用绳子系挂在来宝的脖子下面，来宝很懂事，摇摇尾巴，眼睛晶亮晶亮，就冲向迷雾重重的山岭，向我的家乡方向奔跑而去。来宝很聪明，路上遇到行人，它会事先跑到树林里，或者大石头背后躲藏起来，等待行人走远后它才出来赶路。它知道，人也是危险的，并不都那么可靠。只有保住性命，那封家书才能安全抵达。为了达到这个目的，它不得不在回家的路上躲躲藏藏。

曾祖父的几个儿子中，我的祖父读书最多，算是文化最高了。来宝回到家里，因为脖子上的绳索和家书隐蔽得比较好，不注意还真的看不出来。大家无非是知道来宝回来了，而曾祖父并没有回来，或者是曾祖父晚一步才回来。来宝跑得快，把曾祖父甩后头了。所以，对它也不怎么留意。来宝当然会有它的办法：它一个劲地往我祖父身上爬，祖父感到有点异样，对它进行细致的观察，于是很自然地拿下脖子上家书。一读，就知道曾祖父不回来过年了，大苗山里的岁月，一切吉祥平安。祖父写了回信，用同样的方式将书信系挂在来宝的脖子上，这只精通人事的灵犬便欢喜雀跃地复命去了。

可能还是会有人在莽莽苍苍的大山中看到一只奔跑着的狗，会诧异它如此孤独，甚至会怀疑它是一只落荒的野狗。也就是现在我们通常说的那种流浪狗。如果你对它有敌意，有企图，在你举起猎枪或者低头捡起石块之前它就会隐匿。如果你站在自己家门口友好地注视着它，它也会向你摇尾示意。为了它的主人，它不辞劳苦，像一阵风一样奔跑在山道上，溪涧旁，丛莽间。要是不小心被石头上的青苔滑倒了，它会顺势打个滚儿站稳身子，吐出舌头，喘几口粗气，仔细看看四周，顺带调整一下情绪和速度。口渴了，会停下来喝上几口清甜的山泉水。在清朗的星光月色中，"月明催趁马蹄归"的古句它是不知道的。但它知道正好赶路。在浩渺的云雾里，它也会牢记一个信使无言的诺言，不会迷失方向。它会不会路遇一些寂寞的同类，并因为性别的差异燃烧起本能的欲望，梦想一些奇幻的组合，这个就很难猜测了。但它有要事在身，估计不敢过多低迷。因为，那样的事情往往最容易误事。并且会使处境十分被动。

曾祖父是1960年大饥荒的时候去世的，据说，来宝也因为缺乏粮食饿死了。幸好，这样的事，发生在主仆俩回到故乡之后。那个年份饿死了很多人，存活者也是人心惶惶，以浮肿和菜色作为身上的重要标识。像草根树皮龙眼籽金猫蔸马蹄蕨天蒜薯莨这样的东西都被用来作充饥的食物了。这样的情势下，饿死一只狗，是根本算不上什么的。没有人知道它最后葬身何处，可以肯定的是，不会有一块为它准备的坟碑。但我们家里知道，它不是一只普通的狗。

在我曾祖父离开大苗山七十年后，我有缘到了那个地方，见到了他当年的几个学生，都是已届八旬的老人了。他们还记得我曾祖父当年行走在乡间的身影。教他们读书，教他们吟诗属对，也教他们音律和卜卦。我的曾祖父，做了他那一代知识分子所应该做的事情。他们也说起曾祖父身边的那条狗。跟随他走遍那里的村村寨寨。"你想吸烟，那条狗认得帮你咬来烟袋"，他们都这么说。对于狗的颜色，我很想知道，一个老人说是白色的，另外一个说是黄色的。年代太久远了，人的青春光华早已过去，一只狗的颜色显然已经并不重要。

在它离开安宁寺之后，有些事看来它是不知道了。我却因为这只狗的缘故，对安宁寺多少存一份留心。解放后，安宁寺就被拆毁了。安宁寺，终究也无法安宁。迹象表明，它被拆得还挺光明磊落的。它的材料被用来盖公社的粮所和供销社。粮所和供销社，在我刚懂事那个时候，都是些响当当的名字。我小时候经常路过这些古旧的建筑物，只是不知道它们的来历。可能是因为盖过寺庙的材料并不新，所以这些房子一开始给我的感觉就是老气横秋，暮气沉沉。路过之时，竟有一些压抑感。不敢久留。印象中的粮所和供销社的房子好几大间，分两排，前面一排作门面，后面一排作仓库。这些房子用料之多让我们约略想象得到当年安宁寺的规模。诸物皆是成住坏空，聚散难期，本是佛家妙谛。寺院建筑之零落，分明是活生生的教材。

安宁寺大约是靠近一条河，它被拆毁之后，没有任何用处的木头佛菩萨被扔进河里，河水不是那种很急的河水，所以，很长一段时间，那些木菩萨依然恋恋不舍，在那一段河面浮动。夏天放牛的孩子跳进水里，骑在菩萨身上尽情地嬉戏。本来，被投入清清的河水之中是它们始料不及的，与赤身裸体的孩童如此零距离接触，翻滚，拥抱，沉沉浮浮，在清水里时隐时现，更是它们始料不及的事情。在戏水牛童眼里，它们不是菩萨，也并不庄严，而是形同浮木，跟大水漂过来的木头一个样，不过是他们在水中偶遇的嬉戏物而已。大人多少有点心有余悸，至少还不敢把佛菩萨扛回家中烧火。神祇是大人们的事情，与小孩没有关系。

这些戏水牛童中，有一个长大后成为县城党校的教员，在一次县直部门抽调干部到乡下开展的中心工作时，我跟他共处一室，每个深夜里，他都感慨万千，回忆了很多陈年旧事。尤其是“文革”那些惨烈的事情让他悲叹，他经历的那些险境记忆犹新。有一次，他经过一处坟墓，捡到一个被遗弃的婴儿，后来送给一个没有子嗣的农妇抚养。说到安宁寺的时候，他便向我生动地描述了当年清水戏菩萨的经历。我仿佛听到他们那狂野的欢笑声，看到木菩萨与肉身在清水里一同翻滚，沉浮，离离合合，起起落落的情形。他最后说：“那时是娃崽，哪里晓得世间事。”拆了安宁寺，建了粮所和供销社也是他最初告诉我的。后来我才知道，当时的很多寺庙，都经历了相似的命运，绝不仅仅是一个安宁寺。

娃崽不知道世间事，来宝自然也不知道。老和尚圆寂了，它接受训练的寺院拆毁了，佛菩萨丢在清水里。而它，一度追随我的曾祖父离开故乡，凭着眼中那道亮光，在大苗山深处的云雾间奔走徜徉。

故乡是每个人心中隐秘的事物

月光下的那团白雾

父亲是个多少有点怪异的人。他的有些事情常常让我理解不过来。

他退休不久，有一段时间单独待在县城。那个月县里晚发了半个月的工资，他居然砸锅卖铁，以维持生计。我们是在接到他的电话后，才知道事情的严重性的。他说：再不送钱来，就饿死了。我们便开始紧张起来，并暗自摇头、感叹。一个老党员，一个拥有几十年工龄的老干部，居然晚发半个月的工资会落魄到这样的地步，简直无法想象。

我是回到县城家里后才发现家里的旧铝锅和旧单车不翼而飞的。同时，父亲床下那个平常用来锤钉子的铁墩也不见了，那是父亲曾在机械厂工作的见证。显而易见，父亲的电话是在砸锅卖铁之后仍然无法解决温饱的情况下才在我们耳边响起的。

此事无论如何都会让人感觉到有点悲壮。

父亲留不住钱。钱像水一样哗哗地在他身上流淌了一会，就流往别处去了。我近年越来越发现我对钱的掌控能力比父亲好不了多少。父亲常常自豪地说："我一辈子没进过银行。"说完后通常是笑。我不得不承认，这也是一种人生态度。

父亲的舅舅在离县城不到十公里的一个小镇上生活，父亲也常下乡到那个镇上，可他从来没有去看过他的舅舅。这种不闻不问的时间起码也有几十年。有一年，临近春节，可能是他的舅舅实在忍不住了，写了一封信，托人带到县城给他。信中的内容大体是经济困难，需要接济。

父亲收到信后大为感慨，跟我们说，几十年没有见到他舅了。我那时已经参加工作，父亲便派我作为代表前往小镇慰问他的亲舅，我的舅公。我怀里揣着那封信和还读警校的弟弟欣然前往，但我们找到舅公家也颇费周折。到了小镇，按照父亲指定的地点一路探问，都说不知道，没有这个人。后来终于有人小心翼翼地问我们，你们是来干什么的，有什么事吗，我们说，我们来看我们的舅公。对方又经过仔细询问后，才告诉我们：你们找对了，就是我们家。

原来，弟弟的警服吓坏了他们，他们以为是来抓赌的。老百姓像惊弓之鸟一样活着，我那一次算是长见识了。同时也感叹小镇赌风之盛。

我们见到了舅公，他那时已经八十岁了，模样瘦瘦高高，很像我们的小叔。我们转达了我们父亲的问候，并给了他两百块钱。

舅公的确很穷，他脚下的解放鞋早就失去了布面，只剩下两块黑色的胶底，像两只船，载着我们的舅公在人生道路上乘风破浪。只可惜，这两只无篷的船只能在陆地上滑行，所以，我舅公走起路来磨磨蹭蹭，步履维艰。我还发现，他没有袜子。舅公当时给我看了他的一首诗，我现在只记住一句："静坐草堂课二孙。"新中国成立前他上过军校，还当过一阵子镇上的街长，算是地方上一个有文化的人。我还记得，他的房间里，有一台锈迹斑驳的扬琴。街上的一些同好会时不时来跟他切磋技艺。看来，他穷是穷，但诗声琴韵这些高雅的东西倒是一样不缺。八指头陀曾有诗云："过时名士难求食，诗非晚节不精神。"如果用在我舅公身上，是有几分辛酸的贴切。

没过几天，我们听说，那两百块钱，因为没有捡好，给他的儿子盗窃了，很快，那两百块钱，像两滴水一样，跌落在赌摊的海洋里，无影无踪。

看来，没有把儿子课好，光课二孙是行不通的。

后来我们就没有再见到这个老人了，我的父亲，也自然没有去见他的舅舅。

父亲有个表哥（指姑表血亲）在离县城一百华里的一座小城市里工作直到退休，父亲出差经常路过这座城市，但是，也从来没有想到要去探望一下他的表哥。有一次，他俩终于在我的引见下碰面了，第一句话居然是："有五十年了吧？记得刚解放那年见过一面。"我记不清是他们中谁说的了，但无论是表哥说，还是表弟说，都让我感到惊讶，因为，他们当中的任何一方，都不是刚从海峡那边的台湾归来。

亲人间说不清楚的隔阂，我想我是没有理由轻易谴责的。毕竟那些年代发生了太多的事，人们心灵的承受能力一度达到了极限。因为说错一句话，引来牢狱之灾，甚至杀身之祸，因为跟某个人有关系，受到无端的牵连，这样的事情比比皆是。在那种紧张的空气中，人人自危，遑顾他人。大多数情况下人们三缄其口，于是便造成人事音尘的阻隔。

这里有个例子：我外婆的父亲，一个旧时代的商人，因为不堪批斗之苦、折腾之辱，在禁闭他的房间里悬窗了断，窗棂离地面很近，要悬挂自己还真需要坚强的意志。然而，生活在小镇附近的一个村庄里，我外婆得到这个消息已经是两个月之后。

父亲还在单位做点小领导的时候几乎每年都回家做清明。因为有车子接送。他退休之后，自然跟那些小车无缘。要坐大车回去，他是断然不做的。于是，他便很少回去过清明了。

等到得了脑血栓、冠心病这样一些痼疾后，他更是找到了不回家乡的理由了。

我感觉父亲的故乡观念是比较淡薄的。家乡的人事，不找到他的话，他极少过问。我不知道他年轻的时候对故乡态度如何，我只是看到了他退休之后的现实。

我记得小时候，他和朋友们喝酒，经常挂在嘴边的一句话是："哪块黄土不埋人？"我后来才渐渐体悟到这句话蕴藏的故乡观。

这些年，特别是前年脑出血治愈之后，他似乎对他的三哥，我们的三伯父——另一个脑出血患者，比较关注起来。在我看来，这略微缓解了一点他对故乡情感的贫乏和苍白。他隔三岔五会给他三哥打个电话，两人叽里呱啦地在电话里说一通家乡话，内容无非是希望对方注意身体，走路要小心什么的，多数情况下，基本是各说各的，话的齿轮对不上马口。对于两个脑出血患者的对话质量，我想人们不会过多期望。

医院那个病房的那张床，头一年是我三伯父因为脑出血睡在上面。第二年，父亲脑出血住院，原本是住另外一间病房，后来转来转去，又转到三伯父住过的那间房，恰好就是那张床。我们不无玩笑地调侃说：这张床给他们兄弟俩包了。

幸好，都是轻度脑出血，住了一段时间院就都没事了。只是二人的口齿和行动变得不够麻利了。

到了春节，父亲还会托人给他三哥带去一个红包。里面有一张硬刮刮的五十元。这在以前是很少有的。

他对三伯父的记挂到底是因为同病相怜，还是别的原因。这颇费琢磨。他们少小就玩得比较好，到坡上放牛，地里打红薯窑，上树掏鸟窝，下河摸鱼，都少不了他们。长大后又都嗜酒如命，不同的是，一个在农村嗜酒，一个在县城嗜酒，吵吵嚷嚷，喧闹着，让左邻右舍多少得不到应有的安宁。

“文化大革命”的时候，父亲有一次回乡被无端拘禁，关在一处地主老房子的楼上，处境十分危险。后来是三伯父在漆黑的夜里沿河边摸索，智过关卡，搬来援兵，才把父亲救出。三伯父不仅是他的三哥，还是他的救命恩人。这个话题，在父亲患脑出血之后开始时不时叨念。一个老人，他若是老叨唠什么话题，那一定是他最放不下的。

我从小也与三伯父比较投缘。我在县城读小学的时候，他有一次来县城办事和我共住一室。半夜我醒来，发现蚊帐里到处是蚊子，我一个劲地摇动三伯父的手臂，央求他起来打蚊子，睡眼迷蒙中，他翻了个身，丢给我一句话：“蚊子也要生活。”又沉沉睡去。

我的确是从那一夜才知道，蚊子也要生活。

我工作了之后，有一次下乡到我的家乡那个镇，我不住镇政府招待所，而是去找三伯父同住。他那时不在村上，而是在镇子边的公路旁守打米机房。床铺在打米机房的一个角落，没有挂蚊帐，床上满是细细的糠粉，靠墙的床沿起码分布有两斤重的老鼠屎，都是生硬了的，当然也掺和了打米机房的细粉。为什么老鼠屎会花边一样出现在靠墙的床沿呢，我估计是三伯父每天晚上随手往里面扒，扒来扒去，就扒出两三斤来了。它们颗粒分明、童叟无欺地静静躺着，记录着我三伯父的日常生活。这样的情景，让夜访三伯父的我十分后悔，但也只能硬着头皮住下来了。在我的抗议下，三伯父清除了那两三斤老鼠屎。我听见床板刷刷声响了很久，最后三伯父说：可以了。

时值深秋，天气已开始转凉。我跟三伯父说，没有东西盖肚子恐怕不行吧？他噢噢两声，就爬起来，把床角的那一堆烂布巾一样的东西推给我，我一摸，知道是蚊帐，但里里外外全是粉末，哪里盖得肚子？伯父见我为难，便起身走下床，把那一堆东西抱出门去了。我也跟着起来，站在门口看他。只见他走到马路的中间，那晚有月光，亮亮地照在他身上，他把那一堆蚊帐稍稍摊开后就双手开始上下抖动，一下，又一下，动作愈来愈快，也愈来愈猛，有一种兴风作浪、排山倒海的架势。月光下，白色的粉末飞舞，升腾，越来越密集，越来越浓烈，渐渐地，三伯父藏身云里，只余下一双脚，最后，三伯父完全消失了，根本不知道他在做什么，马路上，只见一团白白的云雾，月光下浓得化不开的云雾！

我被这样的场景惊呆了，站在那里久久说不出话来。

那晚，我还是不可避免地感冒了。

三伯父在脑出血之前还挨了一次大病，是肠癌。那一次是父亲力主做切割手术。后来事实证明，手术是成功的。动手术之后那一夜，我和堂弟阿武在医院病房值班。三伯父在床上痛苦地呻吟，处于那种半昏迷的状态，看来麻药已经不起作用了。我们也帮不上多少忙，于是便在床边谈起生意来。阿武雄心勃勃，说要养一批波斯猫，还说要开一个狗肉店，办一个什么厂，似乎那钱很快就会胀满口袋，我们讨论得十分热烈。基本上忘记了白天刚刚动了大手术，如今躺在病床上苦苦挣扎的三伯父。这时候，在昏暗的灯光中，我突然看到三伯父从医院的被子里伸出两只手，举过头顶，做了一个体育老师经常做的暂停动作。看样子还十分敏捷。

我一怔，赶忙走到床前伸头到他耳朵边问：“哪样？三伯父。”

他说了五个字，清清晰晰，天呀，哪里像一个半昏迷状态的术后病人！他那五个字，字字千钧，金声玉振，连没有走到床铺边的阿武也听得十分仔细，“别做发财梦！”

那次三伯父出院后不久，我还专程到家乡看望他。他越发瘦小了，皮肤完全变黄了，像一株营养不良的病蔫蔫的农作物。我还是第一次觉察到人与植物之间的神似性。我在吃惊之余面有隐忧，三伯父显然是看出来了。他比较乐观，认为自己是什么黄疸病，没事的。他告诉我，他现在天天吃泥鳅。果然，吃了几个月的泥鳅，他居然又可以下地干活，又可以喝酒了。气色就像是没有生过病一样。他逢人便赞美泥鳅，说泥鳅可以做药。

如果说父亲对家乡的忆念集中落实在三伯父身上，应该也有另外一些记忆中的事物随着父亲的忆念一齐浮现出来。但我相信，绝对比不上三伯父在他心目中的位置。如果说在父亲的心目中，故乡是那团月光下的白雾的话，雾消散后，尘埃落定，站在路中间的，身上满是白色粉末的，可能就是我的三伯父，他的三哥。

亮堂堂的房子

母亲对家乡的忆念要比父亲深广得多，这大约跟她在家乡劳动生活的时间长有关系。她从60年代嫁给父亲后，一直到80年代初期，都在我们家乡生活。父亲在外工作，母亲却在农村经历了合作社、联产承包责任制、分田到户等一系列的农村社会变革。在这漫长的岁月中，她历尽艰辛，把我们姐弟三人拉扯长大，父亲只是农忙时回来帮忙。母亲在乡间的生活，最令她引以为自豪的是，她肩挑日月，历经几个寒暑，起造了一座房子。在农村，起不了新房是会被看不起的。所以，我的母亲持之以恒，白手起家，硬是起成了一座三间头的土筑瓦房。只可惜，住新房没多久，我们便举家迁到县城了。就像一只鸟，刚运草衔木做好窝，却要飞到另外的地方重新筑巢。你说这只鸟会怎么想？它会围绕鸟窝飞几圈，叫几回？鸟尚如此，何况母亲。后来房子以低价卖给堂弟阿洋居住，阿洋婚后生了两个男孩，都说是房子风向好。

母亲常常忍不住又说到她的房子，特别是县城的房子显得窄迫，让人心烦意乱的时候，她就开始怀念她做的房子。她是如何一锄一锄地挖泥的，她是怎样一担泥一担泥挑回来的，墙筑了一半，半夜下起大雨，她是如何冒险爬上山墙用蓑衣和塑料薄膜盖住泥墙的。母亲的叙述，总是简洁而有力，她会营造那种语言的紧张感，似乎一下子就能够抓住别人的心灵。她的情感流露也决不含糊。她可以使你快乐，也可以使你伤心。有一次我发现我正读小学的外甥被她讲了几句就坐在沙发上抹泪不止，她不用骂就能轻而易举达到这样的效果令我十分钦佩。我素来认为，我的母亲是有叙事天分的。因此，她对房子的叙述，我们没人可以充耳不闻。农村起房子是大事，这件大事，基本上是由我母亲一个人扛住的。父亲有时候也会请一些人回来帮拉泥，但毕竟是少数。大量的工作是由母亲承担的。房子亮堂堂地终于立在我家乡的土地上，母亲以她的坚韧毅力完成了她的梦想，捍卫了一个普通农村家庭的尊严。

也难怪后来母亲说起那座房子时一次次感慨唏嘘，说那些泥土，全是她的血汗垒成。对房子的怀念，还会让她眼眶潮湿，苦水回泛。因为在做房子的过程中，她受了很多气。做事情都会有这样或那样的阻碍，何况是造一座大房子？一个女人，雄心勃勃地要在农村造一座大房子，阻碍自然难以想象地多。周密的计划和惊人的毅力一样也不能少。还要调动各方面的力量。我的记忆中，我们还没有起房子以前，母亲常到别的起房子人家做帮工，默默地为她后来的事业做好必要的人力储备。这是富有远见的。事实上，没有任何障碍能够阻挡母亲建造一座房子的信念。我知道，那座泥房，到了后来，基本上成了母亲的故乡。她对故乡的怀念，定格在那座房子。那不是一座简单的房子，它是母亲重要的生命历程。

我每次回到故乡，都会认真端详母亲造的房子，它是如此普通，不显眼，但在我的童年记忆里，它却是无比高大的。亮堂堂的。像一座山，矗立在我们村子的中央。

村子里近年来涌现了一座座楼房，是砖砌的，但都没能吸引我的多少目光。最感到亲切的还是母亲起的泥房。这么多年来，我一次又一次离开我的故乡，一次又一次回来，之所以不感到任何慌张，正是因为母亲起的这座泥房。看到泥墙晒干之后质朴的色彩，看到屋顶粼粼的黑瓦，心里就定了下来。

如果故乡再也看不到我们的旧房子，那么，无论多么风光地还乡，我们都会感到有点不知所措，感到有点凄惶。

被挤压得像弹簧一样的故乡

春节的一个晚上，从外地回县城过春节的弟弟喝醉了。弟弟喝醉，也并不是什么新闻，毕竟，我们家的喝酒的传统需要绵延。每次弟弟喝醉，母亲就会去埋怨父亲，说什么好本不接，坏本不丢。这样的埋怨似乎没有什么道理可言，完全有点无奈情形下泄私愤的味道。如果是因为别的事情埋怨父亲，可能会有引发架吵。父母互不相让，口角，磕磕碰碰几十年对我们来说已经习以为常。但因为这等饮酒事业传承受责，父亲的态度居然出奇的好。他脸上有光彩，笑容可掬，甚至还抑不住笑出几声来。没有任何反省的神情。那种欣喜的模样倒像是在检阅他的战果。

弟弟那晚是被几个人送他回来的。一般情况下，喝酒的人有几个送回来就麻烦了。一定是喝高了，并且高得离谱。我接到家里的电话后，马上往家里赶。到家的时候，我的堂哥阿六已经先到了。弟弟醉态十足，嘴里嘟囔个不停，在屋子里晃来晃去，无论如何也无法安静下来。还要不断地往外窜。他在找他的小车钥匙，嘴里嘟囔着要马上开车回老家看三伯父，他满嘴酒气不断喷出这样的话来："你知道吗？我好久不回去了！我今晚一定要回去！阿六哥，一定是你捡了我的钥匙，赶快拿我的钥匙来，我马上开车回去。我现在马上回去……"不知是谁，在送他回来的时候已经把小车钥匙拔走，目的就是不给他开车了。阿六哥掏出自己的摩托钥匙给他，他居然也知道那不是小车钥匙，这样胶着了很久，好几次也居然给他窜出门去，我们费了好大劲才把他弄回来。那种近乎失控、异常热烈却又目标专注的情绪和混乱声响，不得不使我联想到一只意欲挣脱系缚渴望重返森林的猛兽。家里面乱成一锅粥，母亲急得直跺脚，但她又有什么办法呢？除了冲进房间一个劲地指责我的父亲。那晚上折腾了很久，弟弟找了一夜的钥匙，自然没有找到，后来总算可以躺到床上去了，但嘴里的话还在唠叨不停，埋怨阿六哥拿走他的钥匙，又说今晚一定要回老家，去看望三伯父。又闹腾了很久，房间里才总算没有什么动静。他睡着后，弟媳出来说，今晚真的有点奇怪了，以前他也常喝醉，醉里也有话，但今晚好像他是认真的。话虽然是酒话，但真切得让人吃惊。他一会儿说要看三伯父，一会儿说对不起小哥，小哥的儿子成亲他没有回来，小嫂去世他没有回来，一会儿又说清明节没有回家，祖父祖母竖碑他没有回家，他离开家乡太久，发生什么事他都不知道了，谁结婚谁生子谁生病谁过世他都不知道了。总之，他觉得自己欠得太多，太多，无法弥补，所以一定要回老家。一刻也不能等了，马上就要回。回老家岂能等到明天？一开始我也觉得那个晚上有点异样，总害怕会出什么事。心弦绷得紧紧的。经弟媳这么一说，心情顿时由紧张变成沉重。弟弟的话，尽管是醉话，一句句也同样打在我的心坎上，以至于当时我也产生一种茫然不知所措的感觉。我隐约意识到一个人和他的故乡那种不可分割的关系。母亲那晚上好像也意识到了什么，她喃喃地说，那以后家里有什么事情都告诉他。能不能回来是他的事情。一直以来，因为弟弟工作的地方离家较远，回来一趟不容易，所以村里族内的事母亲一般都不告诉他。好像有意为他人为地省略很多东西。但真的能够省略吗？我原来以为生活在城市的弟弟大大咧咧，什么都无所谓，但今晚弟弟醉后的一番情状让我改变了对他的看法。一个人可以离开他的故乡，甚至可以忘记他的故乡，但并不意味着他的故乡就可以消失。某些特殊的时候，故乡会呈现出一种神秘的令人紧张的迹象，仿佛被压制的弹簧一样突然反弹，爆发出来的力量大得惊人。

我不知道弟弟那晚喝醉后受到怎样的触动。那晚的风传播了怎样神秘的信息。他嘴里嘟嘟囔囔尽是故乡的人事，年老的亲人，逝去的祖先，回老家的念头炽热而强烈。酒可以放大人身上的某种情绪，自然也包括我们对故乡的那种思念。

故乡牛坡上有个深窟子

小时候放牛经常路过那个深窟子，圆圆的，深深的，边缘长着一些杂树和藤蔓，下面有水，其深不见底，我不知道是不是我们现在所说的天坑，总之，那是一个让人产生恐惧的地方。即使是阳光灿烂的正午，它给人的感觉仍然是阴森森的，寒气逼人。有时候它会吸引我走到它的边缘，去小心翼翼地探视它，试图发现些什么，完全出于一种好奇，但深处突然的一次鱼跃或者蛙跳又吓得我魂飞魄散，赶忙夺路而逃。这种神秘的深渊我不知道为什么会如此吸引我，让我不安，同时又让我产生不可名状的兴奋。

除了这个深窟子，让我产生这类体验的还有那些盛白骨的金坛。好长一段时间，在我们村庄后龙山的树林里，我们家灰寮的背后墙边靠着一个沾满碎土的金坛，没有盖子。盖子很可能是在起墓时被不小心打烂了，盖子在土里待着是不会平白无故消失的。金坛里面有一些细碎的白骨。我们不知道那些大块的骨头跑哪里去了。我们做孩子的，大白天，经常恐惧而又好奇地朝里张望，屏住呼吸，看清楚那些碎骨头之后又夺路而逃。夜里，一想到那个曾经沉睡在泥土深处的金坛，想到金坛里空荡荡的空间和底部细碎的白骨，我总是吓得钻进被窝里面，大气不敢出。如果玩捉迷藏游戏的时候不小心靠近后龙山，猛然想到那个不动声色的金坛潜伏在前面，我的脚步就会打飘，就会无端地哆嗦和迷乱。现在想起来，我们的家乡若没有这样的事物，我们的童年会不会过得有点单调呢？

听大人说，这深窟子，是有历史的。历代历朝，这一带发生的战事，比如族群间的冲突，死了人，来不及掩埋的，就丢进这个深窟子里，无论丢多少，这深窟子像宇宙黑洞一样来者不拒，让你统统消失，这简直是一张吞噬时光的大口。大人们的说法，更增添了深窟子的神秘色彩。我的想象也会回到那些发生在家乡的遥远的战场。遮天蔽日的硝烟，猎猎的战火，呐喊声四处回荡，然后是尸骨累累，堆积如山，有些被埋入土里，有些被抛入深窟之中。前些年故乡的一座土坡要辟为学校，人们挖掘出大量的白骨，它们很有秩序地排列在土坑里，头盖骨统一放在几个大水缸里。毫无疑问，这是历史上一次大规模的杀戮留下的证据。人们发掘了这个硕大的坟场，同时也发掘了这个土坡名字的含义，一代一代的人口头相传，这叫人头岭，但为什么叫人头岭，没有人知道。街上活到九十岁的人也直摇头。至少，历史的真相已一百年无人知晓。直到挖出了累累的白骨，才算揭开了一个谜。我的故乡有着多少这样的谜呢？它们等待被揭开，或者永远不可能被揭开。

深窟子，会不会也是痴情男女殉情的好场所？总之，它太深了，什么可能都会发生，只是不一定有人会告诉我。我只是一个在深窟子旁边成长的少年。一个怀着几分恐惧阅读它，接近它，逃离它的少年。因为不可知，所有心里的疑问也就保留在心里，让它随着人慢慢长大。我在梦里常常会梦到深渊，恐惧的深渊是梦中长盛不衰的一道风景。有时候会掉入这个深渊，但是在触动水面的那一瞬间会突然惊醒。我想，这一定跟故乡土坡上这个深窟子有关。它像一颗黑色的种子，早就植入我的生命的内核里。

这些年，因为在外工作，见到深窟子的机会不多了，但是，每年清明节回乡扫墓，总是还要路过它。它的四周已不再是童年时广袤起伏的青草牧场，而是无边无际的甘蔗林。所有放得下锄头的地方都被疯狂地开垦了，甘蔗林像一只巨大的野兽匍匐在我故乡的胸脯上，把我童年乐园里的一片片青草和叶子全部嚼光，连渣也没吐出一点点。幸好，深窟子还在。它比以前孤独了。再也没有放牛的孩子和老人走近它。我也没有再走近它，只是远远地看着，感到它仍然很深藐，仍然是一处让人恐惧的现实。它在故乡的土地上，是一个不可忽略的存在。故乡因为有它，显得特别深邃。读不透，却又让你无法挣脱，这也许就是我们的故乡存在的奥秘，也许也是我们生命本身的奥秘。

前阵子因为回乡给祖父母立碑，我搭乘堂弟的摩托车路过深窟子，我下意识地望了一眼，我看到深窟子已经不是原来的深窟子了，泥土几乎填到了顶部，只余下一个浅浅的大口，茫茫然地张开着。我突然感到有些怅惘。我不知道我失去了什么。我也不知道，我的故乡失去了什么。

千秋眉眼龙江河

河的天真与凝重

从贵州独山一路流来的龙江在南丹境内叫打狗河，古名带钩河。往上溯它依次是贵州境内的劳村河、独山江、马尾河、邦水河、麻哈河……最初的源头可以追溯到黔东南州的凯里和黄平县境内。打狗河的这边住着毛南族，那一边住着白裤瑶。毛南族的宗教还愿仪式里供奉的诸神中，有一个瑶王。师公戴着瑶王傩面表演的各种动作滑稽而俏皮。这瑶王，一身白裤瑶打扮。这说明，这两个民族，是穿越这条河流进行某种秘密的交融的。毛南族人极重视子嗣，他们把求子与“求花”等同起来，有一对毛南族夫妇好不容易从花婆圣母那里求到了一枝花，却不小心在路上丢失了。正当他们伤心绝望到处寻找的时候，白裤瑶的头人把捡到的花枝送来了。于是，瑶王成了毛南族供奉的一尊神。毛南族对这个带来吉祥如意的白裤瑶护花使者感恩戴德。这样的故事，多少弥漫着点上古的气息。打狗河也染上一份拙朴和天真。

如果说龙江这个时候还是一个顽皮的小女孩的话，到了金城江这个地方，龙江河已经快成长为一个含苞欲放的姑娘了，离成熟已经近了，但多少还保持着几分少女的羞涩。金城江成为城市是晚近的事，现在是地级河池市政府所在地。在历史上，这里曾出现过金城州、金城驿和金城巡检司，所以龙江流经此地被命名为金城江。金城江继续往东南流淌，不断汇集一些小水，而大环江河与中洲河的汇入，是两股强大的冲击力。大环江，古名环江，从贵州省荔波县流入思恩县（今环江县城，唐置环州治此）为带溪，东南流至县城称环江，又向南经东江渡与金城江汇合。清代庆远知府李文琰在《龙江考》中说描述了两江汇合之后的情状：“合流至夹山洞，两山壁立，乱石参差，水穿穴而出，湾环如龙，始名龙江。”小环江又名中洲河，在宜州怀远镇汇入龙江河。在中洲河沿岸的环江县东兴镇的峻岭之上，一块挺立的巨石刻有汉代伏波将军马援的名字，这里流传着马伏波南征时曾寓此的传说，甚至还有诸葛堡这样的地名，颇有屯田制遗韵，当初诸葛亮的教化也曾泽及此地。中洲河两岸旧称抚水州。宋代的“环州蛮”和“抚水蛮”一反再反，像韭菜一样割了一批又长一批，几令统治阶级头疼欲裂。最惨烈的莫过于被称为“环州蛮”的宋代壮族领袖区希范反宋的史实。他自称桂州牧，拥贵州白崖山酋蒙赶为帝，在黔桂边境啸傲山林，声势浩大。最后被统治者诱出杀害，残酷镇压。“乃醢（剁成肉酱）希范赐诸溪峒，绘其五脏为图传于世。”绘制五脏图，可能是为了看看“反贼”肚子里与常人有什么不同。这张血腥的区希范五脏图后来成了中国第一张人体解剖图，在中医学史上很著名，常被人提及。史书上把狄青平定侬智高叛乱与杜杞镇压区希范反宋并提，作为统治者在广西建立的丰功伟绩。可见，环江区希范反宋，的确是一件惊天地，泣鬼神的大事。联系后来的壮族史诗般的革命英雄韦拔群，他被叛徒杀害后当局将他的头颅用药水浸泡在玻璃箱中拿到广西各城市巡回展览，极尽炫耀和警示之能事。历史在这些环节上竟有点神似。恍恍然仿佛是某种轮回。有时候我们很绝望，就是因为历史不断重演。千古宿命的项圈在一个个脖子上套来套去。韦拔群身上，激荡着红水河的涛声，而区希范，他是龙江的传奇。壮族英雄的悲剧在桂西北两条重要的河流上演绎今古，青山依旧在，几度夕阳红。

史载宋朝将官黄忱镇压“抚水蛮”起义后，置得胜寨，这就是如今德胜镇的来历。一个地名，是一段荣耀，同时，也是一段伤痛。一个小镇的形成常常是缘于一个人疯狂的梦想。这个梦想可能会伴随着血腥的杀戮。最终都是坚强的意志力战胜了漫漫的黄尘。梦想渐渐凝固为现实。一座小镇，就这样出现。黄忱班师后在德胜的一座山崖下洗剑，人们因此建有洗剑亭。崖壁上至今留下当年讴歌将军洗剑的诗句。南方雨水淋漓，石头上的文字极容易模糊难辨。但有两句依然清晰：“尘垢涤余三尺莹，氛霾销后七星浮。”九百多年过去了，读之仍感寒气逼人。有多少往事，记录在大环江与中洲小河呜咽着的流水声中？它们携带深山丛莽的迷雾流岚一路向日渐宽阔的龙江奔涌而来。清代莫梦弼在中洲河畔揭竿而起，号称顺德王，清末五十二峒的会党起义，足以证明风雷在这里不会长久蛰伏。辛亥革命爱国将领、后来出任贵州省省长的卢焘无疑也体现了这条河流的卓越的气质。大环江与中洲小河是携带着历史的雄奇与壮烈进入龙江河的，龙江河因此变得壮大和坚强起来。

诗意的栖居

中洲河的汇入，直接成就了龙江河岸的南方古镇——怀远。怀远的富庶曾经使它成为广西四大名镇之一。给怀远桥题名的是民国桂系三大巨头之一的白崇禧。这个被誉为“小诸葛”的战将能否安顿好这川渊水我们不得而知，但白崇禧的手笔足以让地方上为之自豪。怀远曾经是水陆交通发达的商品集散地。如今，寂寥的老街，斑驳的骑楼，断裂的青石板，废旧的祠堂馆舍仍在叙述旧日的繁华。呵气成云的一代名镇，得益于两条水的汇集。水的汇集，也是文化的汇集，信息和能量的汇集，自然也是财富的汇集。

站在怀远的古码头上可以看到壁立千寻的八滩山。山与江紧紧相偎。人们在山的绝壁上发现了古老的悬棺葬，有一些已经被采药者掀下来了，有一些仍然在石壁上。悬棺是独木雕成，像一只船。我曾有幸见到过一具八滩山的悬棺，陈旧的木头上木纹有如惊涛骇浪一般清晰，令我记忆犹新。那里面还有一匹历经久远年代却依然金灿灿的壮锦，无疑，壮民族的先民早就栖居在龙江河岸，并且创造了他们的文明。八滩山的悬棺总是置放在临江的峭壁之上，在人迹罕至的岩洞里，连野兽也无法企及的地方。壮族的先民认为这样做他们的先人才能得到安宁，才会佑护他们。而临水峭壁上的悬棺，却给我更远的遐思。高天绝壁，是离天堂很近的所在，他们的魂灵即将飞升之时仍然眷恋尘世之河，无限烟波里，有他们曾经的爱情和守望，有他们的后人在穿行，他们深情的回眸，总是希望会有熟悉的目光相接。对生者而言，把先人的遗骨葬在水边石壁之上，渔人们一抬首就可以完成一种冥冥中的对话。这生和死，原来如此诗意。

离八滩山不远的地方还有古波画马岩，数百匹栩栩如生的朱砂绘就的战马挟带明代的风烟踢踏而来。夜深人静之际，人们会听到忽远忽近的嘚嘚马蹄声和萧萧马鸣。那是来自历史深处不绝如缕的律动。月光滔滔，总是会复活许多事物，而白天，这些红色的马，静影沉璧。

一座城市的文气与歌谣

龙江到了宜州城，十足一个风姿绰约的大美人了。处处展示出她成熟的风韵和魔力。我不知道是江成全了城，还是城成全了江，总之，这里诞生了桂西北第一座城市。汉武帝元鼎六年（前111年），定周县出现在龙江河北岸。一道城市的曙光开始照耀了桂西北。我们知道，那一年，汉武帝一举平定了南越国，金瓯底定。在那样的情势下，定周县得以确立。此处的“周”字，当有周边和边境的意思，定周，语含斩钉截铁的气度，体现了汉武帝强大的意志力对这一流域的坚强统治。古老的《水经》记载，当时的龙江叫存水，到了定周县治就叫周水了。水以县名，让我们知道，这水与这城，息息相依。《水经》还说：“（周水）又东北至潭中县，注于潭。”潭，就是今天的融江。龙江最后在柳州附近汇入了融江。之后，共赴柳江。西汉的定周县已经管辖到今天巴马一带，实际上就相当于今天的河池市了，至少包含了河池市的大部分。以巴马的盘阳河为界，河这边是定周县，河那边是增食县。

龙江在这一段落得以丰硕还有一个原因，那就是，下枧河从城北的千山万壑中款款流来。河流的汇入总是意味着文化的汇入。下枧河的上游是唐贞观四年（630年）就建置的天河县（1952年并入罗城县）。天河县的蓝靛村，据说就是壮族歌仙刘三姐的出生地，那里还留有很多古老文化遗址，有会唱歌的百灵鸟，有美丽纯洁的太乙莲。刘三姐正是从那里出发，沿着下枧河一路传歌的。从罗城到宜州，再到柳州，她走的是水路，心无际，波相连，于是，整个柳江水系都铺满了她的款款情歌。龙江流域的确是刘三姐歌谣文化水草丰美的丰腴之所，令多少爱歌者如痴如醉，流连忘返。有河水处，就有三姐的歌谣。而刘三姐本人，据《宜山县志》载，叫刘三女太，因为爱唱山歌，令其兄憎恨，在下枧河崖壁上砍柴时，她哥哥砍断刘三姐抓住的藤蔓，于是，刘三姐坠水而死。漂到梧州，当地人把她捞起来，起了一座庙供奉，叫龙母庙。甚为灵验。龙母，我更愿意把她理解为龙江河的母神。歌仙与母神两位一体。亦仙亦神。这条河流正是因为刘三姐而获得了特殊的文化意义。

宜州城西的龙江北岸有一座天门拜相山，山脚下有个叫状元湾的村落。宋代，这里，出了个三元及第的冯京，同王安石同朝，官至参知政事。这里至今流传着这样的民谣："头戴平顶帽，脚踩万年河，左手牵骆驼，右手攀龙角，前面九龙来戏水，后有龙尾通天河。"头戴平顶帽，指天门拜相山山顶很平。相传冯京的父亲冯商贫穷时与其父在山上伐木烧炭，其父在山上去世，冯商归家置棺营葬，返回时发现蚂蚁已搬土封尸成墓，遂葬冯京的祖父于山顶。《粤西丛载》云："其地形乃照天烛也，其光在顶，适葬于绝巘之巅，最为奇穴。"后来冯京考中状元，并且是三元及第，还官至参知政事。这座山因此被命名为状元山，又叫天门拜相山。万年河指龙江。可见其亘古苍茫。是一条源远流长的古水。左边有驼山，右边有龙角山，河对岸是九龙山，后面是下枧河。这首歌谣透出的龙文化的信息，与龙江十分契合。明代庆远知府岳和声曾叫五丁采伐龙江河奇峰秀石置于文庙前的泮池之内，仿佛文笔挺秀，幻出莲朵。他勉励宜州子弟说"冯当世挺出于此，天门拜相山英灵未歇"。又作诗云："天门旧有峰峰在，莲岳新添个个成。"我们仿佛看到了文豹踏着龙江河中的林立奇峰，腾跃而来，"为庆地开千秋眉眼"。

北宋大诗人黄庭坚被贬谪宜州时寓居南楼，曾数度过江，来往于南山和北山之间。南宋宜州太守张自明以自己的俸禄创办龙溪书堂，并亲自绘就龙溪书堂图，刻之于石，至今犹存。在这幅珍贵的碑图中，我们看到了会仙山、青鸟山，以及山上寺庙，看到流淌着的龙江水以及张自明手书的“龙江”二字。江流是城市最灵动的事物。江河对于城市的意义就像是血管对于人的意义一样，你甚至会忘记它的存在，但它对生命却至关重要。志书上载张自明后来蝉蜕登仙而去，今九龙山尚有古人留下的“丹霞遗蜕”四字，虽然有点荒诞，但与唐朝会仙山白龙洞陆禹臣羽化而飞升事联系起来，与歌仙联系起来，龙江一个显著的特色出现了：这是一条有仙气，颇神秘的江河。这种神秘的气息贯穿在这条河流的始终，成为独特的人文底蕴。

千古泣血映成霞

到了明代，惊心动魄的故事出现了。朱棣发动宫廷政变，抢夺了他侄儿的皇位。史称“靖难之役”。明惠帝朱允炆在四顾茫然无人勤王的情势下，仓皇离宫。从此不知去向。或云出家为僧，或云隐匿行迹。但都倾向于往南逃。后来的郑和下西洋，实际上就是因为永乐帝觉得皇位不稳，派遣使者出洋寻访惠帝行踪的一次努力。明惠帝逃经广西宜州时，当时的庆远卫指挥使彭英，曾经在宫廷里侍奉过惠帝，算是旧臣。君臣相见，无不感慨万千。彭英蒸羊为食，对惠帝盛情款待。惠帝准备离开宜州继续往南时，彭英又多所赠送。大约是惠帝感到无以酬报，加上改乘舟船沿龙江向东而去，遂以所骑骏马相赠。并动情地吟诗一首：“蹴踏人间若许年，艰难险阻共周旋。我今别尔东西去，何时相逢兜率天?”谁知道，惠帝正当解缆登舟之际，那骏马忽然长啸一声，腾空而起，以头撞击江岸的礁石，顿时，血流喷涌，骏马轰然倒地气绝。惠帝深为马之忠义震撼，悲痛之余，用一块布蘸着马血，几乎是颤抖着，在江岸的一块巨石上写下了“泣血”二字，这就是千古悲歌泣血碑的来历。惠帝还以江边的一块石头作为祭台拜祭了这匹忠义的马。龙江河见证了这一感人至深的情节。我不知道，今天江面的晚霞里，是否贮存了那匹马的血，那曾经飞溅的瑰丽？惠帝离开后，宜州人也深为马之义举感动，不仅镌刻了“祭台”二字，还在附近将马安葬，建成义马塚。迄今，“祭台”与“泣血”依然映现在江边林立的礁石之上，没有被滔滔的江水洗去，游船过往时，人们都争相引颈张望，同时接受这样的字眼对人心的深刻拷问。

眼波终古青青流

明代宜州进士李文凤著有《月山丛谈》。月山，是龙江上的一座小山，在郡城的西面。东面有一座小山叫日山，也是在龙江之上。这日月二山千百年来交相辉映，为宜州城积聚天地精华。李文凤以月山作为著作的名称，可见龙江在他心目中的位置。

明代崇祯年间，徐霞客旅次宜州。他登上北山之巅，对郡城进行了详尽的考察。“绝顶中悬霄汉，江流如带横于下。”他在龙江北岸徜徉，看到“巨石危崖突兀于洪流之上”。他游庆远府时是该府最为凋敝之时，他在游记中写道：“闻昔盛时，江北居民濒江瞰流亦不下数千家，自戊午饥荒，蛮贼交出，遂鞠为草莽，二十年未得生聚，真可哀也。”这位伟大的旅行家和地理学家以民生为重的情怀简直是呼之欲出。我们从中还可以窥见明代龙江流域的社会变迁。

到了清咸丰年间，太平天国翼王石达开领部登临白龙洞。惊叹于粉墙上楚南刘云青的英俊诗句：“万家遥带雨，一水怒号风”。这一水，就是龙江河。这显然是一条桀骜不驯的南方河流。它古风习习，多数时候克制内敛，深沉含蓄，但有时候也狂傲不羁，敢于叩问苍溟。

抗战时期，国立浙江大学曾西迁宜州办学。国学大师马一浮惊叹这条河流“水石清峭”，在国家多难的时刻，他久久地凝望龙江河，发出了“白头川上望，天下正滔滔”的浩叹。多年之后，这位在龙江河边写下哲学著作《宜山会语》和浙江大学校歌的文化老人还在深情地回忆：“龙江余瘦骨，红豆忆林梢。”

那么多的小河潺潺而入，那么多的溪水淙淙而来。经历了无量的暴雨狂沙，而亘古的龙江河，依然如此纯粹，飘逸而超脱。真正的文化不会拒绝融合，但它始终保持超脱独立的品质，这样的文化，可能才是源远流长的。这是龙江河给我们的启示。

我忽然觉得，龙江是桂西北群山中无比深邃而神秘的眉眼。它时而闪亮，时而阴郁。时而灵动，时而呆滞。时而沉静，时而愤怒。时而泪光闪烁，时而望穿秋水。有时候撒满了星月文章，有时候云蒸霞蔚，水汽氤氲。历史的风帆烟尘，两岸的子规啼血，虎啸猿啼，春日的桃花翻浪，秋夜的萤火“蛮歌”，鬼节之夜，那一盏盏送祖宗下船的灯火，都映照在青青的眼波上。有一些故事是一掠而过，有一些是沉入眼底，凝成眼眶，幻化为如刀如剑的一川礁石。还有一些，成为流淌着的阴霾，叙说终古寂寞。

深夜，与一坛酒对话

南丹的友人送我一坛好酒。不用说，自然是丹泉酒。

跟市面上红红的“桂派酱香”瓶装丹泉酒是完全一样的酒。不同的是，这一坛丹泉酒是用钦州的坭兴陶盛装的。刻有古朴的诗句和文字。还刻有竹子，几片云朵，一个偃卧的古人，模样像个小饮微醺眼半昏的文豪。我在钦州参观过坭兴陶厂，目睹了很多杰出的作品，为那种色彩和质地深感震撼。后来写了一篇文章，其中有一段描述坭兴陶的文字：“越是简单质朴的事物，越能唤醒我们心中的敬畏。又如我们在钦州看到的坭兴陶，不用敷彩，不用上釉，经过烧制后，自然透射出一种近乎青铜器的光芒。遇到窑变，更是异彩纷呈。书写了陶土和红火最隐秘的遇合，不施粉黛却容光焕发，一种让人内心安宁的质朴和纯粹是何等重要！坭兴陶，这天生丽质的南国佳人，就是因为这样绝无仅有的色泽独步 1300 多年，至今经久不衰。”

这大海之滨之坭兴陶，现在与桂西北大山深处的丹泉酒奇妙地遇合了。坛里的波涛，是沧浪海水，还是大山鸣泉？是小有洞中松露滴，还是大罗天上柳烟含？这两件桂派宝物的组合让人感到物有所归，物以类聚，无懈可击。仿佛一次山海之盟。坛是古古的坛，酒是香香的酒。都经历了各自的历史，经历了红红的火以及像火一样滚烫的气流，都有过沉思默想，聚敛天光云影的岁月。丹泉酒在发酵蒸煮调配窖存的过程中产生了一些曼妙的微生物，而这样的微生物，赋予桂派酱香特殊的魅力，这与坭兴陶在烧制过程中会产生窑变，焕发出非人力所为的迷人异彩何其相似！这些不为人知的秘密是物质组合过程中妙手偶得的成果，是物质交融与相遇之时的灵感，仿佛朋友相会，喝酒作乐，兴之所至，便高歌一曲，把栏杆拍遍一般。这种事先没有预料到的境界方是最美妙的境界，让人脱离一切抠挛，幻出本真，与天地万物遨游。“携飞仙以遨游，抱明月而长终。”这个世界迁流不息，千变万化，物与物之间生发的新生事物、新境界不是人力所能把握的，但人类可以认识它，赞叹它，可以为它的产生提供物质性的可能，因为有了这些东西，我们对我们的生活才有期待。我们津津乐道的东西、永不厌倦的东西常常是一段意想不到的传说。是我们无法把握却又恰到好处的东西。古人说：妙手天成。好的作品，都是天成的，人力只能努力到人力极限那一部分，最惊心动魄的那一部分是由天意来完成的。鸿蒙借君手。我相信一首诗是这样，一个陶也是这样，一瓶酒，也是这样。

我把这一坛酒带回我居住的城市，小心翼翼地置于斗室之中。越是精粹的事物我们越要小心呵护。我的斗室里，书籍占了大量位置，但仍然有放置这一坛酒的空间。这一坛酒因为是陶器所盛，仍然是属于易碎之物，所以事先就做有一个上下盖板的四方木架将其固定在其中，坛是葫芦状，葫芦顶覆盖有一块烈焰般的红布。在我近乎有点寂寥枯索的室内，这几乎成了一件最为鲜亮的东西了。

一开始我还不怎么特别注意到它。深夜，一个人徘徊在斗室之中，便产生了一种跟它对话的念头。当然，所有的对话只在我心中自言自语，它是默默不语的，盖有红布的不一定都是会说话的新娘。但毫无疑问，它提供了对话的气息。原因很简单，我从桂西北大山之中来这座城市谋生，我经历着种种事情，也产生各种各样的感受，新鲜的感受，古旧的感受，奇怪的感受，都有。是不是静悄悄地也产生某些“窑变”，不知道。这坛酒，它也来自桂西北大山之中，有它自己不平凡的经历，地底的发酵与潜藏，三番五次的熬蒸，然后才开始点点滴滴的诉说，清澈依旧如泉，却含有粮食浓烈之魂，泉水凛冽之魄，芳香四溢。好酒到了此刻，仍然未到出厂之时，需要藏在山洞里历练，把那些灼人的东西内化为意蕴悠长的厚度和质感。好的酒是这样熬出来的，好的作品也是这样得来的。因为只有意匠惨淡的经营，方有斯须九重真龙腾空而出。我看过那种黑黑的酒窖，也抓过一把正在晒干的黑黑的酒糟，上面还可以辨认出粮食的身影。工人赤足在上面走来走去，轻轻踢散那些裹紧的灼热的糟泥。工人默默无语，像走在一片熟悉的田野。听说每次要留下些老糟，与新糟混合在一起，这些老糟负责把记忆传承。把历史的魅力延续。

我常常惊叹命运的神奇，不可预测。因为在某个深夜，你会突然感叹自己会在斗室之中与一坛酒相遇，然后对话。而这坛酒，始终默默无语。

桂西北南丹有很多神奇的事物，且不说稀有的矿物，有色金属，这里还有在山峦上依然斑斓着的民族——白裤瑶。精致的银碗和被定为国宝的镏金摩羯，在这里出土。宋代的器物直到今天仍然熠熠生辉。这里的地理环境曾令徐霞客流连忘返，清泉秀峰，牌坊寺宇，一一流入笔底，载入旷世奇书《徐霞客游记》。这里就是丹泉的故乡。好酒都是有来历的，因为好酒需要好的原料，需要好的气候，需要好水。到过丹泉酒厂采风和考察的人，无不感叹酒厂的环境，那座山，那口泉，那个潭中的亭子。

欧阳修在《醉翁亭记》中说："酿泉为酒，泉香而酒冽。"泉之香是因，酒之冽是果。没有泉之香，何得酒之冽？泉气袭人，方得酒味醉客。可见水对于酒之重要性。因为一口泉，丹泉酒，被赋予了天意的成分。丹泉，天生好酒，非虚言也。

那天穿过亭子的那道阳光让我一下子读出你的瑰丽，仿佛打眼的红珊瑚，这就是古人所说的流霞吗？美得骄傲，美得炫目。宛如太阳升朝霞，又如红荷出绿波。亭子里品酒，的确是泉香而酒冽。调酒师说酒，严先生挥毫，都带有几分酒兴。书道与酒道，在阳光参差的泉亭之上妙然遇合，一下子让人产生古风悠然之感。我不禁想起王羲之的《兰亭集序》来："此地有崇山峻岭，茂林修竹，又有清流激湍，映带左右……"千年前的时空重现，山依然，竹树依然，泉水依然，酒依然，人也依然。情景交融，时空交错，不过如此。

夜晚吴先生邀至家中饮茶，好客的吴先生拿出名贵的金骏眉。吴先生家的木桌，是一块千年古木凿成，木纹袅袅如云烟。这个时候，我又看见了你，低眉顾盼，似有几分羞涩，气质妖娆，让人心目俱动。这显然是一件时光里的极品。真的，在古木年轮的环衬下，我悟出了精致的精品必然需要时光的沉淀，需要时光的打磨，获得时光的认可，然后方有与时光一起飞翔穿越的能力。

我从大山回到城里，蜗居斗室之中，多的是孤寂。把自己封藏在古朴陶器中的你，我以为把我的思念也一并封存了。直到某个深夜，我从外边归来，在昏暗的灯火下突然发现一块篝火般亮丽而狂野的红布，发现了盛装着丹泉酒的沉思默想的黑陶，换了一身服饰，却也掩不住一坛烈烈的火。坛里的波涛，已风平浪静，凝敛为江海清光，却是我难舍的思念。

我在夜读的时候久不久会打量这一坛好酒。在心里跟它悄悄说说话。好的酒就像好的思念一样，得学会收藏。藏得越久的酒，是藏得越深的思念。

七百弄：七百个迷人的传奇

我第一次进七百弄是多年前的某个秋日，当时我正兴致勃勃地展开我的红水河之旅。一个强烈的愿望总是牵引着我，要到七百弄看看。我从小就听说“七百弄”、“三只羊”，这些地名异常吸引着我。它们边远、贫穷，充满某种神秘的孤独感。长大后慢慢知道，这两个地方是举世闻名的大石山区，以贫困、荒凉，不适于人类生存著称。一个在大化县，一个在都安县。第一次进七百弄天气不是很好，到处雾蒙蒙的。可以看见近处的路，但看不清远处的山。云里雾里的我们来到了被称为“天下第一弄”的甘房峒，在坳顶上我们伫立了好一会儿，隐约可见洼底有几块绿色的耕地，有零星的几间瓦房，有几条蛇一样爬行的小路。遥远而陌生，仿佛一个缥缈的方外世界。看来世外桃源，也不过如此。峒上的风景也十分灵异，远近的峰头时隐时现，盘山公路伸向迷雾深处，宛如见首不见尾的神龙。“车在天上跑，白云脚底生”，总算是领会到了。只不过，是雾，而非云。第一次进七百弄，注定留下很多遗憾。在山路上碰到一群羊，羊群的行进让我体验到七百弄温馨日常的一刻。真实近切的羊群图景驱散了我心中的那一片苍凉。一只老山羊的蓦然回首，让我记住了它那曾经沧海的表情。

第二次有幸进入七百弄是因为参加“文化名人大化行”采风活动。同行者是一群来自各地的作家朋友。其中有我非常敬佩的作家。他们的到来，让我深感这样的行程弥足珍贵。这次气候很好，空气澄澈透明，我们一同登上了一座山，这座山我叫不出名字来，只知道它是七百弄数千座峰丘之一。是比较高峻的一座。山道上铺设有石阶，拾级可至山顶。在山之巅，可以眺望千山万弄的景致。彼时阳光灿烂，景和春明。七百弄向我展示了它的苍翠、纵深和磅礴。因为阳光照射的缘故，那些山峰有阴有阳，阴阳相间，一切更显得神秘、旷远。置身这样的环境，不感叹人生之微渺，人世之须臾，而宇宙之无穷，简直不太可能。直叹老天钟情于斯，把如此神异的景观暗藏于此。世之奇观，的确是在险远处，而人之罕至焉。

车子绕着山腰行进，我看到一块向阳的坡地，种着青葱的作物。布努瑶人因地制宜，不会放弃大石山中任何一块生长希望的泥土。现在只看到农作物，只看到阳光，看不到他们的身影。他们的家，在深深的弄底，披一缕朝霞出发，要踢落多少露珠，才到达这片坡地？这一块向阳的坡地，是他们一世的荣华，枯寂和希冀，是他们生命所能达到的高度。

七百弄，花开花落，云起云飞。我经历过你云遮雾罩的时刻，心情染上几许莫名的忧郁。现在，让我触摸到你的和煦明媚，日光朗照，峰峦叠翠。我一下子有点昏眩，不能适应。阳光、石头和芳草的滋味杂糅。这可能就是七百弄最纯正的味道。

这是怎样的叙事？一座座山峰默默无语。没有丛林大树，只有芳草，连天的芳草。山的线条简洁圆融，山的气息浓烈浑茫。每一座山，仿佛都蕴含了饱满的地气。它们的叙述庞大、雄阔，深远，在细节上，也决不马虎。弄场，洼地，不过是一个个逗号和顿号，有时也出现句号和问号，那一定是比较幽深的弄场和比较狭长的洼地。这庞大而幽微的自然体系默默滋养着一个顽强的民族。在众多的洼地中，点缀着 324 个古朴的村寨。难以想象地生活着瑶族的一个大支系——布努瑶族。他们在洼地中创造和继承了他们灿烂的文化。他们用鼓声、笑声和酒来驱散大石山旷古浩荡的寂寞。在群山万弄之中穿透力最强的是鼓声，所以，布努瑶喜欢敲响铿锵的铜鼓，还喜欢唤醒惊雷阵阵的牛皮鼓。笑声可以融化人心的隔阂，可以让情感的荒地长满温馨的花朵，所以，布努瑶喜欢大笑。而在生命中穿透力最强的元素是酒，粮食的魂和液态的火。

酒，一碗一碗的酒，激荡起生命燃烧的激情，照亮了映现在山道上沧桑凝重的面庞。也照亮了回家的路。无论山路有多遥远，有多弯曲，有多漆黑，有一首歌，一壶酒，就有光明。随手就可以把天上的星星和月亮摘下，做成灯盏。而不用期待那只萤火。

他们自酿美酒，唱着独特的《笑酒歌》。在酒席上边说边唱边喝。笑酒，是瑶族独特的说唱娱乐活动。笑酒有一定的规则和形式，比如，八人同桌，可编为四对笑酒对手。活动分三个阶段，一是双方相互称赞，二是共同评论时事，三是互相批评。它带有鼓励性和鞭策性。起到遏恶扬善的作用。人生的智慧、箴言、哲理、规约，正是通过笑酒这种古老的形式得以传承。适量的酒，可以唤醒勇气和豪情，可以让怯懦变得刚强，让犹豫变得坚定，让紧张变得放松。发生在这种情境下的善意规劝，最易让人接受，回观自心。笑酒之后，总是会有人获得有益的教育，痛改前非，重新树立正确的人生观。布努瑶把酒这种元素纳入社会良好秩序的建立之中，一方面是他们率真的天性使然，另一方面，体现了他们高超的智慧。因此，布努瑶的笑酒生生不息，代代传承。一个“笑”字，可以让这个奇异的民族傲立于万山之上，千弄之间，不畏惧一切坑坑洼洼。一切沟沟坎坎。一切黑雨、迷雾和阴霾。酒，拉近了友谊，促进了和谐，映红彼此的赤诚的心。我想，这应当是当初发明酒的人最美妙的初衷。笑酒千岗上，狂欢万弄间。我渐渐读懂了一个民族行走在山道上的坚强身影，体会了他们超然物外的人生境界。“酒酣胸胆尚开张，鬓微霜，又何妨?”“五花马，千金裘，呼儿将出换美酒，与尔同销万古愁。”“酒债寻常行处有，人生七十古来稀。”天真熳烂的汉家酒文化传统，如今渐渐被现代文明挤压，改造，早已变得世俗化和庸俗化了。而在遥远的七百弄，深山弄场里的布努瑶山民，用他们“不知今夕何夕”的气度捍卫了最纯净的饮酒传统。

在七百弄乡政府，我们看到了一场精彩的布努瑶铜鼓舞表演。姑娘小伙子们，围着铜鼓，跳起欢快激越的舞蹈，看惯了舞台表演的我们，仿佛找到了迷失多年的一种旋律和节奏。那似乎是不能随意丢弃的生命激情。舞蹈很有特色，其中有边舞边编竹帽的，有打着牛皮大鼓腾跃环绕控制节奏的。特别有意味的是，打铜鼓的是两个布努瑶老妪，她们神色端严，脸上是大山一般的肃穆。而眼帘低垂。仿佛是在做一件庄重的事情。她们拿着鼓槌密集地敲击铜鼓，身体纹丝不动，面部表情无悲无喜。草自枯，花自零。白云和蓝天，也要感叹这样的静默和孤绝。似乎只有如此，铜鼓的节奏才是准确而无丝毫差错。原来，内心激越的力量通过寂静的外表也可以得到彻底表达。这是布努瑶给我的强烈启示。她们如此专注于她们所做的事情，我认为这是对铜鼓圣物的高度敬重的行为。作为一个民族的重器，铜鼓的重要地位是不能轻易被取代的。对待铜鼓就要像对待神灵一样虔诚。布努瑶的重要节日，比如祝著节，拿出铜鼓的时候都要进行祭鼓仪式。快乐的笑声、雄浑的皮鼓声、清越的铜鼓声交集着，回荡在遥远而神秘的山弄里。他们就是这样活着，过着敬畏神灵和天地的自在生活，从不怨天尤人。这种清贫中自足自乐的文化十分令人感动。我们现在已经很难用“落后”这样的词语来粗暴描述，因为，物质的富裕并不意味着我们已经解决了内心的贫困。有时恰好是掩盖了真正的不幸。我们疯狂地去攫取，却是以牺牲人性最基本的悠闲作为代价，我们已经找不回最初的那口汩汩流淌的清泉。

七百弄，我们不知道它的太多历史。我们也不可能走遍它神秘幽深的山山弄弄。亿万年前的地壳运动，也离我们太遥远。也似乎没有太多的历史事件会在这里演绎。我们只知道，发生在1904年清光绪年间的改土归流运动，成立了七百弄团总局，下设七个村团，每村辖一百多个弄，故而有“七百弄”的说法和名称。我们找不到惊心动魄的历史传奇，瑶王的故事也早已缥缈，被风吹散，但是，布努瑶人在其间的艰难而快乐的生存、绵延，本身就是一部荡气回肠的史诗传奇。有什么样的传奇能比得上生命本身的传奇？有什么样的传奇能比得上生命顽强抗争，从不言退，端起一碗酒，就在寂寞中歌唱，在荒凉中大笑的传奇？

灵渠梦寻

第一次到灵渠是1990年。那个时候，少年的心境如同一碗清清的酒，热烈，却很澄澈。我跟我的同学韦学宁沿着渠边走，途中有人以马作道具经营照相生意，我动作快，爬上马旋即照了一张。韦同学走近那马时，却被那马扬蹄踢了一脚，他单脚跳动很久才停得下来，实在是很疼。他再也不敢走近那马了，后来在我的帮助下还是骑上马了，可想而知，照片晒出来后，他那一副心有余悸的垂头模样。我们沿着堤岸一直走到大小天平，看到鱼鳞石，看到哗哗流动的河水。看到河滩总是会很激动。何况这个地方是灵渠标志性的景区。心里充满对古运河神秘气息的向往，对什么都好奇，对什么都感到神圣，就像对待爱情一样，最纯洁的向往往往出现在知之不多的情况下，懂得太多，又是另外一种感觉了。那个时候我对灵渠知之甚少，只是被一种初恋般的激动陶醉着。

去灵渠之前我们在桂林城内拜会过当时在广西师范大学出版社文史编辑室做主任的龙子仲老师。子仲老师说，要对灵渠有所了解，需要住上一周，要感受到它的历史韵味，需要住上一个月。我那时还无法理解他的话，我是很多年之后才渐渐明白的，我们认识一个人，一个地方，需要时间。那种与物的对话，与历史的交流，与古人心灵的异代共鸣和契合，我当时远没有体验和认识到这个层面。光凭印象得到的东西，往往是肤浅的，表面的，就像很多名人游记一样，把那些照搬来的历史素材、历史故事剔除之后，几乎就不剩下什么了。发几声司空见惯的感慨，千篇一律，那是不能算是文学的。没有穿越一个地方的夜晚，你不会听到那个地方的潺潺流水。等我体会到子仲老师的话之后，也就很自然地了解了他。他正是这样的一个人，会在一个地方默默地住下来，不惊动任何人。他一个人会沿着河边走，会沿着一段古城墙的墙根走，会沿着一条开满杜鹃花的山路走，会在一个不知名的小店点上一道菜，叫上二两酒，就是这样，去认识和感受一个地方。而不是随便翻翻旅游手册，记住几个热闹景点的名字。没有人比他更重视进入现场，从历史陈迹间俯仰今古，寻找对话的可能，提取有益于精神的元素，沉潜冥思，如梦如幻，沉浸在真正意义的交流之中。听说子仲老师每年都要到灵渠住上一段时间，早晨和黄昏，跟友人一道，沿着堤岸漫步，听潺潺流水，察看陡门遗迹，打量湘江故道，听风看月沉吟久，说不定真的就找到一段在风中消逝了很久的古韵。这才是有品质的生活。懂历史，又不被历史的沉重感压得步履维艰，始终保持单纯的生活，以赤子之心处世，可能就是子仲老师对我最大的启发。我记得那次子仲老师还说，桂林最有历史韵味的地方就是兴安灵渠了，一个文史编辑的判断，通常是有其依据的。

多年以后，我承认了这一说法。桂林我也走过好几个地方了，不可能找不到灵渠那种荡气回肠的古韵。所以前些年我听友人楚人说兴安在开发水街，我真是有点担心会削弱那条古老运河的历史况味。历史的滋味不是造出来的，历史的滋味是沉淀出来的，需要时间，岁月，日光月光，风风雨雨，像流水一样淘洗，锤磨。你看，那长长的堤岸，绵延的石基，青青的水草，都在告诉我，有一种叫历史的东西在延续，这些水从盘古时代流到现在，有过浊浪排空，有过霜冰寒凝，但是，它始终会安静下来，生动起来，清澈，宁静，才是它的常态。只有在常态之中，才能准确地映照出月亮和星星。才能使夏天的萤火虫不会迷失方向。它们的灯盏，小是小，却是与星星月亮一样，也是从远古时代一路映照过来的。

我在大小天平第一次看到那些水边的树，我在心里发出惊叹！这不是古画里的树吗？这不是古意盎然的梦吗？这样的梦境，我曾在许多古画册页里读到过，在许多古书的插图里、在瓷器上读到过，曾经拿来与我家乡的树比照，存在的差异太大，因而我曾怀疑古人的画不真实，古人在画树时已经作了抽象化的处理，是完全写意的，并不是生活中真实的树。真实的树臃肿、肥硕，树干粗壮，枝叶没来由地葱茏，根本就不可能是那种古画里疏朗有致轻烟微月的韵味。我一到灵渠就看到了古画里的树，一下子改变了对树的单一的认识。我的故乡经验对我的影响太大，不仅仅是树。可能还有很多东西，都在潜意识里影响我对事物的判断。

站在秦堤上看湘江故道，我看到湘江边也是这样的树。湘江边的树，早就走进古画的册页里，也走进中国文化的血脉里。后来我知道，走进中国文化的不仅仅是那些沐浴过秦时雨汉时风，映过唐时霞，照过宋时月的湘江的树。“一派湘水，万重楚山。”不尽的湘江传奇，神鸦社鼓，湘江的斑竹泪行，娥皇女英二妃的悲剧意绪几乎渗透到中国文化血脉的深处。这是关于寻找，关于忠贞，关于爱情，关于痛苦的命题。传说舜帝至南方巡视，死于苍梧，二妃往寻，泪染斑竹。后“溺于湘江，神游洞庭之渊，出入潇湘之浦”。

潇湘二妃的悲剧意绪，对中国古代文化人的灵魂塑造无疑是发挥了作用的。在我的阅读视野内，屈原写有《湘君》、《湘夫人》，咏叹斯人。曹植凄婉的《洛神赋》提到湘妃，李白的《远别离》这样说：“古有皇英之二女，乃在洞庭之南，潇湘之浦。海水直下万里深，谁人不言此离苦。”寄寓了心中怀才不遇的无限苦楚。“日惨惨兮云冥冥，猩猩啼烟兮鬼啸雨。”这样的情境足以让人下泪。“帝子泣兮绿云间，随风波兮去无还。恸哭兮远望，见苍梧之深山。苍梧山崩湘水绝，竹上之泪乃可灭。”那一场古老的痛哭，同时包含了旷古的坚贞，对中国这块土地影响何其深远！杜甫也有深深的潇湘情结，在同一首诗中，他两度呈示他的想象，都跟湘江有关。而那个时候，他还远在西北，远没有到走近南方湘水的时候。诗里说：“得非玄圃裂，无乃潇湘翻。”又说：“不见湘妃鼓瑟时，至今斑竹临江活。”最后，诗人用事实证明，他与湘江有太深的因缘。他乞食天涯，颠沛流离，历尽艰难险阻，生命中的最后一星膏油是在湘江燃尽。在洞庭湖的舟中，他伏枕写下最后一首诗，并且，是一首结构谨严、震今铄古的长诗。中国一流的诗人笔底都蘸着湘江的水，君山的泪。让我产生这样的念头，湘江，是一条牵系中国文人心灵的河流。它像一条神奇的命运的魔杖，这些伟大的诗人无一例外会去触碰它，会被它的光芒照耀，会被它的魔力慑服。潇湘二妃，是他们心中的悲剧女神，是不竭的诗意和无尽的精神动力。

这条河流还绵延着一脉仙道文化。八仙传说中的韩湘子就是在湘江源头的高山上修行成仙得道，在山上修行时他还是鹤鸟之形，因为叫声悲切震动山野，那座山被称为鸣鹤山。鹤鸟单脚站立，不睡不眠，精进修行，感动了上天，派嫦娥、吕祖、钟离点拨，后获得飞升。

如果说湘江在一定程度上塑造了中国文人的精神结构和精神气质，那么，影响了中国命运的是灵渠。

史禄凿通灵渠，翠绿的江水在白色的山石上流淌。那些石破天惊的开山凿石声叮叮当当，有如虎吼雷鸣，那一阵阵蒸腾的烟火明明灭灭，像闪电。鸟兽奔走，山鬼惶恐。一群西北的汉子仿佛天神派来的五丁，以气吞山河的豪气，发出了“人力以补天地缺”的呐喊，那声音，江水忘记了，但幽谷的山风记得。峭壁遇到雷雨之夜，也会现出一幕幕远古的图景，徐徐游动，声音从岩石深处也渐渐呼啸而出……

自从史禄迈出这一步，两个水系，长江水系和珠江水系紧紧握手了，血脉相连了。中国成为一个统一的整体。为了维护这样的整体，许多闪光的名字走近了这条古老的运河。他们用他们的智慧一次又一次刷新了古河的青春容颜，为古河理清水草般的乱发。他们的命运从此便与这条运河连在一起。一生一世，再也离不开灵渠夜夜鸣唱的流水。铧嘴的惊涛，纤夫的号子，陡军的斧斤，河堤的黑衣神庙，飞来石的月色，都一一出现在梦里，成为他们一生的思念。

这是史禄的灵渠。是他让历史获得丰厚的俸禄。这是马援的灵渠。“伏波”二字决定了他要与流水周旋并获得胜利。这是李渤的灵渠，他的名字里就蕴含了滩声水起。这是鱼孟威、李师中、严震直、陈元龙的灵渠，这是查礼的灵渠，许许多多人的灵渠。他们的命运与这条维系家国命脉的古渠紧紧相连。他们骨子里流淌着清澈的水声，这是灵渠赋予的。三十道陡门，凝聚了多少心血和才智，犁破惊涛骇浪的铧嘴，一下子就让江流减却淫威，三七分派，这是何等的大手笔！

这也难怪，工花鸟画的北方人查礼离开此地三十八年后，他的儿子查淳来了。查淳曾任桂林知府，在铧嘴上为了完成其父的夙愿，写下了“湘漓分派”四个大字，并镌之于石。月光下，想必查礼的魂魄会归来看一看，听一听他熟悉的涛声，看看四山风色，这里是他寄托梦和理想的地方，系着生生世世的思念。

我第二次游灵渠是与家人同游。忘了是在哪一年了。我的老父亲显然很激动。他那时走路已经不是太方便，但我们还是兴致勃勃游了铧嘴，大小天平，飞来石，沿着灵渠的河堤走了好长一段路，感受那幽古宁静的气息。我给父亲在铧嘴上照了一张照片，他面对着古迹陷入深思。那种神情太寂寞，我不可能忘记。

第三次走近灵渠是 2011 年 10 月有幸参加“十月诗会”暨兴安采风活动。与诗人朋友们徜徉在兴安城中，古老的石桥边，码头依旧。浣衣，担水，淘米，洗菜，童叟相乐，一切如昨。渠上一种树开出灿烂的花朵，也不知道是什么花，一簇簇，一片片，像云霞那么美丽。经过沧桑的鱼鳞石，我又一次来到铧嘴。一路拍了不少照片。在水流清浅的坝上，我拍下了两个穿深色衣服拿着画夹的学生，他们正在戏水。我想起两句古诗：“青青子衿，悠悠我心。”觉得十分贴切。突然，相机对准一个景物的时候我停止拍照了。镜头背后也有突然苍凉的时候。这不是我父亲站立留影的地方吗？他那寂寞的神情又映现出来。我再来到这个地方，渠依旧，水依旧，坝依旧，景物依旧，可我的父亲已经离开我们了。我的神情一下子黯淡下来，像天色突然阴下来一样，没有人知道发生了什么事情。我默默不语。我似乎听到了古代的潺潺流水，在很遥远很遥远的地方响着。一场消黯，永日无言。这个滋味，总算尝到了。后来我们坐上木兰舟，从南陡门进入南渠，经过悠长悠长的一段水程。面对碧绿如酒的灵渠，我都一直没有说话。

或许，不说话的时候，才是真正读懂灵渠的时候。因为水的倾诉，从来都是低语呢喃，只有树能够懂得它，所以，树也无言。

这是一个足以触动人生伤痛和产生无尽怀念的地方。这两三年来，先是我父亲去世了，接着正当壮年的子仲老师也突然谢世。失去父兄的疼痛一度在深夜啮咬着我，像蚕虫吃桑叶一般。不断加深我对人生的理解。子仲于我而言，亦师亦友亦兄，他是第一个向我描述古老灵渠的人，在他的手势和话语中，我知道，灵渠是需要用心灵去解读，用生命去感悟的。灵渠是浩浩乾坤之中一脉幽深幽深的存在。在灵渠寂寞灵动的光影里，在终古潺潺的诉说中，一定暗藏着更深邃的人生奥秘。等待我们去穷尽。

青　石

走进仫佬族的村落、山寨，那种与青石为伴的氛围令人震撼。

弯弯的村巷铺满了一块块光光的青石板，洗衣服的村妇手挎着竹篮不动声色地踩过，年复一年，暮归的老牛，低着头，慢条斯理地走着，没有铃声，只有嗒嗒的蹄声，执着地敲响那一扇扇黄昏里沉默的门。

每个村庄都有一个门楼，又叫闸门。是入村的必经之地。门楼底部，砌着方整的青石，有些石头已被磨得油亮，有些石头还留有细细的一道道凿痕。每一家另外又有自己的门楼，底部也一样砌着方方正正的青石，进了门楼，天井里铺着一块块青石。而正屋大门的青石门槛这个时候会特别抢眼。很少有哪个民族会造这样高的门槛，更何况是一整块青石凿成的。其高出地面约 40 公分，宽约 100 公分，厚 15 公分，两头连着与门槛一样高的厚实的方形门墩。门墩通常是小孩子爱坐的地方，所以，家家的门墩都是光亮如鉴。最是炎夏，门墩一坐，清凉袭人，在仫佬族人成长的历程中，坐在门墩上数天星、仰视日月，听老人讲芭蕉精老熊婆的故事几乎是必不可少的环节。

除了大门有青石门槛，中门、两个堂屋房、两个后门房、后门都铺设有青石门槛，只不过，没有大门槛那么高。这样算起来，仫佬族的一个居室中就横亘着七块青石门槛！这是很有特色的。这些深山采伐来的青色石头，它们用无比宁静的眼眸注视着春秋的风色，使仫佬人的居室平添了几许默然和安稳。这似乎寓示着一个民族对岁月和现世静好的含蓄企盼。从一开始做房子，七道门槛就被稳稳地安放在家的空间里，它们在时光中各自坚守自己的位置，该幽暗的幽暗，该明亮的明亮。它们没有发过誓，却从来没有放弃过坚持。从此，七道门槛记录主家的欢乐，悲戚，喧闹，寂静，春耕秋收的步伐，日落月出的影子。昏黄的煤油灯不仅照见了新收的谷子、玉米、红薯、板栗，照见了屋角锄头、刮子、镰刀，墙壁上挂着的竹篮、鱼篓和麦秆帽，照见了春节的夜晚刚刚印上梅花图案的光洁如少女脸庞的糯米膜，也同样无私地照见了一块块门槛朴实无华地闪着青辉的守望。零打碎敲的日子，门前屋后瓜棚的雨声蛩吟，来来去去，了无印痕，更多的是，无言承受。即使房子老了，主家另外起了新的房子，只要旧的没有拆掉，别的什么东西都朽了，旧了，老了，皱了，黑了，落了，但是，门槛依旧光洁如初，依旧静如处子。一颗寂寞的流星，一只迟到的萤火，就可以照亮它们的青青容颜。

喂猪槽是青石凿成的，磨刀石旁边的洗手盆和厨房里面圆形或方形的石水缸也是整块的青石凿成的，常年盛有清清的泉水。泉水有可能是从村头水井泉边挑来的，也可能是用竹枧从后山上把溪涧的水引来。石盆看起来非常精致古雅。这显然是一个注重细节、审美层次很高的民族。会唱歌的石磨自然也是青石雕成。逢年过节，家家磨米做糍粑，蒸粉蒸肉，磨豆子做豆腐。从质地温良的青石石磨流淌出来的米粉、豆粉，尤其细嫩。村头溪水边少女们捣衣的青石板更是光洁照人，仿佛只要把衣裙往那上面一掼，所有的心结皆可解开，消融于清波，在明天的圩场和歌会上，又可以大胆吹响那支青春的叶笛。

从前的仫佬族山区溪边涧畔多有碾房。轮滚的材料是青石，碾槽是青石。仫佬族地区的黄金镇盛产青石，黄金青石的特点是质地坚硬，色泽清纯，经久耐用，是做碾盘、碾槽的上好材料，在方圆两三百里内闻名。旧时当地几乎所有的碾房都用黄金的青石，好的东西都是这样，以品质取胜。

过去，仫佬族是个笃信佛教的民族。仫佬族聚居的罗城县附近有十五座上规模的寺场，梵呗声声，香烟袅袅，山乡一派净土！寺庙里菩萨的莲花宝座，承受柱子的圆形石礅，记录历史的碑铭，寺院内外的台阶都是上好的青石。许多年过去了，寺庙早已找不到了，菩萨也找不到了，但是，那些善良的仫佬族石匠们当年在青石上精心雕刻的一瓣瓣清净的莲花，沧海桑田的百年之后我们再来寻找，在寺院遗址的荒草丛中不期然而相遇，它们还像初初开放一样，芬芳依然。

村后社王庙里青石雕成的花瓶，青石凿成的香炉，透射出几分神秘。上面镌有各种吉祥的文字，比如“福”、“禄”、“寿”等，使古老的社王庙增添了几缕文化气息。这小小的社王庙可以看成是仫佬族原始宗教与青石文化结合的良好典范。

在仫佬族乡间，田野，荒坡，村前寨后，房前屋后，桥边路口，或立或卧着一些刻有字迹的青石条，青石板，不是“南无阿弥陀佛”，就是“泰山石敢当”，这些青石上的文字，约略可以窥见一个民族的郊野，同样有着生生不息的语言。

村与村之间的溪水上，多有石板桥，比较宽的，是青石板并拢组合成桥面，中间有桥墩，有些干脆就是一条长长的方形条石横亘在溪水上，仿似仙人架设，看似单薄，实则稳固无比，任凭洪水肆虐，也撼动不得。桥长约三到五米，宽一尺左右，若是胆子小的，有恐高症的，还真的不敢举步呢。

真是说不完、道不尽的青石，仫佬族人还用青石雕刻成精美的窗子，用青石凿成别致的花盆、砚台和生动的笔插。用青石做成蕴藏着雷鸣虎啸的练功石和练功扛铃。

青石，自然界中久远而深沉的色彩，应当也是生活最本原的色彩。这色彩是灵动的，神秘的，仿佛这个民族青色的血脉。古人曾把爱情的坚贞喻为“坚如磐石”，我想，最好的磐石，应当是仫佬族人钟爱的青石了。青石，它洁净，坚硬，美观，是一个民族构建家园的最主要和最基本的质料，是支撑他们生活的最坚贞的物质，是守护他们梦想的亘古卫士。从小就抚摸到光光的门槛，出门就可以坐在光光的石桥，体验那种清凉、温润而可靠的感觉，听木杵撞击青石舂坎，是动人的乐章。一辈子便穿行在石镜映照的世界里，不知不觉便获得一份青石般刚毅的质感。到了最后，人们还会用一块光光的青石刻上他们的生平。他们便安详地沉睡在青石悠悠的光中，与萤火，流星，芳草，共度晨昏。人的一生，或许就是青石板上游动的几缕身影。仫佬山乡还发现过青石棺材，这真是与青石生死相恋的明证！

可敬的仫佬族人，用自己的智慧和勤劳的双手，把大山的太古和深沉切成方方块块（寓示做人要方方正正），妙用在生活的各个空间。他们取石也恰到好处，像蜜蜂采花绝不损坏花朵一样，他们取石绝不会损坏大山。他们的谚语是这样告诉我们的："砍柴问山路，打石看石路。"这是他们对石头的认识和理解，也是他们顺应自然的高超智慧。他们把一块块坚硬的青石作为他们在这个世界上居住和行走的基础。终身与青石相依，与青石相恋，十分感人。

背带上绣着流光溢彩的梦

在仫佬族地区，每个生了孩子的女人都有一床背带。背带是蓝靛染成的土布做成，四方形的背带芯用五彩斑斓的绒线绣成凤凰、锦鸡、蝙蝠、蝴蝶、梅花鹿、鱼、青蛙、喜鹊等动物和牡丹花、梅花等植物。中间一个大花球更是色彩鲜艳，球中心是一朵石榴花，象征着“多子多福”。色彩非常华美，做工极其精细。仫佬族女子巧妙的心思，手艺，智慧，在背带上得到了热烈的体现。背带是谁送的呢？是孩子的外婆送的，孩子一出生，做满月酒的时候，外婆就把背带送来了，显然，事先已经做好，做背带是当外婆的一件大事。用背带背孩子毕竟是暂时的，孩子稍大，就不用背了。但因为是外婆送的，有母亲的深情，具有特别的意义。凡是哭嫁过的女子，是不可能不知道母亲的那份感情的。因此，多数仫佬族女子在孩子不需要背带之后，都不会将背带送给别人。连自己的妹妹也不会送，妹妹生了孩子，自然会有自己的背带。于是，用背带背孩子是暂时的，而收藏背带成了永久性的。光是那精致的图案，扎实的手工，就足以让她们的藏品具有艺术的魔力。她们也许并不知道什么是艺术，但是，直觉告诉她们，灵动的美和亮丽的色泽是需要用心呵护的，是需要一世珍藏的。只有到某些时候，拿出来给客人朋友欣赏一下，看完之后又叠得整整齐齐的，放回原来收藏的地方。

一床背带，在她们手上轻盈地折叠着，那鲜艳的图案亮丽如初，她们没有说话，但是，这样的场面和色彩，容易让人怀想女人们在岁月深处的心事和记忆，她们对青春的依恋和微微叹息，都让人感觉得到。这背带，是一条长长的纽带，青青的底色，艳丽的图案，精细的刺绣，连起了三代人。外婆，母亲，孩子，通过这样一条纽带，紧紧地连在一起。背带里有河流，那是青青的女儿河。背带里有阳光，有红云，有火焰，那是曾经透明透亮的青春，是外婆对孩子的期望和祝福！外婆的心事，女儿知道，女儿的心事，又有谁知？

仫佬族博物馆里收藏的几种背带，都是有了年月的，但色彩依然迷人。我们十分惊讶于这样不变的色彩！感受到这个民族文化的缤纷灿烂。那布面洋溢着春天明媚的气息，双凤起舞，朝向艳丽的朝阳，这几乎是仫佬族刺绣永恒的主题。灼热的花树，生动活泼的动物，色彩斑斓，生机勃勃，是必不可少的内容。这是上古的家园吗？还是梦中的现场？把孩子和这样的图案背在背上，其实就是把梦想和希望，把深深的祝福，背在背上。这是一个不会失去理想的民族。有理想和梦的民族，才算是心智体魄健全的民族。他们对色彩的渴求，在背带上表现得最为浓烈。任何一个人，只要是看过仫佬族的背带，他将终生难忘。

山魈的传说

山魈是什么呢？孩子啼哭了，跟他说：“别哭了，山魈来了！”孩子便马上停止哭泣。山魈是一种怪物，令人毛骨悚然的怪物。有谁看见过它吗？没有。传说中，它是收魂的，哪一个人看见他就得死，可怕得很。它经过山边时像风一样呼啸而过。来无影去无踪。山魈是仫佬族山区最神秘的灵物。

有人说它是猎神，任何猎物只要给他遇上，休想逃命。人呢？要是遇到山魈，怎么办？好，有办法了，什么办法呢？跑进倒扣着的四方谷桶里去躲，无论如何都不可以出声。得屏住呼吸。这样的谷桶，在仫佬族地区多的是，不怕找不到，但动作一定要快，要不然，给山魈看见就完蛋了。

山魈是有个兄弟的，有一次，十五个弟兄捕到很多猎物，拿到谷桶上面分。有人说：“分十五份！”又有人说：“十六份。还有一个。”大家说：“在哪里？”那人说：“反正是十六份！”“明明是十五个人嘛”，“尔等道行未深，自然未见还有一人。”彼此争执了很久，争论的结果是同意那人的意见，分十六份。一时间，谷桶面刀割剑斫声如骤雨惊雷，持续了两个时辰，藏在谷桶下的人大气不敢出，胆战心惊。之后，一群山魈各拿着一份猎物呼啸而去，一会儿便消失得无影无踪。很久很久，人这才从谷桶钻出来，看到桶面血迹斑斑，桶角挂有一方野猪肉，显然是留给他的，他如是拿着这份猎物回家去了。

山魈就是这样神奇！

更深夜静之时，山魈还会到山中独户人家敲门借炊具，显然是烹煮新打到的猎物。山魈真是老鼠留不得隔夜粮，打到猎物连夜要尝鲜。这些人家久住山林，司空见惯，往往会把一口铁锅往黑暗的门口一掼，一阵风卷来，铁锅就不知去向了。到了天明，铁锅又不知什么时候回到原地，还弥漫着一股野肉的芳香。墙壁上挂一方生野肉，不用多说，这自然是借锅头的酬谢。

它可能会知道你，但永远不会说破。你自己得要收藏好自己，别给它看到。其实是不给你看到它，它是无形的。它是一种神秘的力量。它是猎神。是神，就和人不同一道，人不能随便见到它。但可以获得它的恩惠。它捕得猎物，自然会给人留上一份。当然，给幸运的人，大胆的人，身手敏捷的人。

这个故事，说明仫佬族人与狩猎的关系。狩猎一度是这个古老的土著民族重要的生活内容。

现在猎物少了，但山魈的传说，是这个南方土著民族原始狩猎文化的延续，是古老的骆越部族遗风。文化也许会消失，但是，它的因子，会像血液一样，静默地涌动在意想不到的血管之中，成为一种表情的真实背景。

猎人们并不是肆无忌惮的，他们仍然害怕他们永远看不到的山魈，它是一切猎人之上的猎人，是伟大的猎神。它会给猎人们带来意想不到的收获，获得你应该得到的那一份！但是，首要的条件是你必须是个真正的猎人。

会说话和不会说话的动物

在仫佬族故事传说中，我们会碰到一些会说话的动物，也有一些动物并不会说话，但是，它们能够领会人的意思，通人情物理，如果说“走坡”体现了仫佬族文化中人与自然和谐的思想，“依饭节”体现了人与神和谐的思想，那么，仫佬族故事传说中人与动物的深厚情谊体现了人与动物（非人）的和谐思想。

在《伏羲兄妹的传说》中，洪水把天下人全部淹死了，只剩下伏羲兄妹二人，他们走到天山脚下，一只金龟出现了，它劝伏羲兄妹结为夫妻，以避免天下人绝种。经过再三做思想工作，妹妹才基本答应，但是有一个条件，她绕着天山脚下跑，哥哥什么时候从正面追上她，她就什么时候嫁给哥哥。妹妹跑了四九三十六圈，哥哥也追了四九三十六道，就是无法从正面追上妹妹。这个时候，金龟又发言了：“你掉转头迎着妹妹跑，不是很快就可以正面追上妹妹了吗?”伏羲恍然大悟，转身就往回跑，一下子就正面撞上了妹妹。就这样，兄妹结成了夫妻。同一个故事，版本有别，《水淹天门歌》里面，金龟因为说了让兄妹结婚这样的“丑话”，龟背被妹妹用石头砸碎。妹妹说：如果你这些碎片能够愈合，我就嫁给哥哥。这显然是天方夜谭，不可能出现的事！哪里知道，金龟就有办法让碎片组合起来，完整如初！

这只龟，为了人类的繁衍，它不仅开口说话，它还忍受了肢体被分解然后又重新组合的痛苦。

在《稼》这个神话中，犀牛潭底那只犀牛也会说话，它是稼父亲的灵魂附着物，可以说是其父的化身，它送给稼三根金毛，让他去赶山造田，画三脚马，扎草兵，反抗朝廷。

《稼》里面的大黑狗虽然没有开口说话，但它忠实于主人，主人在牛粪岭扎草兵，它天天给主人送饭。后来，稼兵败潜入泉中之后，皇兵还利用稼对黑狗的深厚感情将他诱骗出来，斩断他的头颅。

古条歌《龙哥与凤姐》与民间故事《聪明的狐狸》有相似的情节。不同的是，一个得到了牛的指点，一个得到了狐狸的帮助。贫穷的龙哥为娶不上媳妇而发愁，老牛给他出主意，把鱼干洒上凤姐住的屋顶，让猫爬乱屋瓦，龙哥才有机会上屋捡漏。老牛又教他咬破手指，让血滴进屋里，凤姐情急之下用写有自己年庚八字的纸张给龙哥包手，这样一来，他的命运与凤姐就连到一块来了。牛还帮助他解决了几个难题，最后终于顺利娶上了富家女儿凤姐。《聪明的狐狸》出现了一只会说话的狐狸，它让同样穷得叮当响的王三娶上了县太爷的独生女儿。故事大约是这样：王三种有一蔸蜜桃，山上的一只老狐狸经常下来偷吃。王三用计将牛胶涂在树上粘住了狐狸，狐狸为了报答他的不杀之恩和赠桃之恩，开始帮他谋划娶媳妇事宜。狐狸将蜜桃拿到城里县衙去卖，蜜桃的芳香吸引了美丽绝世的县太爷独生女，它又调动三寸不烂之舌引出了王三，说他种有仙桃，家境殷实。“金银用箩装，房屋十八庄；田地跨九里，牛群遍山乡”。又说他“才貌赛古今，文章鬼神惊；姑娘见了非非想，观音见了也动心。”就得县太爷的独生女儿芳心大动，于是同意与王三在城外的观音庙约会。这个急坏了王三，因为他连一件像样的衣服都没有，他身上只有宝贵无比的“百洞衣”和“千层裤”。好个聪明的狐狸！它设计让王三泡在护城河里，只露出一个头出来，然后跑到小姐那里哭诉，说身着锦袍龙裤的王三因为太高兴，想小姐入迷，掉到护城河去了。小姐大惊，连忙叫丫环回去拿老爷的衣裤给王三替换，这就天衣无缝地解决了王三约会的服装问题。后来，王三与小姐在县衙门举行婚礼，欢度蜜月之后，小姐提出要回夫家拜会双亲，这又急坏了自小无父无母、孤苦伶仃的王三哥。他那间茅草房如何住得下千金小姐？智慧的狐狸又给他精心谋划了一次还乡之旅！它设计让那些牧牛童跪在路边，嘴里不停地求饶："牛是王三的，不能抢。牛是王三的，不能抢。"它又窜到镇里一个大财主家里，放火烧了人家的粮仓马料，弄得整个城镇火光冲天。乱成一团。然后，他跑到王三和小姐跟前，大叫："赶快回去！赶快回去!"说是王三一个多月不在家，一伙土匪强盗伺机放火烧了王三的家，抢走金银财宝。他的父母双亲悬梁自尽，兄妹都被烧死，强盗还扬言要铲草除根，到处寻找王三下落。王三听了故意号啕大哭，呼天抢地，几欲气绝。小姐信以为真，赶紧催促王三回城，此后，永远不再提回乡拜会父母的事情了。

这个故事告诉我们，在物质条件很欠缺的情况下，有心，有信念，有理想，有智慧，也是可以做成大事的。不能说物质是唯一的保证。物质本非某人专有，用智慧便可调动物质财富为我所用。这个故事体现了仫佬族人高度的智慧。有意味的是，这种智慧，通过一个动物来实现。

还有一种神奇的动物叫九头鸟。它的故事比较离奇。仫佬人银巴洛捡到了一只很大的蛋，拿回家孵化出一只九头鸟，这鸟嗜血，别的东西都不吃。银巴洛便经常买些猪血、牛血给它吃。

银巴洛的两个外孙对九头鸟十分好奇，趁外公不在家的时候，跑到外公家后院的龙潭去看九头鸟。因为他们穿的是红衣服，身体硕大的九头鸟以为是血，一口把两个外孙给吞下肚子去了。银巴洛得到消息后悲痛欲绝，他不能再容忍忘恩负义的九头鸟再待在他的身边，把它赶走了。这九头鸟也十分后悔，它把头伸出水面，九只头上的十八只眼睛滚出了珠子般的眼泪。然后它腾空飞走了。

不久。老人就因为悲痛过度生病去世了。九头鸟也回来参加他的葬礼。

它把身体缩得很小，来到银巴洛的饭桌下，泪水簌簌地下着，十分悲痛。

银巴洛的老伴说："九头鸟呵，银巴洛下葬的地方找不到，你为什么不帮个忙呢?"九头鸟低着头，一声不吭。

到了半夜，忽然来了一阵狂风，把银巴洛的棺材卷走了。到了第二天，人们在一块山岩下发现了这具棺木，棺木没有任何缺损，还放射出一道道红光。人们就把老人葬在这个地方，都说是一口百年难遇的风水宝地。也都知道是九头鸟给点的地。银巴洛的女儿后来又生了七男三女，后代更加兴盛。

九头鸟每年清明节还降临到仫佬山乡给他的主人扫墓。但它飞来的时候动作比较猛，惊动天庭，玉帝就派雷公电母劈它，派天兵天将用石子打它，使它抬不起头来。据说清明前后落下的冰雹就是天兵天将用来打九头鸟的石子。

九头鸟，它不仅令人间恐惧，也令天庭恐惧。它到底是什么东西呢？

在仫佬族的丛林中，九头鸟很神秘，它似乎是一种很难把握的东西，是一种疯狂的怪物，仿佛不可测知的命运一样，隐藏着看不清楚的、不可思议的神秘力量。它可以给人们以威胁，又可以给人福气。它懂人情，又不可理喻。

古风习习白裤瑶

南丹的白裤瑶主要居住在里湖瑶族乡和八圩瑶族乡，与环江毛南族隔河而居，这条河叫打狗河。在毛南族著名的还愿仪式中，有一个送花的瑶王。一身白裤瑶的装束。舞蹈动作滑稽而热烈，充满野性的力量。这个角色可视为白裤瑶文化在毛南族思想生活中的映象。它的介入，体现了民族的融合和对乐观精神的共同向往。

《桂海虞衡志》有云："瑶人椎髻（椎形的发髻）跣足（光着脚），衣斑布褐，采竹木为屋，绳枢荜窦，复以青茅。种植外，猎山兽续食。负载者悉著背上绳系于额，履险如飞。……"

地方志书中关于南丹白裤瑶族的记载："南丹瑶居于瑶山，男女皆蓄发。男青短衣白裤，草履；女花衣花裙短齐膝。负载以额，言语各殊，不与他类联姻。淳谨勤俭甲于各属，和睦族党若一家，有婚丧众共助之。讨其应纳地粮并代输，从无争斗构讼。耻不为鼠窃狗偷。倚山而庐，耕种度日。暇则射猎，以药敷弩箭，所中之兽立毙。不读书，不贸易，浑浑噩噩，大有古风。那地、北旦、那周、加延等哨塘引村瑶蛮，殊难顿化。"

如今的白裤瑶，古风何如呢？

白裤瑶的葬礼通常是在秋天举行，如果不是在秋天去世，也就是说，并不在一年中最合适的时间去世，怎么办呢？通常他们会先被埋在家中，就在堂屋之下，当然，死者是用棺材收殓停当了的，葬下去的是密封的棺材。平常，未用的棺材就放在他们自己家的粮仓下面，在四根柱子撑起来的粮仓下面有足够宽的空间，有时候可以放一副棺材，有时候是两副。用黑漆油好。粮仓一般建在离屋子很近的地方，石头上。因为那些石头也不能种什么农作物，用来盖粮仓是比较科学的。家有老人，一般都要事先准备好棺材，这样可以让老人家看了舒坦，放心，至少可以多活几年。为什么要选择秋天呢？因为白裤瑶是个和睦的民族，他们就像一家人一样，像葬礼这样的大事，是需要大量的人员参与的，平常大家都为生计而奔劳，只有到了秋天，谷子收割入仓停当，红薯、玉米什么的，都从地里收回，晒干了，储藏好了，也就是说，秋天，是白裤瑶的农闲时节，是举行集体活动的大好时光。葬礼就是在这种时候下举行的。那一天举行白裤瑶葬礼主要的项目——砍牛，不富裕的人家一般砍一头，富裕的人家砍三五头不等。那一天到场的白裤瑶人大约有上万人，死者过去的情人也出现在葬礼中，体现了白裤瑶人对情感的重视和开放。因为是集体活动，人多了，就需要大的场地，秋收过后的田野空空荡荡，正好可以用来做砍牛的场所。事先要打好一根木桩，把牛拴在桩子旁边。砍牛者是舅爷，舅爷具有至高无上的权力。过去，白裤瑶嫁女先要考虑舅家，舅家若没有合适的人选才可以嫁给别人，有句俗语说：“舅爷娶外甥，哼也不敢哼。”这叫“养女还舅”。舅爷在砍牛之前要先祭砍牛刀，举行一定仪式，朝砍牛刀上喷一口酒，然后砍牛。砍牛之前孝子要祭牛、哭牛，绕牛走几圈。还要嘴巴念念有词。说明砍牛的目的就是为了给死者在阴间也有牛耕种，在另外一个世界同样安居乐业。舅爷砍牛只能砍三刀，砍三刀牛没有倒下的话，旁边几个白裤瑶青年早就准备好绳子绑好四只牛脚把牛放倒，再用砍牛刀往牛的脖子捅一下，血便哗哗地涌出来。

牛被杀死之后，马上被切成肉，煮成菜，排上长宴席，长长的宴席两边坐满了人，吃饱一批又坐一批，因此也叫流水席，场面十分壮观。菜吃完了又加，大大一块的牛肉尽管很韧，但平常很难吃得到。牛角绑在杉木桩上，木桩上刻有象征梯坎的标记。死者是男是女是有一定区别的。待坟墓做好后，就把挂着牛角的木桩立在坟前。而坟顶上，通常挂着鸟笼、渔网、酒壶等，坟前没有立碑。白裤瑶没有扫墓的习惯，所以，坟墓坏了，成为无人留意的古墓在白裤瑶地区到处有，只是由于年湮日久已无人察觉。

送葬的人自动排成长长的队伍，在山坳上很低沉地行走着，不时有一些掩泣的人，风中的情景，凄凉而有序，加上服装统一，像一首长长的歌谣，一条长长的黑色的河流，呜咽着，在风中发抖着，十分令人动容，这几乎是世界上最庄重的葬礼了。

白裤瑶在历史上到处被驱赶，被划地居住，生存在自然环境十分恶劣的大石山地区，他们的队伍体现了一种低沉的压抑。这也许是一个民族无奈心曲的历史再现。

白裤瑶至今仍然自己种棉花，自己纺纱，自己裁制衣服。这种自给自足，是当今世界少有的。最近，白裤瑶服饰进入了首批非物质文化遗产名录。已经引起人们的强烈关注。

白裤瑶的女人们都是裁裙制衣的高手。最拿手的绝活是用粘膏树的汁来画衣服上的各种图案。画一条裙子，通常需要一两月的时间。按南丹文物管理所所长徐金文的说法，他们的服装像鸡，站着的鸡。白裤瑶的裙子，每一条线都像是一根羽毛。我们知道，禽类成片的羽毛有色彩深浅的变化，单根的羽毛也有其微细的变化。而这样的变化，在白裤瑶的裙子上也有表现。后面的条纹色彩浓烈些，条纹也比较密，前面就略微淡和疏。白裤瑶对细节的重视可想而知。任何一个地方，他们都穿他们的服装。把美和日常生活连接起来，斑斓在所有的场合。这种美丽，与生命时刻是相统一的。南丹文物管理所所长徐金文先生认为白裤瑶的图腾是白腹锦鸡。有点道理的。日本人经常到白裤瑶地区考察，他们录有整个葬礼的录像，包括埋在家中，秋天举行葬礼时起棺的情景都有录像。为什么日本人会对白裤瑶有如此强烈的兴趣，是否跟他们的服装同样注重细节有关系。日本人主张幽玄、物哀这样一些美学原则，与白裤瑶看来是一致的。另外，他们受环境的制约，心情十分压抑。这种在恶劣的环境中仍然生生不息，并且不无虔诚，表现在日本导演今村昌平的片子《楢山节考》之中，看了这部片子，对比一下白裤瑶的生存状况，我们会渐渐理解为什么日本那个民族会对白裤瑶抱有如此强烈的兴趣，他们绝对不仅仅是猎奇。多数时候，他们可能是在寻找他们的根。这种文化意义的寻根很值得我们进一步研究。

白裤瑶在长期恶劣的生存环境中，养成了坚韧的性格，他们强悍而忍耐，从来不与别人吵闹。在南丹县城，可以看到很多白裤瑶，他们或者购物，或者出售农产品，或者三三两两在街道上走着，他们很少有人高声喧哗，从来没有人会与别人争吵。打官司的事情更加不会出现了。现在白裤瑶还保持这样的特点，基本上与史书上的记载是一致的，难怪史书上会这样描述："浑浑噩噩，大有古风。"另外一个就是白裤瑶地区社会治安非常好，从来没有盗窃现象发生，他们的粮仓都在室外，用四根柱子顶着，用丝茅草盖着，圆圆的。粮仓没有上锁，他们只防老鼠，绝对不防小偷。防老鼠技巧很高明，他们在柱子头上套上圆圆的陶罐，或者中间打通的铁锅，现在也有用铝皮之类直接包裹，这样做，目的是为了让老鼠在向上攀登时四脚打滑。老鼠骨折，白裤瑶是不负责的。瑶山里，只有老鼠，没有小偷。古风盛行的地方，多的是君子，他们身上有几块钱，想到的首先是上街喝酒。圩亭里，一两碟小菜，他们呼朋唤友，酒杯频举，豪兴满怀，不知有汉，无论魏晋。他们喝醉了，在路上躺着，他们的妻子在旁边守候，太阳大了，下雨了，还要弄一把伞。撑着伞，一直等候她们的夫君从一个上古的春天梦中幽幽醒来。最重要的是，他们的妻子毫无怨言。更不会恶语责骂，严令往后不能喝酒。不像现在城市里的很多男人，老婆管得很死。小喝几杯老婆就会打电话过来东提醒西提醒，回家后说不定还要吵闹一场，弄得大家很不愉快。这个时候，我们会怀念和向往白裤瑶的生活。那真是古风习习的仁人君子的生活呵。

匹夫关怀古

2007年10月31日那天，都安县菁盛乡老人大主席潘国华与年轻的潘副主席知道我们要到红水河边探访匹夫关，事先拿了一把柴刀把匹夫关那一带茂密的荆棘丛莽砍个殆尽，硬是辟出原来的老路，让我们辨认出匹夫关的痕迹。那个地方，那一段历史，似乎被淹没得太久太久。

出了都安县城不久，我们沿着红水河边一路狂奔。老同学苏睿驾车水平十分娴熟。但因为小车底盘太低，路面崎岖，小车排气管掉了下来，一路哐当哐当响个不停。路的左边是山，右边就是河床深切的红水河，看见幽蓝幽蓝的河水以及河边刀剑般挺立的礁石。我头脑中老是浮现出那些遥远的历史画面：咸丰十年（1860年），太平天国战将“协天燕”石镇吉在百色兵败又遭“内变”后欲往贵州不成，只好沿红水河往下游逃走，试图到宜州与石达开会合。他当时走的就是这条险峻的山路。野兔惊走，山鹰腾空，土司的部队一路追击而来，不让他有任何喘息的机会……

最险峻的地方就是匹夫关。真个是：一夫当关，万夫莫开。石壁上的小路只容一人通过。一不小心就会掉入一百多米深的悬崖，下面是滔滔汹涌的红水河，谁也制服不了的红水河。安定土司潘凤岗早已设下埋伏。在山上堆木头和石头。石镇吉一到，木头和石头就往下滚动，太平军损失惨重，几乎全军覆没。有些将士直接投身滔滔红水河，演奏了一曲悲歌。石镇吉是攻城略地、所向披靡的勇士，但因为疲惫不堪，不幸在匹夫关被擒。千古滔滔红河水，英雄此处演悲歌。他被潘凤岗押往省城桂林，被总督刘长佑正法。年仅 26 岁。这一节史实，被史家写进《广西通史》，这是太平天国史上慷慨悲歌的一个场面。

至今，匹夫关，犹让人胆寒。石壁下面幽幽的河水流不走百年前的剑影刀光，马鸣鬼泣。

我们在潘国华老人的引领下登上了匹夫关的石阶路，首先看到石壁上镌刻的“岠岈”二字，字径约有五十厘米，竖排，气势雄浑，两旁有小字，右边是“时成化戊戌年谷旦，左边是中顺大夫舞阴裔岑鐩书。”其中有一字已模糊难以辨认。此人大约是当时思恩府知府。安定土司是思恩府属地。因有功于朝廷，得到皇帝赏赐大夫称号。这样的称号在土司中是屡见不鲜的。他在此处刻下此二字，是描绘狰狞可怖的如牙峭石，借以表达他心中的一股奇气，还是显示其威猛之力，以达到于险境镇山川的作用，我们已经不得而知。但此处峭壁耸立，石质坚硬，又是人们必经之天险，的确是统治者展示其丰功伟绩的好地方。

岑氏刻字那一年是 1478 年，380 年后的 1859 年，安定土司潘凤岗又选择此处展示其威力。他凭借天险，对石镇吉部进行围追堵截，最后在此关活捉石镇吉。

匹夫关的石壁前今人建有一座庙，当地人称娘娘庙。说是有个娘娘，经过此处，见此处太险，为了救人，住于此地，希望见机济人，这是传说，没有什么依据。但人们的对险境的畏惧心理，在这座庙得到完满表现。人们对一个地方的畏惧心理会产生出一个神，一座庙来。这是畏惧感的投射。这个娘娘，多少有些观世音菩萨的影子。还有待进一步考证。

庙的右边，有石镇吉被拴处，有一个洞眼，说是当年穿绳而过的地方。上面还有碑刻纪其事。“咸丰十年世袭安定司潘梧生擒发逆石镇吉之处勒石以志其事。”潘梧，就是潘凤岗。

可见石镇吉被擒获，的确是一件不同凡响的事情，难怪潘凤岗会如此重视，希望不断唤起人们的回忆，其实目的就是唤醒人们对他的回忆。

庙的左边，向下略倾的石壁上刻有几块碑，一块是都安县文物保护碑，一块是潘凤岗重新修复匹夫关和那一带道路的纪事碑。修关铺路，他自然也忘不了也搞一块碑记。“匹夫关”三个字赫然镌刻在山崖下。最下面一块碑刻文字比较多，有833字，是“安定司世侯潘公凤岗生纪功碑”，将其生擒石镇吉前后原委介绍得比较清楚。出自潘家的姻亲桂林举人邹绍峰之手。对潘凤岗的“非常”之功业做出了溢美的评价。庙前面有一道石墙依稀可见，潘主席说是匹夫关的遗物，当年的关隘有一座城门，现在留下来的是石基。站在古基边缘，就可以看到脚下幽深的红水河。

在匹夫关上谈今论古，刮藓读碑，摩挲苍凉的斑驳文字，不觉夜色已渐渐降临。潘主席又急切地带我们去看灭猺关。要沿红水河继续往菁盛乡府去，过乡府再走五里就到灭猺关了。因为我们的车子放在乡里抢修，潘主席还主动联系他儿子的农用车，想用农用车把我们拉到灭猺关。好在我们的车子一下子就修好了，不一会就来到了灭猺关。两块巨石凑成一个天然的关隘，像一道门，壁上赫然刻有“灭猺关”三个字，下面是今人用石灰写成的标语，也挺有意思：“扫出青壮年文盲。”今之“扫”和古之“灭”大约是同一个意思，但各自指向的意义和目的大相径庭。

听老主席说，“灭猺关”三字先后被当地人用石灰涂抹、掩盖过好几次，此三字的反动性昭然若揭。现在终于还是恢复其本来面目，这体现了人们逐步正视历史的艰难历程。

说到“灭猺关”，可能要先了解一下《灭猺诗》。明嘉靖六年（1527年）明王朝都察院御史，兼两广巡抚、总督两广、江西、湖南军事指挥权的明朝将军王守仁（王阳明）领兵前来镇压八寨瑶民起义，于是1528年4月他在今忻城县古逢乡周安村罗永岩峒指挥部驻地写下一首《灭猺诗》，并命人刻在该峒的石壁上，以体现其非常的文治武功，1958年地方兴修水利时这首诗被炸掉。诗是这样写的：

钦旨于兹八寨游，无村夜泊此岩头。
凶山有意如回顾，恶水无情向北流。
子孙传闻生赋种，屡遭杀戮使人愁。
从此设立千军镇，戮灭猺蛮永绝休。

王守仁领兵6000人，加上田州、思恩府土目卢苏、王受的地方武装2000余人，由广西右布政使林富、副总兵张祐统领，征剿八寨瑶民起义，屠杀瑶民义军2000余人，并把所捕获的男女老少全部杀光。这就是这首灭猺诗的背景。

清康熙九年（1670年），安定土巡检司土巡检潘如禄举兵围剿都安、大化布努瑶民起义。清朝调兵遣将，配合潘如禄作战。官兵数千人，加上忻城、安定、都阳三个土司的兵力，四面围攻，把义军赶至八堡，瑶民义军2000余人在八堡与官兵激战，大部分义军在战斗中牺牲。史载："浮尸布满红水河面数十里，鲜血染红数十里河江。"最后，潘如禄在八堡石壁上镌下"灭猺关"三个大字。这就是灭猺关的来历。

我们在乡府潘副主席家用餐后就踏上归程，老主席在夜色中与我们挥手道别。他们希望本地历史文化为外人所知的热切心情让我们异常感动。我们知道，他的腰后，衣服遮掩的地方挂着一把斩断荆棘的柴刀。被淹埋在荆棘丛莽中的匹夫关正是借助这把刀再一次呈现出来的。车子走了很远，我的耳畔仍然响着那把柴刀的叮当声。那穿越红水河历史和现实的叮当声。

来路太崎岖，返回不能走原路，于是我们往另外一条道路回都安县城。车子再度经过灭瑶关的时候，秋风乍起，草木萧萧，下起了小雨，山上有几点昏黄的灯火。有灯火的地方说明有人居住。

车过拉烈，古山，一条二级路穿过许多石壁，石壁如刀切一般，使我想起古代的那些险峰间的栈道。但眼前这条道路很明亮通畅。做有漂亮的护栏。这大山深处的"酷"路让我惊叹不已，为都安人民战天斗地的精神深深折服。

苏睿沉稳地开着车，还向我们叙述了一段动人的故事。他曾在火车上认识一个大学毕业之后留在上海当老师的美丽少女，后来知道她是都安百旺乡人。苏睿和她谈了许多共同的话题，对她留下了深刻的印象。那次在无锡下车后，他再也没有见过她。他再次碰到的是她的名字，出现在一份车祸死亡的名单之中。2004年8月7日，都安大石山中发生了一起特大车祸，一辆中巴翻下路边山谷，十多个人遇难，其中就有这个美丽的女孩。她那次是从上海回来，带着她的奶奶去都安医院看病。此次跟我们同游匹夫关的黄镥飞，现在是龙湾乡的副乡长，车祸发生时他参加了救援，也向我们描述了当时见到的情景，使我们感慨唏嘘，无比痛心和惋惜。

正是这样一些悲惨的交通事故，这样一些美丽动人的生命和青春的逝去，唤起了人们对大石山恶劣交通状况的忧患和深切关注。才拥有眼前这条让人眼睛为之一亮的二级公路。听了苏睿的叙述，我才知道这让人眼睛一亮的道路背后是让人心灵为之一震的故事。即使是在夜晚，公路仍然如此美丽。这的的确确是大山深处的奇迹。是大山深处的歌谣。

从匹夫关到灭猺关，再到崭新的二级公路，历史，民族，战争，灾难，血泪，现实，进步……这些元素轮番映照在心壁上，像一幕幕电影画面，让我久久不能平静。历史的伤痛何其惨烈！文明的进程又是何其艰难！

秋雨中大呼快乐的黄庭坚

差不多九百年前，那是一场秋雨，细细的秋雨，雨点中有几声鸟鸣，像今夜一样。当雨丝默默地洒在山谷先生从栅栏的间隙伸出的脚面上，凉丝丝的感觉顿时遍布了全身，诗人感到异常畅快，他对身边的范信中说："信中，余平生无此快也！"

原来，诗人的幸福是如此简单。他完全忘记了他此时身处何方，他是如何被皇帝老儿从帝都一步步贬到越来越荒蛮的南方。

在宜州，庆远府城的南楼上，他忘乎所以地说："信中，余平生无此快也！"

2005年，狂放不羁的台湾作家李敖在复旦大学做了一场演讲，我记得，他命名为"尼姑思凡"，以区别于他在北京所做的另外两场演讲"金刚怒目"和"菩萨低眉"，佛教语词的运用，同时表达了他演讲内容的系列性。他在演讲中提到黄庭坚说的这句话："信中，余平生无此快也！"对中国语言的精妙高度赞叹。他只说到黄庭坚被贬到一个遥远的地方，并没有告诉人们是在什么地方。其实，这个地方就是河池的宜州，当时的庆远府城南楼。不过我认为，李敖赞美的不应当仅仅停留在诗人独立云表的语言上，而应当赞美他率真的个性和磊落的襟怀。那种莲花在浊世中猛烈盛开的伟大人品。

黄庭坚是北宋崇宁二年（1103年）被贬谪到宜州的。他因"幸灾谤国"的罪名被除名，"羁管"宜州，是以犯人之身进入宜州的，受地方政府的看管。一开始，他住在崇宁寺，因为"崇宁"是皇帝的字号，所以，崇宁寺颇有点皇家寺院的味道，也因为这个原因，他被逐出崇宁寺，他于是住到城西一户黎氏老百姓家中，不久，又因为戴罪之躯不能与民同住，无奈之下，诗人抱着被褥，住到府城南楼的简易木板房中。他居然也安居若素，命名其住处为“喧寂斋”，镇日与千里迢迢来投奔他的范寥游山玩水，寻僧访道，还吟诗填词，抒写胸臆。他写道：“诸将说封侯，短笛长歌独倚楼。万事尽随风雨去，休休，戏马台南金络头。催酒莫迟留，酒味今秋似去秋。花向老人头上笑，羞羞，白发簪花不解愁。”（《南乡子》）他又写道：“天涯也有江南信，梅破知春近。夜阑风细得香迟，不道晓来开遍向南枝。玉台弄粉花应妒，飘到眉心住。平生个里愿杯深，去国十年老尽少年心。”（《虞美人・宜州见梅作》）潇洒之中，难免还有几丝无法掩盖的苍凉。尤其是“去国十年老尽少年心”这样一些触目惊心的句子，体现了内心的寂寞和荒凉。

后来他哥哥黄元明到宜州看望他，走的时候他送到十八里津，兄弟生离死别，让人心酸泣下。那天夜里，诗人一个晚上没有合眼，他写下了几乎是他生命中的最后一首诗《宜阳别元明用觞字韵》：“霜须八十期同老，酌我仙人九酝觞。明月湾头松老大，永思堂下草荒凉。千林风雨莺求友，万里云天雁断行。别夜不眠听鼠啮，非关春茗搅枯肠。”

明月湾是他家祖茔地，永思堂是他家祠堂，“松老大”和“草荒凉”，故园荒芜，游子受羁，流露出他无法重返故乡的悲怆。我曾经为此诗埋怨过九百年前的宜州老鼠。我说，你就不能休息一夜，不要咬木头，给我们的诗人好好睡一觉吗？你也只配咬木头了，你怎能体会得到人间的生离死别、肝肠寸断？

黄庭坚在宜州为人作草书，为读书人解答疑难，总之是有求必应。他著名的书法作品《范滂传》就是在宜州写成的。当时是一个叫俞若著的地方官带着他的两个儿子前来问学，并索字，黄庭坚将《汉书》中的《范滂传》通篇默诵大书，既成，校对《汉书》原文，仅错二字，其才学之惊人可见一斑。他写东汉范滂，颇有以之自况之意。范滂，字孟博，史书说他少励清节，为州里所服，有澄清天下之志。建宁中大诛党人，闻诏捕滂，即自投狱。县令欲与俱亡，滂曰：“滂死则祸塞。”临决，告子曰："吾欲使汝为恶，则恶不可为；使汝为善，则我不为恶。"闻者莫不流涕。黄庭坚也是因为元祐党祸被贬宜州，所以与范滂有了相似的命运。

黄庭坚南来之后，南边读书风气的确为之一振。宜州考中进士者明显增加。郑献甫后来这样评价说："前人不幸后人幸，万里为破南天荒。"

大约在那一场秋雨之后不久，黄庭坚就在宜州默默地去世了。当是时，皇帝赦免他的诏书还在路上。他在宜州除了写诗填词，留下生命的绝唱之外，还写有一部记录他日常起居生活的日记《宜州乙酉家乘》流传于世，他在宜州的游历交友情况，以及当时各方人士给他送土特产这些事情都详细地记录在书中，成为研究宋代宜州社会与历史的珍贵资料。他游南山的踪迹被后来的宜州太守张自明写入诗中，"襄公淡墨留苍壁，太史高风拂翠岚"，太史，说的就是黄庭坚。张自明，号丹霞，捐出自己的俸禄，修建了龙溪书堂和山谷祠，并亲自给制龙溪书堂图，镌于石上，至今犹存。范寥为其料理后事，为之棺敛，并以舟送之归葬。终于，诗人以回到了他的故乡。那一年，他六十一岁，离算命先生为预测的八十岁寿缘还差得很远。宜州，留有一座寂寞的衣冠冢。

大明山之旅

2005年5月2日，余自邕城辗转宾阳王灵镇至宾阳县城。已是夜晚11时半。是夜，与画家廖曼凯及先期到达宾阳的罗城友人银联忠宿于永武街曼凯岳母家，开始谋划神牵梦萦之大明山之旅。

5月3日，早，与曼凯、联忠二君游宾阳城外六羊岭。岭畔多荷田，叶初圆。于岭之阳得见蒙氏先祖蒙永田墓，甚巨，碑亦厚硕。碑联云："派启长沙义胆忠肝昭日月；支流两广兰枝桂叶并岗陵。"蒙乃宋代长沙善化县莲塘村人，知宾州，廷授奉直大夫，其人有肝胆，正义凛然，于朝廷多有战功，碑文有云："名标铜柱，声满瀛海。"其子少莲，亦官宾阳，遂卜居兹地。其孙蒙传大中祥符五年（1012年）进士，曾出使交趾，化夷之功卓著。十九世孙大赉者，明嘉靖二十九年（1550年）进士，历任礼部仪制司主政、刑部南京尚书郎中、北京兵部武库司郎中、南京刑部山西司郎中。据曼凯云，蒙大赉为宾阳百年难遇之大才子，曾为太子侍读。后为君王疑猜，离宫出走游学，后召回京，途中吞金而死，年四十四岁。斯人之逝，乡人有言："夫先生之英灵，足以动数十世之追思"。可见其对地方之影响。今宾阳多有其故事及诗文流传。事多传奇。蒙大赉墓亦在附近，墓亦大，未见碑记。宾阳蒙家，堪称当地名门望族矣。

出六羊岭，过大浪塘村，即旧时蒙氏卜居地也。村头见蒙氏宗祠，前有池塘，有古树一，视之，大叶榕也。村中树木茂好，周遭多池塘，景色甚为清幽，实为宾阳一大胜处。出村，见一新造牌坊，曰："恩荣坊”，程思远先生题字。上有广西师大蓝少成先生所作联句。闻此坊旧时已有，用以褒扬蒙大赉，文革遭毁。曼凯君言，附近原有白沙楼，乃宾阳八景之一，亦毁于“文革”，今修复无期！

出大浪塘村，游宾州镇（芦圩）南街，街道多老宅，昔宾阳经商巨贾聚居地是也。旧桂系巨头武鸣县人陆荣廷先生少年时曾打工寄迹于此。青砖石条，随处可见，古朴之气逼人。街中有天后宫一座，门关闭。从门隙间依稀可见妈祖端坐堂上，音容亲切。有一个黄氏宅，名“慎余堂”，有豪宅气派。宅中清凉，幽静，多精致木雕，雕以凤鸟、花、草、字等。有数老妪打牌休闲于其间，不知有汉，无论魏晋。南街中段一青石板小巷，通往白莲村，古榕树下，友人刘小红祖屋在焉，门前有大池塘。昔多栽白莲花，芳香四野，村因而得名。

南街之头得一古石桥，曰：南桥。桥分三拱，桥身多雕刻，东侧有石雕龙头二，颇奋昂。西侧有石雕龙尾二，甚灵动。态若二神龙驻守石桥，露头露尾，栩栩如生，洪水何敢轻犯哉？桥上两侧石栏杆浮雕遍布，内容以动物为主，亦有花草与经卷。动物有：羊、鹿、鱼、马、龙、凤、猴、麒麟等，皆活灵活现，生动活泼。从风格判断，当为明代遗物。南桥雕刻之精工，令吾等啧啧称奇。

桥头一米粉摊小坐，各人点一碗宾阳酸粉，此时，日当正午。食毕，访宾阳硕果仅存之扎龙人邹氏。邹氏三代传艺，称扎龙世家。而今新风鼓荡，古艺渐稀，扎龙营生冷淡，兼职掌勺。谈少顷。后游宾阳职业高中，原宾阳历代旧政府所在地。

职业高中校园内，尚留老房三四间。先至一礼堂，堂内宏敞，可容千人以上。据云，解放初，征剿大明山土匪取得最后胜利的解放军于此礼堂庆功，掌声雷动，造成屋顶忽然崩塌，死伤数众。今礼堂边有桂树一株，桂叶萧疏，高可丈许。

校内还有书院一。亦为宾州旧时考棚，士子于此应选。庭院三进。今门可罗雀，木门紧闭。从门缝得见庭中龙眼树绿叶婆娑，花影寂寥。甚为凄清。校园多玉兰树，且颇有年月，他处实不多见。

是日午5时，与曼凯、联忠二君从宾阳乘车往上林，途中几经周折，6 时许方至上林县城。稍作休整，便心急火燎登车前往大明山脚下的西燕镇，预计翌日一早径登大明山。孰料事与愿违，偌大西燕竟无一处客栈可寻，镇政府亦无招待所。遂怏怏而返。夜色中见大明山数点灯火，与夜空之星斗相辉映。9 时至上林县城大丰镇。夜晚宿丰城旅社。一夜无话。

5 月 4 日，早，自上林县城乘柳微车至西燕镇，路途约 10 公里，9 点半钟从镇之正南方入山，路平坦，有农人负杀虫器步行入山。亦有农人负杀虫器驰摩托而过。此景当为古人所未见，乃今人一大发明。行至山脚，稻田郁郁。田中多有杀虫者。眼前得一山溪，自西而东，有少量水，多巨大鹅卵石。过溪桥，沿溪边往左，一百余米，得一农人指点，往山上流下的另一小溪岸边开始攀登大明山。仅有小路，多长杂草。虽人迹稀少，却也未曾十分荒落。渐上，日光渐猛烈。正午之前落了两场雨，雨点不大，时间亦不长。于道旁歪斜树下将就避避即过。银联忠君由于肠炎引起腹泻，已一昼夜，是时体力略显不支，然志在高山，未言退却，令吾与曼凯十分钦佩。以是因由故，上山速度时缓时疾，走走歇歇，一路蹭蹬。还两次停下让其躺着休息。幸好在上林准备好药物，仗药力与毅力，联忠君居然一步一摇与吾二人同舟共济，往大明山高处奋力攀援。山麓松林间歇息时，有黄牛三只亦避晒林下，知吾等无有敌意，渐次过来亲近，抚其头角，无有不温，无有不顺，若有所思，有所语。仿佛老友之晤面。作别牛儿，三人继续登山，过松林不久，行于巨石之上，与前土质路已有差别。人困路长，山路陡斜，仰望之，入于重霄。登山之艰，此处备尝矣。亦深感是山之大，之高远，之雄浑。复行，入一阴凉溪水道，上有树木枝叶相连，其密如织，下有大石块梯列而上。石皆湿润，净洁，虽无溪水，却似溪水洗过一般。行于其中，不受毒日相侵，可听萧萧忽来之林涛似滩头水起，几疑其为真流水。俟风稍止，方知天籁出自枝枝叶叶，顿感通体泰然，不复疲惫。联忠君亦忘其疾矣。通道两旁多树木，亦杂以蓬勃疯长之草本植物与蕨类植物，落叶沉积，空气潮润。听闻山蚂蟥袭人多在山之潮湿处，彼蚂蟥弹跳力极强，初微细，食人血后则臃肿异常，贪得无厌之状毕现。故而不敢逗留太久，穿行甚为疾速。溪水道欲尽头处，遇一个樵夫负一独木自山上来。问曰："路尚多否?"答曰："无多矣。"是日漫漫山途仅遇此一人。

出通道，行于山林之中，间或穿行峰畔之峭壁，树木较前溪水路相对疏朗，幽深林壑及向来之山峰已渐抛身后矣。回首来处山脚下，西燕、里丹诸镇，遥遥在望。

山路多枯树横陈。腐朽处有白色菌类生长。原始森林气息渐次浓郁。三人边走边歇，赏几蓬野花，拾几片落叶，道些经历趣事，行行复行行，道路复又转入遮天蔽日之密林中。于此密林，不见烈日，不见天色，仅有微光，向来所见山下景象顿失。唯有漫长林间幽邃小道无尽延长！行人于斯，仿佛步入山中另一个与世隔绝之时光隧道。林中一切若凝固然，或言自成乾坤，春秋自在，不为任何方外力量所束缚。可听闻者，惟林外隐约之风声、偶尔几处啼鸟及己之脚步声尔。

足踏层层落叶与曲曲拐拐盘踞路面之树根，感受别样时空之微妙，颇有几分兴奋与激越，同时，亦暗自担忧天将遽黑，路无尽头。会迷失甚至消失于茫茫黑森林。此大约即为人类追求自由却最终逃避自由的一种普遍心理。

林中多灌木，草本植物已不多见。山愈高，植物种类亦随之变。密林中树叶自黄，鸟儿自鸣，花儿自开，层层落叶经年不见日月。道旁已朽之木或倒或立，均可见新树新枝从中长出。宣示着生生不息之精神。正所谓："病木前头万物春。"

一时凝思，一时惶惑。而步履匆匆，未敢轻歇。忽听前边曼凯联忠欢快喊叫。原来野杨梅林已到。曼凯昔年偕友游山，时值野杨梅红熟，各摘满一草帽底，尽尝其鲜。余快步向前，即见几株野杨梅树，已挂满青青梅子。摘下数枚，细嚼慢咽，虽苦涩味过重，然浅浅酸味及淡淡青草味沁人心脾，令人口舌生津，可解一时渴烦困乏。

过野杨梅林，路况开始有趋下之势。此时，林中多零乱横陈之断木，近腐，有刀斧印痕，道上亦多朽木朽根，别于前径之活根也。木根虽朽，却也如龙如凤如蛇如鹰，物象千变万化，大可惑人眼目。间或可以见到几汪浅浅水潭，非活水也，乃林间雨水积存。树木而外，还可见少量竹子。愈下，湿气愈重，经年腐叶化为腐殖土，踏之甚为柔软，仿佛棉絮一般。三人步履匆匆。话亦不多矣。盖因路太长，惧天黑前无法走出密林。加之时有林间枭啼，临若不速之客，如狂笑如泣诉。内心不觉暗自发毛。曼凯10数年前曾走过此路，今亦有所疑虑，恐此途径有误，别有正途。唯见路上有行人遗弃之垃圾诸物，示人迹曾至，略可安慰，增长信心。于是一直埋头走路。脚非如箭，心却似箭矣！

至下午5时30分，前行曼凯忽然大叫一声。三人终于步出不见天日之密林。到达天坪林场修筑之公路。从上午9时30分至此，吾等三人已在山间密林穿行、停歇、再穿行……整整八个小时。林间小路出口处，向左是林场废弃之公路，通向林区深处，向右走一公里可到大明山旅游开发区总部。因曼凯记忆有误，三人误走左边废弃公路数公里，始觉不对劲，方折回头。夜色渐渐降临。山崖上几点鲜红杜鹃黄昏里分外绚丽。惊如幽谷佳人，看得心疼！夜8时，行至旅游开发区总部。估计日间步行，当有二十余公里矣。夜宿度假山村木楼。写日记时，地板上一只黑蚁徐徐行过，吮吸地板水滴，如尝甘露，其体若二粒发光黑豆相连，蚁身之大而硕若此，为平生首见。

5月5日，早，大明山上大雾。缕缕雾气徐徐游弋于树梢间，木屋前，近树可见，远树尽没浩茫雾海。雾变幻多姿，须臾散去，须臾复来。其果真如世间钱财哉？昔青莲有诗云："千金散尽还复来。"今吾于大明山上得睹此聚散之景，感慨系之。

由于夜间有大风，呼呼啦啦，遂洗衣裤挂于门外。早上发现衣裤尚湿，原来山风虽猛，却湿气太重，未可干衣也。此番出行，甚为仓促，长裤仅此一条，此际倍感狼狈矣。幸而曼凯兄将之往度假村厨房烘烤，未几，烤归，抚之，裤已干爽，温犹在。曼凯兄一双丝袜却不幸烤焦矣。曼凯于我，有烤裤之恩。昔郭林宗冒夜雨，剪春韭，古道热肠，传为佳话。今廖子冒晨雾，烤湿裤，虽或有异于千载前之时境，其中情愫当不让于古之人也。

上午与曼凯、联忠自木屋出，行2.5公里，游天坪。天坪为大明山一胜景，宽敞平坦，多草。四围皆密树。于海拔1200米之高山处有此大草坪，堪称一大奇迹！今人建有大弈局，大如足球场。南北两头各建有一木高台。弈时，对弈者各据一台，如战将呼风唤雨，指点沙场。今高台似已废弃，而棋盘犹历历草间。登北台，顿觉云气飞扬，风声嘶吼，一时间，风云际会之感，油然而生。四野草树，如绿浪翻覆。云开之际，可见远处龙头峰卓立云表。龙头峰乃大明山最高峰，海拔 1760 米。惟樵者、采药人偶尔可至，他人无缘问津。

坪涯有临对搭建之观棋棚，狭长，风过有声。恰遇曼凯之师广西艺术学院李绍中先生绘水彩画于此，同时还有另一画师，绍中先生同行者也。皆以风色草树入画。曼凯遂留下观其师作画。余与联忠步行返回住处，由另路前往金龟瀑布。亦需行 2.5 公里。途中，联忠君不愿再行，遂于树荫下木凳小憩、养神，好不优哉！余遂独行，至金龟瀑布，瀑声浩大，游人甚众。瀑布泻于两面悬崖之间，分二层转，为茶黑色。向所见大明山之水均为此色，知情者称言，积年腐朽树叶浸泡雨水泉流而成。有路曲折直通谷底，护以铁栏杆。余盘桓少顷，即返回联忠歇息处。知曼凯已路经此地往不老松处写生。惟联忠依旧如不动，静若禅定老僧。歇未久，曼凯写生归来，示以古松速写图，苍劲不俗，遂发逸兴随曼凯往游不老松景点，亦金龟瀑布方向，沿新辟公路行，里许，旁有密林小径，颇幽邃，穷其林，即至悬崖边，见遒劲苍古二株老松，气象不凡。松下围以短木栏，有示险牌，下为深崖。曼凯云，适才其写生初至，见景色壮观，激动难耐，跨越栅栏，裤脚为栅勾留，翻个跟斗，险坠悬崖。今手指伤痕犹新。余探头观测脚底悬崖，不禁两股颤栗，足底发酸。立于老松之下，极目对面断崖，峡谷深山，如巨图悬挂苍溟，毓秀钟灵，气势磅礴。当此际，方悟大明山之大格局此间深藏。世间浩然堂宇，从未轻易外露。不临深履薄，终是无知。不觉又与曼凯高歌数曲，依依不舍而去。

与联忠君会合之后，商议乘车下山事宜，因下午三点多快巴票已售完，购得五点钟车票。从山上至南宁市朝阳广场，车票 30 元。时候尚早，遂留联忠候车，余与曼凯往公路先行，欲往开阔处再观大峡谷。公路旁多百年古树。几株粉红杜鹃曼妙可人，为山中养眼物也。然视觉之冲击力不如昨之悬崖猩红杜鹃。

行数里，至大峡谷。饱览壮丽景色，终悟少陵“荡胸生层云”句意。曼凯作速写于公路崖边，余坐石上读《法藏经》静候快巴到来。5时许，车至。望山下迂行，过武鸣县。8时许至南宁安吉车站，9时许至金桥车站，夜11时许至宾阳县城。宾阳是时大雨。车过之处，街道水花飞溅。

是夜龙头鸟服装店老板廖敬真先生于其宅招饮茶，谈大明山游踪及宾阳前尘遗事。直至翌日凌晨5时许方散。仍回曼凯岳母家歇息。

5月6日，上午9时许于宾阳街吃宾阳酸粉。之后往宾阳高中拿行李，见刘小红、廖悦澄、陈兰。往大榕树脚候车处候车回宜州。离发车时间尚早，留联忠照看行李，与曼凯前往宾阳职业高中会晤廖秀明同学，廖同学喜读《南楼丹霞》，与南楼文学缘分殊深。因南楼而思慕报考河池师专中文系。南楼者，即南楼丹霞文学社，余所指导之社团也。印行三十二版纯文学报纸《南楼丹霞》。不巧，廖秀明因感冒发烧已住医院打针，未缘一晤。将出校园时，遇职高教师虞海宁和林枫。虞与我于网络上有过交情。虞刚好带数码相机，借比机缘，余与曼凯及二位老师重游职高校园，得以在旧兵营，民国老礼堂，曼凯手植桂树下，书院前，书院天井龙眼树下，月亮门，古代科举考棚等处留影。考棚廊间柱子圆形，亦有方形，圆形柱子由圆形青砖叠砌而成。圆形青砖，此番于宾阳初见。余收藏古砖若干，今遇此稀有之物，不禁绕柱抚砖几回。

三日前游书院时，门紧锁，只见微隙。三日后重来，门仍锁，隙大如掌，以手推之，竟可过人。以是因缘故，得入书院内游历。院内颓墙圮壁，草树丛生，荒凉特甚。昔日弦歌之地，今日萧条若此，能不唏嘘？

11时许，与联忠乘车往宜州。

大明山之旅，到此告一段落。

会仙山摩崖

我素来认为，一座有山的城市，城市的历史和文化会悄悄地在山上累积、生根。甚至会在山上开花、结果。山为城市收藏秘密，绝不轻易洞开。慢慢地，山还会成为这座城市的符号和象征。它与这座城市密不可分，浑然一体。离开城市的人，因为思念城市而思念一座山。因为思念山而思念一座城市。要研究这座城市，山上的陈迹是无法回避的。会仙山就是这样一座山。城里的人，不仅把它当成靠山，还把它当成一个宝。它的挺拔和雄浑以及不变的亘古神情让居住者感到一股说不出的舒坦。会仙山有很多摩崖石刻。这些或清晰或模糊的荒野文字大多刊刻于明清时代。宋代的碑刻也是有的，只是风剥雨蚀，多数已残损不堪。清晰可见的两块宋碑都与佛教有关。一块位于白龙洞口一面倾斜的石壁上，境地险绝，像一面有字的旗帜悬挂在幽暗的空中。千年的风雨飘摇，竟撼不动这方匀净的石头。这块碑叫《婺州双林寺善慧大士化迹应现图》，它以图文相应的形式记录了善慧大士的各种事迹。据考，善慧大士又名傅大士，是南朝佛教界的神异人物，被尊为维摩禅的祖师。他在双林树下结茅苦修七年，最后感得释迦牟尼佛、金粟佛、定光佛从东方大放光明。相传他是弥勒菩萨在汉土的化身。弥勒佛另外一个化身是山东那个整天乐悠悠的布袋和尚。现在所造的弥勒佛形象都是以布袋和尚为原型的，知道傅大士的似乎只在学术界，更不用说把他与弥勒佛联系在一起了。傅大士留下很多偈子，其中最重要的偈语是："有物先天地，无形本寂寥。能为万象主，不逐四时凋。"表达了他对佛性的理解。

这一观点，为佛教界众多大德所称许。另一块摩崖石刻在洞内石壁上，叫五百罗汉名号碑，它列出了五百大阿罗汉的名号，碑中有一幅图案，是释迦佛讲经的情景，十多个尊者环侍左右。图的线条精细，有一种飞动的感觉，仿佛寓示着那遥远时空的法会至今仍在持续。李楚荣先生考证出它是国内现存的最早的五百罗汉名号碑，比江苏江阴的那一块五百罗汉碑早 36 年。江阴碑已无实物。因此，白龙洞里的这一块碑有其独特的价值。罗汉碑的右上方崖壁上，有一组佛教造像，所占面积长宽皆 1 米左右，普贤菩萨坐在大象上，大象的前方有男女二人，男似作进献礼物状，女作揖礼佛。大象的后面站着一个古代西域人模样的侍者。戴着帽子，是个大胡子。侍者上方尚有一骑鹿仙人。造像的左上方有几行小字介绍说，这组造像是宋代绍圣年间宜州城西一个叫龙管的仵作与他的妻子罗氏九娘捐净财雕刻的。普贤造像对面的石壁上还有一组浮雕佛像群，宽约 1.6 米，高约 1.2 米，计有 14 尊菩萨，分上下两排站立，大多数作合掌状，中间上方有一尊古佛坐在台上，古佛体积较大，佛与菩萨容貌都很奇古、拙朴，流露出一股天真的气息，从容之中透出慈悲。古佛的下方是一只狮子，佛经有云："说法狮子吼"，此处的狮子，应当是喻指佛法的威力。古佛是何代何年雕凿，可惜已无法稽考。

洞内外这两块与佛教有关的宋碑以及洞内这两组佛教造像足以说明宜州会仙山至少从宋代开始就是佛教圣地。就是尘世中的一方精神乐土。

白龙洞最吸引人的还是那些诗刻。最有名的是洞外石壁上太平天国翼王石达开与他的部将们的唱和诗刻，据专家考证，这是全国唯一的太平天国摩崖石刻，弥足珍贵。文光和剑气是石达开和他的部将们诗歌里交相辉映的两样东西。集中体现在石达开的名句"剑气冲星斗，文光射日虹"之中。读这些诗，我们不难看出这是一支高素质的农民起义军。完全不是人们设想的那种草莽英雄。我在"刮藓细读古人诗"时还发现了两个渗透力很强的普遍意象——陆仙翁和白龙。这几乎是所有摩崖诗中最为鲜活的话题，似乎也是这座山的主题。太平天国的铿锵诗韵在这里只是一声呐喊，而陆仙翁和白龙是这座山底蕴。也就是说，是主流文化。山名会仙，传说曾有仙人跨鹤来集，这就暗示了这座山浓厚的仙道气。这是一座神仙会聚的山，自古就有仙气。唐代陆禹臣在白龙洞里修炼，最后羽化飞升。他炼丹的药炉至今仍淹没在荆棘丛莽之中。而鳞甲头角宛然的石龙在洞中匍匐已有千年，它有着迷人的神话传奇，在一方水土中广为流传。且不论白龙与仙翁是真有假无，但二者确是超现实的东西，是人类的想象和精神寄托。尘世之人，在仕途和生意场上驰骋，心灵有时难免会感到疲惫和惶恐，在接近山水，舒展胸臆的时候，内心会自然而然地向往那些炼丹得道的仙翁。但要他们仿效陆禹臣，远离尘嚣，艰苦修行，他们又很难办到。他们只是向往，只是盼望有一天忽然得沾些仙气，好神游快活一番。正如洞中一块镌有“岭南胜境”的碑上，明代广西按察司事庐陵郭子卢所说的，希望在游山时碰到陆仙翁手植的蟠桃和石榴，找到他掘在山顶的玉井，因为传说见到这些东西不仙即寿。郭子卢最后是经历荒烟蔓草，攀越陡峭崖石，仍然找不到一点点叫他心花怒放的仙迹。自然，超凡脱俗的神仙境界始终不让他登堂入室。他自叹仙缘无分，俗缘厚重，遗憾之余刊诗于石，悄然下山，又老老实实做他的官去了。

《徐霞客游记》中记载了白龙洞出口处有庐陵人刘斐（和郭子卢一样，都是欧阳修的同乡）的绝句一首，现在，这首诗还在，只是残损不全，仔细推敲，还可以吟咏出来：“当年回首烂柯山，世态消磨一局间。陆叟已仙枰尚在，洞云深锁白龙闲。”仙翁走了，枰尚在。这悠闲的白龙和羽化而登仙的陆禹臣，着实让徐翁感叹了一番。

在白龙洞内外的摩崖上题诗的庐陵人不少，这又是一个饶有兴味的现象。庐陵人对宜州情有独钟，对白龙和仙翁钦慕不已，心仪不止，是不是这两件东西他们那边也缺？那个时代，可能到广西做官的庐陵人比较多，有没有形成“庐陵派”，现在很难深究了。宜州古代的地理位置比较特殊，常常是官宦、军旅必经之地，所以，很多文官武将都在这里留下了他们的印迹。而庐陵人对山水似乎有着别样的情怀。不排除是受了他们的同乡老爷那篇《醉翁亭记》的影响。个个学做醉翁，动辄就摇头晃脑来两句：“醉翁之意不在酒，在乎山水间也。”

除了对陆仙官和白龙洞向往不已之外，人们还对另一种颇有隐逸和仙道色彩的禽鸟——鹤感兴趣。这是仙人飞升的交通工具，借此可通仙境。洞外石壁上有这样的句子："岂无老子骑牛至，尝有仙人跨鹤来。"洞内石室有云："云封洞口龙归久，风动松枝鹤梦迟。"《粤西诗载》中也录有前人吟咏白龙洞的诗句："云气奔腾龙去远，松花摇落鹤来栖。"除了诗句，山上的石壁上还镌刻有悠闲的鹤鸟图案，其中一只作白鹤亮翅状，非常生动。这就足以说明，人们对鹤这种羽毛丰盛、情性高洁的禽鸟有着不解的迷恋情结。还有一些奔跑的鹿和跳跃的鱼也被刻在石壁上，这体现了古人对欢快和自由的神往。此外，诗人们对成仙得道的一些辅助性事物也倾诉了他们的痴情，什么仙桃、兰草、石榴、琪花、瓶中古榕等等，美丽的植物也被寄寓了他们超凡入圣的想象。壁上有云："仙韶声远天坛静，云集琪花仔细看。"《徐霞客游记》里有一段会仙山顶百丈深井岩的描写："忽幽风度隙，兰气袭人，奚啻两翅欲飞，更觉通体换骨矣。"这"两翅欲飞"，"通体换骨"，跟成仙得道大概也差不多了。

千秋遗迹老土城

老土城位于河池市北部罗城仫佬族自治县龙岸镇南约一里，庞然大物，横陈在村落田垅之间，城墙上竹树葱茏，看上去莽莽苍苍，幽深静谧，行人驻足凝望，多少会产生“其境过清”的感觉。

老土城的历史已杳无可考。各种志书均无记载，民间也没流传。《柳州府志》有云：“土人相沿，龙岸古有龙州，龙州辖一县曰金鸡。”现在，土城东边不远处仍有一个金鸡村，因此，有人大胆地设想，土城会不会是古时金鸡县治所？至于古到什么时候，便没有人知道了。土城面积约八十方丈，墙体厚约四米，这么浩大的工程，不是区区几户人家就能修筑的，很可能是金鸡县建治时以官方名义调动人力物力所构筑。听老一辈人说，住在城内的二三十户人家是清光绪年间从福建漳州府平和县迁来的，那时土城已经十分苍老。墙头上长满了高高的刺竹，竹很茂密，连箭都射不进去，看来旧时的土城有很好的防御功能，据之可避战乱与匪祸。

如今的土城又是何等光景呢？墙体斑斑驳驳，杂草丛生，一幅颓垣败堞的模样。有些地方还是翠处竹成林，尽日鸟儿啼鸣。青青的大叶芭蕉，稀稀落落地站在城墙上。土城的西面濒临大河。河名板仗河。以前土城挖有护城河，引板仗河水绕城一圈。然后有一个大水车把水摇起来用于灌溉，源源不断，这堪称妙用自然的典型。过去还有一丈多宽的城壕；现在，护城河与城壕都辟为田地，只约略留下些痕迹。站在城旁高高的河岸上看远水苍茫，听河水拍岸，“山围故国周遭在，潮打空城寂寞回”，是一种苍凉的历史回声。而李商隐的“水打城根古堞摧”却是一种旷古的悲伤。此情此景，甚至还会像李商隐一样发出慨叹：“尽日伤心人不见，石榴花满旧琴台。”世间所有荒废的城都会给人相似的感觉。土城现存一座拱门，拱门苍老得不成样子了，在风中摇摇欲坠，仿佛只要用手碰一下就会倒塌。拱门不远处有一个大缺口，显然是人为开辟的，出入的人多数经过那里，古老的拱门渐渐被冷落了。城内土地平旷，菜地繁茂，果树林立，竹篱瓦舍，十分古朴。遇着木芙蓉开放的时节，篱落院旁尽是粉红鲜艳的花朵。城中有几条小路，无论你打哪一条走，绕来弯去，最终都会走到城北的出口处。城北原有门，门上有炮楼，后来拆了，只留下一个空洞的缺口。城中竹子也不少，路旁随手就可以捡到光泽很好的竹壳，竹壳是妇女做鞋垫的上等原料。走在竹林小路上，脚板常常会踩到厚厚的竹叶，软绵绵的，十分舒坦；有时候，你走着走着忽然会听到一两声脆响，那是竹壳爆裂脱落的声音。

土城何以能够保留至今？确实是一个难解的谜。过去龙岸古镇有许多古迹，诸如安宁寺、文庙、飞龙寨、何家祠堂、粤东会馆、福建会馆等等，大都毁于劫火，湮没已久，如今杳无痕迹。就连清代末年革命家卢焘与张铁城在此地创办的竞化学堂也早已无处可寻。我想土城的留存是不是因为它太土，太不中用，破坏它也是吃力不讨好，不破坏它也无关紧要。如果是石头城，恐怕也没了，石头比泥巴有用。别人漠视它，对它不屑一顾，它反而留存下来。这不是庄子的人生观吗？比如一棵无用的大树，枝枝干干，毫无规则，木匠见了直摇头，结果，却免遭刀斧之苦，得以存身千百年。我看，土城似乎也可以佐证庄子的哲学思想了。

近日偶然读到龙岸诗人何启谞留下的《龙岸竹枝词》，其中就有一首咏老土城，诗云：“何代何年筑土城，筑之何用又何为？千秋遗迹无从考，留待渔樵话古今。”我想，诗人慨叹的，不仅仅是老土城。

三门海照见人生的幽境

我前后三次游过凤山三门海，对那几汪深潭始终念念不忘。这里原称水源洞，坡心屯水源洞，是长寿河盘阳河的源头。水从山里涌出，成一个河口，河口处悬崖峭壁，古树藤萝，极为幽谧。舟沿水口入洞，洞门若凿，如石室之门，有言是当年红七军留下的军事设施。洞比较窄，仅可入竹筏。黑暗中摸索良久，就可以到第一个天窗，石笋倒挂如阳物，上有青苔，遇雨天还会滴水，那才真像！潭水清幽深邃，四周古藤攀援，绿叶滴翠。突然身边会哗啦一声，令人惊恐。原来是深潭鱼跃。舟人说，在洞里钓鱼丝线和鱼饵不用放下水，只挂在石壁上，也不会什么巧妙的鱼饵，只用树叶即可。鱼会跳起咬树叶，增加叶绿素，不小心就上钩了。但也不会挂在石壁上，因为垂钓者会预留一节丝线，好让鱼继续鲜活在水里。右面有旱洞，有曾住人的迹象。继续沿水路前行，穿过一个长长的天然拱道，上有钟乳倒挂，下有水光粼粼，十分奇幻。水在幽暗中流淌。很快就到第二个天窗。一面是悬崖，另一面是倾斜的坡，葱茏的树木映得水面也绿光闪烁，最显眼是的大叶芭蕉。其他还有竹子、野芋等植物。再经西面岩口，进入“内潭”，洞内微光闪闪，滴水叮咚，仿佛让人有置身水底龙宫之感，复有穿越时光隧道之叹。百转千回。人生如梦。便到第三个天窗，其四壁更为峻峭，如深山里隐藏的一方圆圆宝镜，朗朗天光之下，植被丰茂，藤萝倒垂，稀有之兰草如佳人临水照镜，悄然立于空谷。不与人争，不以物喜。幽香自在。一派生机勃勃，野趣盎然。令人流连再流连，忘返再忘返。湖的右侧有一旱洞，有小路入，有小溪流出，据说步行一个半小时可由雷劈岩后山崖下出洞。

我第一次游三门海，兴尽归舟出到洞口，又心舍不下这番奇景，一再央求舟子再度撑船入洞，舟子终为所动，又撑船重新载我入内，把洞中奇妙之景又仔仔细细玩味一通，直到暮色降临，方依依而出。

其幽邃深藐、光影参差、境界幻化、堂奥迭出的特征或许正暗合了我们的人生情志，我才会如此痴迷。如此说来，这无法穷透的三门海，天然蕴藏着神秘的玄机和高深的哲理。等待人们来尽情感悟和开掘。就像是姑苏城外寒山寺的钟声，从唐诗里传来，吸引了千年寻访的脚步和心灵，谁敢肯定，那钟声不是我们生命中本来的事物？

“石桥曲径皆历尽，出来依旧一吟身。”这是康有为先生的。我的是“石洞深潭皆历尽，出来依旧一吟身”。然而，这吟身，注定是染上了石洞深潭那亘古生机的冥蒙气息。

那一次游后，我不禁慨叹：

不到凤山三门海，枉来人间一百年。

记忆，或者片断

这是一个雨夜。这一场小雨，从昨晚就开始下了，一直没有停止。小雨是无声的，但是小雨汇集成檐雨，就是滴答作响的乐曲。但愿，这个雨夜整理的文字碎片，能够多少映照你的光华。

——题记

一

猛然看到美的景物，我意识到自己已经失去一个重要的交流者了。因为这个世界，大多数人已经失去耐心，对切身利益之外的事件早就准备好足够的冷漠。对你的话，不是充耳不闻，就是轻易打断。听取对一株植物，一朵花的叙述，是需要时间的，需要一颗关注微细感觉的心灵。需要一个寂静的午后。黄昏时分我站在一棵缤纷灿烂的樱花树下，忆念子仲老师，心中的隐疼阵阵弥漫。他是一个兴致勃勃的言说者，同时是一个天真烂漫的倾听者。他会分享你的快乐，同时也让你分享他的快乐。他在的那个场域，植物可以自由生长，动物可以活蹦乱跳。那里没有生锈的镰刀，也没有装着阴暗火药的猎枪。

樱花的美是极致的，令人迷醉的，同时让人如此易感和伤怀。

二

有一天夜里，我大约是堵得发慌。独上望仙坡散步。很空旷，很寂静。两三个月前的一个夜晚，我跟子仲师登过望仙坡，他感叹我在南宁找到了好地方。散步中他不断地回头看，试图记住来路，说他以后要自己来走。在坡上一张石桌旁我们坐了很久，不时抬头看看夜空的树影。后来又走到坡下的白龙塘边，坐在一张石凳上说了很久的话。话题包括他童年时在南宁的生活。他还详细询问了我在南宁的工作和生活情况。那晚徜徉到大约凌晨两点我们才分手。世事真是难料，那晚竟成永诀。当我再次经过那张石桌旁，子仲老师已经像捉迷藏般在这个世界隐匿了。我没有去坐。我不敢去。那里似乎有前所未有的黑。是我一下子不敢面对的。经过白龙塘边，我也没有停留太久。一只猫在水边叫了几声就隐匿了，我以为它再也不叫了，谁知那声音从背后的林子又传过来。塘里的鱼，还是时不时跳跃几下。惹得水声寂寞地响。这个世界的夜晚说简单其实很简单，说复杂其实很复杂，我们无人可以洞悉其中的秘密。子仲老师已去了他方世界，他方世界景况如何，我们不得而知。斯人不再得，夜影何寥寥！举首星月隐，无声过石桥。吟成四句，也算是对那个夜晚的一个记录。

三

有一次，天色即将黎明。子仲老师在 QQ 里向我描述了他的哀牢山之行，他说："我半辈子的魂都扔那了。"他还说："我最想念的地方就是那里。"我记得，他说那座山顶的城叫元阳。多么明亮温暖的名字！他向我描述过很多经历，但是，哀牢山，无疑是最动情的。他像突然被寂寞的鬼怪附体一样，变得令我感到陌生起来。我甚至能够隔着千山万水感受到他短暂的沉默。人在动情的时候往往需要短暂的沉默。因为沉默是最有力量的语言。在他的话语空间里，白雾浩茫、玉米葱茏、悬崖深不见底的哀牢山开始在我心中悄悄地延伸……

四

某天夜里，我接到龙子仲的哥哥龙子伯的一个短信，他说："我们都得慢慢适应他的离去，以及他带给我们的惶惑……"，我跟子伯先生很少联系，他发来的短信，显然像是知道我心中潜伏着的语言。在时间的河流里，一时调整不过来的东西，需要放一放，留一留，就像一块受伤的石头，掉进河流里，河水和泥沙会慢慢抚平伤口，当然，伤口不会消失，但会变得光滑，现出本有的细腻和纹彩，让我们更易于接受。过了好长一段时间，我独自待在邕州的某个深夜里，终于想到要给子伯先生回复了，我给他打了一句话："他已经离去，而我还留在这个世界的深夜……"子伯先生一直没有回复。他们兄弟就是这样，不温不火，沉默，并不意味着忘记。

五

今天春节初二日，我坐公交车路过奇峰小筑，感慨万千。里边有子仲的居所，现已人去屋空。我再来时人已去，訾洲谁为话春秋？幸好，据我所知，他的居室原封未动，几架藏书还在那个空间里静穆地横亘着，延伸着，等待着它们永远不会归来的主人。哲学书居多。清风和雨声，淡淡的月光，可能会不断回来，但它们读不懂哲学。在那间屋子的某个角落，有一个不起眼的黑黑的仫佬族煤砂罐，是我那年在宜州送他的，他抱着煤砂罐跟楚人一起离开的模样有点滑稽，却让我长久地记住了。

六

子仲编辑的图书，其中饱含着一个编辑的智慧和激情。事实上，他编辑的每一部书，投入的精力都是别人难以想象的。他在灯火通明的夜晚边煮茶喝边打磨所有的细节，力求达到他渴望的最佳状态。常常是通宵达旦。我对书评家侯西木说过：龙子仲是一个让人在深夜里常常想起的人，很少有人像他那样，把黑夜这坛酒，喝得如痴如醉……即使是天下奇书，也需要编辑的智慧介入和艰苦努力，否则难以获得飞升。这绝对是真理。他去世的时候，师大出版社网站上做了一张悼念的图，上面有他的照片，有菊花，有蜡烛，有一行沉痛的文字。看这张图，我感到很不和谐，炯炯的眼神，怀着对世界的好奇，以及尖锐、积极的审视，我想，他一定是莫名其妙闯入这张图的，他自己一定也不知道发生了什么事情。他跟那些摇曳的烛光无关，跟那些鲜艳的菊花无关，跟那些黑色凝重的文字无关！这些东西，不知道从什么地方飞来。那么突然，那么坚决地，组合成一个我们无法平静面对的画面。

七

有一次，在宜州南山。我们一行人在龙隐洞前的林子间徜徉，大家几乎同时看见了一蔸像极兰花的草，或者说就是兰花也难说。叶子青葱，但它的根部已脱离泥土，完全裸露出来，大约是几天前下了大雨，从峭壁滑落的雨水把这棵兰草连根冲刷起来。因为根部还带有一些泥土，不至于马上就会枯萎。我们几个只是看着，只有子仲老师蹲了下来，把兰草捧起来，轻轻抚动一下它的叶子，然后眼光开始四处寻觅，在一棵树的旁边，他找到了一处有松动并且微微下沉的凹地，他把兰草端止地放到里面去，然后捧了几捧泥土，培好它的根，拍了几下，感觉妥当了，才站了起来，跟我们一同下山。这个细节，我一直记得。我相信，那棵无名的兰草，也会记得。还有一个细节，发生在桂林尧山，我并不在场，我只是透过他的博文看到了。那是一个大雪天，子仲跟朋友们登山赏雪景，在路边的一蓬荆棘下，他发现一只冻得瑟瑟发抖的小麻雀，快冻僵了，他把麻雀捧在手里，用身体的温度呵护着它……

八

在清波荡漾的下枧河，我们一起划竹筏，经过了“泛槎重来”的摩崖之下，那时我女儿才几岁，也兴致勃勃参与了我们的活动。每遇到佳景，子仲老师就会唱起歌来。他那天唱的是京剧。在船头，唱得逸兴遄飞，山水和鸣。他太开心了，一首接一首唱，快乐感染了所有的人。他还把我女儿的名字唱进京剧里，听得我们捧腹大笑。关于他的歌唱，想必很多朋友都不会陌生，每个人都会讲出自己的发现来。子伯先生跟我说过，去年春节前夕，子仲到南宁悼念一个去世的同学，因为当时年关已近，桂林方面的同学都比较忙，刚好龙子仲工作又比较灵活，单身一人，行止方便，于是统一派他作代表前往南宁参加同学的葬礼，龙子仲二话不说，就出发了。除夕临近，子伯回父母的家，路上碰到一个邻居，邻居跟他说："你弟弟也回来了，我听见他在家里唱歌。"看来，他喜欢唱歌，邻里并不陌生。我想，如果不选择编辑这个职业，他很可能会成为一个歌唱家。没有想到的是，喜欢歌唱的龙子仲，没过几天，就在自己的居室里去世了。生命是如此的脆弱，转眼一切都是前尘。读书、编书、旅行、写作、访友、歌唱、讲故事、美食是他生活的主要内容，有一次他从南宁到宜州，绕道柳州住了一个晚上。他告诉我，绕道柳州，就是为了吃一碗柳州的螺蛳粉。

九

过了凌晨4点之后，我才忙完必须做的活儿，总算可以静下心来读子仲先生怀念刘泰隆先生的文章。我读书一向很慢，也很静，慢得好像是跟每一个文字都一一握手，静得可以听见自己的心跳的声音，这样的态度，势必影响到我的写作，一向稀少。大多数时间里，仿佛是在和时光竞赛着一种叫沉默的东西。

我在子仲先生的文字深处，读出了深深的孤寂。唯有孤寂，他才把一个孤寂的老人带到我们依旧活着的空间里。当然，这孤寂中免不了会有一些喧腾和呐喊，这情形有点像一所老房子里住着一个离群索居的老人，人们只能从他苍凉的咳嗽声中体会到那种状态下还有生命的爆裂。在我的阅读经验中，写自己老师的，能够触动我的神经，使我陷入莫名的寂然和沉思的，这是第二篇，第一篇是我的老师韦启良先生写他的老师阮儒骚先生的。我记得那篇文章的题目是《青山桃李，忆念斯人》，"文化大革命"的时候，身患重病的阮校长还被强迫劳动，在工地上，他倒下了，启良先生他们几个年轻人用担架抬着他往医院跑，途中，阮校长几次让他们停一停，给他喘喘气。文章的结尾是这样写的："呜呼！我忆念斯人，青山桃李，也必忆念斯人！"这一篇文章，我足足读了数十遍，内心忍受着一股潜涌着的悲愤的涛声，却始终欲哭无泪。启良先生人格的光芒和他文字的魅力，是通过他的文字烙入我的心灵的。

《泰隆先生》，在这个天色即将黎明的今夜，让我一下子回到那似乎过去了却并没有一刻过去的体验中。我沉浸着文字的幽光，对人间倔强而真诚的灵魂深深敬畏。如果世界是庙堂的话，那么，这些人可能是一根根古旧的柱子，没有这些柱子，庙堂倒下来是悲哀，我们再也找不到可以说话的空间，进而失语，才是大不幸。

与泰隆先生过从甚密的人当中，我只认识两个人，一个是子仲老师，一个是诗人刘频。刘频对诗歌的那种内敛而不事张扬的态度以及子仲老师做学问的那种严谨而寂默的精神，让我看到了一种不死的气质在人间流传。

在岁月时光中寻找皈依

我最初见到的木棉树，是在读小学的时候我们校园紧邻的大队院子里那一棵。那时的村公所还叫大队。那棵木棉树站立在院子的中央，高高的，每到木棉树开花的季节，我们都在课间跑去看，向上仰望，谁也不说话。硕大艳丽的花朵一定是震撼了一颗少年的心。要不然，那么多年过去了，那样的情景历历在目。我们桂西北木棉树相当少见。是谁把这棵木棉树移栽到我们的家乡？现在已无法知悉。但这一奇思妙想并付诸现实的举措无疑让我感到钦佩。

后来我到桂西北一座古城读书、工作。古城临近火车站的地方，并肩站着三棵老木棉。现在想来，那座城，最绚丽动人的景物，依然是那三棵木棉树。每到开花的时候，我们都去城西看花。看树上的花朵，也看满地的落英。有风的时候，木棉花从高高的树枝上被吹落，一路旋转下来，在眼前演绎缤纷灿烂的美丽。我们所有的人都激动了，像小孩子一样，争相去接住那些花朵。有一次，我们捡了几大捧木棉花拿回家。

大片大片地看到木棉树是这次应朋友邀约前往德天丽水边城。说是有一个个性十足的酒店，名字就叫老木棉。

一路上，木棉花开得很热烈。几乎映红了南疆的天。木棉花就是这样，红得毫不含糊。难怪它会被称为“英雄花”。难怪诗人会把自己喻为木棉树：“我有我的红硕花朵，像沉重的叹息，又像英勇的火炬。”

在路上，我一直在琢磨老木棉作为老树的意象。把它作为一座南方酒店的名字，真是天才的想象。人类似乎有一种皈依老树的隐秘情结。

所以很多村庄的前面都有一棵，甚至几棵老树。老树，关乎人类的栖息。看到老树，人的心灵会比较平静。砍树，其实就是砍伐我们心灵的平静。农村还会在老树上贴一块红纸，拜认老树为孩子的契爷或者契娘，寻求一世的安稳。

小时候，我喜欢爬上村庄后龙山的一棵老树，当然，那不是木棉树。春天，老树结了很多树籽，可以用来做竹枪的子弹。在那玩具严重匮乏的年代，自制的竹枪让我们找到模拟战争的快乐。可能是“战事”吃紧，爬上树拿到子弹之后迅即投入战斗，所以会忽略了一些东西。这些被忽略的东西在当时并不重要。它的重要性，是后来才凸现出来的。到了第二天早上，当我发现我的床铺下面空空荡荡，我才猛然意识到，我的可爱的鞋子忘记在那棵老树下了，我于是赤着脚丫，一口气跑到后龙山的那棵老树下，当然，树依然是那树，我渴望找回的东西却杳无踪迹了。可想而知，等待我的是一场毒骂。我是村庄丢失鞋子最多的孩子，所以耳根难得清静也是再自然不过的事情。长大以后，我离开了村庄，越来越难以轻盈地爬上一棵树了，我只是在梦中赤着脚丫，踢落草叶上的露珠，踩过被露珠濡湿的泥土，流着泪水，一次又一次地回到那棵老树下，我弄不清楚，我是渴望爬上那棵老树呢？还是渴望找回丢失的东西？

每一个人的童年，都会在老树下遗失一些珍贵的东西。或许，这东西就是我们童年的一段谣曲，一个不为人知的小秘密。跟蟋蟀的一次邀约，跟蚂蚁的一次遭遇。我们在潜意识里都会渴望回到那棵老树下，仿佛回到人类纯真的童年。世事纷繁复杂，唯有老树下的故事总是那么悠然而静谧。有的人回到老树下可以找回自己遗失的东西，有些人再也找不到原来的东西了，沧海桑田，找回的是一种心情。

老木棉酒店映入眼帘的时候，我发现正是那种我梦寐以求的气质。

有的人习惯于遮掩缺点，拼命隐藏，掩饰。殊不知，许多时候，你身上的缺点会转化为你的优点、你的个性，会成为你身上最宝贵的东西。上帝赋予你的所有缺陷，到头来可能会成为你身上惊人的财富。你没有缺口，上帝没有办法帮助你。这是我走进老木棉酒店的感悟。那些遍体留下船钉痕迹的船木在老木棉被做成柜台，船钉留下的漏洞没有被补上，而是呈现为一种历史的真实。被铺设为与青砖相间的地板，青砖经过红火的陶冶，船木经过海水的浸泡，火熄了，海静了，海与火，穿越多少不为人知的隧道，终于找到对话的可能。船木还被镶嵌在电梯的四壁。漏洞与残缺，是现代化的电梯里惊世骇俗的风景。不可能协调的事物在这里协调了。每一颗船钉留下的漏洞都经过炭化处理，看得出，每一个细节，都写满了“用心”二字，唯有用心，方可铸造这样的神品。这样的用心，已经纯粹是为艺术的用心，它饱含着对梦想境界的神往。我进了门，对此赞叹不已。那个有印度气质的服务生把我引到房间，他对我说：“总该有点拿得出手的东西。”这话多少让我感到有点惊讶。一方面我听出酒店的自信，另外一方面我感受到这个服务生对老木棉的热诚和虔敬。

这是一个神奇的词语，老木棉。它似乎告诉我们，在岁月时光中需要守住一些东西。它唤醒我们想象的世界。老树的气息如此深谧。老树的花朵如此艳丽和热烈，仿佛我们不老的回忆。我曾在一篇文章中说过：“在灯火下，苍老的可以是我们的容颜，不可以是思念、等待和爱情。”住进老木棉，深入这个词语的内部，我渐渐体悟到老木棉重组时空的架构。老木棉在理想层面所作的艺术探求。那些随处可见，伸手可触的古木和藤条，来自大海、河流、池塘、深山，来自遥远的国度和古老的村庄，来自零落的屋宇和被遗忘的院落，来自岁月深处和斑驳的年代。风，偷走了它们的原色，雨，盗走了它们的爱情。它们被淹没得太久，太久，久得忘记自己的质地，忘记自己的存在，忘记自己是谁。这时，有一双手，怜爱地捡起，吹亮它蒙尘的眼睛，拂去它身上的泪痕。惊人的奇迹出现了！一切脆弱的东西脱落了，不是吗？该烂的已经烂了，该朽的已经朽了，留下的全然是坚强的质地，貌似狰狞可怕的表情却是一种旷世的淡定。它们拥有时间的秘密，它们的叙述带着岁月的一股幽香。

这是从岁月深处寻找回来的奇迹。没有温暖的手，没有热烈的眼，很可能它们会沉得更深，沉得更久。沉得难以想象。幸好，日月经常会在造物之间重新洗牌，所以，有价值的东西总有机会披露出来。

不同年代时光的色彩和流淌的纹路，被揉进一个相同的时空里。相互辉映。纵横驰骋。有些纹路，是木的年轮，是木质与生俱来的语言，有些纹路，是黄沙烟尘，白水碧浪，日积月累地冲刷而成。丘壑纵横，莺声燕啼，山重水复，柳暗花明，是沧海桑田之后的奇景异韵。

旅馆的门上覆盖着精致的藤编，衣柜也是藤编的面。还有电视柜旁边的墙，都是藤编。宽宽的洗澡间有一个洗澡的大木盆。在灯光下特别温馨。最吸引人的还是喷浴的设备，镶嵌有一门板，门板是由很多块大小不一的旧木镶嵌而成。有些旧木已经十分沧桑，有些旧木深邃而拘谨。水泡过，浪打过，露浸过，霜盖过，牧童敲火牛砺角，日销月蚀，几近埋没。洗水盆旁边的镜框也是旧木镶成，仿佛海水已浸泡了一千年，条条木纹，宛若云烟，尽是古老波涛的吻痕。

淋浴的开关就安装在旧木镶嵌的门板上。金属的光芒闪闪，与旧木的气息在和谐中有不和谐，在不和谐中有和谐。你的身影无法映照在旧木上，但可以映照在金属上。旧木默然收藏你的秘密，金属却偷偷透露春光几缕。传统与现代，并不背道而驰，可以共生，可以在同一个平面上进入人们的视线。一同弹拨时光的琴弦。

洗澡的时候，你会忍不住去抚摸那块古木。抚摸那些被斧斤斫过的伤痕，那袅袅升起的云岚，那沉思默想的低眉。问，你还痛吗？海水，是什么滋味？大山，有多么高远？青涩的爱情是否仍然珍藏？

桌子，茶几，凳子，都是笨拙的原木做成。仔细观察，许多原木也都是有年份的。有虫咬过的迹象，有森林的幽谧与安详。床头还嵌有两块旧木，像两幅装帧好的艺术精品，仿佛两面凝固的风痕。

老木棉酒店的四周，除了昼夜唧唧的溪涧，多的是老木棉。有些老木棉与芭蕉为伍，有些老木棉爬满藤萝。有些老木棉以苍崖石壁为背景，几分枯索，一身傲气。有些老木棉三三两两，像哲人会晤，像友朋小聚，显然是在探讨一些严肃的命题，并不是一味的亲昵。有些老木棉立于宽阔的水边，与幽篁为伍，或者干脆独立照影，宁将红颜照清水，不去尘埃惹芳菲。入夜，它们默默不语，任溪声缠绕，任萤火游弋。它们像守护一个亘古的秘密一样守护一角天空，守护一方土地。

准备离开的那天早上，我细心观察了老木棉酒店大堂。发现了一张古旧的枧木桌。那沟壑纵横的桌面跳荡着迷蒙的晨光，让人迷醉不已。忍不住多拍了几张照片。当我以桌面作为近景按下快门时，一个美丽轻盈的红衣女孩出现在镜头深处。显然，她是在柜台那边办理离店手续。照片只看见她袅娜多姿的背影。这已经足够了。古老的波纹，深邃的河流，苍茫的光阴，与一个红衣艳丽的灵动影子，组成一幅绝美的图案。“瑰姿艳逸，仪静体闲。”我不禁感叹，“彼何人斯？若此之艳也！”不知道她可愿作一回眸？“攘皓腕于神浒兮，采湍濑之玄芝。”令人心旌振荡的《洛神赋》，早已穿越千年，在这个清晨，在老木棉大堂，只能在我心中低低吟唱。

老木棉，它有着绮丽的梦想。老木棉，处处隐藏着灵动的传奇。

老木棉，它就是这样，默默地为我们保存纯真的梦语。用星光和露水为我们清洗一生的回忆。

一首词与一泓水

那天，我是在没有任何心理准备的情况下进入龙门水都的。大凡看到突如其来的水我都比较激动。水像大地的眼眸，在林中闪闪烁烁。水是神秘的，它像龙一样在大地山岭中出没，时潜时显，变化莫测。当我看到龙门水都那一泓浩荡的清水，内心的赞叹自不必说。

当时我在微博上写了一条："今日游邕州西北郊外龙门水都。不意此山之中，竟有此碧波一泓。天地之间，含蕴无穷。出门三步水，登岭万木春。听湖上鸟语，浴清风徐徐，看枝头新叶摇曳，直有偷得浮生半日闲之畅意。"后来我才知道，三步水不仅是水都有一处楼堂叫三步水，也是一个古老的地名。听说那个地方，以前就叫三步水。曾听闻十步有芳草的说法，今见三步水，觉得十分奇妙。

后来我有幸结识了龙门水都的苏受吉先生，从见面伊始，我就发现他对地方文化和历史抱有浓厚的兴趣。他跟我说起宋代南宁太守苏缄抵抗外敌坚守南宁城，城破后最后全家老少三十六人投火殉国的悲壮史事。看得出来，这一段史事在他心中是有激荡的。而且，很容易感染他人。他还跟我说到苏缄的叔叔，科学家苏颂，对于苏家的历史，他如数家珍，令我十分钦佩。

再次接触苏受吉先生是在城内一个茶馆。偶然间我们谈到诗词。我原来以为苏先生只关注历史，这回我发现我错了。苏先生同样关注文学。苏先生说张孝祥有一首词非常好，刚好我也喜欢那首词，于是我们就一同背起那首词，你一言我一语，好不快乐！"洞庭青草，近中秋，更无一点风色，玉鉴琼田三万顷，着我扁舟一叶。”看到这样的情景，我这才幡然醒悟，原来龙门水都的那一泓清水早就收藏在苏先生的意念之中，他斥巨资开发龙门水都，原来是跟内心的一首词有关。有怎样的词，便有怎样的风景。我知道，在这滔滔浊世之中，许多人已丢失内心的那首词。或者说，根本就没有过一首词。他们不知道古人曾经有过什么襟怀。古人的确不像今人这么贪婪，只注重肉身的享受，古人更重视精神的提升。

北宋广西经略使余靖在广西宜州南山留下一首诗：“草铺横野六七里，笛弄晚风三四声。归来饱饭黄昏后，不脱簑衣卧月明。”他用草书书写在崖壁上，诗书俱佳，高标超脱，野逸之风跃然。他的情怀，跟后来来到广西为官的张孝祥很相似。张孝祥的职位也是广西经略使。余靖晚风之中听笛，卧月明，离开广西后，曾说过“为帅十年，不取南海一物”。张孝祥从洞庭的水波和澄澈的月光中回忆广西的岁月：“应念岭表经年，孤光自照，肝胆皆冰雪。”封建社会的官吏竟然如此寄情山水，清廉为民，能不令人长叹！

再次进入龙门水都是跟几个诗人文友。因为都是写作者，纯真的状态一经山水诱发便欢呼雀跃。这一次非常荣幸坐船游龙门水都。“着我扁舟一叶。”湖上有微细扑来。愈往深处，原生态的景观愈呈现。水边岭上的植物构成复杂，一种未加修剪的丰富性，这样的植被，很自然地氤氲着一层薄薄的雾气流岚，这跟人工种植的树木很不同。人工林没有天然的雾气保护。我曾把这层雾气比喻为上帝的“保护膜”。

我甚至觉得，艺术的天才，身上也有一层未被开发的雾气，好像身上总有一部分还没有睡醒一样。这种未清醒的状态，外化为一股蒙昧的气质，洋溢在艺术家的眉宇之间。这一不小心就遭到嘲讽的蒙昧，却是艺术的沃土，是星月的故乡。太清醒太精明，便会失去这层保护，沦落为某类政客、商贾或且教授。龙门水都原生态植被包裹着的薄雾让我再一次思考艺术家身上应该保留的东西。人其实是大自然的一部分，一个分子，人不能离开大自然，人要获得艺术灵光的青睐，得保有一份天真未琢，一份混沌初开。

船上细雨微风令人心旷神怡。不时有野鱼跃出水面，让我想起古人的诗句："细雨鱼儿出，微风燕子斜。"岸边鸟鸣得欢，听起来很清澈轻盈。船工说，天晴时鸟鸣更多。今天有点微雨，鸟的数量明显减少。飞在天上的，和地洞走的，发出的声音很不一样。地洞里的声音重浊，怎么听都有一股怨毒气。地洞里的会晤，也是冷嘲热讽。我们还不时看到小巧玲珑的野鸭子在水面奔跑，激起的水花呈一条直线，速度非常快，跑一阵又潜入水中。这种水面奔跑的技术，在那些我们称为鸭子的身上，显然已经退化。

从船上下来，我们与苏先生在茶室里喝茶聊天，听他介绍龙门水都一带旧事趣事，觉得过去的时光与现在的水波一样，与野鸭野鸟一样，生机盎然。苏先生是当地人，幼年时就在这条水嬉戏。有一个很深的潭，没有人可以潜到底。那是古代的官员求雨的地方。70 年代做了水库之后，一般人都找不到那个深潭了，但苏先生知道它的所在。那种神秘感和恐惧感伴随他长大。经过介绍，我们还知道龙门水都周遭的许多旧事，比如，这一带人们找到过两只铜鼓，有可能是侬智高的部队当年兵败后丢下的。人们还挖到一个地下隧道。种种迹象表明这附近曾经是古代的战场。红红的旌旗曾经掠过这里的山岭，马蹄声和呐喊声曾经摇撼过这里的丛林。鸟兽曾经恐怖地奔窜。我记住了几个神奇的地名，比如"姑娘岸"，比如"红水裂"，在那个叫红水裂的地方，人们挖到一层厚厚的褐色泥土，于是便有人猜测那可能是战争留下的遗迹。这附近有个寺叫罗秀寺，徐霞客先生曾经到过，并且在游记中作了记载："路左有寺，殿阁两重甚整……从路旁入罗秀寺，空无人，为之登眺徘徊。"罗秀古寺在罗秀山上，南宁古八景诗说的"日暖罗峰云霭霭"，说的就是罗秀山。罗秀山是南宁地脉所系，徐霞客在游记中说："南宁之脉，自罗秀东分支南下，岗陀蜿蜒数里，结为望仙坡，郡城倚之。又东分支南下，结为青山，为一郡水口。"如今，青秀山和人民公园内的望仙坡是人们接踵而至呵气成云的旅游胜地，倒是罗秀山变得鲜为人知了。

苏先生所说的故事中，最引有入胜的是蛇的故事。

在龙门水都还是龙门水库之时，有善歌者经常到水边讴歌，附近劳作之人已经习惯，忽然有一天，歌声突然停止。见善歌者急急奔走数百米始停，人上前问其故，见其脸色惨白，说是见大蛇从岭上徐徐滑下，前来听歌了。还有一个人，到水中游泳，游得有点累了，刚好碰到一节浮木，于是悠然抱木，沉沉浮浮，十分快乐。尽兴而弃之登岸，到了晚上，躺在床上慢慢回忆戏水细节，感到那木头至为稀罕，亦坚亦柔，若有鳞甲，抱之似有蠢动含灵之感，木头当无此弹性，然当时只顾玩水，哪管浮木，未及细思。深夜方惊呼，日间水中所抱之物，非木也，正是巨蛇！不觉惊出一身冷汗。

深山大泽，必有龙蛇。龙蛇蛰伏之所，云蒸霞蔚，气象氤氲。龙门水都，那一汪清水，有自然之秘藏。深深浅浅，随人参阅。行文至此，想起吾乡诗人何启谞先生为一深潭所作之诗，用于龙门水都似亦十分确切。毕竟，浩茫的水中有一处不为人知的深潭。我们不知道，它是不是连着大海，它是不是藏有苍龙？那首诗是这样写的：

神龙曾否飞天去？或在碧潭深处潜。
欲和龙吟声寂静，夕阳秋冷一潭烟。

锄云种花到德保

我跟德保是有缘的。

几个月前，我在旧书市场购到一册《儒学南传史》，读得兴致勃勃，因为里边论及的一些历史人物都是我素来关注的，比如黄庭坚、苏东坡，比如柳宗元、王阳明。因为对书感兴趣便开始关注此书的作者，作者是广西德保人，中国社科院的研究员何成轩。我为此便感觉到德保是有文脉的。德保是出文人雅士的。后来跟一个在德保挂职的朋友聊天时跟他说到此事，他告诉我德保现在还有一座书院，有个老人守着，老人也姓何。我顿时对德保就有一种异样的感觉，我感觉那个地方一定有很多幽深的事物不是我所知道的。那个时候，仍然不知道我很快就会有机会到德保看一看。但是，离德保红枫笔会的召开已经很近了。不久之后，就接到了笔会的邀请函。

我第一次听到德保这个地名是很多年前在罗城诗人刘名涛先生的诗里，他那一首诗，是为两个唐姓青年的婚姻祝福的。男方是罗城人，女方是德保人。我记得诗是这样写的："三生石上孕双芽，德保罗城并蒂花。"因为这两句诗，我便记住了德保这个地名。同时想象德保的女人一定很美，不然诗人写不出这么美的诗句。

从那以后，我在电视上看过一次德保矮马的报道，画面上有人骑着矮马，他的脚几乎着地，旁边有不少围观的人，场面很快乐，当时我感到很惊奇。世界上居然有这么矮小的马。从此，德保矮马便深深地印在我的记忆中。有些神奇的事物见一次就会永生难忘，而那些没有个性的东西，我们天天面对，却永远不会记住。

一个人一生中是会记住一些地名的，因为这些地名有吸引他的地方，或者说跟他有特殊的因缘。能够由名入实，去立体地感受到它的存在，进入这个地名背后真实的空间，我觉得是一件特别幸运的事情。

跟一群作家坐着大巴从南宁往德保，也是一段不算近的路程。可能是因为头天晚上没有休息好，上车不久我就昏昏欲睡，后来真的就睡着了。到德保县城的时候，已经接近黄昏了。我是被一阵歌声惊醒的。在昏沉之中，响彻云霄的山歌让我有一种醍醐灌顶的感觉。仿佛一种不可抗拒的力量叩击着我。我听过不少地方的山歌，但如此热烈而有冲击力的还是头一次，这样的经历，又是让我永远难以忘怀的。德保的山歌音域宽广，悦耳动听，直干云霄。估计是我听到的最美的壮歌了，尽管我听不懂歌词，但我觉得音声里有着比具体歌词更丰富的东西。那是生命存在的一种状态，是一种酣畅淋漓的生命元素在自由地表达。我一下子就从迷梦中突然惊醒过来，知道自己到德保了，到了一个不同凡响的地方。心中的那种郁闷，正得以一点点地释放。

当天晚上我就知道城内那条河叫鉴水河，而我们就住在临近河水的宾馆。同行的朋友还介绍说，德保县城有云山鉴水，如此古雅的名字让我又一次惊叹德保的神奇。据我所知，德保是壮文化的腹地，是壮族原生态文化保存得最完好的地方之一。在这样的地方，居然有着深厚儒家文化气息的地名，怎不让我惊叹！夜晚跟同行的朋友在鉴水边走走，鉴水静悄悄地流淌，即使是在夜晚，我也能够感受到鉴水的清澈，以及她的娴雅气质。这是一条内蕴丰富、玲珑幽致的河流。记录着这座边境古城的风雨沉沦和桃花翻浪的欢欣。听朋友说，春夏之夜，月明之时，三五成群的德保人，在鉴水两岸让山歌响彻云山，这样的情景，延续了上千年。夜晚宾馆里配备有《德保县志》，当晚我就随便翻阅。德保的历史在我眼前慢慢展开了。我知道了以前不知道的许多关于德保的事情。这里原来是镇安土府，康熙二年（1663 年）就“改土归流”，开始由汉官治理。因为民风纯朴，物产丰富，山川绮丽，令历任汉官惊叹不已，恍恍然如入桃源之境。叹未曾有。怕不再有。从历任汉官留下的诗刻，我们不难读出，德保这个地方不仅让他们领会到为宦的踏实感，也让他们充分展示他们的艺术才情。他们的诗境明朗，想象丰富，遣词造句奇伟瑰丽，元气淋漓，这充分说明，德保是一个让他们内心敞亮的地方，这里不仅成就了他们的宦海生涯，也成就了他们的诗艺人生。世界上还有什么地方，能够让我们立足现实的同时笑傲烟霞？得以保持一颗高蹈的诗心而不被尘俗奚落和嘲弄？能够放飞抑郁的黑鸟，让心儿像雄鹰一般快乐地飞翔？如果有这样的地方，不是世外桃源，又是什么呢？

汉官中我们最熟悉的要数赵翼了。我从小就读过他的诗："李杜文章万口传，至今已觉不新鲜。江山代有才人出，各领风骚数百年。"只知道他是一个石破天惊的诗人，其他方面一直知之不多。知道他是史学家是后来我在河池学院做学报编辑的时候，有幸读到学者研究他的史著《二十二史札记》的文章，让我间接地了解到他的史学思想，十分钦佩。这个清代著名的史学家，还是一个杰出的诗歌理论家，有《瓯北诗话》传世。研究古代诗论的人，《瓯北诗话》是绕不开的。此番到德保更惊奇的是，赵翼在德保做过官，乾隆年间出任镇安知府。他的著述中关于德保风土和物产的记录还真不少，还写下不少精彩的诗篇。他对德保壮族歌圩对歌情景的描述引人入胜。至今读来仍然让人浮想联翩。"一声声带柔情流，轻如游丝向空袅。有时被风忽吹断，曳过前山又嫋嫋。"他还写了对歌之后最佳的效果："可怜歌阕脸波横，与郎相约月华皎。"上山去了，去享受心心相悦的多汁的浆果。太守紧接着总结这些歌谣说："曲调多言红豆思，风光罕赋青梅标。"他感叹着并对儒家文化进行重新思考："世间真有无碍禅，似入华胥梦缥缈。始知礼法本后起，怀葛之民固未晓。"上古的纯朴、自由和圣洁，他在德保这个地方感受到了。山歌荡涤了他的心灵，让他也变得天真纯洁起来，对一种属于生命本真的状态神往不已并且由衷地讴歌起来，他在诗的末尾十分动情地说："君不见双双粉蝶作对飞，也无媒妁订萝茑。"高扬生命自由的旗帜，这是一件多么重要的事情，有什么样的文化能够比得上不让生命扭曲的文化？

赵翼的官署后面是云山之配岳独秀山，山上有一棵古榕。独秀山四面都是耸削的石壁，山上没有泥土，但榕树却长在山上，让他大为惊奇。他写了一首脍炙人口的《独秀山古榕树歌》。诗句奇丽，寓意高深。“似嫌尘土太肥腻，置身独取骨立之孤岑。”这似乎也是他的夫子自道。这样的个性和人格，方成就他一生的大学问。“谓此名树材奇古，足与秦松汉柏争萧森。”这棵德保独秀山的榕树，显然在他心目中，足以与秦松汉柏抗衡。“齐谐难尽大块奇!”这是他的慨叹。人类的认识毕竟有限的，宇宙大块之中太多的神奇，等待我们去穷尽和探索。

于是我们更加读懂他在德保留下的诗句。“仙佛未经吾独往”，“奇境天留词客赏”。德保是他与天地万物悠然心会的地方。是他生命里最丰沛畅快的一段时光。因此他离开之后很多年，还在一再吟叹，一再怀念。这是一个需要“处处志之”的桃花源，一不小心就会“遂迷，不复得路”。仿佛是一个可遇而不可求的梦境。在现世之中，又不在现世之中。可以想象，在这个诗人晚年疏灯如豆的著述生涯中，德保一定温暖了他的许多个冬夜。因为他的深情厚谊，云山鉴水之间依然穿行着他不朽的诗句。鉴水两岸的山歌如期响起，算是与他旷古的诗句作共鸣吧。

第二天，我们游了德保的好几处正在开发的景点。印象最深还是德保的水，都是那样的清澈。德保的红枫开始红起来了，是那种刚刚发动起来的红，红得有点羞涩，唤起一种初恋般的激情。到了晚上，大家喝酒正在兴起之时，我又听到了山歌响起。原来是德保的小伙子和姑娘们捧着美酒给客人献歌来了。响亮的山歌荡漾在大厅里，对人间的爱和祝福盛况空前。

在热闹的地方待久了，被各种杂乱和尖利的声音扰得心神不宁。许多声音令我们恐惧和不安。在我们开始不相信许多声音的时候，为什么德保的歌声如此纯净热切？始终保持着不变的情怀。对人的祝福如此明亮和高昂，没有丝毫刻意的匿藏。看来声音跟发声体的纯粹度和宽广度极有关联。听这样的歌声，我们知道德保的心是热的，德保这块土地是温润的。此曲只应天上有，人间难得几回闻。德保的歌里，有云山的朗月，有鉴水的清涟，有一树树红枫的热烈，有粤西古道远去的马蹄声，有矮马行走在弯弯山路上的悠悠岁月……歌里打一个草结，让小鸟知道此路不通。歌里放一根树枝，树枝指向开满五色花的幽径，幽径深处荡漾着歌一般的爱情。

熟悉历史的人都知道，德保的歌路也曾曲折。官府禁过，盗匪劫过，野火烧过，雷轰过，雨打过，风霜浸过，德保的歌，像分开的云朵很快就聚合。怎样的刀，也斩不断清风，切不断河水。德保的歌，是自由翱翔的精灵，穿云渡水，响彻天宇。

我想我开始想念德保了。我再次到德保的时候，一定要登上云山之巅眺望德保全景，一定要去独秀峰轻抚一下那些琳琅满目的诗刻，去拥抱一下那棵以石气为生的奇异古榕。一定要去芳山看看，锄几片云朵，栽几棵花树，体验古人"横琴坐远风"的妙境。一定要在鉴水边徜徉再徜徉。听歌不怕月亮落，鉴水清波映我心。第一次没有机会去看的地方一定要补上。

当我第一次看到德保县城的全景图，看到那条清清亮亮的水，那座呼吸直通帝座的峭拔的青峰，我顿时产生一种梦幻般的感觉，我觉得我看到的不是一座县城，而是一个方外的梦境，一个很久很久以前我就经历过并且已经遗失的梦境。

这个梦境，荡气回肠。

回到竹简

——忻城漫笔

忻城老教师石秀毓曾经引起过媒体关注，原因是他把一整部《本草纲目》抄在竹简上。我在忻城土司博物馆目睹了这部竹简版《本草纲目》，心中隐隐而来的震动自不必说。《本草纲目》共190多万字，1100多幅图，堪称医学界的皇皇巨著。竹简版《本草纲目》共用竹简14.8万片，重达128公斤，用来削竹简的竹子装起来整整有一个卡车。石先生为此整整耗时17年。

在书写媒质早已高度进化的今天，让书写回到古老的竹简，这事怎么看都有点落伍。有点迂腐和不可思议。今天，人们早就抛开手中的笔，借助电脑，开始无纸化办公，把所有的希望都寄托在屏幕上、键盘上、鼠标上和电源插座上。手机的功能也越来越强大。在掌中就可以实现自己的愿望。越来越多的人已经不会拿笔，渐渐已经不知道笔是什么东西了。说来惭愧，习惯用电脑和手机后，我心爱的钢笔也找不到了，我一直在等待奇迹，希望这支钢笔会突然现出。让我找回用墨水书写的感觉。这样，我就更能够读懂石秀毓老师把《本草纲目》书写到竹简上的内在欢欣和意义。

是想让人们与传统器物打交道的能力迅速退化的速度减缓一点吗？我估计石先生并没这么想。即使他这样想，他那辆装满竹子的卡车阻挡得住这个时代疯狂的滑落？已经没人有耐心像修行一样做一件事了。要滑落终究会滑落。一笔一画的呐喊早已不会引起重视。复制和粘贴深受欢迎。便捷，是最佳选择。殊不知，便捷的背后，常常是心灵的迟钝和懒惰。削竹简这种需要耐心和细心的工种都没有谁愿意做了，更何况用毛笔一笔一画写在竹简上。竹简写成的《本草纲目》很快就被保存到博物馆里，供人们观赏、称叹。通常惯例，存入博物馆的东西都是濒临灭绝，或者硕果仅存的孤珍至宝。用不了多久，虫子就会咬断那些用来维系竹简的绳索，那些竹子比较坚硬，且涂有桐油，虫子要得手得费一番周折。

我们知道，《本草纲目》记载了药物 1892 种，分 60 类，绘图 1100 多幅。并附有 1.1 万多个药方。只要展开阅读，那些植物什么的就会在语言的描述中活起来。呈现生机勃勃的景象。从植物到矿物，都有药性，都是药。而大部分的草药矿物之类染着南方的色彩，挥发着南方的气息。因此，没有一种书写媒质能比得上用南方的竹子了。这些文字天生就具有走入竹子的灵性，就等于云彩适合印在静静的湖面。竹子上呈现的语言世界与南方的地气相接，息息相通。那些草药的味道从文字中游离出来，像露水一样凝在竹子上，又像调皮捣蛋的雨珠蹦跳在青青的竹叶上。语言，只有在自然的呼吸中才能像花一样自由舒展，把芬芳不断释放。经典总是会有一个最让人击节赞叹的最佳装载器皿。

把《本草纲目》这么一部充满草木滋味的经典写在竹简上。使人想起庄子的名言："得其所哉得其所哉。"这样的行为出现在忻城县，南方一个古风习习的城，并不让人感到奇怪。石先生因为母亲的一场病借助本草药方治愈，认识了这部经典的价值。又因为自己的一场病，加深了对这部经典的感恩之情。他下定决心用竹简抄写经典除了深深的感恩之情，他还想"体会到古人写书时的那种感受"。把浩大的经典一字一字记录在能够发出天籁之音的竹子上，在我看来，这是发生在中国南方的一次古老的仪式。这仪式没有发生在遥远的时空，而是发生在今天。对于经典，这应当是最高礼遇了。南方，正是用如此质朴的方式感恩一部给人类带来福祉的经典。以一颗无比寂寞和深情的赤子之心顶礼一部伟大的作品。这种爱，深沉而内敛。在当今这个世界，尤其稀有。

用最朴素的方法拥抱每一颗文字，不急不躁，不慌不忙，不声不响。不怕时光流逝，转眼皓首。不怕自己被遗忘，沧桑几度。可想而知，17 年的抄写，连同学校的老师居然无人知晓。做一件大事，需要潜伏。因为，需要孤冷的寂静。可想而知，蕉窗灯火，昏暗平生，情境何其古典！雨点来看过这个寂寞的老人，不止一次。清风也来看过，甚至，趁他休息的间隙，偷偷握过他的那管笔，左试右试，上描下画，恨无巧手。又去抚摸那把破竹子的刀。把刀锋弄出点微细的声响来。秋虫也来看过，用清澈的歌声伴奏那笔走过竹简的单调的刷刷声。最淘气的是夏天的萤火虫，它们也想点灯来帮忙，可是，注定是帮倒忙。它那点光，只够自己阅读。除非有一囊。但是，朝代飞逝，那个贮萤囊苦读的书生早已无踪无影。

让文字回到竹简，不是一次简单的复古。而是一次让时光更有质感的行动。是让时光变得高贵的一次努力。是奔跑的人们回到古榕树下的一次休整，是清清泉水边的一次照影。经典的作者用了 30 年心血凝成这部作品，抄竹简的人用了 17 年。我不把后面这个时间看成笨拙缓慢的数字，而是把它看成对前一个数字的神圣捍卫。此事发生在中国南方，在有着悠远土司文化历史的忻城县。

忻城土司衙署是国内保存最好的土司建筑。500 年的土司历史对一个地方的文化构成与精神气质自然会有一定影响。历史上，土司的设置对地方的发展一度有其积极意义。只是到了后期，才留下太多遗憾。坐落在翠屏山下的庞大的土司建筑群绝大多数时候是幽静的。莫氏土司内讧的历史差不多有 100 年，占莫氏土司 500 年历史的 1/5。因为无法控制的欲望，尤其是对权势的欲望几度撕裂了这里的幽静。那些雕花木窗上生动的鸟儿因为恐怖扑棱扑棱地飞走了。那些挂在廊柱的精妙的联句也从木质上脱落，碎裂成青花瓷撞地的声音。骚动、杀戮、冲天的大火，在翠屏山的石壁上留下几道深深的闪电和伤口，久久难以愈合。《本草纲目》也没有提供这样的药方。斗转星移，如今的翠屏山下，历史在静静偃卧着。竹树挂着晶莹的朝露，雕花木窗上的鸟儿回来了，飘逸瑰丽云蒸霞蔚的《翠屏山赋》也回来了，等待人们来寻问和解读。

城内蜿蜒穿过一条水，叫芝江。如今的江上，建有6座古色古香的桥。水与桥十分和谐。增添了整座城古典雅致的气息。每一座桥都挂着对联，芝江顿成一脉流淌书香。文字回到木质里，与风游戏，让雨牵挂。在古朴的桥上，不独看到星光辉映，还应该有灵性的文字映照。人们恍惚回到古朴的光阴，感受岁月的悠长，调整心灵的坐标和航向，选择有品质的理想生活。这种“回到竹简”般的审美努力体现了一座城气定神闲的魅力。快节奏不再是骄傲和自豪，慢生活才是精神丰沛的流露。

最近，美国遭受飓风“桑迪”袭击，损失惨重，纽约等市夜晚一片漆黑。断电、断网，现代化工具使用不上，人们顿时陷入一派恐慌。尤其是赖以联络亲友的手机停电了，更是令人不安。如果碰到一个有电源的插座，大家便疯也似的奔向插座，仿佛那里才是真正的故乡。从朋友在纽约拍到的照片我又看到了那座城市的另外一面。纽约海湾里的那些白天鹅，暴风雨过后，它们若无其事。它们游弋，嬉戏，整理羽毛，好像世界什么事情也没有发生过。羽毛甚至比之前更洁白了。朋友感叹：“它们没有断电断网断手机信号的焦虑！”白天鹅的闲静自由是人类无法比拟的。它们还生活在自然的生态之中，因此，自然的种种变动和起伏跌宕在它们看来几乎是恒常的日常。不需要呼天抢地和心情大起大落。而人类逐步寄生在自己制造的新物质和虚拟空间里，光鲜华彩，却是十分脆弱，不堪一击。物质的相互超越，包括军事武器的竞拼，在完成彼此牵制，互相制衡，维持短暂和平的同时，为自己为别人制造更多的惊恐。而作为人在自然环境中生存的素质和能力却日渐滑落。人本的价值受到忽略。人类与自然的悠然心会与默契愈发稀有。这个时候，我们想到忻城县的老教师石秀毓，他反其道而行之，让书写回到竹简，并且用17年完成了一个心中的理想。让经典名著的精神回到暗暗发光的自然物质。让时间为一种浩瀚的伟大的思想匍匐前行，而不是为层出不穷的物质和难以抑制的巨大欲望狂奔。抄竹简，这种惊世骇俗的行为，不啻一次新的宣言。呼唤人们重新思考经典、时光和人生。

徐霞客当年经过忻城红渡（古称落墨渡，红水河天险之一），在他的游记中作了详细的记载。那一天，他勇敢地登上了独木舟，他的马浮江而渡，江水十分湍急。这个图景，在我的忆念中，有一种神话般的迷幻和悠远。赤子穿云穷邃奥的境界淋漓尽致。为自己的理想而上下求索，不畏惧艰难险阻。独木舟是那么的原始，但那个时候，人的内心世界是强大的。

忻城思练八景中有一景叫“石女捧盘”。前人有诗云：“玉女何年降彩鸾，浑如举案碧云端。孤峰历尽尘千劫，玉指擎将露一盘。”那石头天然形成的孤峰神似一个捧盘的神女。衣袂裙裾在风中历历有声。她神色端严，在等待着王母降临。托着一个承接琼浆玉露的玉盘。多少次彩云经过，都会认为是王母降临。但王母始终没有降临。王母的降临必然吹吹打打，热闹非凡，“虎鼓瑟兮鸾回车，仙之人兮列如麻。”有玉盘，就会有甘露。为理想而仰望，虔诚地等待。千年万年的光阴无非是峰头翻飞的白云。以一种恭敬的姿态迥立于山间云里，孤标超脱于大千尘寰。这是石女捧盘给我的启示。也是石先生回到竹简岁月给我的启示。

家　园

我们家搬进这间老屋已经整整八年了。八年前这还是一间空屋。门板极旧。门前是一片工厂运出的废铁渣。堆放着两堆禾秆草。屋的右边是几分菜地，因照看不周，荒芜得很，也不知是谁家的。在全家搬来之前，我随父亲已在这个工厂生活了三年，我和父亲住在工厂的另一个角落。我记得，在两堆禾秆之间的夹缝里，我读完了《水浒》、《说唐》和《暴风骤雨》。空屋附近很静，是个读书的地方。后来父亲就毅然选择了这间比较宽敞的老屋，作为我们的家。从乡下的那间新屋搬到城里的这间老屋居住，有点不是滋味，但是家里人还是渐渐地适应了。

先前我和父亲住两间单人宿舍。那时门前是一片残砖断瓦。每年春天，我们都播下南瓜种。我和父亲一向话不多，而南瓜，似乎成了我们沉默中的共同语言。它的发芽、生长、开花、结果，成为我们共同的等待和盼望。闲暇的时光，父子就围着它转。直到瓜藤和瓜叶全部覆盖了残砖断瓦，中间擎起几朵金灿灿的南瓜花，直到嫩绿的南瓜变大变黄变成熟。每年都是这样。现在想起来，如果门前没种南瓜，那些日子一定是很乏味而寂寞的，无论是我，还是父亲。

搬进这老屋之后，门前种了花，也种了蓖麻。屋边的几分菜地也种了菜。菜地围上篱笆，就成了菜园。丝瓜花已几度开在篱上。有了菜园，家的味道就浓了。母亲是做菜园的好手。长年在农村生活，种田种菜自然不在话下。什么季节种什么菜，按怎样的秩序和规则全是她的事。她总是没早没晚地做菜园，其他人断然无法插手，只有参与围篱笆的份。经过几年的经营，菜地肥沃起来了。什么时候都绿油油的。夜晚，除了不知名的虫子吟唱之外，菜园里弥漫着浓浓的农家肥的气息。

前年，父亲在菜园的一角种了一株水晶葡萄。至今已熟了两季。我发现，他有事无事常去看，就像当年种南瓜一样。

活着的人们大概没有单纯的栖息之所。这是我新近才想到的。我敢说，是菜园的那种气息启发了我。人们栖息的地方，也是劳动和创造的地方。最宁静的时候，不是无事可做，而是做有意义的事。

古人吟咏田园、家园的诗词文赋很多，尽管内容、角度不一，但大都流动着一缕淡淡的劳动的芬芳。

途　中

有一年，父亲与我，还有伯父，走在雨水绸缪的路上，那时节，正是清明。

伯父和我谈着什么，已无记忆。父亲随后，一语未发。儿子和父亲平常话就不多，这个时候就更少。况且，伯父长于父亲，我和伯父更接近于一老一少。通常情况下，一老一少比较容易相融，所以一路上父亲话少，也是很自然的。

到了一座山。伯父说是麻风山。他还说旧时得麻风病的都被丢到山上一个洞里，与世隔绝。人不死，粮不断。食物也自然是从洞口丢进去。那个洞叫麻风洞。我朝他指的方向望去，麻风洞已被细碎的石块掩盖，除了一副石炮轰炸过的痕迹，并没发现什么洞。伯父又指着另外一座山，说是猴子山。猴子山曾有人隐居其上。那人是沈鸿英的幕僚，后来不知为什么离开了沈鸿英，隐居在这座山里。在我的想象里，有隐士的山，该有松、有竹、有行云流水，有飞禽走兽。然而，眼前这座山，山色荒凉，并无树木之盛，也没有奇石峭壁，四周光秃秃的，哪里像是隐士安身之所？现实和想象看来总是相差一大截。伯父说，沈鸿英路经此地时，曾到猴子山探望他的老部下，给了他很多银子。这位纵横黔桂粤三省十数年之久的绿林豪杰倒是十分讲究江湖义气，我听说关于他的这类事就有不少。

途中还看见一棵树。是一棵小叶榕。树不大，圆圆的像一顶帽子。旁边有一座小土山，也是圆圆的，像馒头，又像坟墓，上面长满荒草。

听伯父说，那时树下有个凉亭，是往来商贾、旅人歇脚的场所。这条小路，沈鸿英走过的小路，无数前人走过的小路已经荒芜了，凉亭也成为历史。使伯父感到奇怪的是，那棵树为什么总长不大，早些年就是这样了，现在还是这样。它始终没有壮大起来。这是什么原因？是土质太薄，还是太孤独？岁月仿佛在这里停滞了，凝固了似的。望着这条青苔斑斑的小路，我不禁抽了一口气，人类走过的路正逐渐被人类冷落、遗忘，或者说，已经被人类冷落和遗忘了。世上本来就是这样，有些路停久不走，或者走得太少，就自然而然起了青苔，长了荒草。

这本来就是一大片荒野。坟冢累累，荒烟萧索。在这儿活动的，除了放牛的，就是扫墓的，偶尔也有一两个打鸟的。而此时，雨水绸缪的清明节，就只剩下三三两两的扫墓人了。这当然包括我们在内，我们正是来扫墓的。无论出动多少人，扫墓都不会使人感到热闹。每一伙扫墓人都会给冷清的野地带来一两缕青烟，和毕毕剥剥一阵子闷闷的爆竹声。扫墓人走后，野地回归沉寂，只不过多一些苍白的纸。而每年的白纸，无论是压在坟上的，还是摇曳在风中的，都如实地化入泥土。

我不再和伯父说话，只默默地想着、走着，我感觉有些孤单。

好不容易到了一座坟前。父亲割了几丝白纸，分三处压在坟堆上。我和伯父各烧了几炷香，点燃了两支蜡烛。我们默默地伫立了一会儿，谁也不说话。我发觉，四周的山石乌黑如漆。

三个人走过一个大土坡的时候，我忽然感到身旁的伯父与父亲很矮小，大概是土坡太开阔的缘故罢。我眼前又晃动着那座小山丘和那棵圆圆的矮树的影子……在这空旷，寂寞的山坡上行走，背景是极其真实的草和泥土，人，又能伟大到什么地方去呢？伯父与父亲神情肃穆，仿佛一下子衰老了许多。从他们那沉淀着沧桑世事的黝黑的脸上，我看到了一种默然，一种极似土地的默然。

荒江老屋记

能够临江而居的人，应该说是很幸运的。

我搬到龙江边这幢老屋居住，一晃就是数月，日久生情，在所难免。老屋的特点，除了老和旧之外，还可以用“幽寂”这个词来概括。有时候，我是嫌它太幽寂了。友人来访，常常不免把此地风景大加赞叹一番，但如果邀他住上一宵，他就会改口说，这地方好是好，就是太荒凉了。我刚来的时候，也深感此处幽静适人，但过不了几日便产生了顽固的荒江老屋之感，并且认为“其境过清，不可久居”。但我毕竟不能“记之乃去”，我还得在此地住下去，还得以荒江老屋为伴。这便是我的宿命。

在江面上仰望，老屋低沉地匍匐在高高的江岸上，掩映在绿树中。它的下面，是数丈高的峭壁，像一页大书，一头浸泡在水里。它无言地记录着江水的涨潮落潮，清浊荣枯。峭壁上古树盘缠，奇形怪状。它和那些神情灰暗、肃穆、奇古，貌甚狰狞的岩石连成一体。古人有云，石之美者有三：曰丑、曰瘦、曰陋。这三种石，在这杂树峥嵘的江岸上可以说是无所不在。

打开门，就可以从疏疏密密的树梢间看到一条荡动的龙江。它的变化，其实与天空一样，都是大自然展示给人类的面孔，有晴朗，也有阴霾；有波平如镜，春光明媚，也有浊浪翻旋，神秘莫测。真可谓气象万千。河中有一个石滩，上面多的是峥嵘的怪石。石头旁边零乱长着一些不知名的草树。石滩之大，足以容纳数百人。其中最高的一块石头叫乌龟石。如果洪水漫到一定高度，石滩上所有石头都被淹没了。唯有这块乌龟石现于水面，活脱脱一只在滔滔江流上游荡的乌龟。相当生动和神奇。这样的奇观，被宜州人记录在他们流传已久的童谣中："铁链锁孤舟，金龟水历游。发财不到老，当官不到头"。在民间还有水漫乌龟石不开船的说法。大概是能漫过乌龟石的，一定是大洪水了。从前宜州未有大桥，两岸交通全靠浮桥和渡船。而今"一桥飞架南北"，真可谓"天堑变通途"。但渡船还是有的，两岸抄近路者仍乐此不疲，摆渡依然是这段江面上的主要情节。

清风、落叶、啼鸟，对岸几条阴暗的木船，是这老屋周围最可观可感的风景。当暮色四合，老屋愈显得寂静、幽森。夜晚门外伫立，细细咀嚼蒲松龄的"浮白载笔，抱树无温"，不觉有些苍凉之气袭来。江的夜景，却是十分的耐人寻味。不必说"波心荡，冷月无声"，光是两岸的灯影就使你流连忘返。被荡动不安的江水拉长、扯散、揉碎、组合的灯影，构成一幅光怪陆离、绚丽多姿的春江灯影图，它的美，恐怕可与桨声灯影里的秦淮河比一比。

老屋东侧不远处是冠英阁。宜州上了年纪的人恐怕都听说过，或者见到过。我对它的历史知之甚少，只知道它现在已有名无实。东北角尚余一座在风雨中飘摇的破门，青砖鳞鳞，依稀可辨。门上字迹不知何时已被人用红朱涂抹。门下台阶杂树丛生，十分荒芜萧索。这座旧时八方文人雅集，驰名远近的冠英阁解放初就已拆除，它的部分材料就地建起了一间平房，现在成了河池师专教工俱乐部。但人们还叫它冠英阁，大概这个名字在这里已经生了根了罢，冠英阁地势险峻，突兀在江滨几块硕大的岩石上，它两面临壑，一面靠江。有古榕偎依，脉脉含情，有翠竹掩映，依依相伴，确是清幽无匹，不愧为韬光养晦的林泉之所。壑上有拱桥，都是解放前宜州公园之旧物。雨天，站在桥上，会听到岩壑深处传来不绝如缕的水声，悠扬贯耳，如鸣珮环。还会看到冉冉升起的江雾，如诗如梦。凝视冠英阁，那古老的石砖垒成的屋基，那青砖黑瓦，显得十分静穆。隐隐约约可想见它超凡脱俗的气魄来。古人选址，自有眼力，也自有道理。且不说万古江声可朝夕相伴，光是岩壑清音，林间鸟啼就足以怡人性情。所以古之人说："鸢飞戾天者，望峰息心；经纶世务者，窥谷忘反。"

我在老屋周围的台阶上看到一些很古的青砖，质地十分坚硬，还有屋檐下看到一个经过雕琢的圆形石凳，便疑心是冠英阁的旧物流落于此。大江流日夜，淘尽千古英雄。区区冠英阁，也被淘掉了。从冠英阁的命运，我们大略可见此江岸风物之零落和时势之变迁。

留住热情

中文系的唐莉同学跑来向我约稿，说是班上又要出一期班刊了。他们的班刊，其实是一份以班为单位主办的文学刊物。她的态度很诚恳，我无法拒绝。况且前次出班刊的时候，她兴致勃勃前来约稿。我已经让她失望过一次了。我记得当时我向她承诺下一次一定写。时间过得真快，这“下一次”转眼就来到我的跟前。现在是春天，一切新生事物都在萌动。在这种时候，唐莉他们静悄悄地酝酿着一个关于文学的梦幻，并打算捕捉住那些永不重复的瞬间，汇集成一本质朴温热的集子，在一双双熟悉或者陌生的手中传递。且不论他们的文章写得如何，这种行为本身就具有文学性。文学从来就不是一项单打独斗的事业，它需要切磋，需要沟通，需要互相鼓励。这与内心世界需要孤独并不矛盾。外在的动力可以激活僵化的内心，内在的孤独却保持了独特的个性。热闹和冷清，从来都是相互追随，同时又是相互角逐的。

唐莉问我，如何把班刊办好？我把我的想法告诉她：既然它是一份文学刊物，就不应该以“班刊”这个视野来束缚它。文学是最痛恨束缚的。文学崇尚自由、平等，它追求和营造的是浩渺无边的心灵宇宙。一份由几个热心的同道者惨淡经营的文学刊物，它就是心的汇集，力的汇集。它就是天地间一株有生命的植物，有着自己独立于宇宙的气息以及喧闹或寂寞的花季。同时，它还应该是一间透明的屋子，不拒绝任何一道光芒。并且四周都开有窗子，清风可以自由出入，甚至落叶也可以飘进来。

只要有几个痴迷于写作，又乐于做事，有奉献精神的人，刊物，就一定能长期办下去，并且办出成绩来。最可怕的是没有热心的人。心不热，事情会流于形式，勉强凑合的群体仅仅是一种摆设，不可能形成有利于成长的热烈氛围。这氛围，于文学尤其重要。我曾经有过一个比喻：烧红的木炭，把它们分别丢在风中，不久便一一熄灭。这熄灭，并不是能量已经耗尽，而是没有了氛围，失去了燃烧的环境，被匆匆弃置。所以一个良好的氛围可以促使人释放出他的巨大能量，而不至于让心灵深处的火焰过早地熄灭。

这些话，或许还回答不了唐莉的问题。许多问题，任何回答都是苍白的。得靠自己去思索、去体悟。在唐莉真诚的目光中，我有一种无处躲藏的感觉。我心里对自己说，我一定写。但当时还不敢肯定一定写得出来。我久不动笔，书案生尘，心中寂寥特甚。春节过后搬了新家，临溪而住，夜夜有不绝如缕的水声袭来，有山中滋味。好几次想拿起笔来写写内心的感觉，无奈尘务逼人，终于无法写成。

在一个深夜，我于潺潺的溪声之上听到了久违的雨声。心中略有感触，凭窗而坐，思忖良久，终于也不过在纸上写了两句。今日阳光灿烂，鸟鸣涧树，是晒东西的好天气，特录于后权作此文结尾：

雨是天上的溪水，而溪水是地下的雨。

破　壁

这是初秋的夜晚，来了第一场秋雨。我独自坐在校园这间熟悉的屋子里，听窗外响起熟悉的几点雨声。这屋子是校刊编辑室，具有不同寻常的意义，这座校园的文学影响可以说有一部分是在这儿萌芽的。它的寂静以及它周围的空旷和碧绿丰富了一颗颗原先十分单调而贫弱的心灵。

这屋子有两排独扇窗，位置比较高。把玻璃窗叶转到与墙壁垂直，风就可以最大限度地涌入这间屋子。若是忘了钥匙，人也是可以从窗外进来的。这屋子还有一个朝北的大窗，位置比较低，两扇玻璃开合，没有窗棂，并不是窗棂坏了，而是一开始设计的时候就没有窗棂，夜晚一推开，便可以窥见黑洞洞的天。

这大窗的下半部人为地张贴着报纸。这屋子一代代的主人都十分聪明，他们张贴报纸的绝活无师自通。他们很慷慨，绝不吝惜那几张遮拦风光的报纸，甚至是经常性地替换，像母亲不厌其烦地为孩子换洗尿布。遮住窗子，一方面是为了隐藏自己以及和自己有关的人事，一方面是为了削减路人回眸中那份顽强的贪婪。贴报纸的历史大概可以追溯到现在防城港工作的某个大师兄驻扎这里的时代。

在过去的三年里，这屋子活跃着好几个热血青年，他们中也不乏像我这样在这里独坐深夜的人。他们在这里编报纸、油印文学期刊、讨论文学和写情书，甚或也在这里接待一些远方的朋友。现在，他们离校了。散布在桂西北的校园和机关单位里洗刷他们的饭碗，开始他们坚实的事业。他们都是一些很有灵性和理想的青年，我斗胆地用一个比喻罢，他们像珍珠一样撒向桂西北的山山水水，相信他们都会闪烁着特有的光芒。他们编的报纸和油印刊物有很大一部分已经走出这间屋子，抵达那些熟悉或陌生的手中，剩下的那一部分作为存档，静静地拥挤在屋子唯一的立柜里。十多本油印刊物似乎还散发着昨日的油墨香，无比温馨的气息。他们编的油印刊物上有一位师长耐人寻味的题词："用竹片和草叶编成的摇篮。"这话语长久地温暖了他们的心灵。这位可敬的师长还经常对他们说，郭沫若也是从油印刊物开始的。他们的油印刊物寄到北海、寄到南宁，寄到桂林，结果，北海来信了，南宁来信了，桂林也来信了。有好几家报刊还选载了他们的文章。直接从油印刊物上选取文章发表，这个举动透出了那些编辑们不同寻常的眼力和高尚的情怀。没有土壤、空气、雨水和阳光，任何一棵小树都是无法成长的。

这屋子所有的窗子都没有窗棂，这似乎是一个冥冥之中的暗示。它可以关闭，可以彻底地洞开。向内、向外、向白天、向黑夜、向眼睛、向心灵彻底地洞开。无窗棂的窗子可以让你随意放逐自己的灵魂和思想，不至于受分割，受损伤，不至于支离破碎。

十年面壁，当然要破壁，壁太厚，破不动，可以从窗口飞翔而去。以一个完整的灵魂和人格飞翔而去。

这校园有一位写诗的师长，他写了一首《巢》，我感觉，这屋子正像他笔下的"巢"："收容一片片疲倦的黄昏，放飞一个个苏醒的黎明。"这正是这间屋子，这座桂西北校园最深沉的底蕴。

这几个热血青年离校之际，相约到我家里喝了一场酒，饮了几壶茶。第二天就各奔东西，我相信，没有奔散的是他们共同的追求，是他们对这座校园，这间屋子永恒的依恋。他们依恋这座背倚名山前襟名水的桂西北校园，并不仅仅是因为某些初恋在这里生发、消退，在这里开花，而是因为他们已经揣摸到这块土地奔腾的激情和依依的厚望。在许多人嘲笑崇高，鄙视文学这方净土、把穷酸书生贬得一文不值的时候，我发现他们的眼中深含着无比沉静的光芒，那是抱定主意之后忠贞不渝的信念。那是向无比坎坷的道路从容行走的决心。

在他们纷散而去后的一个深夜，天下起了大雨，响起了雷声，我默默地在纸上写下了几句话："在另一片打雷的天空下，去经历另一场暴雨。去孤独地面对一切，去体验那些无比伤感和无比玄妙的事情。"算是为他们送别的语言罢。这几句话是因思念他们而涌起的，就像因为痛苦而产生眼泪，就像因为起风动了潮水。

有过一次荣耀

不久前我回到家乡的县城，刚一下车，便从街道的气氛感觉到又有什么大型活动了。果然，来自全县各乡镇的小学生正在县城轰轰烈烈地进行篮球比赛。

这是一次极为普通的活动，但在农村孩子的心目中却不很普通。上县城一次已经很不容易，何况是通过选拔，前来竞赛。

傍晚的时候我在大街上散步，看见那些身上还留有几分矜持和羞涩的孩子。他们身着红色运动服，不断地映现在我的眼前。我想，对于他们中的某些人来说，这次上县城是一个起点，往后将会有更值得荣耀、值得自豪的机会等着他们。但也有一些人，往后绝少这类的荣耀，这也可能是最荣耀和自豪的一次。多年以后，他们步入中年、老年，可他们忘不了这一次。面对他们的孩子，他们会像打开一坛老酒那样打开记忆，绘声绘色地描述这次活动，自己俨然是活动的主角。拥有荣耀太多的人，往往不会珍惜。有一次荣耀的，终生不会忘记。

我的母亲小学三年级的时候从乡下到县城参加过一次文娱活动。据说是登台跳舞。她现在仍清清楚楚地记得当时同去的几个人，在什么地方表演，表演什么。她每次向我们讲起，不无一种荣耀，一种自豪。我母亲打那以后一直没能参加类似的活动，也没有去过什么大地方，所以那一次，对她来说，是十分辉煌的。

像这类小事，想必在许许多多平常人的生命过程中都存在着，它是一种绚丽的色彩。有人格外珍爱它，时常挂在嘴边，有人永远也不需要想起，但永远也不会忘记。

我终于懂得了“贵人多忘事”这句话的内在含义。是啊！贵人多忘事，但世界上许许多多的人不是贵人。

壁　虎

今年的壁虎似乎比去年来得晚。这大约是一种感觉。

去年清明到来之前的一些日子里，我就发现了壁虎。它们巴在我的锈迹斑驳的窗网之外，痴情不改，一如既往地守护着我的窗子，啜饮着洁白的荧光，就像品尝着深山的稀茗，千年的老酒。那姿态，令人为之沉醉和叹服。它们以守株待兔的方式埋伏在我的窗边，态度十分明确。于是，那些飞蛾之类的虫子，与壁虎夜夜在我窗边约会，凭借我慷慨的灯光。它们不见不散，夜夜如此。只要有勇敢扑火的虫子，就少不了耐心守候的壁虎。这种约会，十分残酷，它是一种阴谋，是不会飞翔者对飞翔者无情的袭击。

饱食终夜的壁虎肚皮鼓壮如囊，动作十分笨拙粗俗。它们贪得无厌，夜深人静之际仍然不去。在灯火的辉映下，有时候通体透红。有一种凄然的美丽。

去年的清明节我没有回家。我记得十分清晰，那夜的空气也有些冷。清明这天我们心中潜藏的寂寥和茫然，会像酒精挥发一样渗透我们的躯体，弥漫在我们的空间。这一天，旷野里纷飞的细雨、凝重如铅，点点滴滴是记忆的符号。这些符号，或新鲜、或陈旧、或古老，都充满着微微的叹息。这些符号降落在山谷里，草坡上，凝结在花朵边，以及我们青春的发间，连贯着我们一生一世的孤独岁月。死亡总以一种无比寂静的方式和我们分享这个烟火腾腾的世界。遥远的山头和坡岭始终不动声色地等待我们的归来。我们痴心不改，就像去处理一件与自己密切关联的事情。就像谁预先买了我们的电影票，我们就没有多少理由不朝电影院走出。

每次，清明的郊野都会添加一些新的内容。你看，谁家的新坟在崛起。谁家的坟边，丢弃着一个破散的竹架，是送葬的器物。那些纸花还稀疏地垂吊在发霉的竹篾上，旷野之风已经淘尽了它们的色彩和质地，只剩下灰黑萎缩的残骸。分明就是一张张枯萎紧缩的瓜叶，在风中瑟瑟抖动。瓜叶是在瓜熟蒂落，秋尽冬来才褪尽绿色走向枯寂的，而人呢？有没有等到瓜熟蒂落，秋尽冬来。人来人往，匆匆忙忙，有几人能像篱上的瓜藤般缠绵悠长。我们只有经历了一些彻骨的痛苦，才可能体会到“平安”一词的分量。“祝你平安”这句普通的人生祝福具有动人心魄的力量。

我记得那个清明之夜，我在镜子前兀然站立。我的书桌前摆着一张椅子。椅子边缘匍匐着一只壁虎，它昂着头那漠然的头。壁虎已经窜进我的屋子。这情景出现在去年清明。

高原之旅

我不适应这漫天的尘土。

我捂着嘴和鼻，在颠簸不安的汽车上我强烈地感到生命的窒息。

那些几百年、甚至几千年的黄土砌成的风景映入眼帘，低矮的山岭、遥远的幼林，那些颓墙、干枯的田地，那些永恒地流浪在自己的世界里的石头……不知名的红叶偶然闪烁着，仿佛耀眼的流星瞬间便完成生命。

这土地愈来愈深沉了。土地上微薄的收成就能满足一颗颗山一般沉重的心灵，就能让他们在寂寞里学会欣喜，学会骄傲。

牛群悲壮地行进在大路上。弥漫起一种原始的悲凉和现实的平庸，那似乎也隐隐象征着岁月的流逝和历史的变迁，那格调沉重又含着凄婉……历史的车轮隆隆碾过，云贵高原，依然没有苏醒的模样。黄沙刺激着我的鼻孔，凝固我的头发，落满我的衬衣，和着高原的雄风刺痛我的眼睛，我闭上双眼，浊泪！无声地在脸庞上蠕动，我适应了习惯似的在心里狂呼着：我适应了这漫漫的黄沙，这云贵高原的风格，泥土的滋味。

我知道那是另外一种滋味，我不想永远、但必须拥有。那似乎是亘古的诉说，带着古色古香的味儿，它包容我，拥抱我，占有我，似乎象征一种文明的力量——同化的力量。我听到一种尘土之河的声音，同样真诚地体现痛苦和痉挛的失落。我已经习惯了这一切了，下了汽车，一个人走在漫漫的尘土里，何尝不类似尘土？所以我习惯了，正如很多人习惯在这里耕耘、播种、收获……习惯头顶烈日挥汗如雨，正如高原上的小树习惯地在狂风和暴雨时舞蹈、歌唱。

我穿行在泥土香飘荡的空间，享受着灵魂深处从未有过的宁静。但这只是片刻。当我深切地感到这土地有一种摄人心魄的魅力的时候，我又为自己感到悲哀了，因为这种魅力是沉重的、无奈的、现实的，是我必须超越的。难道我在真实的高原面前永远是无奈的，甚至不知道这是无奈？它袒露着它的每块肌肤，即是受伤的、苍白的、它始终有一种真切的呼唤，我知道，那也是一种力量。

远近的炊烟袅袅升起，是萦绕心灵上空的忧郁？还是寻找晚霞的路？是黄土写出的诗？还是黄土唱成的歌？是黄土魂？还是喀斯特地貌中溶洞幽幽的神秘？我终于想不出所以然，许多地方是唱着歌儿走过的。哦，云贵高原！

随想录

1

只有长年关闭窗子的人，才有开窗时刹那的欢乐。

2

一个人成名之后，从他出生那天开始也就是名人了。恋爱成功后，相识那天就算开始。

3

返朴是艺术的第一境界，归真是艺术的第二境界，返朴，乃形似而已，归真，才是出神入化的艺术高峰。

4

合影的时候，人是最冷漠的，尽管挨得很近，但每个人关心的只有镜头，那时候，你想和身旁的人友好一些，往往不太可能。

5

有些人，看起来很新，接触之后，觉得并不新。有些人，人们说他很旧，接触之后，觉得并不旧。半新不旧也许是最有魅力的。谁也不会否定：半新不旧的衣服穿起来最舒坦。

6

在街道上，自行车拥挤的时候，人们往往下车走路。那个场面极少会发生争吵。人人都在自觉地运动着，最后很自然地通过了。我后退几步，也许对你前进几步有帮助。你向左向右试探，也许会让我找到新的突破口，你也可以稍稍停留一会，这对整体可能会有好处，甚至可以说是必要的。但你不能完全停滞，你必须不断观察，看准时机，进行突围。倘若有一个人完全停滞不前，把希望寄托在别人身上，也许就会使局部乃至整体瘫痪。这其中是不是也包含着某种生活的道理呢？

7

农村起房子，先砌石基。晒它一年半载，等材料准备充分了。石脚牢固了，方才真正开工。恋爱亦是如此。

8

真正的艺术家多半不会体惜自己的生命，对自己的生命漠不关心，和自己的生命开玩笑。甚至有一种自戕的倾向。但恰在这自我毁灭、自戕的途中，他们创造了最辉煌的人类精神财富——艺术。显而易见，艺术的形成，是需要付出代价的，而且是极其惨重的代价。是不是艺术已经侵蚀他们的生命，占领了他们的生命？他们身上只承载艺术，承载感觉、节奏、思想、幻梦。他们只意识到精神的生命，而肉体的生命被遗忘了、淡化了，或者说被摒弃了。这必然导致肉体生命的麻木。当他们一旦觉察到这一点，他们又惶恐不安地寻求刺激。在对躯体猛烈的刺激中，他们获取了某种愉悦，但已不知是肉体的，还是精神的，总之他们得到短暂的满足，这一类艺术家，我们可以列举一大串：决斗场上的普希金，割掉一只耳朵的梵·高，嗜酒如命的刘伶、李白和陶潜，出入歌馆酒楼的柳永，大量抽劣质香烟的鲁迅，醉卧雪地的郁达夫，自杀的三毛和顾城……艺术家无所谓堕落，堕落的是躯体的生命，而不是精神的生命。

9

走在巷子里，我已逐渐养育了一种悠然的情绪。下雨了，可以躲到别人家的屋檐下，雨稍停即去。要是自家的屋檐，你还得盘算它到底还能挡得住几场风雨。即便酷日当空，巷子里仍有一种说不出的阴凉。巷子像一种人生，不怎么出世，也不怎么入世。走在巷子里，我目光执着，步履沉缓。两旁的门窗有些敞开着，有些关闭着，偶尔会有一些游离的目光打量着我，但我不在乎。我知道，别人通过别人的门户和窗口品评你、猜测你、揣摸你，甚至估量你有几多斤两，算什么东西，有几多价值，你是管不着的，你是无可奈何的，你唯一的选择就是走自己的路，保持一种悠长而宁静的心态，低头，或者昂头。

10

我的身边消退了如潮的声音，但我的心灵没有枯竭。孤独在我身上流淌，一如一条幽深的小溪流淌在一座山里。我走过许多道路，到现在才学会倾听自己。深夜里，倾听灵魂的歌声，冉冉地在黑暗中升起，很微弱，很细长，就像游丝，闪闪烁烁。尽管如此，但毕竟是我自己的歌。我自己唱给自己听，很多年了，我为什么现在才明白，有些歌，是只能唱给自己听的。

11

晚上约友人散步，一走就走到郊外。小路旁有坟地，夜色中可见白幡闪闪。这是清明节的风景。白天看起来没有什么，晚上看多少有点惊心，却又说不清为何而惊心。城边零星灯火的微光中，我们还看到两座修葺得很好的坟。看来扫墓者的确是很用心。后来我们走到一个城边的小村，村以庙名，颇有些古风。村中有一隐者，土墙木门，一盏昏黄的电灯，不速之客抵达之时，隐者正拥被苦读。三人遂煮茶夜饮，直到深夜两点方散。村中夜晚静寂，就特别注意到近切的狗吠和鸟鸣。狗吠了一阵就马马虎虎地停住了，倒是有一只鸟叫个不停。隐者说，这只鸟从昨天下午就开始叫，一直叫到现在。昨晚深夜两点，也没有停止。我说，应当是在求偶。但联想到时下是清明节，也就不一定是求偶这等小事了。我仔细聆听了一下，慢慢熟悉了它的规律。每叫一次七个音节，每隔三秒钟左右叫一次。前面几个音节都是独立的，很清脆。有一定间隔。后面两个音节是连起来的，速度比较快，似乎没有间隔。有一种滑动和成串的美。滑向空寂无边，声音霎时消匿。这使我想起平常我们在开阔的水面打水漂，后面两个水漂总是容易混为一谈，难以分辨，看起来像一个，其实又是两个，甚至不止两个，因为速度太快，无法确定。是不是任何一种力量到了末端都会呈现这样的状态？密集，笼统，迅速，无法确定，却又有着特别的美感。再仔细听下去，试图验证一番自己发现的数据，还是有一点误差。七个音节是普遍的，偶尔也有只叫三个音节的，甚至只叫两个音节就戛然而止。不知它何故作这样的省略。

12

近来读文章，很注意读文章背后的气场。为什么有些文章一看就让我们陷进去，甚至身不由己地跟文字一道怦然心动？正是因为我们感受到了文字背后近乎热烈的气场存在，是气场在运行，是发自肺腑的灵魂深处的力量透过简单、质朴的文字震撼我们。文字是有限的，像寺院的钟声，甚至可能有点单调，但是，我们知道，它来自一座寺庙，这座寺庙，偃卧在高山之麓。我们还知道，敲钟的是一个面容肃穆的出家人，他将他的愿力凝入每一声钟响。

13

我每次到山上来都发现，这座山都是处于未建成的状态。山门好像改了几次了。这座山给我的感觉就是永远在破坏和重建中，永远没有定型。也许他觉得这条路铺地板砖非常好，但是可能过两三年后，他可能发现那种石板砖好，又重建。他不断地修正他的东西。所以这座山历年来都是在建设状态下，永远是飞沙走石。就像在山顶上，现在就在飞沙走石。山顶上的灵岩大殿好像永远不会建造完成一样。但是他总是在做事情，而且一件事情一件事情让你感到很惊讶。你看他做的事情，上次来半山腰那个大平台只有两个小型立佛吧，这次来，一个大大的缅甸玉卧佛请回来了。我很感叹这么大的东西怎么请回来呀。他说用物理学的滑轮原理，从山下慢慢地用几天的时间运上来。他的工人才几个嘛，他总是在做一种出人意料的事情。这个就给我一种感觉，就是说这个人生或者文学就是永远在这种状态中，永远在破坏中重建。所以我们永远不要定型。这个迁流不息的世界不存在什么定法。

好友郑云

十年前我就认识郑云，那时他也在宜州城读书。先是在一个朋友那儿听说有一个爱写诗爱画画身高 1.75 米性格温和略带一丝感伤的男孩子名字叫郑云。听说多了便想认识他，也记不清楚是怎样认识的，是朋友，一见面就认识了。那个时节玻璃钢厂还十分红火，我的同学在那儿做工，我小学的同学是他初中的同学，我们都去找同学了，有可能就这样相识了。那时候的玻璃钢厂热火朝天，机器昼夜轰鸣。那儿的热水供应正常，作为一个穷学生，能仰仗老同学的福分去享受享受，激动得有点喘不过气来。一个长相很寻常，却具有丰富内涵的女孩子告诉我世界上有一个叫郑云的男孩。我和郑云最初的话题似乎是围绕这个女孩展开的。我们的友谊，也渐渐滋生在许许多多共同的话题中。那时候的郑云，确实有点过于情感化，他整个人仿佛浸在某种十分消极的气息中，像一株有病的苗条的树。这样一棵树，它开的花结的果可想而知，他的诗歌和画画总带有一丝痴痴的病态。

转眼，十年很快就过去了。郑云现在拥有一个幸福的家庭，儿子 3 岁，妻子是一家医院的护士。现在他喜欢喝点酒，一边喝，一边和朋友聊天，时不时发出几声爽朗的笑，外表上，他多了一份刚毅的气质。十年间，我们的友谊从未间断。他最初在一所中学做代课老师，月工资很低，大概只有 60 元，单位出纳又喜欢在大庭广众给他发薪水，那声音很嘹亮："郑云，你的工资！"我们的郑云上课是很合格的，劳动量也一点不比别人少，据说班上考试成绩也不差，但阴差阳错，他给领导的印象却越来越差了，最后，连代课老师也不做了。于是就出去流浪，流浪是诗人的家常便饭。据我所知，他到过南宁、柳州等城市，想找一个落脚点，混一碗饭吃。在流浪的生涯中历尽艰辛，遭尽白眼和屈辱。但他似乎没有放弃过写作。他的一些诗歌、散文偶尔会出现在区内的某些报刊上，这表示他在艰难的旅途中依然有幻想，依然做梦。有一次，我读到他的一篇关于昆仑关的散文，我就知道这家伙去凭吊抗日战场了。还有一次，《河池日报》的龙殿宝老师——我的文学老师在报上发了郑云写的一篇关于南方野桥的散文，投稿信封上是没有地址的，龙老师不知将样报及稿酬寄往何方，他向我询问，我说，我也不知道他现在在哪里。诗人在外面流浪，哪里是他的地址啊！过了很长一段时间，我见到了郑云。那个时候他似乎在柳州一家摩托车修理铺做学徒。我告诉他，你写的桥的文章发表了。他说，是吗？我好像写过这么一篇文章。

这之后我们又见了几次面。有一次他来找我商量在宜州开一家快餐店。又有一次，他想来宜州找一家门面卖电话机，他说他有很好的进货渠道。自然，都没有成功。后来，他终于在罗城要了一间门面，老老实实修他的摩托。他似乎已经厌倦漂泊，想稳定压倒一切了。

也就是在几年的漂泊生涯即将画上一个句号的时候，他获得了爱情。没有职业，家中没有存款，到处漂泊流离的郑云居然与一家医院的一个护士成了家。据我所知，这个护士不乏其他的追求者。但不知怎的，我们这位品貌具良的护士小姐稳稳当当地把全部爱情交给了无业游民郑云。我钦佩这样有眼光的女性。郑云是贫穷的，但郑云的精神是富足的。虽然，精神当不了饭吃，但若是没有了精神，继续吃饭有什么意义呢？

今年春节，我路过郑云的修理铺，顺便进去坐坐。他的铺名叫风驰摩托车修理。风驰，是风驰电掣的意思。这名字不俗。它大概蕴含着两层意思：第一，修得快；第二，修罢跑得快。是不是果真如此我也没有问他。总之，这名字是挺有意思的。它似乎还隐喻着一个更深的含义：是摩托车，就应该风驰电掣。其中，自然可见他的勃勃雄心。

我走进郑云那个充满油污、到处置放着废弃或未废弃的摩托车零配件的阴暗的铺子，惊奇地发现其中竟放置着几本文学书籍。其中一本是《宋十大名家词》，还有一本词论，一本人物传记，可想而知，无活可干的郑云是坐在油污中用油污的双手轻轻撩开一页书静静地读着的。他尤其喜爱柳永——只有红裙懂得痛惜的柳永。他也喜欢辛弃疾，充满英雄豪气的辛弃疾。

我是回忆起那几本横存在油污的铺子中的文学书籍才产生要写他的念头的。在他身上我似乎看到了真正文人的影子——尽管他现在还没有够多够好的文学作品问世。我也知道，做文人是艰难的。你做文人，在什么地方都得做文人。在明亮的广厦里，在阴暗的店铺中，在任何场合，和谐或者不和谐，你都得做文人，而大多数时候，选择精神的崇高就必须承受生存的悲哀。但地位的卑贱无论如何也阻挡不了追求的高贵。并不是说谁的地位高了，谁的权势大了谁就拥有一切，谁就一定掌握着精神、价值、真理和道德，谁就一定有良知。

地火是在人们看不到的深处运行的。闪光的人性和崇高的追求往往闪烁在极为平凡的老百姓身上。

上个星期天郑云来宜州买书。我和他从书店出来后，他说我还要过桥那边买些配件。于是，我又陪他走到一家卖摩托车配件的商店。从商店出来，他一手提着几个齿轮，一手捏着一摞书，玩笑地说："没有它就没有它。"他先是往上提了提齿轮，然后再提了提那一摞书。

那一天买完东西后他就急匆匆回罗城去了，因为他答应一个人下午五点钟保证修好他的摩托——把坏的零件换掉。不能失信于人。

我的写作短语

1

就像我们进入一个岩洞，看见水晶，不能去动它搬它，有些石头，只在它独特的环境里发光，就好比我们各自的灵魂，我喜欢用笔来琢磨那些暗自发光的灵魂，不论它们有多细小和微不足道，在别人忽略的地方，我常常找到心灵的震颤。

2

文学是一种我们的生命可以感受到的状态，它时而存在于我们的生命之中，时而游荡于我们的生命之外，这种状态有时固化为物，有时液化为水，有时蒸腾为云，比石头还冷，比血还黏稠，比梦还飘逸，可谓变化多端，找到这种状态的时候，我们会无缘无故地为之流泪，又为之欣喜不已！

3

我理解的文学是：用异常确定的语言表达好一种不确定的内涵，只有真正的风格大师才可能把握到文学作品中的模糊性，就好像是只有真正的情场老手，才有可能调配恋爱中朦胧的情调一样。

4

写作有三种人。第一种是把写作作为一种工具（或手段）的，他应用起这种工具得心应手，不时也生产出一些比较常规、大众化的东西。这种人把写作作为身外之物，对文学谈不上有什么感情，有时候也偶尔用作敲门砖什么的。第二种是把写作作为生命中不可或缺的一部分，他还有其他的生活要义，写作是生命中必不可少的，但不是全部。持这一种写作态度的人对文学怀有平常心，不患得患失，他们的创作注定不会大红大紫，但高山流水，涓涓不息。第三种是用生命来写作的人，为了写作，他殚精竭虑，神思恍惚，他不仅坐在书桌前、电脑前写作，在生活中的每一个场景中他其实都在写作，或者说是在进行写作的思考，寻找写作的灵感。有时候，无字的思考更加令人痛苦不堪。这样的人，看起来总是与旁人有点格格不入，一种坚硬的气质守护自己精神的寂寞。这一类作家拿生命作赌注，是彻头彻尾的赌徒，颇有些一不做、二不休的气度。他们或者辉煌、或者毁灭。他们燃烧的时候是火焰，不燃烧的时候是灰烬。他们的生命是脆弱的，但他们的生命一旦叩响艺术的钟声，他们的艺术便是永恒的。

5

我理解的散文，应该像是在万里长江坐篷船时打开的那扇窗口，由于积年风吹浪打，窗口不一定很美，可能有些斑驳了。窗口看到的只是万里长江的一小部分，这一小部分却暗示着一个在天地间涌动不歇的生命整体。有限的窗口，给人感知无限的风景和境界。如果硬要给这扇窗口赋予哲理或文化的意义，我都认为是刻意限制了它。

6

好的散文，像是一棵独立的树，有自己的生命，它能够伸展在过去未来的一切时空。穿越时空的写作，才是真正有意义的。

7

不要不相信生活，也不要太相信生活。生活可以丰富我们的心灵，也可以使我们的心灵急剧的世俗化和庸俗化。古代汉语是古人超越时空的精神记录，它在生活中存在，却没有生活的尘埃，它在我们看不见的地方影响我们的话语现实，锻铸一种品质。散文写作，应当有意识地走近古汉语，当然，是走近那种古典的精神，而不是形式。

8

我喜欢内敛，简单的文字风格。文字的简单并不意味着思想和情感的简单。闪电的图案从来都是简单的，但它的背后是滚动的雷声，动人心魄。我们永远也不会对那样的图案熟视无睹。这样的图案，在寻常的空气中会因为一些微细水分子秘密的组合而忽然被激发出来。

点苔集

行路偶得

1

在都安高岭乡见过一条河，水面不宽，却幽深清澈。不是一般意义的清澈，是那种透骨的寒澈，令人失声惊叹，一见不忘。后来我才知道，这条河叫澄江。古人命名，总是抵近事物的本质，决不含糊。曾经偶遇两个澄江边长大的都安朋友，说到澄江的清澈，共同感叹一番。

2

说话时肉体微微的那种颤动，眼睛突然掠过的那道惊喜或可怖的亮光，文字里一般无法记载。听到狂啸的风，又看到狰狞的峭壁，我们才可能触摸到山的灵魂。

3

我们现在的很多交流肉体都不在场，或者说肉体根本就没有出场过。我们是与遥远的键盘那虚无陌生的手指交流，久而久之，一切都是虚幻，一切都虚妄……肉体是热腾腾的气流，肉体即使不说话，相互间对峙着，也有一些隐秘的分子完成了切实有效的交流……

4

母爱，是一梱细细的草。在民间，这把草药可以帮助孩子消化。

5

从机场进城的路上，看到路边树上有个鸟巢。鸟巢没有鸟的话，很快就会被风吹散。屋子需要人气，鸟窝需要鸟气。热的东西有亲和力。身边的朋友说："有鸟的巢经常得到打理，发现有松动鸟就用嘴去啄啄，用口水去粘连好。"此言甚善。用心，看来是家园不坏的理由。

6

如果没有铁路穿越这座城市，我们看不到那些被呼啸的列车裹挟而来的野草，高高的，叶子阔大，只有旷野允许它们存在，城市是不允许的。去唐山路淘旧书经过铁路桥，又见荒草。它们跟城市的格调如此的不和谐。顽强地向我传递荒野的信息。

7

等待，必须在一个密封的坛子里。才能保持它的气味和纯度，以及这种物种的独立性。漏风的话，就很难说了。不是吗？豆子在等待中发芽，叶子在等待中发黄，石头在等待中挂满苔藓，爱情在等待中脆弱如缥缈蝉翼……

8

是不是每一片花瓣都隐藏有一朵花完整的图像和信息？在一刹那间因为光的原因映现无遗。就像一个词，深夜里用冰锤敲击，可以激活里面的一个世界。词是天女抛洒在这个世界的花瓣，就看你组成怎样的花朵，发现怎样的图案了，还有，怎样的蝴蝶在你的花朵边翩跹。

9

听到了鸡鸣，诗经时代就这样鸣了。听到寒蛩吹哨，也是十分古老的吹法。在岳武穆的词中吹过，在黄仲则的诗中吹过。我们听觉世界里有生命的声音无不是穿越千载而来，但它们没有历史的负累，没有老眼昏花的浑浊，它们表述准确，它们如同岩石深处冒出的一股泉流。

10

在拥挤的人群中，我们要保留一把锋利的刀，是有难度的。拿出来，亮闪闪的，极易伤人。不拿出来，放在衣服内袋，又极易伤自己。如果不想伤人，就只好自己收藏了。所以有些人表面上潇洒，其实内心疼痛。能够不伤别人，又不伤自己，而且又没有毁弃冰莹刀锋可能需要高超的智慧。

11

不出来走走就不知道今夜的风好。它让地面的落叶旋转，飞翔，追逐。风可能不像我们想象的那么简单。

12

望仙坡上，听到不远处传来的火车警笛声。我们很自然地谈起铁路旁边那些高高的草。板邪认为是火车轮子挟带来的草籽，而我认为，是因为有了铁路，两旁的生态环境得到保护，所以还保留着城市还没有成为城市之前的原始遗物。比如，那些粗枝大叶的荒草。

13

昨晚跟友人到城郊外散步，经过一个村庄，原来成片的泥房子全没了，代之以一群不规整的楼房，突兀，孤单，间或拥挤，像一堆孩子们玩乱的积木，世界的格局有多乱，这个村庄就有多乱，一点也找不回原来的感觉了。除了一群狗在此起彼落地吠，暗示我，这里曾经是一个古老的村庄。这吠，也是有气无力，虚张声势。

14

汤因比似乎说过，犹豫迟疑的历史学家是值得敬畏的，果断下结论的历史学家倒是值得怀疑。我想也是这样的，真实的历史不会向一个自以为是的语言暴力者敞开。

15

色彩的得来原来也是惊心动魄。给石头致色的是多种矿物质，它们当初以液体的形式被包含在滚烫的岩浆里，在一次突如其来的运动中喷洒到石头中去，冲击力太强烈，以致石头一度昏眩和迷失，最后一起沸腾、融合，冷却之后，色彩附着，经过水和沙淘洗，色彩便有光。

16

石头是我们的表率，亘古千年不发一言。所以蒲松龄说“石不能言最可人”。石头不语，但石头上面是有文字的，文字不动声色，任人解读。好的文字像石头本身一样寂静。蒲松龄大约是孤独惯了，愈发厌倦世间咋咋呼呼的饶舌，“料应厌作人间语，爱听秋坟鬼唱时”。

17

月亮再度出现时，已宣布自己从低空升起来了，脸蛋也白净多了，它知道，还顽固坚持那一脸黄泥巴的话，难免会有人上去撒玉米，种白菜，把自己搞得郁郁葱葱，还真麻烦。

18

这月亮，黄是黄，还挺灵活的，忽焉车前，忽焉车后，忽焉平行，须臾无影，莫名又现，若即若离，声东击西。别说月亮里有白玉兔，我看这月亮就活脱脱一只黄玉兔。

19

人有时需要用小跑来表达内心的欢喜。需要在四野无人之际，在万籁俱寂之时，变幻几个姿势自我欣赏。

20

中国古代写月光的诗多，写日光的诗少。因为人站在月光下可以捂住自己的小秘密而不被发现，即使被发现了，月光也会冷处理。而日光不会这样做，日光白晃晃地罩在人的身上，让人目眩，手足无措，浑身燥热，时刻都想逃离……

21

夜深人静。窗外虫声绵密清亮，它们总是保持这样好的状态，一串接一串，用力均匀，音质饱满，没有丝毫闪失，真让人羡慕。它们为什么彻夜鸣叫？我想，不会仅仅是简单的求偶，渴盼爱情，寻其友声，我们听不懂它们的语言。不解其中奥秘。只知道，虫声清澈，很美。

22

人是需要有不被理睬的时间和空间的，藏在土里的种子，总是被理睬的话，它无法发芽。生命需要偷偷藏一些东西，比如秘密，比如小九九，比如轻度的阴暗，全部翻出来，就没有意义了。滋养我们的，不全是光明正大的元素。就像莲花的根须不全在清水里。不被理睬，正是梦生长的时候。正是小鸟第一次独立起飞的最佳时节。

23

文学到头来都要脱掉乱七八糟的东西的，包括知识。只留下血肉和心灵。如果一定要借用典故什么的，那一定是那样的东西最适合让灵魂附着。就像老鸟，躲藏在一块黑暗的土坯旁边。就像老地主，革命胜利后，躲藏在墙角后面。

24

大学应该保持那种古老的宗教般的宁静，我们的灵魂需要有一个地方清修。

25

房间的光线总是不太够，也正因为如此，我发现每一本书都是有光的。屋子的光线也比较幽暗，也正因为如此，我发现每一个熟悉的家具都是有光的。

26

简单，是清纯，是快乐。复杂是中毒的标志。简单，才会获得超越。江河只知流淌，没有凝滞和纠结，所以，尽管经历了无量的暴雨狂沙，它依然飘逸、清澈。这是大自然向我们昭示的生命真谛。

27

在农村，连敲锣打鼓这样的事都比较原汁原味。也只有在农村，鼓还原成鼓，锣还原成锣，铙还原成铙，钹还原成钹。几件东西一凑，一支简易的乐队就诞生了。一切由鼓指挥，鼓不温不火，声音密集，有时也搞点边缘活动，俗称敲边鼓。在近处听，钹的声音最为喧闹。

28

并不是说钹嗓门大，动作幅度大，钹就是老大。鼓冷不丁地开头，仅仅是略有震动，其余乐器就得跟着它。钹在现场制造舆论氛围无疑功不可没。我最敬畏的还是鼓，皮质，曾经有生命的体温，它制造了空气最细密和隐秘的颤动，这样的颤动传得很远，有点像我们的文学。

29

洗澡间灯坏了，以为洗澡会很不方便。的确是不方便。但在黑暗中洗澡跟水的那种交流会特别专注，连光也不来打扰你，黑暗使空间变得辽远，使时间变得原始，只有一注热水神奇地从天而降，你如同接受灌顶，涌起莫名的感动，浑身上下被洗涤得透透彻彻。

30

好比浑浊的池塘，若得引来一口清泉，泉水终日潺潺流入，久之，多浑浊的池塘也会变得清澈起来。经典也就是这么一口清泉，源源不绝，清凉甘甜，浑浊的生命也会因为经典的不断摄入而变得澄澈。

31

我在乡间又听到了那种洒一把芝麻又抽一根丝的鸟叫声，这两个声音如影随形，配合默契让人叹服。看来是一只鸟先后发出的声音。两个声音来自同一个发声体。我在宜州听到时还以为是两只鸟。

32

我怎么老感到我们回到的乡土已不是原来的乡土。泥巴冲的墙历百年风雨依然坚实清凉，为什么要换上水泥砖砌的房子？所有的坡地都开荒了，为什么不给放牛的孩子留一片奔跑的空地？后龙山的树林里丢满了五颜六色的塑料袋子，怎么能够变成天性爱捉迷藏的孩子们七彩的梦想？乡村文化的零落已经触目惊心。

33

我有些文字发表在荒野的石碑上，读者只有萤火与星月。我曾经为一些逝去的老人通宵达旦构思碑铭。这些老人，他们的一生，真不容易。用两三百字，试图呈示其人一生之精华。这样的写作，认真对待，无疑都需要付出心血。夜半无人自语时，慢思量，原来无非是对生命之敬畏。一切男子是我父，一切女子是我母。

34

那么多的石头跑来为一幅古代书法见证，它们使劲地顿了一下脚，沉思了一会儿，就离开了，留下了一群或圆或椭或方的朱砂印记，金石之气，捍卫着中国文字的尊严。

35

前几天在大化淘到一小块红水河彩玉石，色彩像老虎皮，很斑斓，我对它的喜爱与日俱增，我把它放在床头，随手就可以抓得到，那一股温润的清凉让我对江河和造化心存感激，把它当书签用用，可让阅读兴味盎然。想念雨的时候看它，它是一座金黄色的小山，满山的雨。那一方小小的世界如此圆融，完整，惊叹呵，背面有一个刀刻般的风骨嶙嶙的“人”字，看了振奋呵。

36

在一个嘴唇焦躁的地方，我开始思念微雨。似乎是前夜，我听到一阵淅淅沥沥的雨声，心中不禁一阵窃喜，后来发现不是雨，也不知道是什么声音。看彦桥的微博，知道宜州下雨了。昔年在宜夜雨之时沏一碗茶，读一卷书，听鸟儿在雨中飞鸣，偶作数句，亦沁入雨水清奇。

37

提醒，大半给我们带来的都是沮丧的情绪，极少部分能给我们快乐。真正有价值的摄影行为是不需要提醒对方的，只需要默默记录和捕捉。这么多年下来，我发现我依然是一个害怕被提醒的人。我们一直在被提醒的文化语境中长大。来自老师，长辈，朋友。有善意的提醒，有不怀好意的提醒，有哪壶不开提哪壶的提醒。

38

有些人把写作当常态，像早晨起来到厨房里抹抹擦擦一阵子，然后心满意足上班去了。慢慢地，就写了很多，并不以别人的关注作为动力。而有些人，只写了一篇，就像诱饵一样挂在树上期待飞鸟经过，天天在树下守候。

39

压抑是会产生火焰的。韩愈评李白杜甫评得太好了。他说，天帝需要经常阅读诗篇，于是让李杜不断遭受压抑。剪掉鸟儿的翅膀，关在笼子里，让它们看外面的百鸟飞翔，让它们绝望，痛苦，让它们叫出最凄厉悲壮的声音。听说李杜创作出来的诗篇，大多给天帝派五丁下来取走了，“流落人间者，太山一毫芒。”

40

只要是夜晚，每次经过办公楼二楼，楼道靠窗的地方总有一个人在黑暗中凭窗而望，不声不响，额头映着淡淡的微光，冷静得让人发怵，我路过时都会不由自主地瞟去一眼，然后带着莫名的惊悸快步下楼。其实我早就知道那是一盆高高的绿萝，枝叶纷披。但我每次经过，还是会感觉那是一个人。

41

每到农历七月十四，也就是民间所说的鬼节，夜归的我，总会发现建政路的一些大树下点满蜡烛和香，彼时，我有一种浮动在乡村的感觉，城市和农村，原来也并不全是泾渭分明的，在一些柔软的内核，始终一致。也只有在这个时候，我才知道，每一棵树，都是有灵魂的。

42

睡醒后要安静地坐一会儿才起床，任何事情都需要一个过渡。就像高山上的那些植物带，变化时要有一个混生带，有过去的植物，也有即将来临的植物，交叉、磨合、对话、衔接……通过这个阶段，事物的发展才不会出现硬伤。一睡醒就弹跳起来我觉得是一种暴力。

43

我们就是带着微微的疼痛从一粒尘埃跑到另一粒尘埃，我们不小心滑了一脚，摔了一跤，满以为可以坠入虚空，却被又一粒尘埃接住。中午你在哪一粒微尘里饮酒？晚上又在哪一粒？聚合、喧闹只是一股气流，转眼就随风而散，唯有得了炎症的喉咙隐痛真实。午梦醒来，顿感虚无，百无聊赖。

44

入吾室之蛾者，善飞善藏，捉之不得，驱之不去，亦不老。每见其飞翔于墙上垂挂之衣物边缘，如山鹰拍击高山悬崖间，得意之状何可名也！吾，一梦醒之人，方惊悸于梦境之险，又睹此物凌云展翅之雄姿，颇感无奈。

45

我喜欢看小巷子墙壁上的树影，特别是有风的时候，那种静静摇曳的情景，总有一种用笔把它们描画在墙上的冲动……

46

有好一阵子不读杜甫的诗了，心里竟然有点慌乱，也可能是别的原因，比如气温变换什么的。人的情绪真是难以控制的海洋。但我知道，关键的原因还是我脱离了那些不断让我回归寂寞的大文字。我注定不能离开那个古老的容器太久，我注定不能离开那个沉静的大湖太久……

47

回笼觉有点像木匠做好桌椅之后看看哪里略有松动又敲那么几下，又像黄昏时被牧童催促回家的水牛回头吃的那几口草。结实，美妙！

48

那些在零乱的古董地摊前蹲着淘小件器物的人，都是些性情随和、面容宁静的人。一块破残的玉石或琥珀都会在他们手上停留很久，很久。只有他们知道，时光是拿来回味的，时光是拿来幽检的。一阵风吹过，苏醒的是旧年的微喜；一阵雨拂过，斑驳的是故园的苔痕……

49

自从这块虎皮斑斓的大化石进入我生活的空间，我找回失落已久的童年时痴爱某物的感觉。它魔力十足，让我在读书之余注视着它，拿在掌心细细玩赏，它是这样小，以至于它的冰凉一下子就涌上我的温度，相比之下，我更喜欢与它保持一定距离，那样，它有更多的语言。

50

语言舒展蓬勃，像一株植物，不一定要承载思想。

51

这个季节有点独特。要是下雨的话，贪玩的湿气就会窜到室外跟雨点嬉戏，它们玩得水乳交融、合二为一，好像精灵找到附体一般。雨若是停了，湿气就会窜进屋子里来，凝成水珠挂在玻璃上，把地板砖、墙砖、墙壁、水泥地面弄得湿漉漉的，好像一个失恋的人，希望全世界都来分享他不可告人的幽暗而潮湿的痛苦。

52

稍翻数页书，光阴逝如箭。《法句经》云："是日已逝，命亦随减。如少水鱼，斯有何乐？"我们仿佛水缸里的鱼，水是有定量的，每天有人舀一瓢水泼出去，"啪啦"一声，然后一个空瓢丢将回来，鱼听到这样的声音，还会有多少快乐？

53

早上听到小巷有一把小锤子敲击地面，声音不急不躁，节奏感好，那是一双高跟鞋走过。女人是带着锤子走路的，随时漫不经心敲打这个世界和男人的想象。如果跑起来，锤子就敲得密集，像没来由的一阵急雨，更像饥饿的蚕虫猛吃桑叶。有些男人，钥匙多，走路叮当作响。走路不声不响的令人钦佩，但也让人恐惧。

54

有些树树叶都落光了，但树上寄生的植物却郁郁葱葱，我不知道，这些植物是否有点惭愧，有些尴尬。

55

被人家定位是很痛苦的，更痛苦的是久而久之自己也认同了这样的定位，成为自我定位。比如，我们定位某某人为小小说作家，他一开始有点扭扭捏捏不肯接受，到了后来，他便自觉地执著地展示这个定位了。

56

他们倒不是缺少眼光，也并不缺乏认知能力和判断能力，他们更多的是考虑利益的置换问题。因为太多的加减乘除在心中，所以他们也只能选择对一些优秀的作品熟视无睹。就等于某些人做了点官，在路上就不认识你了，他们真的不认识你吗？等到他们退休了，冲过来跟你热情握手的就是他们。

57

连蚂蚁搬运东西都会有所选择，它有灵觉，有判断，知道老是搬运未经证实的小道消息会把自己弄成可怕的神经病。

58

走过树下，一滴冷雨击中我的前额，紧接着，一群细雨跑来劝慰……

59

有些东西，只有脱离你的手后，它才会美丽，比如烟花。有些花，是不能在你手上开放的，一定要在你手上开放，那只能是悲剧了，比如烟花。

60

一株草消失了，说不定一只小虫就无家可归，一只蚂蚁就会在原地打转徘徊，因为，它良好的方向感受到自己的质疑……

61

幽暗容易产生穿越感。街边“纹身”二字闪闪烁烁，该不是九纹龙史进光顾过的地方吧？擦皮鞋的暂无生意，正捧读《南国早报》，一个穿着讲究的女孩在饭馆前打电话，神色羞涩快乐。看模样会跺跺脚。行人沉默寡言，或低头或昂首，或顾盼或斜睇，唐宋元明清地走着。

62

建政路天色幽暗，老樟树枝干黑得深沉，行人脸上似乎摇曳着雾气，看样子会有一场雨。这个时候，我理解了白居易千年前的焦急：“晚来天欲雪，能饮一杯无？”

63

你可以看不起别的木炭，但你必须跟这些木炭混在一起，好吧，你清高，你独自燃烧，你躲在一个角落梦想辉煌，你能坚持多久？本来，一阵风来，会让一堆木炭燃烧得更猛烈，但是，若是只有一块可怜的燃着的木炭，那只会加速它的熄灭。

64

血脉决定了一棵树在空中伸展的姿势，血脉决定了一只高傲的飞鸟不会把目光盯住地面的腐鼠……

65

在建政路等车，一片小小的黄叶落在老樟树龙鳞般的树皮上，默默接受我的仰望。它安静、美丽，像是在森林里做梦，连鸟儿也不忍心惊动它。它不知道，一阵风吹来，它就得悠悠飘下，落在路面上，又一阵风吹来，它就得跟别的落叶一起，像一群喧闹的孩子追逐车子……

66

盆栽有点黄叶和枯叶不用急吼吼地摘掉，想必它也不会影响主体的青葱翠绿。同时向你呈现荣枯的才是自然，才是美的神韵。

67

砍树者是有罪的。砍树，就是砍伐我们心中的寂静和温馨的记忆，就是砍伐一个地方的神性和历史。一个地方，再也看不到古木参天，那它只适宜生活一群卑琐萎靡的灵魂。

68

摩托车报警器在窗外一直响个不停。任何森林的怪鸟都不会叫得如此恐怖。它们是人类饲养出来的怪兽，专门用来恫吓和骚扰人类。我真的相信，那些充满怨恨的冤孽已经附体在上面，要不然，它们不会这么敏感、失控、耍泼、有恃无恐、破罐破摔、声东击西、趾高气扬……

69

如果你不出门，外面的世界仍然会通过各式各样的声响跟你联系。声波之流穿透力极强。这是无法逃避的。斗室之内有书，有石，有微暗灯火，即是无穷无尽的山河大地，日月星辰。

70

蜜蜂永远看不懂蜗牛的闲，他总认为忙得死去活来的人生才是有意义的人生。

71

是有人在旁边煽风点火，营造一个哄抢的最佳氛围。鸡太闹，主人撒一把米，大家抢得呜呼哀哉，头都低到地里去，叮叮叮，这样可以换得短暂的和平。

72

多数声响是因为我们不信任自己而发出的。就好比门关好了，总是怀疑没关好，一次次去拉。怕别人不注意我们，争着发言，起哄，清嗓子，咳嗽，恨不得带个音箱在身上。唯有自信者才可以过上不声不响的生活，隐士的生活。风过无痕，鸟过无迹，云过无语，花开无声……

73

我早就说过，看一千本森林画册，比不上带孩子步入一次森林。我女儿从两岁开始，就跟我登山涉水，行走在林莽滩涂间，现在看来，这样的做法是有效的。她现在写作文很有想象力。

74

我们家乡那些乡村诗人是怎样交流的呢？每到圩日，他们牵牛到圩边有草树的地方，将牛绳系在树脚，让牛自己吃草，他们步入圩市寻觅前来赶圩的诗友，觅到了，一同回到圩边的树下，蹲下来，用劣质香烟盒纸你写一首给我看，我写一首给你看，直到夕阳下山，才牵牛回家……

75

朝发轫于望仙兮雾茫茫。午抵百色兮春阳灿烂。

76

每在枕上发现落发，都想到纷披落叶，但没有想好像什么落叶，今日受到渡渡鸟启示，像松针。松针落下是无声的，不惊动睡眠，一如落发。

77

佛与魔，读音相近，其实就是为了在隐微的地方，在同一个韵母里顽强作战。

78

波德莱尔说：“欲望是自然的产物，自然得连一个感人的调子都产生不出来……它太平常无奇了，太狂暴失控了，因此不能不辱没存在于超自然的诗国中纯洁的心愿、文雅的伤感和高尚的绝望。”在宁夏，两次近距离听人唱花儿，我都有想流泪的感觉。花儿不是欲望，它是诗，它调子感人，里边深藏高尚的绝望。

79

给蜻蜓背负重物它就飞不起来了，或者说，不再是蜻蜓。不知道是什么东西。蜻蜓的翅膀是透明的，它们腰身也尽可能透明。唯有黑不溜秋的大眼睛清澈而深邃。波德莱尔说："诗宁肯呻吟于死亡或衰败的痛苦之中，也不能混同于道德或科学。"

80

鱼只要在水中，什么时候离开过水的生活？在一棵水草下潜伏，水分子传递的信息，同样可以准确抵达内心。

81

不必拔地参天，一棵普通的树，也可能浑身珍宝。《本草纲目》载："春采枸杞叶，名天精草；夏采花，名长生草；秋采子，名枸杞子；冬采根，名地骨皮。"

82

压抑是无声的战争，不一定都是坏事。因为战争结束，刀剑也就生锈了。人需要保留一点锐利的东西。深夜打开匣子，熠熠生辉。

83

我在幽暗而狭窄的屋子里呆坐，恍然感觉置身光线微暗的深山穷谷。身边一摞摞的书像一棵棵寂寞的大树。近窗边的那些大树还染着几许风霜。那是窗外的微光。如果不是为了阅读，我不太喜欢开灯。光线太好，我常常无所适从。

84

很庆幸，十年前在宜州的夜晚漫步，在郊外那座废弃的铁城浪迹，看星光，听单家独户的狗吠，那种裂空而来的野性喧嚣。然后在一块剖开的岩石前伫立，读懂月色般的皎洁和弥漫，以及，足以对视星空的冷寂。彼时心境，一如今夜望仙坡。没有太大落差，亦没有沧桑，没有惊叹。从废弃的城到萧森的林，依然旧我。

85

想想明天，如果没有下雨，我又可以去淘旧书了。这个念头让我兴奋。别人的活力来自烟、酒和其他，我的活力来自翻阅和搬运那些沦落风尘的书籍。多年来，在任何一座经过的城市，任何一条街道，只要发现旧书摊，我就会投入那份古旧时光的宁静，忘记现实的迫促、喧嚣和凄惶。尽管我可能什么也没有翻找到。

86

人生就如一黑暗山洞。有一点微光，如蛇珠虎睛，我们匍匐就之，探索其秘，管它是啥东西呢。结果如何。反正不虚度时光就行。

87

相对于其他学科，文学的词更新缓慢。它对出现的新政策和新情况保持观望和犹豫。它总是游离在热闹的事件之外。它是飘移的。无法捉摸。大多数时候并不积极，甚至懒惰，沉湎在远处一段郁结。但也不排除在街的拐角吓你一跳，在你摇动红酒庆功时制造深深的失败感。

88

吾闻善饮者，每啜第一口，双目微闭，身子冉冉下沉，表情似有非有，似无非无，黯淡无光。待沉到深渊底部，不能再沉时，身子缓缓升起，如旭日穿云，月起孤峰，愈发明朗，且伴以一声长叹，悠扬深邃，直让人荡气回肠。

89

我们的教育让大多数人最后丧失阅读的能力。适合过着被饲养的生活。

90

“世人共鲁莽，吾道属艰难。”工艺之道在吾国久已毁弃矣。现在，人心浮躁至极，就连把线头穿进针眼所需要的片刻宁静也几乎找不到了。

91

新诗更需要血脉里面婉转流淌的音节。像石头里的泉水，神不知鬼不觉，一股激越悲愤的涌流，之后是箫声咽，秦娥梦断秦楼月……

92

醉是慢慢累积的，而睡眠如猛兽袭来。半夜醒。坐起。寻思。从一种凌乱知道它来过。

93

即使到了五十年代，广西宜州仍然有这么一个奇怪的老头，他每天背着一个竹篓在城内逡巡，不作一语，只是默默地把被人遗弃在地面上有字的纸片一一捡起，然后背到江边偏僻处烧化，风里来尘里去，从未间断。竹篓上印一行字“古今圣贤，敬惜字纸”。提醒人们，那些有文字的纸是不能丢在地上践踏的。

94

黄昏的天空因为归鸟的翅膀而变得亲切温馨。

95

姑娘的裙子穿得合身，临风之时，见些许飘逸，些许似藏未藏，是名得体。如云裹青山，水过青苔。

96

望仙坡的石桌旁一坐，才知道前阵子的忙乱狼藉不堪。真的，离不开这虫吟，这闲闲散散的风，这穿越城市的远远的火车鸣笛，这有月无月一样幽静的夜的林子。

97

老鼠厉害吧？但它奈何不了会动的，有脾气的，说话含糊的东西。浑身细胞敏感、滚烫，谁敢上前咬一口？有首山歌是这样唱的：“手拿珍珠不识宝，脚踏芙蓉不知花；老鼠下楼陪猪坐，肉在身边难下牙！”

98

藕。簸箕。石磨。是如何被赋予灵性的？山歌中这样唱：“出门捡得一节藕，藕节有芽哥才栽；昨天得妹一句话，话里有意哥才来。”“新织簸箕是容易，篾短手生难收边；和妹讲笑都好办，谈情说爱难上前。”“堂屋中间装石磨，只见磨盘不见心。只见妹你眯眯笑，不知中意哪个人。”

99

补锅，阉猪，都是古老的事业，现在只能从山歌里找到这份事业的生动！“妹在家中织绫罗，哥在屋外喊补锅；锅补不牢因心乱，绫罗断线因为梭！”“哥到妹村来阉猪，妹在家中煮红薯；因为贪看哥做事，红薯煮成黑糨糊。”

100

打造最精致的器物时容不得干扰，包括自己对自己的干扰，尤其是准备收工的那一刹那，需要高度寂静，天地洪荒，好接收天宇飞来的半截冰泉，竹林窜出的一抹凉月，抚慰成器物若有若无的光芒。

101

躲进文字的宁静，浑忘身际何处。人被魔力吸附的时候，世界的喧嚣形同虚设。

102

从共同关注墙脚的青苔开始，我就知道会有蔓延。

103

这是村庄遗留下来的一块石碑。留给我们很多想象和思考。村庄被城市淹没后，就靠这些东西在暗地里挣扎了。它们像是鱼肉里的刺。你还真的不敢一口咬下去，也不敢囫囵吞枣。若是肆无忌惮，将会留下长久的隐痛。葛村，麻村，曾经悠长悠长的葛麻岁月，是这座城市最纯洁的初始时光。那个时候，竹林依依，野水涟涟，古榕参天，众鸟欣有托，人亦爱其庐。

104

发怒，我们家乡叫“起粉”。太形象了。盖发怒者多数会激起地面之灰尘，让粉末席卷着他，簇拥着他。承认他的统治地位。每一粒尘土都很兴奋，它们本身就热衷于造势和烘托。好不容易盼来一场怒火。好比打鱼遇着网，好比杀猪遇着刀。另外，发怒者通常唾沫横飞，那是一场不可理喻的雨，像粉一样，飘飘洒洒。

105

“平明寻白羽，没在石林中”。这不仅说明夜晚引弓的将军神勇无匹，也说明将军内心恐惧之深。对于那些捕风捉影的目标，他本来犯不着那么用力的。

106

睡眠时那些梦幻的历史，那些惊悸的历史，黑白变幻的深渊，无穷无尽出现或消失的面孔，无梦时植物般的存在状态，史学家都没有去探究。很多真实运行的历史不断湮没。哲学家利希滕贝格说得一点没错：“我们的全部历史都是不睡觉的人的历史，睡觉的人的历史还没有人考虑过……”

107

善良的魔鬼们，可能更接近圣的精神。

108

就像冷风，通过树洞和崖隙吹出怪戾口哨，通过空旷原野发出呜呜悲鸣，通过潮水拍响万马嘶吼，文字，通过形形色色手指，幻化个性迥异的风景。文字过境时，可能微服私访，悄无声息，可能吹吹打打，极尽张扬。也可能飞沙走石，留下荒乱残迹。声名狼藉的作家，往往就是第三种。承受着狂风骤雨之后的萧条。

109

写文字的人像养鸟的人一样，早上得提着笼子到公园里的树挂挂，让它吐几口浊气，清清嗓子，顺便跟其他鸟儿和鸣和鸣。

110

经典的一个特点是，它的元素，已经融入我们的日常生活。我们可以随手拈来。它不仅是一种恒常的存在，更是一种珍贵的照亮。

111

深刻。微妙。笑与哭，原来是耳鬓厮磨的一对铁血情侣，你中有我，我中有你。共同阐释人生的奥秘。山歌中说：“妹去种田哥读书，莫要越读越糊涂。上轿女子哭是笑，落第秀才笑是哭。”

112

我在清晨模模糊糊的睡意中想到人睡觉相当于渔民休渔，农民退耕还林。河流需要回到野鱼欢快的原始状态，被赶走的树木需要回到原来生长的地方。我奇怪在睡意缠绵，浑浑噩噩，似醒还睡的状态我怎么会研究起睡眠的意义来？而且还用了比喻。

113

这些藤蔓苔藓兴奋地攀附在树的身上，它们自个儿说话，爬行，扭结，相互交流，传递信物，苟且偷生。它们并不爱树，只是租借场地摆摊，也不知道到底想卖些什么。

114

蜜蜂采花粉要看好花还是坏花吗？好和坏，只是心里的分别。其实并不存在。气味颜色不太相同而已。事实上，蜂蜜成为绝响是蜜蜂什么花的粉都敢采。有毒也可以把它变成无毒。坏的思想，邪恶的念头，都可把它变成灵魂的光芒。

115

梦见野性未泯脱缰之马入城，为眼前奇景惊骇，时奔时驻，飘忽不定，双目惶然，人多受吓。奔散与尖叫未断。余思欲以一把青草诱惑之，好缚其首，牵以绳，掌控之。似已成，又似未成。梦醒。诸君为我解梦尔。

116

从小在稻田边长大，真没想到，禾苗稻谷田中水，可以诗意满盈，引无尽遐思。老杜诗笔滑过，果真万类生辉。“芊芊炯翠羽，剡剡生银汉。”说的是禾苗之青葱，用了翠羽、银汉这样的词。“鸥鸟镜里来，关山雪边看。”说的是畦水之明净。“玉粒足晨炊，红鲜任霞散。”红鲜是红米，用来做饭，像红霞慢慢散开。

117

我们家乡话有个词“撇列货”，形容那些不堪一击，或者一碰就哭脆弱得一塌糊涂的人。今读杜诗，其中有句云：“鬼物撇捩辞坑壕”，说的是有把刀十分锋利，鬼物见之无不惊恐奔逸，越壕堑而去。这个“撇捩”，应该就是我们家乡话那个“撇列”。方言里生动却无法书写的词很可能典籍里面就有。比如，撇捩货。

118

淮南子描述的和谐社会是：人们睡觉睡得香，不焦虑，起床后傻坐一阵，憨态可掬，一会儿以为自己是马，一会儿以为自己是牛，动作沉稳舒缓，浮游不知所求。完全不像我们现在这么紧张，目的性那么强，整天奔跑着挥霍生命，哄抢项目，自以为得计，其实是牛马不如。

119

人生怎么就那么艰难呢？我们不得不重复做一些类似于用草梗钓地面虫洞里的小虫子的无聊事情，而且，还居然做得兴致勃勃。自己乐在其中不算，还指导别人怎么做。生怕别人不学，导致绝世技能失传。重复是苦。背后被别人骂就更苦。因为别人总认为你踩了他家的坡地，钓了他家虫洞的虫子，其实，你只是路过。

120

暮色的苍茫是否就是许多人向酒馆狂奔的真正原因？那迷失的痛，红如烙铁，需要极端的液体灌洒，一滴两滴，一碗两碗，或可慰藉于万一。“露水这么重，怎么能没有酒？”一个朋友的话从记忆里飘来。深夜喝酒也有充分理由。

121

某公自号茶仙。有老树根茶几一张，每日酒后必临几饮茶，茗香四溢之际，吟诗抚几，几油亮生辉。此茶几乃公二十年前购于市。为树根之时潜土中年淹日久。某日，公醉身斜，触碰茶几，几翻触地，缺一角，惊现一段蛇身，视之息息尚活！此老蛇蛰伏于树根之中二十年，靠茶气渗木中养身。沉静若此，真修行者也。

122

今日与友人同游北流勾漏洞，水滴成潭，境界迭出，石笋钟乳，琳琅满目，映以彩灯，如悬璎珞，梦幻迷离，游客中某女沉浸眼前佳景，浑然忘我，幽暗中竟挽住同行庆宏君手臂，误为其夫，小鸟依人，恬然自适，待至洞口亮光，二目相视，方知挽错，脸色霎时桃红，一再向庆宏君致歉，庆宏君大人大量，未予怪罪，而其夫行于前，终未察。

123

看小说多了，我竟有点害怕飘窗上那堆石头会把封存已久的故事释放出来。它们色彩斑斓，样貌怪异，把曾经的伤口裂痕都作了艺术化的处理，不可能没有故事。关键是它们愿不愿说而已。窗外的车声像流水，这也十分危险，石头的记忆被唤醒了怎么办？它们以为回到那场滔滔的洪水，在我的飘窗上空舞蹈起来怎么办？

124

我想起小儿有一次吃一盘草莓，转眼之间，就基本风卷残云急雨过。等到他目光诡异，手捂一颗草莓，左看右看，欲露还遮，四处走动，仿佛捂住的是一颗令人兴奋的星子，光芒四射，我就知道，那是最后一颗草莓了。舍不得吃，又怕他人夺去。

125

话是声音的形式，看不见，但是，话里面的确是存在一个匣子的，摸摸匣子的边角，花纹，锁头，用手指叩叩表面，还不行。里面的宝物仍然不为人知。得打开锁头，掀开盖子，让珠光宝气喷涌而出，流淌成滔滔不绝的江河。那些口若悬河者显然是打开了匣子的。

126

我对我曾祖父当年行迹充满想象和好奇。有一个画面经常在念想中出现：他总是孤零零地走在访友的路上……荒坡土岭，深山穷谷，古木苍苔，流水白云，疏星微月，细雨雪花……我不知道路过这些风景物象之时他会在心里琢磨些什么。或许，他只是喃唱着他喜爱的格律：平平仄仄平平仄，仄仄平平仄仄平……

127

北流勾漏山，道教三十六洞天之一，排名第二十二。勾漏的意思是，七勾八曲，东破西漏。山之残破洞之曲折，可想而知。华屋豪宅不是修行之所，整齐规一的楼盘聚纳不了灵气精神。曲折可得幽致，破漏易见透通。峭壁悬崖，而毛群羽簇快然处之。人若不能似羽簇轻盈，音声澄澈，远离尘嚣，出入云崖霞际，何可炼成金丹，羽化登仙？

128

当我们忘记了是在写字，字就好了。就像那些得道的老中医开药方，下笔疾疾徐徐，只是草木药性或物质的滋味在运行奔突。迴立孤标、摇曳婆娑的各类植物有可能会闪电一样闪现在脑瓜子里。不知不觉影响一种抉择。

129

你可能以为那水静了，其实是没有遇着风。风一来，你看，烟波浩渺。纵然是微风，也是制造涟漪的好手。水如此敏感，如何调伏？好在，江河湖海，深处有静。敏感荡动只是一部分。这一部分，是老树迎风的嫩叶。阳光下特别美。特别摇曳。是未定型的文字，细碎的想法，有灼痛感，令人心悸，但它蕴含新的可能。

130

飞驰的公交车是一股哗啦啦的水流，一只沉思默想的鱼被裹挟着前行，它不知好歹地沉溺在文字的深渊里，打捞记忆的几根水草，在时光静流中穿梭遨游，起落沉浮，现实湍急的水声被它误以为是荒原里遥远的风声。直到一股内部的暗流把它和悬挂的水草推到灯火阑珊的码头上，还未及思索，那股激流已呼啸远去。

131

到理发店一坐，你就会看到从虚空中涌来很多头发长的人，他们都感到有修剪的必要了。有少量是来染发的。走到买米的地方，你就会看到，家中已无米者不止你一个，他们不知道是从什么地方冒出来的。像魔术，很神奇。找到什么泉眼就挑到什么水，这个世界看起来混乱无序，其实是按一定的规律运行，或者集结。

132

其实独处是相当好的。你的世界滩声水起，鹭飞魚跃，白云玄鹤……皆可静静发生、舒展。与人相处，弄不好就是煎熬。煎熬是看不见的笼子。

133

如今乍暖还寒时候，最让人难受。冷几天，热几天，又冷几天。冷热交替。人像被打的铁，烧热之后锤锤打打泼一瓢冷水，冒一股烟。到底会被制造成什么武器？暖和之气有点像害羞的新媳妇，刚到夫家，还住不惯，三天两头往娘家跑。这样来来去去折腾好几回。跑累了，或者住上瘾了，尝到甜头了，天气才会稳定。

134

老友云峰，忠厚长者。与人接洽，和风细雨，人多爱敬。唯貌类蛇首，令吾惊愕，然未便询及。久之，一知情者语余：云峰昔作知青插队与同伴数人获一巨蛇，共烹之。后数载，同伴数人皆因怪病及意外相继弃世，仅余云峰，因根基良善故，硕果欣存。然貌相日变，由圆趋方，由方趋倒三角形，眉目闪烁，终类蛇首。

135

大约是《淮南子》这部书，是这样说的，猴子在山林间，悬崖峭壁，高树乔木，靠一根藤蔓就能游来荡去，如闪电飞瀑，行动出神入化，让人叹为观止，而它一旦误入平地，很快就会被狗擒拿，一身绝技使不上来，郁郁寡欢，一副受伤模样，我经常纳闷，为什么智慧都有其领域，而不是在在处处通用？

136

孩子，不可以命令别人停止说话，说声音吵你入眠。有一个真理，这个世界不会为你安静。你必须学会在喧闹中入睡，适应环境，旁若无人。要彻底的安静就住到深山老林去吧，一个人看月亮。但我要提醒一下，深山老林仍然免不了会听到野兽的叫声。野兽和枭鸟的聒噪绝对不会让你烦躁，但是，却让你毛骨悚然。

137

南方打铜鼓，至少得有两个铜鼓，一公一母，一清一浊。公铜鼓的音色较清，母铜鼓的音色偏浊。清浊配合，声音铿锵悠扬。有意思的是，将两个公铜鼓放在一起打，其中一个旋即变成母铜鼓，其声稍浊，不如另外一个清越。反之亦然，两个被视为母铜鼓的放在一起打，其中一个陡然高亢清脆起来。

138

不知不觉，洗脸的毛巾变薄了，一定有什么东西在静悄悄流失。比如此时楼下的狗吠声声，那是狗的激情在黑夜里流失。有一天，它的声稀薄了，就无法扬到十七楼这个高度。在今夜的灯光下，我认真观察一条变薄的毛巾，顺带倾听远处的狗吠，毛巾的一头已经出现了璎珞状。准确地说，是璎珞状。很有规律地排列。

139

独处，屏除外缘，卸下面具盔甲，脱下马靴，得自在。独处也是休息，不一定睡着才是。睡着了，也是善待独处的结果。失眠者大多不会善待自己的独处，他们太功利，在清泉潺潺，苔痕蔓延，藤萝抱树的林子里制造紧张，用强迫自己睡着的念头绑架独处的时光，结果这个念头就像一只被控制的野兽一样，长夜咆哮。

140

手机电池只剩下一小片绿，离能量耗尽还远。出现刀片般锋利的红时才接近告罄。中间还有一段变黄的时期，那黄很顽固，含义十分模糊，非常难以渗透。足以让等待的人变老。从草青到枯黄再到刀片般的红，色彩不动声色演绎着历史。最末的红具有某种挑战意味。像是公牛打架渐臻佳境时眼睛里透出的醉人的光。

141

中午，迷迷糊糊的睡意中来了一场雷雨，好像一个醉汉在乱敲打东西，东一锤西一锤，或者两锤做一锤。接着就舀水缸里的水到处乱泼。等到清醒的警察赶到的时候，也就是说，睡意全消的时候，醉汉早就逃得无影无踪。地面上，铺满黄色的玉兰树叶子，巷子里有个女人拿扫帚扫水。是不是那种铁树扫帚我可没注意。

142

几天不外出走走，木棉花就开了。而且，开得那么彻底，那么愤怒，从树脚到树顶，分明是一团绝望的火焰在熊熊燃烧，就连周遭的空气也火爆起来。好比一个青涩的小姑娘，只几天不见，转眼就举行隆重婚礼，宝马香车，流光溢彩，气氛热烈，但我能感受到其中的辛苦。

143

夜晚散步又见木棉花，映以昏黄灯火，呕心沥血的热烈自不必说。赞叹一番。居然不再有捡起一朵木棉花的少年冲动。我是老了？还是老谋深算了？

144

世人崇拜偶像，唯吾乡廖某崇拜水泥。70年代乡间僻隅，水泥至为金贵。廖某因职务便利，获水泥良多。其家院落，批荡光鲜。意未足，复以水泥建一冢，中有墓穴，清凉干爽，留一入口，俟临命终时爬入，嘱家人为其封穴。冢成之后数十载，廖某健在。乡人睹其数度入穴纳凉，尽享水泥之妙，今水泥空冢犹在坡前。

145

念初一那个青年节，我被一股莫名的激情摇撼，爆发出一首几十行的长诗，老师叹服，命班长用粉笔写在学校露天的黑板上，他抄完时，天正好黑。我在梦想第二天的校园开始传扬我的名字。可是，当夜来了大雨。往后几天，只有一个少年，出没在那堵黑板墙前，辨认斑驳的笔画，缅怀那首被暴风雨劫掠而去的诗歌。

146

举起手，想做一个手势，以辅助要用口头表达的内容，或者说手势就是内容的一部分，结果，话没有说出来，嘴巴动了动，闭上了，显然是不知道怎么说才好，手势也没有做成，显然也是不知道怎么做才好，于是尴尬地垂下，我把这种状态视为语言即将诞生的重要时刻，语言就诞生在无法表达的前夜。

147

一片树叶，落在地面，丝毫不会引起人们的重视。要是它一不小心落入烧红的碗，并且把影像神奇地印在碗底呢？

148

看来看去，那些戴耳麦的人，都像是藤萝披挂的悬崖，守护着自己坚硬的世纪。又像是藤蔓缠绕的老树，迷醉在自己孤独的森林。不屑于与外界交流。

149

夜至茶肆会友人，说曼殊旧事。出来方知雨下得还真不小，街边映着亮亮的水，雷电仍在纵横驰骋。这久违的雷声、闪电如此亲切，仿佛思念已久的挚友来临。慰我枯索生涯。

150

如果你看到一个鱼塘鱼总是跳个不停，没有一刻停止的，那一定是鱼塘内部出了什么问题，必须这样做。时而鱼跃波动，时而水面平静，这样的鱼塘才是正常的。同样，一堂课，老师总是讲个不停，没有沉默下来让学生思考，没有停顿的间隙，从头至尾浪花飞绽，那这堂课可能也是不正常的。沉默也是语言的一部分。

151

子美诗云："清江空旧鱼，春雨余甘蔗。"此状浩然夫子隐居事也。吾曾祖父解放后十年间隐居林下，栽果种蕉，抚月听溪，偃卧啸歌，未知时之易也。作诗云："十年图守困，空对旧山林。"空字，似有一份茫然，恐出自杜诗。

152

白天细细清明雨，夜晚浓浓浊酒杯。别后灯孤魂梦里，滩声响彻几多回？

153

即使是"恨"这样的词，也是有庄严感的。需要强大的内心力量支撑。"恨"像一座石塔，在夜里暗暗发光，与遥远的星星作清冷的对话。

石塔是有重量的。这是它赢得尊重的理由。一旦我们发现，这“根”之塔已非古塔，是连夜赶造垒砌，只要你愿意，一只手就可以举过头顶，像泡沫一样轻，我们顿感绝望和惘然。

154

有个地方想请我去讲课，我想了想，居然同意了。我说，多年不上课了，我有点羞涩感，但是，大家可能会得到真东西。就像初恋的情人一样，她的动作有点慌乱，但是，她的吻，值钱。水分足。内心有奔跳。

155

那天又进武宣百崖漕。即百崖大峡谷。对幽谷崖壁上的植物抱着极大兴趣。它们瑰丽而脆弱。一不小心叶子就会掉。花就会凋落。它们只生长在幽谷里，潮湿的溪涧边，靠空中飞泻的微细水珠滋养。一点点阳光，就可以让它们的生命婀娜多姿，流光溢彩。仿佛神话里的植物。

156

桌上有点水，何不画个鱼？世事若浮云，亦如桌上渍。风来风去了无痕，谁知曾有鱼？绿映窗前好消夏，蝉在枝头自在啼。

157

那时的乡村比较宁静。人们的心灵也比较宁静。每一样活人们都做得用心、专注。不投机取巧。不巧取豪夺。身边没有嘶嘶作响的功利怪兽追赶他们。可以在榕树下泡一壶茶。看云卷云舒。听谈狐说鬼。我听说，明清时代的普通老中医随手写下的药方，其书法功力超过当今一流的书法家。

158

晚上饭局遇一奇人。奇就奇在耳。其人耳朵不算大，耳垂亦不算丰。但若以手拉其耳垂，可伸长两寸许，直抵肩。手松则弹回。柔韧之状直赛女子束发之胶丝。其人演绎数次。吾等叹为观止。自言少时犯错，有老者拉耳惩罚，愈拉愈长，老者惊跌眼镜。耳之奇遂为已及人知晓。

159

小时候穿一双新鞋子，因为太爱惜，总怕它会弄脏，走路的时候格外小心，还老盯着鞋子看，结果往往事与愿违，鞋子还是沾了泥尘，溅了污迹，心疼得要命。后来我决计走路时不多关照鞋子了，也不怎么择路走，风里来，雨里去的，而鞋子，居然也不像想象的那么脏了。

160

生活本来就没有那么复杂的，再高档的沙发，你还不是要让我们看到自然的花色和木纹？再缤纷灿烂的舞台，你还不是想让我们读懂你的孤独，流下我们简单的泪水？

161

多高档的沙发，也不过是用来坐坐。想夏日炎炎，樵子负柴而归，汗水涔涔，路遇榕荫如盖，遂释柴觅石稍歇，无石则席地而坐，清风徐徐，凉意习习，快乐曷可言表！当是时，沙发不沙发，布艺不布艺，红木不红木，香樟不香樟，早已变得不重要了。

162

的确有新绿。我发现，老绿上面有嫩绿，就像黑发上端闪耀白发。染发，可以染得现在，染不了未来。春天就是无法让人染指的事物。

163

一只小猫从店铺溜到树脚，瞻前顾后，身子微微扭曲，不知道有什么阴谋。一片树叶旋转着飘落，触地时还蹦跳几下，像一尾小鱼。1路车亘古不变地开过来，无论车上有没有人说话，在我看来都是沉默的。好像有几点小雨，其实一出门我就知道了，我只是刻意隐瞒真相。

164

仇恨和怨恨不同。仇恨可以使人想到钢铁撞击，鼓角交鸣，战马嘶吼，仇恨还可以是对着自己的，是痛彻的解剖和反省。怨恨总是对外的，它是一种灰暗的情绪，比如怨妇心态，是从来没有向着自己回光返照的。怨妇骂街，围观者可能会很多，但对于解决问题无济于事。

165

理解不了的，宁可放弃，要不然，就会被这个东西强大的吸附力吞没。希腊哲学家亚里士多德，隐居在埃维厄岛上，每天苦苦研究处于希腊大陆和埃维厄岛之间的厄里帕海峡的水流，为什么在一天里会多次改变方向？他百思不得其解，最后跳进了这个疯狂的漩涡。“愿厄里帕的水吞没我吧，因为我无法理解它。”

166

是内心热烈的理想，强大的孤独，绝望的挣扎，推动文字走，而不是别的。

167

有个专门研究青蛙的动物学家临命终时跟身边的家人和朋友说：“我很后悔，一辈子研究青蛙……”，大家以为他为自己的学术领域太小而懊恼，正想说些安慰的话，谁知道，这个动物学家继续说：“我的学问做得太大了，太空泛了，我应该，一辈子只研究青蛙的眼睛……”

168

我们身上某些隐微的冲动，出于种种内在或外在的原因，可能会一生抑制着。要到我们的下一代才能把这样的潜质光大。把萤火虫变成月亮不是没有可能的。父亲是一截只冒烟，没有火焰的木头，而孩子可能会用火焰照亮整座森林。

169

面容宁静，言语温和，即是以一等香花布施人间。

170

我们在被时光的河流裹挟冲走之时，写下几个文字，就像漂流中抓住一根水草，一株水杨柳，或者抱住一块石头，这种实实在在的感觉，尽管也是短暂的，但肯定可以缓解我们生命的惊恐。

171

我们做的一切努力，我们出声，或者不出声，在上帝看来，都是沉默的。就好像两个人在山脚下高声骂架，只能把旁边树上的叶子喊落，对于那些在山顶上偶尔往下观察的人来说，两个人在山脚下所做的一切刻骨仇恨的努力，无非像是两只小蚂蚁在友好地碰碰触角。

172

海绵恨己身轻，常思增添分量。好不容易碰上一潭雨后积水，情急之下投怀送抱，顿时饱满酣畅，扬眉吐气，可是高兴没多久，发现手脚动弹不得，身重如铅，懊悔万分。咒骂七八日后，阳光勉强晒干水分，海绵一骨碌爬将起来，拍了拍屁股，嘟囔了句：嗨哞！一场浩劫！

173

有些伤貌似已经好了，但我们知道，那个好是无法彻底的。只要用到那个关节，才知道还是那么痛。

174

在一些容易混淆的东西上，我们最好是划两道记号，越粗糙越好，只有粗糙的感觉才会唤起记忆。让我们从虚无里找到真实。粗糙的石壁才有凌厉的风声。气质像灵魂一样缥缈，不怎么会游荡在光滑的表面，而会寻找缺口、伤痕，寻找一种非凡的图像和与众不同的质料。可能我们的文字也应该是这样。

175

我女儿第一次看到爱因斯坦相片的时候，说："像个魔术师!"是的，智慧也是魔术，变幻无穷，精彩纷呈。山中杂乱的草树，常结美丽的浆果。引无数神鸟飞临。头发梳得太整齐，太油亮的，容易让人生疑。

176

偷窥者还会有激情，冷漠的观众是没有激情的，所以，多数观众是看几眼后，发现跟自己无关，就离开了。

177

兔子吃窝边草的时候，其实是非常隐秘的，我敢保证没有人会发现，也根本不可能会被发现。最后发现问题的仍然是兔子。因为它突然感到身旁光秃秃的，什么都没有，仿佛一个光着膀子的乞丐抱着手臂走在荒凉的街头，风吹过来，凉飕飕的，唯有哆嗦……

178

建政路靠近古城路的地方，一棵高高的老木棉，树下有几朵零落的木棉花，颜色红得有点老，还有多处木棉喋血的点点痕迹，显然，大多数的落红已被扫走。树干挺拔凛然，树枝在树的顶部尽情散开，呈旋转状，而那些把夜空映得微微暗红的树上的木棉花，像奔跑的火子……

179

泥巴只能巴嗒一声给你看，而瓷器，可以“嘭”一声碎给你看，精神实质已经改变。

180

泥巴，只要听从火的教导，就会摇身一变，变成了陶器或瓷器。

181

天才就像树尖的嫩芽，特别脆弱，特别敏感，但它又的确是一棵树最纯粹的高度。所以谁要是掌握这个脆弱的秘密，摧毁天才是很容易的。有良知的人群才会保护天才。但天才通常遭遇没有良知的人群。那些给天才带来恐惧和压力的人，是魔鬼派来的。

182

一条潺潺的流水要在心的幽壑里流淌多久，你才愿意用指尖在斑驳的墙上划出来？

183

狗叫委屈无辜，是因为脖子上的铁链，老鼠阴阳怪调是因为工作的环境，鸟语澄澈，是因为它不携带任何东西，游于高树，随时轻飞。

184

下雨了，湿气们能否高抬贵步到室外找朋友聊聊？问问那些雨珠，怎样才能光明正大做水。

185

我的童年是一片辽远的田野，那里有清脆的蛙鸣和明明灭灭的萤火，有灿烂的星空和冰莹的月亮，我多么希望能够经常回到那片田野，一个人独自叙说……

186

鸟呵，我知你枝头切金分玉，你可知我床前觅句寻章？

187

昨晚一场雨，家乡的田垅注满亮亮的水，那些山呀树呀，倒影在水面上，天空也倒影在水面上。路过板嶂河、寨博河，都涨水了，浑浑的。田里吃草的水牛早早就滚出一身泥浆，看哪只牛虻还敢叮咬？乌鸦想站立也要犹豫。人有时候想要避免骚扰，可能也得学学这个方法。

188

那个时候，除了看雨，我还喜欢看天井上空大蜘蛛结网，只知道它们爱结网，不知道它们不得不结。黄昏时候在村巷看蝙蝠翻飞，那些黑乎乎的家伙行踪诡秘，让人琢磨不透。童年的喜好，真的会影响一个人后来的抉择。尤其是喜欢孤独地观察事物。

189

泥房瓦舍方可听到最纯净的雨声。童年时我就喜欢在雨天看珠线般的檐雨落入天井，可以看上老半天，也无需别人跟我分享。晚上每遇大雨，雨点打在瓦楞的声音都让我睡得十分香甜，在那种纯净如一的天籁里，我是安全的。

190

孤月微明，时隐时现。是羞涩女子在做蒙蒙躲游戏么？昏昏灯火兄弟饮酒，寂寂田野蛙鸣呦呦。

191

那块地叫黄狗恋窝，坟墓异常密集，扫墓的人熙熙攘攘，就像赶圩一般。那样的情形，出现在荒坡野地，让人感到有点意外，仿佛一场乱世繁华，令人叹服。有一年清明，我充满好奇地读过那里的几块坟碑，墓主几乎都是夭折之人。难道有什么东西郁结在那里？黄狗恋窝……

192

迷迷茫茫的山，遥遥远远的路，望仙发轫走千里，九万大山是故乡。

193

回乡路上，忆及十年前旧作《归里》。是时也，携南楼数子归里，诸君欢呼雀跃，天真烂漫之状毕现，实令吾乡生色不少。“三里回龙五里莲，尖山独柱芙蓉天。蕉黄菊白映新舍，古柳昏鸦守故园。浊酒频浇浑似醉，乡愁渐解信悠然。手栽龙骨欣欣在，十载着花今更妍。”

194

这块石头，似乎很久以前就潜伏在这个咖啡馆里。在千年万年滔滔浊浪中冲刷磨砺，才获得一份随处安放、寂然不惊的从容。

195

“芹泥随燕嘴，花蕊上蜂须”。工部此诗名《徐行》，非徐行无以察此微也。世之奔跑疾行者，除高喘捶胸外，常无所得。苏子亦爱徐行，然雅好吟啸，其词云：“何妨吟啸且徐行。”

196

割一段流云钉在峭壁上，裁一片波涛镶嵌在树皮上，偷一泓月色藏酒壶里，要不，就在一块石头上刻下一百二十回的故事……不被鞭子追逐的事物中，文学绝对是其中的一种。要读懂那些丝丝缕缕，得呆呆地立在石壁边，老树下，抱着酒壶慢饮轻酌，仔细摩挲刻满字的石头……

197

像我们放牛一样，缰绳太短了，牛时时给你牵制，久之，牛的鼻子起了老茧，这还不算，它还会不断与你较劲。累死你！如果缰绳长一点，给它足够的空间，你需要它跟你配合，轻轻一拉，你瞧，它不是乖乖跟你走啦？

198

理想可能一千年也无法实现，但是，有理想是一种高贵的品质。

199

我好久没有听到寂静了。我喜欢到山的腹部去，然后，吹掉蜡烛，听山之寂静，那些遥远的水滴，渗出岩石，一滴，一滴，再一滴……

200

诗活在一种相对特殊的语言形式躯体之中，这躯体不一定要很美，能够装下诗或者暗示我们她的周遭弥漫着诗的所在，就可以了，甚至我们要容忍她可能的粗糙和黯淡，那又有可能是你认识不到的精致。

201

我们无法在一片空地上规划出一棵大树来。大树要在深谷的凄风冷雨中渐渐长成，无声无息。

202

碗，如果它不圆，不光滑，那一定会割伤我们的嘴和手，为了吃一餐饭，弄伤嘴，不值得。如果它不是虚空的，它盛不了食物，而且无法叠加起来，不知道要占领我们的多少空间？沈从文早就赞美了这一状态，他引用民歌，说："娇妹洗碗碗重碗，娇妹床上人重人。"碗的一切，的确是无可挑剔，精美绝伦！

203

一个人，掉到枯井里，用绳子把他拉起来，也是举手之劳，人家上岸了，还要人家一辈子背着绳索生活吗？

204

下雨了，伴有雷音鸟语。看样子那些鸟还挺兴奋的。仿佛绿豆们在夜里发芽一般。全然不怖畏雷声。

205

在西竺寺喝茶时我们还谈到愿力。一个和尚有愿力，山上山下金碧辉煌，一个和尚没有愿力，山上山下荒草茫茫。有时候我觉得愿力和悲悯这样的东西也是天生的，强迫不来。如果父母真的能够把这些东西教给孩子，那也不是通过语言，而是默默的行动。

206

宜州西竺寺客堂。一整块墨石茶几，中有白玉之纹袅袅，抚之，幽幽石气沁我心。是谁？在这块嶙峋狂砺的石头之上凿出一方匀净的天地。石之瑰奇，不觉之间，几疑灵鹫飞来。

207

参访上苍，是名参天。参天古木，有神性在也。

208

下了一阵太阳雨。车窗上的几滴小雨珠颤巍巍的，像高雅人喝葡萄酒时摇动杯子，很享受的样子。又飘来一片阳光后，雨珠消失得无影无踪……

209

外面莲塘的蛙声乱成一锅粥。到底在开什么会议？发言全无顺序，个个都在发言。青蛙的嘴巴大是因为发言全无节制造成的。

210

山不算高，树木无比清新，大白天的，虫声绵密清越，织成一匹厚厚的古老的宁静。夜晚的幽静可想而知。家住九万大山的人，今天终于有机会来到十万大山。小时候看过的电影《孤胆英雄》就是在这拍摄的。

211

关于语言，我喜欢那种横空而来的感觉，像闪电。要不，就蛰伏不动，像一方宁静斑斓的石头，一块纹路深深的老樟树皮……

212

相机和猎枪都需要举起和瞄准，但预期目的是不一样的。以至于现在我们拿起来相机，那些小动物和鸟都紧张地逃遁，真的，它们被瞄准的历史太悠久了，它们的血脉基因里，贮藏了太多的颤抖和恐惧……

213

清明节那天，在一个墓地前除草时发现这个鸟巢。两只还没有长毛的小鸟非常可爱。另外两只，还在鸟蛋里面呢。有人想拿走鸟巢，我反对。扫墓后，我们在墓地前找到一棵小树，轻轻放在枝头上，上边盖点点草。晚上下雨的时候，我在念着这个小小的鸟巢。多么希望，它们的母亲，能够在雨点来临之前找到它们……

214

“每一片叶子，都有伤口。”保持轻微的灼痛感，意味着我们没有弃却汹涌的人心，我们无声的碎裂仍然在风中鸣响……

215

我想在青青的竹子上刻下对你的思念，星光会不会照见我的心痛？风儿会不会告诉你这个秘密？

216

为什么总是感觉它们离心灵那么近，那么可亲？突然想起杜甫的诗句来：“心微傍鱼鸟，肉瘦怯豺狼。”原来，是我们不够坚强。老想退退退，退到鱼鸟那个领域里去，那里没有刀光剑影，没有绳索毒胶囊。

217

现在，你只差一个心境，一个被扔在洪荒旷野里的心境。绝对无援，绝对无助，绝对孤独，同时，绝对坚定，绝对不顾一切，然后，语言，就开始诞生，并且很自然地，排成闪光的阵列。

218

深夜独自看一块石头，越看越爱。是我喜欢的虎斑纹大化石，不大，可以拿在掌上把玩。谁在这方石头上点染空蒙？幻出一个遥远的山谷。一块嶙峋的瘦石，斜斜的，水墨洇迹犹在。几朵黑云飘着。一棵树，是童年的乌桕树吗？雨点，已经赶到了。密密麻麻。

219

我不知道什么高深的理论。我只知道，只要心头还保持一点热。天上的星光就还会钟爱我们。

220

一台盛大的晚会，什么声光电火，什么仪器设备，都用上了，但是，如果没有一个人走上台去，唱出她内心的寂寞和孤独。那么，一切造势的努力毫无意义。这个展示孤独的人，她是多么无助，多么需要我们同情，她的声音会让我们流下简单温暖的泪水，她，就是我们的灵魂。没有灵魂的舞台，越盛大，将越可怕。

221

人心之海，波谲云诡。可能到郊外去，走在河水边，林子里，吹几阵自然风，这样的感觉会得到稀释。

222

只要还有一棵玉兰树，或者一棵别的什么树，院子里就不断有鸟飞来啼鸣。只要还有一堵老城墙，或者别的一座什么古老的建筑，人们就会不断到那座城市去。疯狂拆毁旧建筑，其实是在拆毁人们拜访城市的可能性，驱散城市最后的温情。开发商正在制造五光十色的沙漠。

223

遇到一座荒草孤坟，下马哭一场，然后留下诗句："近泪无干土，低空有断云。"或者，知道朋友喜欢自己的宝剑，但由于特殊原因还不能相赠，等到再来时，朋友已经谢世，于是，把宝剑挂在朋友坟前的树上，默然而去。那样的时代，诗歌是神圣的，友谊也是神圣的。

224

首先是田野的孩子，然后才是文化的孩子。心中没有广袤的田野，没有田野上空闪烁的星辰，文化的那堆红红的篝火很容易熄灭……

225

车流的声音就是时光流逝的声音，无休无止，绵绵不绝。金属的撞击声，晃荡声，橡胶与路面的摩擦声，时光里都有。人在金属里的对话，叹息，咒骂，人在滚动的橡胶上云一样的焦虑，时光里从来不缺。

226

数年前尝宿于宜山庙村。是时秦君广泉租住彼处一座百年老屋。余往访，听风论茶，已是深宵。是夜宿老屋中，夜半，闪电四起，雷雨大作，余卧于榻，几被震起者数次，不觉惊恐万分。天明，雷隐雨敛，惊悸犹存，见窗前有一小庙，问广泉，何庙也？答曰：雷王庙也。

227

且沏一盅苦茶，好将惊雷共饮；漫观半日豪雨，竟把白昼私藏。

228

陆羽说："最上等的茶叶是生长在烂石上的，而不是在泥土上。"我愿意爬上那些奇崛嶙峋的烂石，寻找传说中最好的茶。太光滑肥腻的器皿盛放不了文学的魂。

229

跑得太快，就只能听到自己的喘气声，而听不到树上的黄鹂鸣叫，听不到溪涧里水声潺潺……我们多数时候火急火燎的奔跑其实比那个买履的郑人高明不了多少，都是为了回家拿尺码。

230

有时你发现我张开的嘴巴又合上，扬起的手又放下，苦笑一下，那一定是我忘记了要说些什么……那些东西古灵精怪，比泥鳅还难捉……

231

小雨最后还是说服自己下出声音来了。雨夜，总不能不声不响。

232

木棉树枝叶繁茂，却是到了无人关注的季节。语言被用滥的时候，是思想打滑的时候，一定要小心。

233

地上的玉兰花瓣晒干了像烟丝，可惜没有人有耐心把烟丝一根根捡起来卷成玉兰烟，玉兰烟，芳香无敌。

234

有时，我会对着一颗美丽的石头沉思。不是所有经历丰富的都渴望诉说，千年万年的波涛无非云烟，凄厉的漩涡像风一样制造颠簸，假惺惺的抚慰，狰狞的狂笑，歹毒的咒骂，阴暗的掩藏、覆盖，却怎么也没有料到，你的色彩变得如此斑斓，你的形状大道至简，你的世界纯粹圆融。

235

真正吸引人的城市文化不是瞬息万变，不是层出不穷的翻新和拆迁，而是保留一些老摊点，老店，老街，老巷，老树。没有这些让时光变得悠然缓慢的事物，人真的就像一群五颜六色的，气喘吁吁的，整天心不在焉的，追魂逃命一样的怪兽。

236

我们常感叹人心不古是有道理的。古，不一定是指古代，而是一种从古时贯穿而来的，宁静的气象。是炎热者遇到的一袭清凉，提供这袭清凉的，无非是一股清风，几块石头，一棵云根盘绕的榕树，它们不知有汉，无论魏晋，非古非今。

237

帮女儿查资料，又翻了一下《淮南子》，顿觉语词奇伟，想象瑰丽，生机浩然，一看就知道不是这个时代能产生的作品。这个时代沽名钓誉，利欲熏心，油头粉面，尔虞我诈，猥琐卑劣，拿腔拿调，耍流氓，学地痞，人人自以为是，不可能产生一部奇书。

238

忻城红渡，乃红水河一处天险，河岸深切，河水湍急，视之令人胆寒，当年霞客先生乘独木舟以渡，出没风浪间，不惧其险。红渡，昔名落墨渡，又名罗木渡。今人建霞客楼纪念，余为作联云："落墨起云烟一卷斯文壮海宇；听涛思旧史半江月色照澄怀。"又撰廊柱联："独木如苇凌千顷碧浪；一江似箭过万壑青山。"友人王文善书。

239

碗，给我拍摄模糊了。然而，深夜翻看，有点心惊。碗，有人含泪捧着它，有人颤抖着捧着它，有人微笑着捧着它，有人骄傲地捧着它，有人谦卑地捧着它，它来源于泥土，经过火，它坚硬，易碎，它盛粮食，也盛烈酒，清水……

240

车灯赫然照亮了一处废弃的水渠，有几根高高的柱子抬着，那是集体主义时代留下的产物，它们早就不承载任何流水，只有青藤攀附它们，还有一些热爱高鸣的蟋蟀偶尔出没。这样废弃的水渠在我们的土地上还真不少，它们黯淡无光地凝望着不断被翻新的土地，在这没有激情，时光昏滞的时代，不知道它们在想什么。

241

夜晚从宜州出发回南宁，过龙江桥，半轮月亮昏黄。江水在黑暗中寂然无声，但我知道它在流淌，一刻也不停留。江岸上灯火寥落，唯医院大楼灯火通明，直耸夜空，人类的疾病与疼痛是如此明亮，如此炫目，我知道，这幢高楼的灯火，总是会通宵达旦。

242

听说我的曾祖母讲人很厉害，讲人，就是论人，评价人，多数带有贬损意味。比如，谁要是好吃懒做，我的曾祖母就会说他：“竹筒脚，饭蒸腰，讲到吃，眯眯笑，讲到做，心就焦。”这还是相对温和的说法，比较不留情面的说法是：“喉咙像水涧，嘴巴像铡剪。”所以，家族里的人都怕她。语言是有威力的。

243

保持火焰，就必须投柴。偶尔投点生柴也是可以的，火焰热烈的氛围很快会让生柴燃烧，它们被唤醒的热情比干柴还猛，嗞嗞作响，势不可当。这就是民间常说的猛火生柴。我们为了保持文字的火焰，需要不断读书，读贴心贴肺的书，也要读深奥的书。拿在手上琢磨半天也弄不清楚。不要紧，像生木一样投入火焰吧！

244

牛也是先大口吃草然后回家反刍，挑三拣四，择草而食，天黑了，看不见草了，肚囊依旧像空洞的皮鼓，那才晓得后悔。

245

那种闪闪发光的树，鸟是不敢站的。鸟也知道是搞节庆用的。鸟最厉害的是，它知道什么树有生机，叶子是大是小、是多是少，都不要紧，叶子落光了也不要紧。

246

我曾祖父有句名言：“娃崽跌大，葫芦吊大”。我们的孩子跌倒受伤了，我们就经常引用曾祖父的话，说：“没事的，娃崽跌大，葫芦吊大。”独立跳跃在山崖间的小猴，难免会受点伤的，但易于磨砺出坚强的意志，整天闷在母猴怀里的小猴子，暂时是安全的，但骨头软，一旦需要它独立承受风雨，那简直不堪一击。

247

天气热得不像话，望仙坡下的蛙鸣像刮痧，火车隆隆滚过，像铁甲战士边跑边扔下碎片制造空中颤响。

248

每一块石头里面都有火，关键是怎么样拿出来。怕撞击？怕震动？怕轻微的受伤？怕危险？用厚厚的厌倦的青苔裹紧，结果呢，石皮腐蚀了，一直腐蚀到心，慢慢地，是不是一块石头都可疑了。你看，河里的石头那么美丽，人家还生活在冷水里，冷水里依然有电吼雷鸣，一切奔涌宁静、骇浪狂沙牵系于心，息息相依。

249

在田里烟老鼠，不堵后洞的话，任凭你在前洞煽衣燃草，老鼠也不会跑出来，烟从前洞钻进后洞钻出，走过场，没有形成郁结，对洞中的老鼠不构成压力。老鼠很有定力，不会乱窜。所以，必须先堵，堵得发慌，堵得老鼠几乎昏厥在洞口时突然打开。写东西可能也是这样，不要怕先堵。堵得越苦，可能得的老鼠越大。

250

“瞎眼跛脚成双对，聪明伶俐打单身。”我妈随意喃出这两句来，也忘记是从哪里捡来的了。这话说得有道理。瞎眼跛脚，破罐破摔，东成西就，树脚下一坐，蒲扇一摇，清风徐徐，管你好丑。聪明伶俐，待价而沽，挑三拣四，结果，东不成来西不就。东坡先生有云：“薄薄酒，粗粗裳，丑丑妇，有聊胜于无。”

251

也许事情有点尴尬。无论你多么威武凌厉，伟岸豪壮，只要你用毛笔写字，你就得善待那份柔软，羊毫，或者狼毫。你的力量，是你为之俯首的柔软为你传达。

252

对自己说，所有的时刻都会过去。甚至不用摆出什么阵势，时光一眨眼就携你跳过那道坎，时光眼里，没有什么是过不去的。任何主观造作都只是徒增烦恼。顺天应人，是最好的选择。

253

望仙坡上，每一只虫子都可以按照自己的天性来叫。望仙坡是城市上空的乡村。月亮挂在树上。坡下厚厚的声尘一点也不甘示弱，它们像波涛啮咬古老的石头城一样，无时不在撼动坡上这一地黯淡的月光。幸好，月亮是古老的事物，一点也不为所动。

254

如果我们不愿意去触碰那些隐秘幽暗的部分，我们就只有让心灵一整天一整天地酣睡了。蒙上越来越厚的尘土。被搅动的幽隐，种子翻腾起落，多几分焦灼，却保持了鲜活。

255

这不是荔枝飘香的季节吗？如果核是自我，荔枝的核越小，果肉就越厚，汁就越丰富。如果自我的核很膨胀，那果肉就没有生长的空间了，膨胀到最大值，果肉就像膜那样薄了。所以，你别看一些荔枝很光鲜，很大颗，其实，能带给别人好处的东西少之又少，强势堂皇的外表下掩盖着无限膨胀的自我。

256

白天你们呼呼叫着，呜呜喊着，随意呵风骂雨，指责不休。有时像发怒的老虎，有时像发疯的公牛，那么嚣张。而此时，你们匍匐在小区院子里的空地上，自动排好队，垂头丧气，沉默堕落得不可理喻。这是怎么回事？你们白天的狠劲哪去了？难道离开权势的驱动，就剩下黑夜里彻底封闭的躯壳，连一块石头都不如？

257

一颗红薯芽只能告诉你一个红薯的故事，而一根红薯藤则可以告诉你一片泥土的故事。当语言像藤蔓一样舒展枝叶逶迤前行，我们原生的胚胎就渐渐化入泥土，根须延伸入更广阔的天地。

258

本来天是很低的，人们可以通过一把梯子爬上天跟仙人玩，那时的人一天只吃一餐，身体轻盈，大地也没有这么混浊。自从人一天改吃三餐后，吃多屙多，大地变得臭烘烘的，天人一个个捏着鼻子，特难受。他们便要求天帝把天升高了，肉身变沉重的人类就再也不能随便到天上玩了，梯子用不上了，就横着放地面。

259

这里河边的榕树多半是长到一定高度后才枝丫分岔，每一枝都苍劲曲折。有点像寂寞的舞者，身体从低处冉冉升起，气息十分低昂，到了可以凌空的高度时，突然悲愤地伸展双手，莫名其妙地变幻出几个苍凉的手势。这些榕树为什么要这样做呢？不这样做，在这云遮雾罩的大山深处，它们就拿不到维系生存的基本阳光。由于这种植物从小就喜欢分岔，这是它的先天习性。但在此地它却不能任性，它必须竭尽全力向上攀援，目不斜视，心无旁骛。它能挺到这样的高度才猛烈伸展自己，的确是匪夷所思。其间经历的忍耐和克制，寂寞时光的坚强涌动，我们唯有叹为观止。大思想者都有禁欲的漫长历程，然后把痛苦和欲望化为悲愤的学术和艺术，是不是也像这些榕树？

260

猎人打猎物，还会闭着一只眼睛呢，你能说他猥琐吗？人类产生力量的状态，都不是太光鲜的，太光鲜就是摆了。最勇猛的鹰，站在树上都像生病一样，猥琐极了，然后，它突然的一击，却是致命的。我觉得文学的语言，就应该是这样的状态。

261

你可以模仿一把刀，但你无法模仿刀锋上的光芒。

262

有几个人会在夜深人静之际站在城市的楼顶，面对这座城市的夜空，在夜色中享受孤独？想一想让我们心灵感动的事物，想一想童年时站在村庄夜晚的晒坪上数星星的情景……很多人其实都是在过着一种没有天空，没有星星的生活，他们甚至已经不知道人生需要这样的内容。

263

喝酒多，就能喝成酒仙吗？绝大多数人，充其量喝成一个酒鬼。所以，读书也不在于读得多，关键是要会读，会在读书中思索。你看见蜜蜂拿箩筐去采花粉吗？关键是得其精华。衔一点，就够了，明天再来。

264

夜晚与友人在城内城外漫步，直到深夜两点。在葫芦山水库边，我看到一面黑暗中发白的石壁，以及石壁之上灿烂的星斗。星光之芒清晰而狂野，我突然生发一种久违的感觉。“罗城”这个词，风水书上诠释为“天上星辰罗列如城”。这个县名的得来，是否与一片遥远的星空有关？与一双遥远的仰望夜空的眼睛有关？那遥远的星光之城曾经把那个人照得通体透彻，两颗因为感动而流出的珠泪也注满了星辉。于是，这个地方被庄严地命名。所有的城市之上有着另一座神圣的城市，并且，那座城市从来就没有消失过。只有深夜走到郊野的人们，才有可能洞悉这个秘密。

265

我的理想是写出一种亘古不变的情感，里面永远有诗性的跳荡，任何一个人，要走近这样的文字，都必须让心情染上亘古和宁静，都必须小心翼翼。

266

你到遥远的地方，才会摸到你那条颤抖的根。而在近处，你那条根，是沉睡的。这条根，可能就是我们的故乡。

267

事物到高潮之前往往会有一段很艰难的窒息期，而很多人，不知道那是什么。退却了，放弃了，写作也是如此。

268

越大的昆虫人们越容易提防和阻挡，越小的，就越难加以控制，比如，墨蚊，这小小的，看不见的小生灵，常会把人扰得心烦意乱。对于人们生活的空间，它似乎无孔不入。文学的细节也有这样的侵略能力。

269

有些人心中永远有一个小孩。所以，这个人童心璀璨。而有些人，心中的小孩子在残酷的现实之中不知不觉就被置换成一只怪兽。怪兽的悲鸣，时常让一个人的面部表情走向撕裂和扭曲。

270

内心需要有激荡的事物，东西才会精辟。

271

世界上最美的事物或者瞬间，都在接合点处，在欲藏未藏处，闪闪灵动处和隐隐约约处。青岛的崂山，一座有仙气的山，我觉得它最美的地方就是山与海的交接处，山根藏海气，韵味非凡。

272

你要相信自己即使经历一些所谓的“危险”也能自己把握好，不会迷失。为什么要去经历呢？不达到这样的临界点，你生命的某些潜力无法开发，基因锁打不开。你总是一味地拒绝，事实上，你已经离开了人类必经的某些场域，孤独，美妙的，飞翔的感觉早已远离你了。

273

我父亲是个机械师，我在清理他的遗物时发现了一个锈迹斑驳的充电器，显然是他在上个世纪 70 年代末 80 年代初自己制造的，我已经带到南宁。这一块沉重而锈迹斑斑的铁，到底对我意味着什么？这一年冬天，是我生命里最寒冷的冬天。

274

真正的战场，需要训练有素的战马。

275

你发现了吗？遥远乡村的孩子还保持一份羞涩，可以让我们找到 80 年代的感觉。其实羞涩是人类最美的状态之一，我们城里的孩子有时候是太不知羞涩了，这是我们教育的失败。我们老是教育我们的孩子不要命地往前冲，要出风头，要占先机，要在起跑线上超过别人，真是担心会培养成一群怪物来。我们身边的这些人都是呼啦啦在跑着的，他们唯恐别人抢走了他们的东西，他们身上响嘶嘶的，像是风声，又像是什么怪物附体。他们扰得我也常常心神不宁。现在我才知道什么叫眼不见为净。见了，总免不了受干扰。

276

美绝对是瞬间的，瞬时即逝。举手投足之间，会有一个最好的状态。这个状态是上帝恩赐的礼物。只有极少的摄影师能够抓住。

277

我仅仅是借用岩洞外透进来的一点点微光，就照见了这些宋代的摩崖石刻。原来，文字并不一定需要强光的簇拥。在幽暗的地方，文字的舞蹈可能是最自在而真实的。我用微光拍下的这些石刻图片，竟有一种青铜般的光芒。像刻在古老的钟鼎上。初看，文字是浮雕，凸出来的，再细看，文字又凹进去了。时而是阳文，时而是阴文，不知不觉地转换着，同时具备阴和阳的特点，或者说阴阳已融为一体。看来，文字的神奇魅力要在它自然的光中才能呈现，任何强光，都是对文字的暴力，结果是遮蔽了文字的灵动和多姿。因为暴力的参与，文明的空间也会平面化，单一化，了无生趣。

278

爱护你眉宇间难得的蒙昧，那种仿佛大气未醒的宁静。这是掩护你通向内部灵光境界的神秘气息，是艺术质地的保护膜。好好珍惜吧。就像上帝用雾气养护森林一样，也用蒙昧养护伟大的心灵。

279

多数情况是这样的：隔壁桌的流氓阿飞吵架我们密切关注是因为我们得提防啤酒瓶飞过来的时候好躲藏。

280

住进别人的“黑暗”的同时其实是陷入自己不可自拔的黑暗，那是真正的黑暗。

281

院子里洒落一地的玉兰花瓣今晚只能在雨水里稀释它芬芳的语言了。

282

下了一场雨，有可能会更热。这是为什么呢？雨不是降温的吗？原来，雨未到之前，有些热已感叹降温无望，决定躲藏起来，不再晃荡了，但雨一来，这些热又像抢钱一样一股脑儿冒出来，生怕慢了一步，天上掉下来的银子就被抢光了。人是不能吃亏的，热也是，潜伏的力量被诱发出来是可怕的，这就是下了雨，空气还那么燥热的原因。

283

就像坐在船尾，才知道大海汹涌可怕，深渊莫测。

284

这是一块善地，野鸟每年都飞来环绕。因为住在这里的一个老人，有一年，救了一只受伤的小鹭……从此，鹭鸟年年归来，成群结队，围绕着这户人家，在竹子上、树上营巢孵蛋，觅食哺幼，直到小鹭学会飞翔，才飞回北方。现在老人已经过世了，但这些鸟儿依然年年归来……

285

我最讨厌“但是”两个字。表扬孩子时，能否取消“但是”两个字？“但是”一出笼，就意味着开始数落“缺点”了。那些根本就不是缺点，而是一个孩子最具魅力的人生潜质，他一生的事业和辉煌，正是建立在你的“但是”后面谴责的事物中。被你“但是”成功了，通常会成为废物。

286

合浦县某君是收藏家，藏品据说已有三十万件。他爷爷原来是地主，被贫下中农没收财产时某君尚幼，看到家里那么多东西被人拿走，他很心疼，偷偷摸摸收藏了一些小件物品，正是这种胆战心惊的偷偷摸摸，演绎了他今天收藏事业的辉煌。我在想，世界瑰伟的事业是不是都跟最初的偷偷摸摸有关？

287

一瓢水冲过去，一只碗倒了，因为，碗太小。水缸却不同，水缸容量大，立得稳，一瓢水飞过来，旋即化为一段美妙的音乐。水缸是天然的音箱。

288

不要以为你的风有多厉害，有时候就连一只游走在手机上的小蚂蚁你都吹不走。

289

水有定量，就一缸。每天泼一瓢，哗啦一声。那瞬间消匿的声音是时光的声音，那迅速退隐的表情是时光的表情。

290

蝶不像个蝶，蛾不像个蛾，蝉不像个蝉，你，到底是谁呢？你身上披着的点点黄叶，在枯寂的岜马山落叶间，分外炫目呵。

291

岜马山上，我发现一只模仿枯枝的虫子。我突然想到一个问题，那些面容枯槁者，是不是在保护自己？

292

在车上睡了一觉，醒来后发现绿野清新，花红苇白，夕阳的光线明亮，柔和，一点儿也不灼人，真的，心境明朗，无有挂碍，自然一派生机。

293

木棉树落下的几朵木棉花干了、瘦了、黑了，树上的叶子青了、肥了、壮了，但，更高处的枝丫依然是光秃秃的。人是不能太清高的，太清高了就寂寞，就迟钝，就沉溺在自我的感觉里，不知季节已变化。清高，是因为身上的某些东西没有睡醒，而这部分，最易招来诋毁。

294

一座房子的毁弃是从蜘蛛网开始的。最后的结局是连蜘蛛网都抛弃它。灰暗的情绪、低能量的怨气、失去信念之后的厌倦，这些，不是人生这座房子的蜘蛛网，又是什么？

295

我听说，山里的人费尽周折，找到红毛鸡的巢，弄断小红毛鸡的腿，然后，红毛鸡会在附近找草药来给小鸡敷。在这个过程中，人通过跟踪、埋伏和观察，掌握红毛鸡叼回来的是哪一种树叶，或者是哪几种。于是，接骨药找到了。

296

在龙州看到古壮字，即古壮族方块字，这文字没有流传开来，只在小区域内流布，有点像某种树根，不死，也不发育。当我看到“富”字的古壮字写法，挺有些震动。上面一个“巨”字，下面一个“庙”字，巨大的庙宇，就是“富”。我顿时就读懂了这颗文字本有的庄严！

297

孩子叫妈妈的声音是雨后的桃花汛，可以让疲惫的盔甲霎时碎裂，重新接通世界的纯粹和富丽……

298

一身泥浆裹住自己，可能我们会产生皮蛋的心情，寂静，幽暗，透明，说不定还可以看到美丽的松花。

299

龙州是词语“鬼出龙州”的发源地。听说在旧社会，龙州放“鬼”最厉害。此外，龙州刀名闻遐迩。这里有条簸箕河，用簸箕河水打的刀与众不同，不知道水里有什么奥妙，令那些淬火的钢呀铁呀一次比一次自信，一次比一次找到感觉，最后，定型为锋刃冰莹的龙州刀。

300

有些人在你身边像一座喧闹的村庄。跟你讲话你有招架不住的感觉，他语速快，语言密度大，不是一句话向你跑来，而是一串。是一支语言流，一支语言部队。不是所有的语言士兵都是有目标的，清醒的，有些士兵是跟帮的，呆头呆脑的，来了又回头的，犹豫不决的。

301

有时我需要周围的人给我安静，哪怕是一分钟。一分钟，我就可以把一揞草和另一揞草像微细血管般的根茎接通、黏合……

302

只要我们稍微观察，这个世界的奇妙变化会蕴藏在一片草叶尖，一只蟋蟀的吟唱里，一阵风的犹豫中，一个小孩的表情上……

303

沙子流失了，但也没有离开这条河流。会有另外的沙粒纷至沓来。因为元素的流转，河流的内部和外部一样，没有一处是确定的，静止的。不确定的东西，给人一份期待，这是生活的乐趣。

304

我们如果只讲一部作品或者一个作家“伟大”，而没有提供“伟大”背后的证据，这情形就像是一个人举着牌子、喊着口号游行，身后没有追随者。就像是几个差役举着“回避”“威武”“肃静”的牌子，而后面并没有官员。

305

在旷野的夜晚点燃干牛粪，红得像灯笼，艳得像古代猎猎的旌旗……这样的童年经验对人不可能没有影响。作家苏童说过，衡量一个作家是不是大作家，就看他有没有写不完的童年。我突然明白他起这个笔名的原因了。

306

真正的艺术家、小说家、诗人，他们的脸上都浮动着一层浑浑噩噩的雾一样的表情，好像身体总有一部分没有睡醒一般，这是一份苍茫，也是一份雍容。寂寥未凿的气质是天地鸿蒙最初始的那份宁静。是艺术的起源，是星月的故乡。这份宁静丧失殆尽，那就完全变成政客、商贾，或者，某一类教授。

307

有一种很微细的虫子，它喜欢停留在古旧的书页上，你以为轻轻一吹，它就会被狂风吹走，你错了！它才没那么积极配合呢。你鼓起腮帮，拼却全身气力，好吧，你吹，吹得气极败坏，它自纹丝不动，天知道它哪来那么强悍的吸附能力！原来，虫子也是有立场的。

308

小的虫子穿不过蜘蛛网，沾上了也逃不脱。大的虫子却能冲破蜘蛛网，但它的身上，可能一辈子系着残碎的网丝，留着几许奇怪的蜘蛛的味道。

309

最好的茶味依然是略为苦涩的。昨晚我的确是抚摸了那棵老樟树风霜嶙峋的皮，那一瞬间有突然回到生活本质的感觉。知道我们的空间，流光溢彩，但古老和粗粝，一直悄无声息地存在。

310

同样是冷水。淋雨和洗澡是两回事。淋雨心情复杂。有时得躲躲闪闪，有时得胡乱狂奔。始终无法正确面对水。发几声怪叫，做几个动作，自我安慰而已。因为雷声比你更怪。洗澡心事底定。比较单纯。洗澡时脱掉附加值，淋雨只能加重附加值。淋雨带着未知的恐惧。洗澡简直就是享受。所以淋雨有故事。洗澡没有。

311

手机触屏的每一次震动，都使我想起童年在河里游泳时偶然抓在手掌的小鱼。它惊惶失措的颤动毫无例外会让我松开手掌。因为，突如其来的拥有令我紧张，无法适应。童年的经验莫非真的植根在看不见的神经末梢？像一群幽幽暗暗的鸟栖息于村头的竹林，随时飞鸣，随时聚散，任村庄老去，夕阳西下，不离不弃。

312

抄一首诗贴墙上，多半是为了平常有机会多看几眼，好理解其中的含义。那些抄错了又在原地上修改，显得墨迹很浓重的地方，像树枝的节疤，当时看起来很不雅观。随着时间的推移，我在阅读的时候，慢慢会把目光停留在这些墨色浓烈处。感觉里面有纠结，有挣扎，有力量的叠加。有其他抄得顺的字所没有的东西。

313

1 路车上，幽暗的光线中，一个低头看手机的女孩突然绽出笑靥。像月光荡漾了一下。我不知道她看到什么文字，但我知道，文字可以让花朵盛开，也可以让花朵凋零。

聚萤夜语

1

一个作家看来要离开自己的国度方能看清自己的现实和文化。身在其中，被无限割裂，消解，损耗，制衡，无法酝酿一个整体的梦想。

2

诗从某种意义上说，它捍卫了我们音声世界和言语世界中最庄严和雅致的那一部分。诗的品质是贵族的，这个我坚信。可能现在很多写诗的人不相信。杜甫以衰残之力伏枕完成其绝命长诗，依然句律精严，流光溢彩，金声玉振，能不令人叹哉?!

3

就着微光，看了几眼墙上我抄录的诗句——“行要争光日月，诗须皆可弦歌。”诗歌看来是语言中的特殊形制，它的收束和伸展都有其一定规律，确保这样的规律，蜻蜓可以掠过水面，可以立于叶尖。

4

一个人，能够成为作家，他心里一定有个隐秘的印记，这个印记，不是深邃的黑，就是难解的蓝，或者是一道起伏山梁般的小伤口（早就愈合了，但里面不慎遗留有杂质，气候变化时还可能有感觉），这个神秘的印记是不可能当成大旗举起来的，但它比大旗更能让作家获得恒久的激情。

5

精于世故者，也许可以欣赏艺术，但已无法创造艺术了。艺术创造者通常是穷困潦倒者，颠三倒四者，冒冒失失者，绘声绘色者，梦游者，冥想者……至少，必须是一个在现实生活中保持一份顽强的天真和稚拙者。

6

艺术家如果每天没有一部分时间活在玄想和冥想中，他们的作品就会缺少呼吸的成分。

7

“青青子衿，悠悠我心。”这样的句子，是天上的星星，板桥的微霜，是草叶的清露，是林中的萤火，纯粹，自然，奇妙，所以传唱千年。现在的文字被染着了，尘埃太多，所以穿越不了今古了。

8

金石之声，常常激荡在一棵柔弱的草叶之中，文学的力量，蛰伏在枯枝败叶间，而不是琼枝玉树的声华里。

9

人用细致和韧力打磨文字，鬼神惊恐。因为文字有光。就像铸剑师打磨他的剑……

10

曼殊是个真正的诗人。他“生世有难言之恫”，一生苦寂，须臾欢愉。璨若情种，纯比赤子。浪迹天涯，枕经古寺。时如坚冰，时如火焰。似疯还痴，似狂却醒。这样的个性，现在早就绝迹了。“白水青山未尽思，人间天上雨霏微。轻风细雨红泥寺，不见僧归见燕归。”

11

维吉尔的《埃涅阿斯纪》，出版之后五百年间，每年都印行一个版本。欧洲所有伟大的诗人没有一个不受到他的影响，这是为什么？就是这部依然残缺不全的著作，他在临终前还要求朋友们帮他焚稿。后来在朋友的劝说之下才同意由两个朋友作最后整理出版。伟大的诗人，对自己作品的苛刻要求，达到了疯狂的地步。

12

我在读当下的学术论文时没来由地会涌起疲惫感。只有少数有才情、有发现的文章会给我一缕生机，好像在泥污中终于得以探头呼呼吸，透透气。为职称而作的论文绝对是怪胎。更可怕的是，在不得不阅读时，有些从外部侵入的病毒可能会修改我们内心的某种程序，让我们为此耗尽心力进行修复。

13

即使是语气沉痛、感情惶惑的《自祭文》，陶渊明仍然不忘记状写自己在艰难人生中的自在生活："欣以素牍，和以七弦。冬曝其日，夏濯其泉。勤靡余荣，心有常闲。"展卷素几，抚琴孤松，冬晒太阳，夏濯清泉，乐何如哉！吾曾祖曾有诗云："闲来陋室吟诗句，兴去深渊学钓翁。"亦得几许渊明之风。

14

美丽是有罪的。陶渊明说："丰狐隐穴，以文自残。"巨狐因为皮毛美丽，即使隐于岩穴，想过岁月静好的生活，也还是被人巧设机关、密布罗网捉拿。陶渊明之前的庄子、晋文公皆有类似说法，晋文公接受客赠狐狸皮后还意味深长地长叹一声："此以皮之美自为罪。"

15

感人的爱情通常与苦难有关。静下心来，多读些民间朴素的山歌，或许可以滋养我们日益贫乏的爱情。"有缘我俩同家住，慢做世界慢亮心，一碗冷饭分做俩，一条白布同哥分。"

16

本雅明说："对于伟大的作家来说，完成的作品的分量要轻于他们毕生写作的断简残篇。"这些断简残篇可能正好折射出他们心灵多重迷幻的光芒。世间极致的美通常都与残缺有关，比如断臂的维纳斯。

17

"不要认为你没有通宵达旦写就的作品是完美的。"（本雅明）是的，一直写到天明，会有一种通体透彻，身轻如燕的感觉。不经过通宵煎熬的作品往往不会获得晨光般透明的羽翼。

18

残雪边走路边用小本子记录感觉，安妮宝贝喜欢到咖啡馆写作。身边有一种流动的，变化的，陌生的，跟你没有形成对话的状态也挺好。

19

写作的人，若是整天抛头露面，指点江山，文字下边微细的根须可能就会不复存在。不是被烤焦，就是被割断。或者，被锉子锉平。即使来了一场春雨，也难以复活。因为这个世界都是从微细的地方进入你的身心，没有根须，文字就会枯竭，变成没有生命的悬浮物。

20

光滑的瓷器是伤不了人的，必须是粗糙的瓷器，或者受伤的瓷器。文字也是如此。

21

古代蒲且子能以细弱的弓箭一举射下青云之上的两只飞鸟，詹何能以最简易的钓竿（独茧丝为纶，芒针为钩，荆条为竿）令百仞之渊的大鱼驰骛趋钩，都是因为用心专一、心无旁虑的缘故。得清静道，太和气，方能以轻致重。作家专心致志的写作，境界迭出，有类如此。

22

我写一篇文字后，得像怪物一样晃荡一段时间才平静下来。写作可能是命令自己收敛，跟着笔尖走向小世界的一件事情，就像把一棵树收进火柴盒里，成功之后这棵树得退出来，枝枝叶叶舒展回原来的自己。

23

文字是渺渺茫茫的东西，得靠一段心结来组合。

24

不怕你们笑话，我往昔在龙江河边悬崖上的那栋老房子写了一篇《与谁共舞》的文章，完成的时候，天刚蒙蒙亮，我走出门口，感觉身体很轻盈，很澄澈。好像还驾着文字的云朵在飞。

25

作家多克特罗说：“如果准确地计算出全世界作家的寿命，包括那些被监禁者、被放逐者、被枪决者、失踪者以及那些死于营养不良和被人忽视的泛泛之辈在内，你就不会希望子女去当作家了。”这样的说法只适合世界作家，不适合中国某些与体制欢呼前行的作家，体制给的吃饱喝足，已自动消解这个职业的危险性。

26

如果文学也是一件捉萤火的事情，那么，老师的意义不在于举起明灯引路，而在于鼓励你尽可能久地待在黑暗里，适应黑夜。点灯帮忙捉萤火虫，纯粹是帮倒忙。

27

要折断多少思想幼体单薄的羽翼，才能产生一对飞越雨水和黑夜的翅膀，来到明亮的灯下扑闪？人，创造性的东西不会有很多。大多数时候，都在重复、闹腾、挣扎和试验。

28

可能没有哪个诗人比杜甫更酷爱“幽”了。读他的《畏人》之后读《屏迹三首》，居然四首诗皆见“幽”字。“畏人成小筑，褊性合幽棲”。“衰颜甘屏迹，幽事供高卧”。“用拙存吾道，幽居近物情”。“晚起家何事，无营地转幽”。

29

维克多·雨果，被流放到盖尔勒赛岛，他给波德莱尔写的信中说：“你给艺术的天空带来说不出的阴森可怕的光线，你创造了新的战栗。”作家往往一针见血地看到另一个作家达到的高度，知道对方解决了什么问题。当然，他们同时也是批评家。

30

每写一篇文章都是新的开始，都是从地平线上重新起跳，就像每次恋爱一样，你不能说：放心吧，我多次恋爱，技巧娴熟！即使有经验也不能说。只能暗中使用。要假装有几分羞涩，有几分手足无措。要不然，新的恋爱就会泡汤。老技术激发不出新题材隐藏的能量。好的东西，在惯常理念和熟练的技巧面前都会退却。

31

翻译家太有才华不见得是好事。就像传达上级有关精神，太有才的人会加入自己的个性化阐释。太有才的按捺不住汹涌的主观愿望，传译时会使作品基因扭曲。

32

“山歌好比春江水，不怕滩险弯又多。”最简单的歌词唱得最远。其实也不简单，比喻太贴切。把艺术走过的道路，艺术冲决一切障碍、一切阴霾的强大生命力写活了！这强大并不给人压力，它始终是快乐的，像春天。它始终是柔软的，像水。“上天能赶乌云走，下地能催五谷生!”这就是山歌，我们的艺术，文学。

33

文学也一样，懒人才能做好。懒人敢于把收集到的素材晒干水，以免做成作品后架子松动，变形，造成散架。懒人把作品的生产期拉长，实则是为了让作品在成形过程中吸收更多的天地日月精华。懒人喜欢悠悠梦寐，是为了养成闲散自由的心态，像篱笆上的瓜藤，开花结果自有其时。用口号喊不出来。

34

有人在黑暗中包粽子吗？有，山歌里有。有人用茶罐煮糯饭吗？有。山歌里，似乎没有什么是不可能的。有怎样的心思，就有怎样的事件在语言中发生。且看：“无灯摸黑包粽卖，晓得哥心歪不歪？口袋里头放谜语，聪明伶俐妹难猜。”“茶罐里头煮糯饭，实在难煮又难翻。三更半夜雪山过，哪个识得哥孤寒!”

35

深夜，怎样的文字能够让我会心一笑，甚至笑出声音来？那一定是山歌了。广西的山歌，是丰盈多汁的水草，芳香而青葱，摇曳而迷幻。遍布每一条河流的岸。“高山砍木柴堆柴，蜜蜂采花崖过崖。蜜糖好吃花难采，情妹嘴甜心难猜。”“妹娘生妹桂花香，哥娘生哥像芭芒。桂花移同芭芒种，骑马过桥妹心慌!”

36

如果说我的文字还能在缝隙中顽强生长，完全是因为还有一些朋友喜欢。他们的话，是一道道无私温暖的阳光，滑过那些冷漠的巉岩，潮湿阴暗的老树根，古朽而带着偏见的鸟巢，以及，颓废叹息的落叶，向我走来。我十分脆弱，没有朋友们的鼓励，文字那脆薄的羽翼不敢伸展，伸展，也会微微颤抖。怎敢飞向那风雨？

37

仔细对待文字，理性对待火。

38

山歌中看似粗陋的比喻却是十分真切。生活味十足。智慧在相互调侃中闪光。男：“唱歌家，莫学王婆去卖瓜。裤衩丢在树椏上，哄哥树上开红花。”女：“哥心痴，哥想连妹家有妻。竹篮装鱼露了尾，笼子抬猪露了蹄。”

39

语言的来临跟忧伤或快乐的情绪一样，稍纵即逝。我们想用笔、键盘去还原只能得点空壳或者碎片，注定短斤少两。那股水经过时激越的节奏还原不回来。那脉山飞过时黑色的混茫还原不回来。除非我们镇日无言，只让笔尖说话，将一切有可能来临的深埋笔底，储存惊雷骇浪。否则，蝉飞走了，我们只怀揣空空的壳。

40

作品得以流传，首要条件是，你必须是真文人。假冒文人只能骗得一时。真文人的作品有那股真气，不用包装也能够立得起来。如果不纯粹，却想借用强大的势把作品抬得很高，穿金戴银，结果，一放手作品就死火。康熙乾隆各各有诗上万首，可我们只传诵李白。李白很可怜。只是个文人。但宇宙同意他的气息流转。

41

准备写一个东西之前，禁语一段时间是必要的。就像想要孩子之前，禁欲一阵。要让那些隐形的语言弹跳着，沸腾着，呼之欲出，跃跃欲试。

42

某些时候，或者说，大多数时候，文学是我们天空的月亮和星星，是不能太跟现实粘在一起的，必须疏离出来！比如两块热乎乎的肉靠在一起，你只能闻到汗骚味，狐臭味，非常无聊，要是另外一块是冰呢？那就不同，会有一声惨叫。文学是冰，让人惨叫一声，让现实惨叫。

43

文学的现实意义不在于文学跟现实融为一体，如胶似漆。而在于给现实提供异质的元素，一瓢冷水，一记耳光，一段横空出世的人性秘密，一种语言怪异的扭动行为，让现实突然惊醒，进而反思。

44

交恶，有可能是文化发展的潜伏动力。抱成一团，是文化最猥琐低迷的时刻。

45

孤独是一朵花尽情开放的必要条件。是一颗文字悠然起舞的重要前提。

46

对，写作，是寻找宁静的力量。记者和作家不同，记者对事象反应迅速，作家需要沉淀到血脉中再流淌出来。记者看到什么都可以写，写过就过了，但作家希望自己的文字在世界宁静下来的时候，依然在娓娓道来。

47

从某种意义上说，我们在文字里活着。文字是个宽广的世界，让我们在里面活得很开心，可以在溪水边静坐，可以在草地上奔跑，还可以在高山上看白云。这个世界生机勃勃，有些地方深邃无比，比如大海，比如龙潭，有些地方让人恐惧，比如，虎穴，比如狼窝，但它们都能让我们激动。并且在激动之余，沉思。

48

那种节制、收敛的语言，那种看似废话但有韵味的语言，那种接通微茫或者混茫世界的弥漫性语言，那种横空出世的语言，那种严肃场合让人忍俊不禁的语言，那种凛冽的岩石间小花小草般闹小情绪的语言……是我心目中的贵族语言。

49

作家的叙述，从心灵出发，心灵因为太幽深的缘故，升起来的声音，仿佛山谷深处的回响，作家的叙事系统与公共知识分子、政客、教育家的演说系统是两回事。大多数情况下，作家是尴尬的，因为，没有人有耐心听他那动辄如同隔世的叙说。

50

一个作家内心深广的程度决定了他对生命珍重的程度。怀着敬畏写作，是内心高贵的体现。这就是我为什么喜欢杜甫、鲁迅的原因。

51

每读儿童文学作家王勇英的微童话。我都感到她的文字富有节奏感和空间感。其对话语言，尤其是第一句，常有横空而来之感。让人内心微微惊悸。这就是文学的魅力吧？

52

作家的笔越是不敢触及，或者刻意躲避的地方，到头来，可能是笔尖陷进去最深邃的地方。刷刷刷，笔尖如同电闪，怎么能够逃避黑夜？深渊，是系着一生梦魇的。

53

文人是现实的弱者，文化星空的强者。李白诗云：“屈平词赋悬日月，楚王台榭空山丘。”

54

每一个作家都是一条寂寞的江河，时而狂躁，时而静谧，时而清澈，时而混浊，它的任务是往前流淌，披星戴月……相对于坚实肃穆的岸，它是永不止息的梦……

55

做文学就像做小偷，都有一把镊子，都不能拿出来。只能深夜独自擦拭它的明亮。不同的是，文学这把镊子悄悄伸向灵感和孤独。长街寂静时，二者的孤独无助是相同的。

56

少时写过一首诗《老屋》:“雨点是孤独的树蚕,食尽这屋子的光华。”长大后写《遥远的果园》:“我疑心,那园子的最后熄灭跟一场夜雨有关。”又说:“世上所有生动的东西,都会在长长的夜雨里减尽它的光华。”后来又写《经历雨夜》,“我走出雨中,又有谁走进雨中?”雨的历史,是我写作的历史。

57

好吧,你盗取了文字的光华,还在沾沾自喜,别人很可能盗走了你随身携带的东西。

58

每一颗文字都是黑幽幽的岩洞,钻进去,给你滴水清凉,给你钟乳迷幻,也可以给你暗无天日。

59

只有文字和初恋这两件事物,能够让我在幽暗的街角,或者在寂寞的老树下,宁静欢喜地守候一个小时,甚至,两个小时。

60

一旦进入文字的编织中,我坐公交车总是超过站,每一段话,都有可能是不见天日的丛林,那么原始,那么诡秘,那么深邃,足以让你忘记身际何方,今夕何夕。所以,现在一上公车我就提醒自己,文字之外另有天地,不必沉溺。左顾右盼,两耳细听,切莫误站。若是忘乎所以,被抛在荒山野岭,被雨淋,没人同情。

61

有些人的花朵,在嘴巴开了。所以,没有在笔尖开。

62

夜越深,我发现我越老土,居然还是喜欢那些美的文字,喜欢里面简单的泪水,宁静的欢喜,隐忍的寂寞和古典的情境。当然,最喜欢的还是,文字背后良善的心灵,光明洞彻的智慧。

63

光靠灵性写作，就等于红薯的芽没有从土里冒出，而是从红薯身上冒出，它压根儿就没有潜入泥土。

64

瓜藤绷得紧紧的，没有漫不经心的“散漫”状态，还能指望结出好瓜来？太紧张，恐慌，时刻感到压力，瓜会蔫的，纵然不蔫，也是软拉拉的，半死不活，活，也是怪模怪样，小眉小眼。文人不保持一点漫不经心的放松状态，必然写不出什么好作品。当瓜藤热衷于做缠绕和周旋，往往失去结瓜的功能。可不慎哉？

65

诗人，文人，又叫词人，或曰词客，都是搬运词语的人。不同的是，有的用手捧，有的用袋装，有的用畚箕挑，有的用牛车拉，有的动用车匹。能力大的，可调动鬼神运送词汇，最典型的是韩愈，他的词语生僻，奇奥，古灵精怪，像听到哨子前来集合。非人力所能搬运也。他自己也说：“精诚忽交通，百怪入我肠。”

66

泰奥菲尔·戈蒂耶说：“在波德莱尔那里，语言已呈现出解体过程中的生涩现象……”是的，无比珍贵的“生涩”！圆熟是可怕的，圆熟的果子不再有鸟光顾，连鸟也渴望叮下去的是一份略带苦涩的生机，只有绝望的虫子喜欢研究甜腻的圆熟。生涩是语言诞生的前夜，甚至是清晨。语言是活的，是云雾中带梦影的蛟龙。

67

毕竟深巷，同时听到几声零乱的狗吠和斑鸠一串一串有规律的啼鸣。近地者，浊气重，故声音零乱，无序，含混，黏滞，且机关四伏，复杂深邃。远地者，其气清，其声澄澈，轻盈飘逸，音乐性好，有规律。

68

我并不丰盛的写作，也许永远无法走出我的故乡。故乡的事物，像丝一样牵系人。这丝，有时是有光亮的，有时没有光亮。没有光亮的丝拉扯起来更有力，更让人心惊胆战。

69

我觉得哪样的质料都可能附着文学的魂，关键是这样的魂是不是浓郁、激越和绵密。

70

文学是让我们活得更超越的，而不是让我们陷入现实的泥沼。不能拿文学去换取我们现实利益的最大峰值，这个纯粹的东西，经不起折腾。

71

我觉得情欲本身，它像一根铁链，缚系在作家身上，行走时，震荡有声，这声音，就是文学中最壮丽的音节。离开情欲，作家没有这根铁链了，走路可能轻松了，但也就没有那种爆裂的声音了。

72

语言不要有太多附加的成分，语言就是语言。小树得靠叶子来掩盖虚弱的枝干。大树全部赤裸出来拥抱风霜。所以大树不是太在乎叶子。粗糙的东西拿在手上，在人群中奔跑也不会滑落。伟大的树皮都是粗糙的，开裂的，上面记录着它们与风霜游戏的痕迹。那是一种烂不成才的样子。这样粗糙，正好保证了树的枝干，最高端的细叶，在苍穹中的那一场寂静的对话。

73

文学大家是毫无商量的，他们的表述异常准确。就像闪电一样，你见到过含糊的闪电吗？被它映照的事物其实无处躲藏。因为它太敏捷，所以，所有的事物必须呈现真面目。

74

能写作的人，你就是在街上做流氓阿飞同样能写作。不能写作，到文学院，这样院那样院也是白到。蛋糕上长不出花朵来。

75

我们今天从事的任何职业、工作，所处的任何位置，都跟文学无关。就像梦一样，她永远是另外一种现实。

76

给抓进锅的鱼，就不会成为龙了。写作也是如此。你的精神气度，是不可一世的，还是被抓进锅里的鱼？白鸥没浩荡，万里谁能驯？此非杜少陵之诗乎？

77

要有发现才写作。不要为写而写。要让自己的文字进入梦想，你的文字中没有梦想，也就没有空间，知识，背景，历史，民俗，这些不是最主要的。发现，还是发现，灵光一闪的东西，然后，进入冥想，像巫婆一样摇动身子。没有发现的话，你状写的生活，永远只是生活，不是文学。文学是一瞬间飞翔的感觉，很快乐，很激动，你会丢下一切枷锁，一切知识。

78

如果各种学科的人都参与文学的讨论，那一定是文学的福气。婀娜多姿的姑娘的腰部，需要各种型号的绅士的手扶一扶，她才会亢奋激越。

79

比如，你写了七八句，我们认为缩成五句也可以。这就说明你自己内心的律动是出了问题的，真正的诗歌，是天成的，是愉快的，是残酷的，是绝望的，一句也不能多，一句也不能少。是铁定的！

80

在那种泯灭激情的环境中，会有一种强大的力量封锁心灵，很可怕的，能够在乡下写作，并保持文字品质，是相当不容易的。

81

最近倒是用心读书，思欲有作，但终感迫厄，无从下手，周遭有形或无形的压力始终顽强存在，以一种强悍的能量熄灭内心的微火。写作需要一个入定期，像禅家一样，入定了，才可能产生前世今生的幻象。没有幻象的文学，事实证明是没有留存的价值的。写作需要抛开太多东西，像孤家寡人那样生活，但现实似乎不允许，它常常狰狞地狂笑着，轻而易举地肢解刚刚酝酿的文学心情和梦想。这个时候，我们理解了很多西方作家，理解了安妮宝贝，理解了苏童，他们为什么会选择离群索居的生活，选择最低调的生活。

82

我最近有一个想法，拿起桌面的一口针是不需要下大力气的。要巧妙，细心，有方法。对于一首诗，一篇散文，可能就像对一口针。

83

参观了上海鲁迅纪念馆，我突然觉得，我们现在的作家是不是跟体制太合拍了一点？体制的种种好处都吃饱喝足，基于这种状况，我们已经很难期待作家会有鲁迅当年“荷戟独彷徨”的精神独立性。没有拉开必要的距离，没有针锋相对的个性立场，没有独处旷野的寂寞舞蹈，因为那样做太不符合“生存”策略，太不划算，结果拿出来的都是经过掂量的、经过权衡的观点，这样的作品自然不会被“禁止”，却是一堆富丽而孱弱的衍生物。什么都有，就是没有力量。

84

写文学作品要回到天荒地老的那种心情。蜗牛在慢慢爬行，露珠在悄悄滚动。思想的火，在冷冷的岩石里静静燃烧。

85

看来，文学注定是命运对人的拷问达到极限之时的一道瑰丽而绝望的风景。不在沉默中沉默，就在沉默中爆发。真正的狂放，源于长久痛苦的抑制。古人云，靳于前而丰于后也。文字的原野牧歌从来没有远逝，那些绵延低矮的坟茔，构成了跌宕歌吟的基本音符。亲情是人类最灿烂的情感之一，是确保心灵指针不会偏离的一股静谧的力量。是潜伏在生命个体中根深蒂固枝叶变幻迷离的故乡。是我们时时需要回归的原点。

86

最近读李杜韩屈，悟出了文学与政治的紧密关系。这是一对不即不弃、坚决互相制衡的顽强情侣，文学最后的锋芒必然是从政治这块粗粝的磨刀石上磨出来的。东西方皆然。一流的剑锋，无不跟政治作游戏，尽管可能只剩下一柄辉映今古的残剑。不触及那个冷酷的权力结构系统，或者说能量场，文学爆发不出惊人的力量。二者作战得越猛烈，风景越壮观，他们握手言和，妥协，合作，文学的风景顿时乏味。毫无看头。

87

春鸟秋虫，气至则鸣。能发什么声音就发什么声音吧。大狗有大狗的叫法，小狗有小狗的叫法。真诚就行。真诚，貌似简单，最难做到。它要求我们从良知出发，从自己的发现观察出发，遵循人类的普遍道德原则。大家都用真料熬酒，而不是勾兑做假，整条巷子自然飘香。

88

没有坚实的河岸，河水就会泛滥。克制，收敛的文字，才可能蕴含惊涛。

89

是从潮湿的岩石里扭出一股又一股的清水。文字的诞生，哪会那么容易。

90

世界被使用过量，诗歌就会消失。

91

在石头里取火，跟萤火虫借光，文字的得来，从来都是艰难而诗意的。

92

能不能写文字，取决于心里面有没有空间。这空间，需在坚硬的现实里挣。

93

李白的诗歌有一股女娲补天般的雄奇。

94

“秋风动哀壑，碧蕙捐微芳”。杜甫这两句诗精微严整，却不失磅礴。秋风，哀蛩，碧蕙，微芳，大的事物和小的事物，均得到同等的尊重，经灵丹一点，都在诗中舒展呼吸了。

95

“出门捡得铜顶针，人人都讲哥捡金。人人都讲哥连妹，破坛装酒空背名。”个个捕风捉影说有搞，其实无搞。这首山歌里透露的心态比较复杂。其实是打悲情牌。把自己说得可怜巴巴的，这样容易唤起女子的恻隐之心。

96

“管城子无食肉相，孔方兄有绝交书”。管城子，笔也。孔方兄，谁都知道是啥。外圆内四方。山谷先生这两句诗，幽默，心酸，深刻。

97

“乌几重重缚，鹑衣寸寸针。”乌皮几案捆绑一圈又一圈，像鹌鹑鸟秃羽般破旧的衣服每一寸都是补丁。杜甫的困难是我们难以想象的。说到鹑衣，我想起一个隐居穷巷数十年的老人的两句诗来：“鹑衣陋巷惊恶犬，冠带高轩卧色狼。”看来这件鸟衣，还真不会失传。

98

有丰沛之想象力，识自然之真趣，我们方可避免内心日益机械。机械太深，扭曲日甚。

99

“平生只是守拙，守分不偷巧，不自欺欺人，年行逾六十，乃敢与二三子明此心。吾尝言，人之生也，形气限之。凡一般人所有之坏，圣贤亦不能绝无。但圣贤能努力自克，故成为圣贤，而一般人多只向坏处发展，故为鸟兽之归。作人真不易。”熊十力先生的话，常常发人深省。每读其书，心中顿时宁静下来。

100

“吾六十年来，行迹上似无甚破绽，而返之幽独之地，则顽庸之过恶极多，而圣贤洁净精微之意却甚少。吾愿今之士君子，各自勤求己过，尽所长，去所短，世道人心，庶几一变。夫量宏而后可蓄德，志正而后可虚心，识远而后可强学，勇沉而后可有为，二三子勉之哉!”（十力语）这是一个圣贤的自省和苦口婆心。

101

“穷巷隔深辙，颇回故人车。微雨从东来，好风与之俱。”第一次读到这样的句子是在桂西北群山深处一个山村，我外公家房子的门楼墙壁上，少不更事的我借助木楼梯靠近这些年淹日久的字迹，经过仔细辨认，总算读得出来。那时还不知道是陶诗。

102

“州家申名使家抑，坎坷只得移荆蛮。”一个抑字，把韩愈的命运改变了，可也成就了他的文学。

103

夜晚翻看书柜，在一个尘封的角落翻出一套《王阳明全集》，上海古籍版的，两卷本，封面海蓝色。顿生喜出望外之感。我的不少藏书都是在蒙昧状态下买的，当时并没有认识该书的价值，纯粹是凭感觉。但感觉通常没错。当我渴望找到这样的书时，它们便默默地浮现出来。我掀开书页，看到阳明先生清癯的肖像，目光炯炯如炬。

104

渊明诗云：“贫居乏人工，灌木荒余宅。”葛洪也差不多是这样。他家庭院无人打理，长满了草，他每天早上背着一篓书从草丛中钻出来，傍晚，又见他背着一篓书钻进草丛中去。他是到富藏书之家借还图书了，夜晚就在草宅中秉烛抄书。他给我们留下哲学著作《抱朴子》。圣贤所过的简单生活是我们无法理解的。

105

“欢然酌春酒，摘我园中蔬。”酒也喝得酣畅，菜也吃得嫩鲜。一个“摘”字，诗人的得意和快乐毕现。

106

“既耕亦已种，时还读我书。”（陶渊明）把田耘好，水正合适，洒上谷本，土狗早已游到田埂上，看看都妥帖了，便牵牛离开田垅回家去。路上碰到几个熟人点点头，到家放下犁耙，关好牛，撒一把青草，脱下蓑衣，舀一瓢水缸的水洗净手脚，然后开始读《山海经》……

107

我第一次读到纳兰词，是这两句："身世悠悠何足问，冷笑置之而已。"后来又注意到他别的句子，"青眼高歌俱未老，向尊前、拭尽英雄泪。君不见，月如水。"等到读了他的悼亡词"此恨何时已，滴空阶、寒更雨歇，葬花天气。三载悠悠魂梦杳，是梦久应醒矣。料也觉、人间无味。"我就彻底被他震慑了。

108

愚是天地混茫之元气也。

109

明年还不是一个样。年年岁岁花相似。大家对着天空喊累了，然后低头发现脚下的土地。小时候喜欢过新年，完全是因为喜欢放鞭炮，自从不喜欢放鞭炮之后，对新年也就没有期待了。

110

房间光线幽暗，刚好可以阅读安妮宝贝的《清醒纪》，有些文字不适宜在强光下阅读，有微光就足够了。不是所有的文字都需要放在解剖台上解剖，在光线太好的地方，文字会不知所措，局促不安，进而凄惶，表情呆滞。岩洞里发光的石头拿到洞口就没有光了。

111

安妮宝贝在《春宴》中有句话："这些个性强烈的物质存在，使她意识到与众不同。与人群保持距离，是一种品格所在。"这使我想到友人莫雅平蓄一把大胡子的哲学，他每天抚摸一下，提醒自己，与众不同。

112

夜读郑献甫《补学轩诗集》，诗极佳，雨声滴答为伴，一时竟难以释卷。其《杂诗》有云："清空与淹贯，俱非徒手将。若不破万卷，安能凌八荒。挑灯重启轴，两鬓愁苍苍。"末两句让我想起黄庭坚的诗句来："想得读书头已白，隔溪猿哭障溪藤。"

113

清代郑献甫在广西宜州任庆江书院山长时于居堂前悬挂一联："家移四壁书侵坐；梦绕千岩冷逼身。"上联是黄庭坚的诗句，下联是苏东坡诗句，天然绝对也。

114

读陶诗，感万端。人生梦一场，岂可恋虚妄。且看"迢迢百尺楼，分明望四荒。暮作归云宅，朝为飞鸟堂。山河满目中，平原独茫茫。古时功名士，慷慨争此场。一旦百岁后，相与还北邙。松柏为人伐，高坟互低昂。颓基无遗主。游魂在何方？荣华诚足贵，亦复可怜伤。"

115

沈德潜在《古诗源》中介绍陶潜："渊明以名臣之后，际易代之时，欲言难言，时时寄托。不独咏荆轲一章也。六朝第一流人物，其诗有不独步千古者耶？"又云："清远闲放，是其本色。而其中自有一段渊深朴茂，不可几及处。"东坡山谷极为欣赏陶潜不是没有理由的。

116

清沈德潜选的《古诗源》中有《牟子引古谚》："少所见。多所怪。见橐驼言马肿背。"牟子，东汉牟融，广西苍梧（今梧州）人，通佛学，著有《理惑论》。

117

是日淘书，得好书数众，最喜《淮南子》、《抱朴子》、《楞严咒疏》、《古诗源》等。翻《淮南子》，见此数句："故知宇宙之大，则不可劫以死生；知养生之和，则不可县以天下；知未生之乐，则不可畏以死；知许由之贵于舜，则不贪物。"末句充分强调精神之意义。

118

镇日蛰伏未出，再读杜甫《风疾舟中，伏枕书怀三十六韵》，其生平最后一首诗。"轩辕休制律，虞舜罢弹琴。"诗发端即呼轩辕，使我想起鲁迅"我以我血荐轩辕"诗，他21岁作，51岁重写。显然，他们都有着古圣情结。一息尚存，家国系念。赤子之心，朗照霄壤。

119

青草，白沙，古木，神鸦，斜日，湖光，仙槎……杜甫诗中的洞庭湖幽深秘邃，生机勃勃。不知如今的洞庭湖光景如何。

120

《淮南子》说到古代的赶马人钳且和大丙，他们不用缰绳和马鞭，车子不发而自动，马不驭使而自走，“日行月动……电奔而鬼腾……”进退屈伸，不留下任何痕迹。不用指指点点，不劳大声呵斥。靠的不是玩心计，小聪明和手脚的灵巧，而是意念在胸，精神感化。不御而御。

121

说实话，我不太喜欢专业散文家写的东西，也从内心抵制各种散文专业会议。散文刊物我从来不读。散文界内部形成的那种内循环只会把文学萎缩化和侏儒化。散文太需要“杂取种种”，随物附形，其气与天地游，灵活万端迁流不息的世界几乎不允许这种文体作职业化的停留。

122

最好不要读职业散文家写的文字，一旦职化化，喊的口号基本都是一样的。像《淮南子》这样的作品，就不能简单称为散文。昨晚我高声朗读其中一个章节，思想深邃，比喻精湛，文辞典丽，舒解了心中多少抑郁之气！

123

最近我读清无垢道人的《八仙成道传》，语言很精妙，里面埋伏有大量的童话故事种子，比如，一条缆绳在江中沉沉浮浮几百年，吸收日光月辉，获得灵性，变成缆龙……鹤鸟为了修行精进，站立的时候只用一只脚，后来成为传统。

124

《淮南子》说：“楚人有乘船而遇大风者，波至而自投于水。非不贪生而畏死也，惑于恐死而反忘生也。”刻舟求剑是楚人，因为害怕风浪袭来率先自投于水的也是楚人，看来楚人对于处理应急事件有其天真自足的体系，这个体系不一定具有科学性，但却具有想象力和艺术性。

125

此日淘书若干，最感难得者《蔡松坡集》，上海人民出版社 1984 年版，1468 页。蔡锷曾在广西五年。蒋百里先生所作《蔡公行状略》云："既应召入粤西，总掌戎幕，遍巡边徼，出入瘴疠者经月，欣然有以自得。尝病热，药之不瘳，则跃马以出，走数十里。归，汗出大愈。……在粤西五年终郁郁。既入滇，众望悉归。"

126

今儿读到黄庭坚崇宁四年（1105 年）于宜州的绝笔诗，《乞钟乳于曾公衮》："寄语曾公子，金丹几时熟?"服用钟乳（即金丹）据说是加速诗人病情恶化的重要原因，南方天气本就燥热，服用此物，岂非火上浇油？从诗句看，老杜只是向往幻想丹砂诀。而山谷是动真格的。"刀圭勿妄传，此物非碌碌。"似乎说的又是自己了。

127

《淮南子》说的"真人"是这样的："居不知所为，行不知所之，浑然而往，逯然而来。形若槁木，心若死灰，忘其五藏，损其形骸。不学而知，不视而见，不为而成，不治而辩……抱其太清之本而无所容与，而物无能营。廓惝而虚，清靖而无思虑。"宜州会仙山雪花洞崖壁有硕大"太清"二字，昔日曾余数读之，惜未解义。

128

经常有人独自坐在一个角落翻书。那声音像林子里偶然飘落的叶子。很轻。仿佛若有光。

129

今晚与河池来的寒云、苏华永登望仙坡漫步，遇雨，避于亭中。谈莫言小说《狼》及科塔萨尔的《游戏的终结》。好小说就是抓人。很久不登望仙坡了，自从搬离建政路，从望仙坡下搬到佛子坳下，就几乎没有登过望仙坡了。这一仙一佛，让人感慨。黄仲则有诗云："仙佛茫茫恨未成，只知独夜不平鸣。"我亦如此。

130

天哪！卡佛的小说篇名就是小说，一句话，几个字，就足以指向、打通一个让你兴奋的世界。或者，扔给你一口针，一只虫子。《你们为什么不跳个舞》、《我可以看见最细小的东西》、《告诉女人我们出去一趟》、《家门口就有这么多的水》、《第三件毁了我父亲的事》、《严肃的谈话》、《所有东西都粘在了他身上》……

131

“圣人茂于人者神明也，同于人者五情也。神明茂故能体冲和以通无，五情同故不能无哀乐以应物。然则圣人之情，应物而无累于物者也。”王弼这段话的最末两句，与《金刚经》所说的“应无所住”是同一个意思。

132

杜甫诗中多赞美友人小孩，虽不免有点俗，但言语间饱含深情，可以感知到诗人对儿童的仁爱和期望，我把这看成人性的一股暖流。比如赞美徐卿的两个儿子：“大儿九龄色清澈，秋水为神玉为骨。小儿五岁气食牛，满堂宾客皆回头。吾知徐卿百不忧，积善衮衮生公侯。”

133

有人说杜甫，一棵树被风吹得连根拔起，他就不知不觉写出一篇《离骚》、两道《出师表》，我想，这就是大诗人的功力吧。探测世界真相的切口不经意间就能获得。树的伤口就是心灵的伤口。“虎倒龙颠委荆棘，泪痕血点垂胸臆。我有新诗何处吟，草堂自此无颜色。”

134

杜甫对文化旧家特别尊崇，比如见到大书法家虞世南的后人，他动情地赠诗云：“形象丹青逼，家声器宇存。”“伫鸣南岳凤，欲化北溟鲲。”对文化先贤及其后裔的敬意和赞誉，我看到文化在诗人内心的分量，知道他精心呵护的信念是如何的闪闪发光。这就是文化良知。

135

爱读格言，箴言，就等于爱到市场买果，都是别人摘好的，经过转手，摆得很光鲜。买果跟上树摘果是两回事，读格言跟读书是两回事。自己摘到的野果可能有点酸涩，但能唤起生命特别的欣喜。自己从书中发现亮光，那是真正的收获。

136

淘旧书是很有趣的。有一次，我在旧书摊上拿起一本《赫鲁晓夫传》，五六十年代印的，连书号都没有，属内部资料。我问摊主，几多钱？他说，五块。我说，太贵了，不要。但就在这一瞬间，我翻见书中夹有一张旧版的人民币一百块钱，我马上改口说："这本书我要了，五块就五块。"什么叫贼喜？这就叫贼喜。

137

善哉斯言也！佛心柔软。每读《一切如来心秘密全身舍利宝箧印陀罗尼经》，"尔时，世尊软语安慰彼婆罗门无垢妙光……"，"软语安慰"四个字都会跳出来感动我，佛心佛语柔软如斯，这是感化人心和世界的至高无上的法宝。粗暴和刻薄只能制造更多的不安和焦虑。柔软，我知道很难做到，但可以用来提醒自己。

138

看了《赛德克·巴莱》，震颤，叹惋，沸腾，一涌而来。感觉土地上隐没了一百年，两百年，三百年的某种东西，还在我们灵魂中呼啸，生生不息。尤其是身际少数民族聚居的广西，可能这种感觉会更深切，曾经的往事，黑雨，英雄，血性，飞化青虹的刀剑，石壁上的日月，依然在山岗上流淌的歌谣会向我们诉说着什么？说来也巧，看罢《赛德克·巴莱》的第二天就淘得《台湾先住民史》一书。书中有雾社起义记载，赛德克人为了自由与日本统治者展开殊死搏斗，当时就震惊了世界。赛德克人是泰雅人的一支，泰雅是百越文化传人，祖居地原在华南地区，迁台诸族，泰雅最早。仅文面一俗，我看颇近广西古族。广西自古就是百越文身地。泰雅人之血性莫非与广西这片遥远而神奇的土地有关？

139

夜读波德莱尔，他说："美好的东西总是会摇撼心旌的，但若以为摇撼心旌的东西都美好，那就大错特错了。”是的，今天晚上外出回来，走过玉兰树下，的确是产生了一个摇撼心旌的念头，很突然，甚至有一些画面涌来，心灵竟有点迷乱了，我知道，这个念头并不美，因此，瞬间就让它走失了，不跟随它狂奔。

140

“世界上到处都有义愤填膺的人，但是，他们可能永远也写不出一首好诗。”（波德莱尔）宁静，对诗歌保持恒久热情，也就是我们常说的“诗心常在”，可能才可以接得到来自一个“更轻飘的世界”飞来的语言。

141

“圣人筐篚恩，实欲邦国活。臣如忽是理，君岂弃此物？多士盈朝廷，仁者宜颤栗。”意思说，皇上给你那么高的待遇，给你玉帛，给你项目经费，给你崇高的荣誉，目的是希望你尽职尽责，把国家搞活。如果忽视了这个道理，皇上的这些宝物就当是垃圾丢弃了。朝堂学堂上尽是这号人，有德行者内心应该战栗了！

142

80年代初，在书店的货架上见过这个版本的《西厢记》。这一片红霞，一直是我渴望触摸的梦想。现在被遗弃在地摊上。那时只能看封面，没钱买，也没有勇气提出要翻看一下，即便有勇气提出，也会遭到拒绝。新华书店的售货员向来有点孤傲。直到新华书店生意不景气，隔了半间卖小孩子的玩具和奶瓶，他们的态度才有所改观。

143

前阵子在旧书摊淘到一本又古又旧又老又破的《鲁迅全集》（第五卷），里面收有他的三本杂文集。在闹市上捧着这本沧桑的旧书，我感到十分孤寂。有点像一个冬天的老乞丐捧着一个尘垢斑驳的破碗游荡在人群之中。体面的人们把他视为异类，并且会异常藐视他手上那肮脏的物件，不知道那就是老乞丐对生活的全部期望！我突然想，这无人问津的老书，不就是一棵快朽的老树吗？上面满是青苔、鸟粪、蛇涎的痕迹。春天来了，它也许还会冒出一些新叶。也不过是一些无人留意的兴奋而已，仿佛偏僻角落里一个老人因回忆而产生的会心微笑，即使同样具有阳光的芬芳特质，却早已成为时光冷宫中的陈列物。如果说人类的书籍是一座智慧大森林的话，那么，这些残书就是森林中的老树、朽树，它们好像没有用了，但是，森林里没有它们就会缺少一种凝重深谧的气质，就会缺乏一份历史的根基。看到它们，我们的内心才会获得确认：自己已经步入原始森林，而不是仅在公园里的人工林里等待徘徊。

所以，看到好书，无论它多旧，多破，我都会想方设法将它买下来，生怕它流落街头太久，被烈日或寒风再度折腾。

144

沏一盏清茶，灯下独坐，读《莲花生大师本生传》。后半夜春雨骤至，世界在匀净的夜雨声中无比静谧，渐觉浑身俗尘为之涤除，泰然自足，妙不可言。忽忆昔年游昆明西山，于山顶得见一联："此山呼吸直通帝谓，随时俯仰迥出风尘。"高远之境，其实在心，不在山。在人，不在物。

145

理想常在深夜闪亮。深夜里，我读适合我心灵需要的书籍，经卷，幸福无比。仿佛故友重逢，久旱甘露。这个时候我发现我是有理想的，我是雄心勃勃的。这有点像龙去污泥，得潜清潭。

146

以前我读书，读到天荒地老的时候，突然发现世界已经远离我，我被抛弃了。所以很恐慌。现在相反，读到天荒地老的时候，发现自己依然能够拥有这样的状态，喧嚣的世界似乎跟我无关，我依然存在着。这就很快乐。

后　记

国庆长假回到曾经工作多年的宜州搬家，恰好可以完成这本集子的后记。

我的很多文章都是在宜州写成的。宜州是我的第二故乡。求学三年。工作十三年。前后在宜州待了十六个年头。这时间不算短。我的那些为朋友们熟悉的散文大都是在宜州寂静的夜晚写成的。那些记忆中的夜晚，多数宁静晴朗，有时也会碰到雨夜。雨夜的情况也不尽相同，有雨声淅沥，也有电闪雷鸣，暴雨如注。无雨之夜，常常是蛩吟清越。比如今夜，窗外只有一只秋虫在吟唱。我突然产生这样的念头，宜州，可能才有属于我的静。我要完成这本散文集子的后记，必须回到这样的静里。回到秋虫鸣叫的夜晚。此事看似偶然，其实必然。好像是烧制一个什么器皿，在做坯的过程中尚差一把土，得回到土的故乡补抓一把。有了这一把土，器皿的分量可能就足了。

无边深远的静。仔细聆听，鸣叫的虫子不止一只。我先前的听觉还是不够准确。这只秋虫的背后有一支若有若无的乐队，在为它伴奏，制造和声。

这样的歌唱对我而言并不陌生。它清新、干净，不杂染一丁点尘埃。永远保持利物新发于硎的状态。无论什么时候，虫声的清澈、敞亮、明确的节奏感从来没有改变过。我相信，唐代的秋虫也一如今夜一般鸣叫。

我希望，我的文字也能保持一份如许的清澈和单纯。

虫子一定有它们的历史，有它们不为人知的基因传递法则，但是，它们深夜歌唱时显然不让声音带着各种牵挂和任务。它们纯粹发乎真性情而歌唱，是兴之所至。所以，这声音不仅没有助长夜气的沉沦与萧森，而是相反，它帮助夜晚建立宁静透明的秩序。

让我们的夜晚恬静而生机勃勃。

我认为好的文字也应该是这样。

我的散文结集出版，是我多年的心愿。今天，终于获得这样的机会。在散文集付梓之际，我内心充满感激之情。首先感激的是我的父亲，父亲是个机械师，但他却用他对文学的痴迷和热爱静悄悄地感染了我。父亲去世已经三年了，如果能够见到我这本集子出版，他一定非常高兴。我要感谢我的母亲，母亲文化程度不高，字没多认识几个，更不知道什么叫文学，但她具有罕见的叙事天分，她的话常常击中要害，极具感染力。尤其是对悲催故事的叙述，母亲完全可以掌控听者的情绪。一句话就可以让周围的空气紧张起来。我的文学语言的某些气质无疑是得益于母亲的影响。我要感谢我的老师们、朋友们，我得到很多鼓励。师友们温暖的话语，让我永远不会毁弃手中的笔。就连萤火虫没有得到鼓励也不敢从草根上起飞，顶多把自己变成一滴寂寞的暗雨。更何况写作这样一件极需要信心和信念的事情。朋友们对我文字的喜爱，是我向前探索的不倦动力！我要感谢我的妻子对我的默默支持。有了坚强后盾，我才得以在如此喧嚣的尘埃中保持一份对自己理想事业的从容追求。最后我要特别感谢广西文联、广西作家协会给我创造这么一次出版作品集的机会。能够入选《广西少数民族新锐作家丛书》我倍感荣幸！感谢广西人民出版社的多位编辑，他们对这本集子提出了非常重要的建设性意见，并为这本集子做了大量细密的编辑工作。无疑，这本书，也凝结了他们的智慧和心血。

何述强

2013年10月2日凌晨2点

于宜州河池学院寓所虫鸣声中